井手至博士追悼

# 萬葉語文研究

特別集

萬葉語学文学研究会編

和泉書院

題字　井手　至博士

在りし日の井手至博士

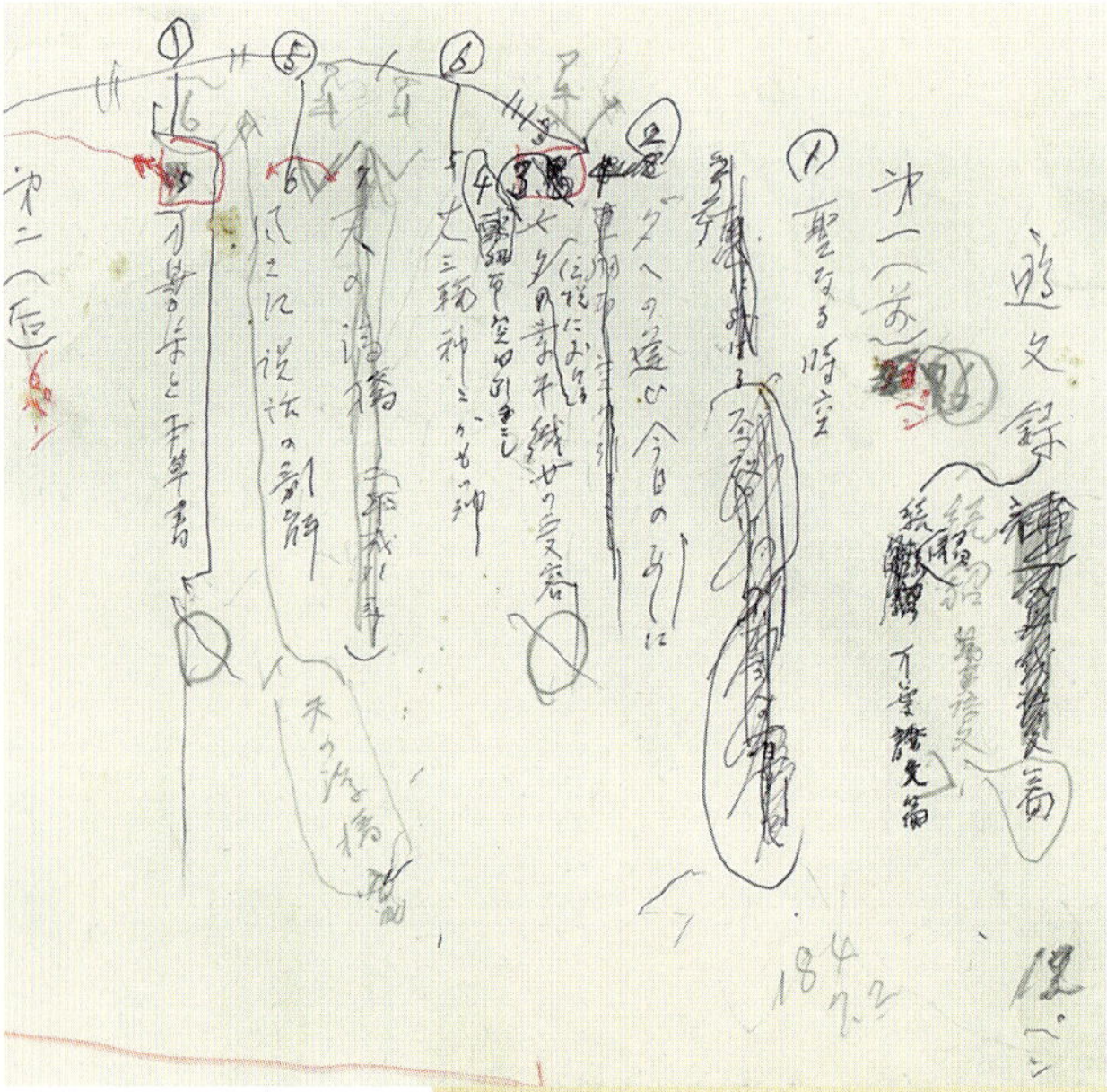

# 大三輪の神と賀茂の神

井手　至

（大阪市立大学名誉教授・文学博士）

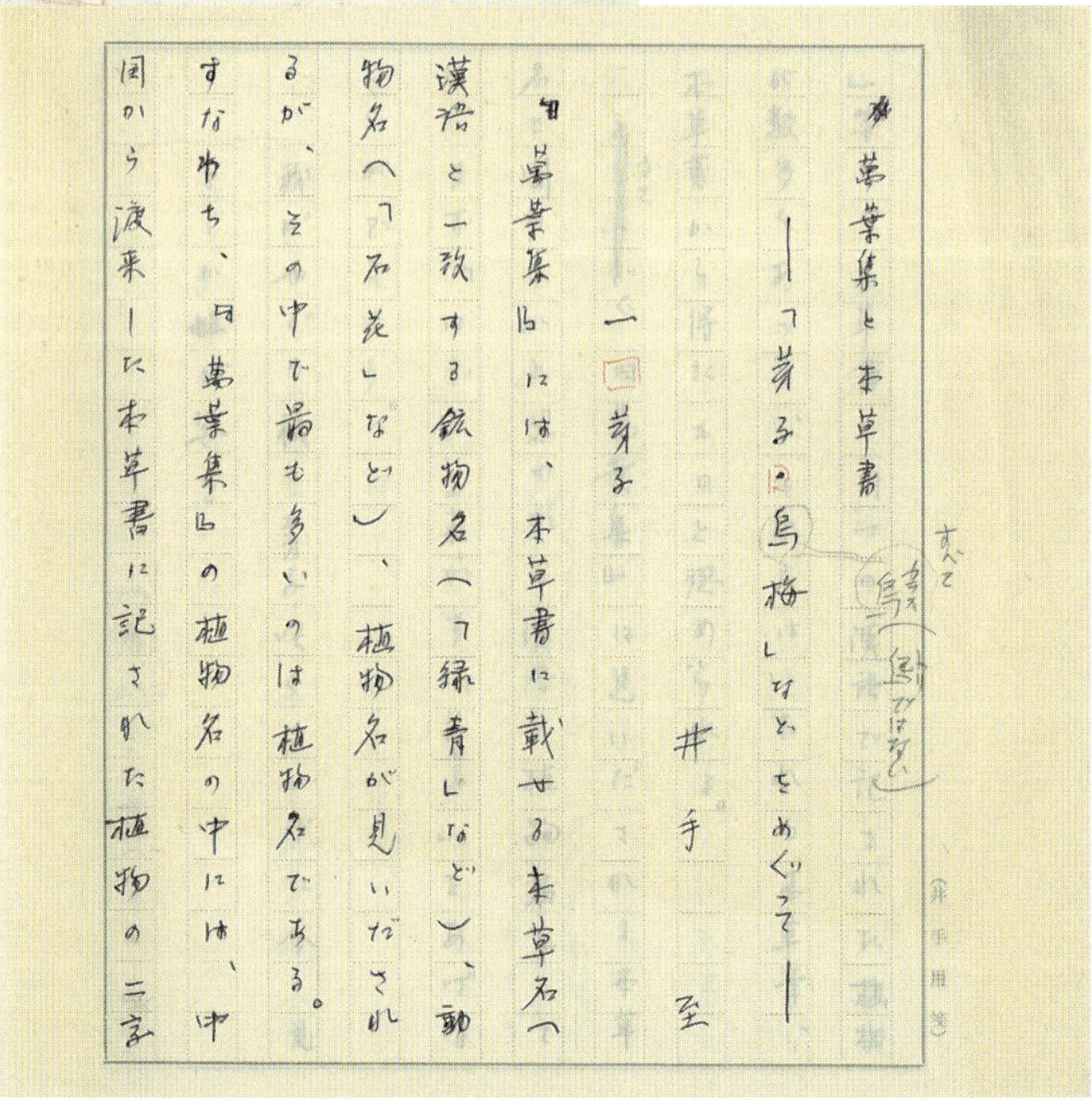

萬葉集と本草書
——「芽子」「烏梅」などをめぐって——
井手　至
一　芽子
『萬葉集』には、本草書に載せる本草名（「緑青」など）、動物名（「石花」など）、植物名が見いだされるが、その中で最も多いのは植物名である。すなわち、『萬葉集』の植物名の中には、中国から渡来した本草書に記された植物の二字

井手至博士　遺稿・遺筆

# 追悼の辞

井手至先生は、平成二十九年四月二十二日に帰幽されました。享年八十七歳であられました。

私にとって井手先生は、職場であった大阪市立大学国語国文学教室の大先輩であり、もちろん学問の道では偉大な先達でありました。お亡くなりになる少し前に、御一緒に書かせていただいた『新校注　萬葉集』の重版の件で電話をし、元気なお声の先生とお話をしたばかりでしたのであまりにも突然の御逝去は信じがたく、惜別の思いで心が震えました。

先生はおよそ三十年ほど前になりますが、若い研究者を育てて行くための場として、萬葉有志研究会を立ち上げられ、それが発展し発足したのが萬葉語学文学研究会であります。本会は研究会の開催と研究誌『萬葉語文研究』の発行を途切れることなく続けて、研究誌の方は平成二十九年三月、第12集をもって終刊となりました。なお、萬葉有志研究会が萬葉学会の隆盛にも寄与できるとして発足した経緯もあって、萬葉語文研究会としての研究発表会は存続いたしております。このような編集委員の熟考の上での終刊の経緯を、先生にお許しいただくためにお会いした折には、何も叱責されずに編集委員のこれまでを労ってくださり、大きな御心で受け止めてくださいました。

また、『萬葉語文研究』第7集に坂本信幸氏、内田賢德氏、私が先生をお囲みして「萬葉学会の草創期を振り返る」と題して座談形式で先生に貴重なお話を伺いました。私たちが知らない時代である草創期について、また、澤瀉久孝先生をはじめとして関わられた先生方について、尽きぬお話を時にユーモアを交えてお話しくださったことも思い出されます。

上代における国語学を中心とした先生の偉大な御研究は、とくに全六巻からなる御高著『遊文録』に凝縮されております。その他、新潮日本古典集成の五巻からなる『萬葉集』（共著）など多くの後世に残る著作を残されております。また、国語国文という学問の行く末を大局的な見地で考えられて後進の指導・育成にも大きな力を注がれました。

私たち後塵を拝する研究者は先生の御学恩を糧にし、上代文学・国語学発展のために尽くしていくことが、先生から頂戴した御恩に酬いることであると思います。

本著を先生の御霊に捧げて、心からの追悼とさせていただきます。

平成三十年四月二十二日

萬葉語学文学研究会代表
毛利正守

# 目次

# 万葉集巻十六と漢語

乾　善彦

## 一　万葉集巻十六とうたことば

万葉集にあらわれるうたのことばについて、井手至『遊文録　萬葉篇二』第一篇第一章「萬葉集の文学的用語」（二〇〇九、和泉書院、初出「萬葉集文学語の性格」『万葉集研究　第四集』（一九七五、塙書房））は、万葉集におけることばの使用の様態が、文学語、すなわちうたことばとしての性格をもつことになると指摘したうえで、うたことばの本質を「文学的用語」と規定し、さまざまの場合の語義と表現的な意味との関係を示している。また、橋本四郎「万葉集の語彙」『講座　日本語の語彙　三』（一九八二、明治書院）、「万葉集のことば―親族語彙・人名・地名など―」『小島憲之博士古稀記念　古典学藻』（一九八二、十一、以上、『橋本四郎論文集　万葉集編』（一九八六、角川書店）所収）は、上代語の語彙の資料自体が万葉集に傾くことから、万葉集の語彙が、うたの集としての性格をことさら強調することも可能であるとする。さらに、井手著書においても言及されるが、とくに多音節複合語について、平安時代以降の歌集に比して、万葉集独自のうたことばのかなりあることを指摘する。

しかしながら、万葉集を巻ごとに全体を見渡したとき、それぞれに語彙的なかたよりはあって、すべてをうたことばとして律するには躊躇される面のあることはいなめない。つねに問題とされてきた、巻十六の字音語もそのひとつである。うたには、通常、外来語である字音語は用いないというのが、平安時代以降のうたのならわしだとすると、うたことばらしくない、うたのことばということになる。もちろん、作歌事情の特殊性であったり、うたわれた場の特殊性であったり、あるいは巻十六自体の特殊性であったり、そのあたりの事情をくみ取ることはできるし、実際、そのように理解されてきた。もちろん、それはその通りなのであろう。万葉集という歌集と、そこにおさめられたうたの理解という面では、それで十分であるかともおもわれる。ただ、万葉集を古代語の一資料としてとらえようとするとき、それで問題が解決してるかというと、決してそうではなかろう。むしろ、字音語が含まれる、巻十六のうたのことばが、当時の言語生活の中にあってどのようなことばであったのかということが、問われなければならない。そういった面から、巻十六にうたわれた「ことば」の性格について、考えてみたい。なお、本文の引用ならびにヨミは、諸書を参考に私に校訂と訓詁をくわえたものである。

## 二　字音語

まず、巻十六の字音語についてみておく。

詠双六頭歌

一二之　目耳不有　五六三　四佐倍有来　双六乃佐叡（⑯三八二七）

（イチニの　めのみにあらず　ゴロクサム　シさへありけり　スグロクのサエ）

「双六」自体が外来の遊戯であり、「采（さえ）」（サイコロ）も、仮名書されているが字音語である。采の目の一から六については、音読する説と訓読する説があるが、近年では音読する説が多くとられているようである。

集中、数字を仮名として用いる場合、訓仮名としての、

一（ひと）、三（み・みつ）、四（よ）、五（いつ）、六（む）、七（な）、八（や）、十（と・とを・そ）

に対して、音仮名の、

二（ニ）、三（サム）、四（シ）、八（ハ）、九（ク）

がみとめられる（以下、万葉集歌にヨミを付す場合、字音はカタカナで、字訓はひらがなで付す）。

若草乃　新手枕乎　巻始而　夜哉将間　二八十一（ニクク）不在国（⑪二五四二）

朝戸出乃　君之儀乎　曲不見而　長春日乎　恋八九（やク）良三（サム）（⑩一九二五）

言云者　三々二（みみニ）田八（や）酢四（シ）小九（ク）毛　心中二（ニ）我念羽奈九二（クニ）（⑪二五八一）

従千沼廻　雨曽零来　四八（シハ）津之白水郎　網手綱乾有　沾将堪香聞（⑥九九九）

これらは、訓仮名と交用されているものもあり、数字に対して音読み、訓読みを区別する意識は薄かったことが考えられる。日本書紀の巻次などは、訓読されるのが通例であるが、それは日本書紀を訓読するときのよみ方にほかならず、「巻二」が、常に「まきのついでひとまきにあたるまき」と呼ばれていたとは考えにくく、「クワンイチ」と音読みすることも、日常では行われたのではなかったか。また、時代はくだるが土佐日記の冒頭部分「しはすのはつかあまりひとひのひ（二十一日）」も訓読調であり、以後、日時は漢字表記がなされることを考えると、やはり「ニジフイチニチ」の音読語も日常ではあったものとおもわれる。

この双六歌が含まれる長忌寸意吉麻呂歌八首には、次のように字音語を含む歌がみられる。「物名歌」という特殊性もさることながら、浅見徹「宴の席―意吉麻呂の物名歌」（万葉一四四、一九九二・九）が指摘するように、うたわれた場（ひとつの宴席の場）がそれぞれの語を選んだものとおもわれる。浅見が想定するように、くだけた宴席での余興にそなえられたもの、あるいはくだけた場で何らかの話題となったもの、それらは、通常は、うたによまれることのないものの一群の語たちである。その中にいくつかの字音語が含まれるということになる。

詠香・塔・厠・屎・鮒・奴歌

香（カグ）塗流 塔（タフ）尓莫依 川隅乃 屎鮒喫有 痛女奴（⑯三八二八）

詠白鷺啄木飛歌

池神 力士（リキジ）儛可母 白鷺乃 桙啄持而 飛渡良武（⑯三八三一）

前者の初句は、旧訓「カウ」、諸注多くこれに従うが、略解のように「こり」と訓読する説もある。ただし、字音語だとすると「香」はng韻尾なので「カ」あるいは「カグ」の可能性もある。「香」の字は仮名「カ」として、音の環境にも訓の環境にも親和性が高く、もしも字音語だとしても相当に和語化が進んでいたものとおもわれる（なお、数字の字音語、「香」の字音語については、李敬美「漢数字の仮名用法について―「師」・「僧」に及ぶ―」（上代文学一一二、二〇一四・四）、「仮名「香」から見る字音語「か（香）」の可能性：万葉歌中の「香」の用法を中心に」（美夫君志九一、二〇一五・十一）に詳しい考察がある）。

後者、木の枝をくわえて飛ぶ白鷺を、鉾を持った力士（伎楽面が宴席周辺にあったものか）にたとえたもの。枝をくわえて飛ぶ鳥の意匠（花喰鳥文様）を以前に考えたことがあるが（拙稿「長奥麻呂の物名の歌」『セミナー万葉の歌人と作品　第三巻』（一九九九、和泉書院））、双六盤かコマの意匠として、宴席の場にあったものか。やはり普段うたわれない題材も、日常の場においては、字音語として存在しており、場に支えられて歌にあらわれたものと解せられる。なお、「双六」は、

無心所著歌二首

吾妹児之 額尓生流 双六乃 事負乃牛之 倉上之瘡（⑯三八三八）

にも歌われるが、集中この二例のみ。巻十六の特異語であることにかわりない。

また、音読の可能性のある語として、次の「佞人」がある。

謗佞人歌一首

奈良山乃　児手柏之　両面尓　左毛右毛　佞人之友（⑯三八三六）

結句の「佞人」は、「かだひと」「こびひと」「ねぢけびと」などと訓読されるが、新大系が「ネイジン」と音読をする。その場合、その場に応じてこびへつらう人に対して「佞人（ネイジン）」という字音語も想定することになる。

## 三　仏教語

巻十六に仏教語がよまれることも、特徴のひとつにあげられる。先にあげた「塔（タフ）」もそのひとつだが、次のようなうたがある。

池田朝臣嗤大神朝臣奥守歌一首〈池田朝臣名忘失也〉

寺々之　女餓鬼（めガキ）申久　大神乃　男餓鬼（をガキ）被給而　其子将播（⑯三八四〇）

大神朝臣奥守報嗤歌一首

仏（フツ）造　真朱不足者　水渟　池田乃阿曽我　鼻上乎穿礼（⑯三八四一）

戯嗤僧歌一首

法師（ホフシ）等之　鬚（ヒニ）乃剃杭　馬繋　痛勿引曽　僧（ホフシ）半甘（⑯三八四六）

法師報歌一首

檀越（ダニヲチ）也　然勿言　五十戸長我　課役（クワヤク）徴者　汝毛半甘（⑯三八四七）

高宮王詠数種物歌二首

皁莢（サウケフ）尓　延於保登礼流　屎葛　絶事無　官将為（⑯三八五五）

波羅門（バラモニ）乃　作有流小田乎　喫烏　瞼腫而　幡幢尓居（⑯三八五六）

二首目初句「仏造」は従来「ほとけつくる」と字余りに訓読されていたが、新編全集が「ブツつくる」と音読を提唱したもの、字余りの法則の例外だったものが、これで解消されることになった。ただし「フツ」の可能性を指摘しておきたい。三首目の「法師（ホフシ）」は、結句に「僧」を「ホフシ」とよませることから、漢語として和語の中に相当定着していたと考えられる。ただし、「ソウ」と音読の可能性（ソウらはなかなむ）がないわけではない。なお、第二句「鬢」は「ひげ」とよまれるが、「鬢」は「ひげ」ではなく、もみあげのこと。ここも「ビニ」もしくは「ヒニ」と音読した可能性がある。同じ「ひげ」について、

献新田部親王歌一首［未詳］

勝間田之　池者我知　蓮無　然言君之　鬚無如之（⑯三八三五）

の「鬚」を諸本に従って「鬢」とし、音読することを梅谷記子「萬葉集巻十六・三八三五番歌の解釈—遊仙窟との比較を通して—」（上代文学一一一、二〇一三・十二）が提唱している。五首目初句「苣莢（サウケフ）」は植物名で仏教語ではないが、字音語。次歌と一連で、初句に字音語が置かれる。なお、六首目結句「幡幢（はたほこ）」は仏具であり、後にふれる訓読語に属する。

ここで注意されるのは、巻十六において、仏教関係の語がふくまれるようすは、そのまま仏教の思想や教義といった宗教としてよまれるわけではなく、一連の戯嗤歌においてであるということである。前の二首は、池田朝臣と大神朝臣奥守との掛け合いであり、後の二首は法師と檀越との掛け合いで、いずれも相手を嘲笑したうた。仏教関係の語はそのシチュエーションに応じたものであり、いわば日常生活の一部分を切り取ったものと理解されよう。仏教もそんな日常生活の一場面に登場しているのである。

古歌曰

橘　寺之長屋尓　吾率宿之　童女波奈理波　髪上都良武可（⑯三八二二）

右歌椎野連長年脈曰　夫寺家之屋者不有俗人寝処　亦偁若冠女曰放髪丱矣然則腹句已云放髪丱者　尾句不可重云著冠之辞哉

ここでも、椎野連長年という薬師かと思われる人物を嘲笑するために、橘寺の長屋が登場しているのであり、内容は通俗のものとなっている。

厭世間無常歌二首

生死之　二海乎　厭見　潮干乃山乎　之努比鶴鴨（⑯三八四九）

世間之　繁借廬尓　住々而　将至国之　多附不知聞（⑯三八五〇）

右歌二首河原寺之仏堂裏在倭琴面之

心乎之　無何有（ムガウ）乃郷尓　置而有者　藐孤射（マコヤ）能山乎　見末久知香谿務（⑯三八五一）

右歌一首

鯨魚取　海哉死為流　山哉死為流　死許曽　海者潮干而　山者枯為礼（⑯三八五二）

右歌一首

この四首一群は、「厭世間無常歌」と題される前の二首と、老荘思想をふまえた後の一首、そして全体をまとめる旋頭歌とからなり、前二首は今までの仏教用語と異なり、世間の無常という仏教思想を題材とする。

一首目の「生死」は仏典語であり、『新訓』『新校』が「シヤウジ」と音読する。「生き死に」を並べる場合、

人跡成　事者難乎　和久良婆尓　成吾身者　死毛生毛　公之随意常　念乍　有之間尓　虚蟬乃　代人有者　大王之　御命恐美　天離　夷治尓登　朝鳥之　朝立為管　群鳥之　群立行者　留居而　吾者将恋奈　不見久有者（⑨一七八五）

死藻生藻　同心迹　結而為　友八違　我藻将依（⑯三七九七）

のように、和語では「死に」が前に来るので、訓読したとしても、仏教語であることが強く意識されたと思われ

る。ただし、二首目の初句「世間」も仏教語であり、これを音読する説はみないが、可能性としては残る。「世間」は集中、「よのなか」の表記としては、ごく普通の表記であるが、この場合は、仏教語として無常のものという意味を読み取る必要があるからである。ということは、ここの「生死」を、訓読するとしても、通常の和語とは一線を画して、訓読語であるという性格がみとめられるということが注意される。後の一首には、荘子を出典とする「無何有」「藐孤射」の字音語が読まれるが、これらを並べるところに、この歌群の意図があるわけであり、当時の教養層の使用語彙の一端がうかがわれるのである。

## 四　律令語

さて、先掲の法師と檀越との戯嗤歌の二首目の第四句の「課役」は、通常、訓読して「えだち」とも「えつき」ともよまれるが、新編全集は「クワヤク」と音読する。「課役」は律令に規定された調庸のことであり、律令用語の一つである。

比来之　吾恋力　記集　功（クウ）尓申者　五位（ゴヰ）乃冠（⑯三八五八）

頃者之　吾恋力　不給者　京兆（みさとづかさ）尓　出而将訴（⑯三八五九）

右歌二首

一首目の「功（クウ）」「五位（ゴヰ）」も律令語で字音語である。これらは常に音読されたものと思われる。律令語の字音語については、拙稿「借用語の歴史と外来語研究―「漢語」と「翻訳語」をめぐって―」（日本語学三十五―七、二〇一六・七）において、続日本紀宣命の漢語のよみとして、令義解の付訓状況から考えて、音読つまり字音語の可能性を考えたことがある。もしもそれが、万葉集巻十六におよぼすことができるとするならば、字音語の可能性はまだまだひろがることも考えられる。巻十六ではないが、巻十五の「過所（クワソ）」（三七五四）、巻十八の「朝参（テウサン）」（四一二一）も、その例となる。

ただし、「課役」は、通常、訓読して「えだち」とも「えつき」ともよまれるのであり、これを訓読語とみるのが通常の理解である。これに続く当該歌の「徴（はたる）」も律令語であろう。同じく第二句の「五十戸長（さとをさ）」も同様である。三八五九番の「京兆（みさとづかさ）」の「京兆」も律令語であり、ここでも訓読語が使用されている。結句「訴」の字も集中、この一例のみ。これも、日常の語とは考えにくい。竹取翁歌（三七九一）にみえる「丁女（をとめ）」は、表記面で律令語を利用している。

律令語とまではいわなくとも、

商変 領為跡之御法 有者許曽 吾下衣 反賜米（⑯三八〇九）

味飯乎 水尓醸成 吾待之 代者曽无 直尓之不有者（⑯三八一〇）

の「商変（あきかへし）・領為（ゆるせ）・御法（みのり）」や「代（かひ）」などは、経済活動にかかわる用語であり、律令語に準じて考えられよう。なお、「領為」については「しらす（旧訓）、ここ（類）、めせ（考）、せよ（童）、しめせ（略）、しらせ（古義）、をす（墻）、めす（注釈）」などの訓がおこなわれ定訓をみないが、音読「レウせ」は可能性が低い。ただ、うたのことばとしては、やはり特殊であり、どちらかといえば律令体制下における、社会的な用語とでもいえようか。それらがうたのことばとしては特殊であることは、万葉集における多数のうたは、それらの語が使用されるような場以外のところで、うたわれたものであったということになろう。逆にいえば、巻十六におさめられたいくつかのうたうたは、他巻のうたうたとは異なる場においてものされたということになろう。

## 五　雅ならざる語群

巻十六は大きく三つのまとまりからなるが、さらにこまかくわけると、次のようになろう。

Ⅰ　昔語りによる恋にまつわる歌物語（三七八六～三八一五）

Ⅱ　作者名とともに伝承された戯歌・詠物歌群（三八一六～三八五九）

①穂積親王ほか宴席歌群（三八一六～三八二〇）

②児部女王ほか嗤歌群（三八二一～三八二三）

③長忌寸意吉麻呂ほか詠物歌群（三八二四～三八三四）

④新田部親王婦人ほか戯笑歌群（三八三五～三八五六）

⑤恋夫君歌群（三八五七～三八五九）

Ⅲ　地方の歌謡・伝承歌（三八六〇～三八八九）

①九州白水郎歌ほか地方歌群（三八六〇～三八八四）

②乞食者詠と怕物歌（三八八五～三八八九）

Ⅰ群は用語として、竹取翁歌群を除いて、他の巻々のうたとそれほどかわるところはないが、先にふれたように三八〇九～三八一〇のように特異な語を含むものもみられ、やはり、添えられた漢文の物語部分との関係を考える必要がある（これについては、ある意味、散文的要素がみてとれるが、ここでは論じきれないので、詳細は別に論じることにする）。

Ⅱ群とⅢ群とは、およそ雅ならざる歌群といえよう。もちろん、万葉集歌が雅なるうたことばで構成されているとは、もとより、主張するつもりはないが、冒頭にみた「うたのことば」の考察からもうたに特有のことばがあったことはみとめられる。それでも、巻十六には他巻でのうたのことばとは異なる語の使用が強調されてきたわけで、内容的にみても他と一線を画するところがある。

Ⅱ群①②の宴席歌群と嗤歌群には、それぞれ「櫃（ひつ）、鏁（かぎ）」（三八一六）、「可流羽須（かるうす・唐臼）」（三八一七）、「暮立（ゆふだち）」（三八一九）、「夕附日（ゆふづくひ）」（三八二〇）、「角乃布久礼（つののふくれ）」（三八二一）、「寺之長屋（てらのながや）」（三八二二）と集中一例のみ、あるいは巻十六のみのことばが使用されている。すべてが日常生活の近辺にあるものとはいえないけれど、また「暮立（ゆふだち）」や「夕附日（ゆふづくひ）」などは、うたことばらしくないとはいえないけれど、この歌群、八首のうち三八二三は三八二二の改変なので数からのぞくとして、三八一八以外の六首すべてに、集中一例の用語がみとめられるのは、やはり特立すべき特徴であろう。

続く詠物歌群以下に字音語など特徴的な語がみとめられるのは、先にみたとおりである。字音語だけでなく訓読される語でも、うたによみこまれた品々は、意吉麻呂の「刺名倍（さすなべ）・狐（きつね）」（三八二四）、「行騰（むかばき）・蔓菁（あをな）・食薦（すごも）・屋樑（うつはり）」（三八二五）などをはじめとして、およそ、通常にはよみこまれないものであり、宴席に備わっていたもの、あるいは宴席で話題となったものが、即興でうたわれたものと考えられる。

Ⅲ群では、②乞食者詠と怕物歌の歌群が、およそ雅ならざる伝承歌をおさめており、題材からして特異なうたである。ここに含まれる語も表現も特異なことは、諸注指摘する通りであり、詳細はやはり稿をあらためることになる。

以上のようにみてくると、律令制下にあって、ある程度の身分を持った人々の、日常生活の場におけるうたうたの中に、巻十六に特有の語があらわれているということになろう。すでに指摘されてきたことではあるが、ここに字音語や訓読語を多く含む、当時の、とある位相の言語生活の実態をみたいのである。

## 六　漢語の使用

最後に、表記面から漢語の使用を見ておく。竹取翁歌には「平生」と「堅監」の語が注意される。前者について「平生、猶少時也」（論語、孔安国注）や「平生少年時」（文選、李善注）との関係を偶然とみる橋本四郎「竹取翁歌の構成とその性格―二、三の訓詁にふれて―」（女子大文学国文篇十五号、一九六三・十二、のち『橋本四郎論文集　万葉集編』（一九八六、角川書店）所収）もあるが、後半の漢籍からの引用を考えるなら、やはり漢籍との関係はいなめないだろう。「美麗（うまし）」（三八二一）、「挙蔵（あげ）」（三八四八）、「漁取（とる）」（三八五四）、「情進（さかしら）」（三八六〇）、「情出（さかしら）」（三八六四）、「産業（なり）」（三八六五）、「解披（ひらき）」（三八六八）などは、ことさら二字熟語を使用する例である。「蓮荷（はちすば）」（三八三七）は「蓮葉」にくらべると、漢語の使用が明確になっている。

また、三八〇九左注の「寄物」に付された「俗云可多美」の割注や三八一七歌末の「田廬者多夫世反」、三八三九歌末の「懸有反云佐義礼流」、三八五三歌末の「売世反也」といった反切によるヨミの提示など、漢籍との関係を彷彿させる表記上の工夫がある。

以上のような漢語の使用や表記上の漢籍の応用は、先にあげた字音語や巻十六特有語の使用とあいまって、漢籍を身近においた人々の営為であったと考えられる。

## おわりに

漢文訓読語と万葉集の語彙との関係については、橋本進吉「万葉集の語釈と漢文の古訓点」『日本文学論纂』（一九三二、明治書院、のち『橋本進吉博士著作集第五冊　上代語の研究』（一九五一、岩波書店）所収）、春日政治「万葉集と古訓点」『万葉集大成　二十　美論篇補遺』（一九五五、平凡社、のち『春日政治著作集5万葉片々』（一九八四、勉誠社）所収）、築島裕「萬葉集の訓法表記方式の展開」（国語と国文学五十七―六、一九七九・七）、「上代語と平安時代漢文訓読語との関係について」（万葉一一四、一九八三・七）、小林芳規「萬葉集における漢文訓読語の影響」（国語学五八、一九六四・九、のち『平安鎌倉時代に於ける漢文訓読の国語史的研究』（一九六七、東京大学出版会所収）など、訓点語研究の世界では常に問題視されてきた問題であるが、それはおもに、訓点資料と仮名文学作品とによって知られる平安時代語と上代語との連続不連続を問題としたものであった。奈良時代以前の訓点資料が知られない現状においては、方法的にもそれ以上の考証は不可能だったからである。資料的制約は、今も変わらない。ただ、奈良時代以前の言語生活を考えたとき、ことばを取り巻く環境は、木簡資料の増大にともなって、少しずつ明らかになりつつある。

そこで、万葉集歌がうたわれた場をひとつの言語場としてとらえ、そこに展開されることばの性格を考えることで、当時の、とある階層の日常語の現実をとらえられるのではないかと考えたのが、本稿の主旨である。そこに漢文訓読的な要素をどのようにとらえることができるかは、今後の課題である。

# 「結果的表現」から見た上代・中古の可能

吉井　健

## はじめに

助動詞「ル・ラル」に関係する可能表現の推移については、渋谷勝己（一九九三）・川村大（二〇一二）・吉田永弘（二〇一三）等によってその輪郭が明らかになってきた。本稿は「結果的表現」（佐伯梅友一九五八）という概念に導かれながら、上代から中古にかけての無標の動詞、あるいはそこにアスペクト形式を付加したものと、「ユ・ラユ」「ル・ラル」の形式との関係を再検討し、整理を施そうとするものである。

## 一　ユ・ラユ、ル・ラルにおける「可能」の現れ

叙述的な意味としての可能は、古くは否定を伴う例に著しく偏る。肯定の形でそれとして表されるのは比較的遅く、中世後期とみられる（吉田永弘二〇一三）。

上代の「ユ」「ラユ」の場合、可能に関するものとしては、前接する動詞が「忘る・取る・寝」に限られ、資料的な問題もあるかもしれないが、否定を伴った例ばかりである。

①堀江越え　遠き里まで　送り来る　君が心は　忘らゆましじ（和須良由麻之自）（万葉20・四四八二）

②妹を思ひ　眠の寝らえぬに（祢良延奴尓）　暁の　朝霧隠り　雁がねそ鳴く（万葉15・三六六五）

平安時代において「ル・ラル」の形式を見ても同様に、可能と見られる例は否定を伴う例に偏っている。

③かづけども　波のなかには　さぐられで　風吹くごとに　浮き沈む玉（古今・四二七）

その中で、次のように肯定の形で可能を表すかと思われる例がごく少数ある。

④少し立ち出でつつ見わたしたまへば、高き所にて、ここかしこ、僧坊どもあらはに見おろさるる、
（源氏・若紫）

⑤「なほえこそ書きはべるまじけれ、やうやうかう起きゐられなどしはべるが、…」（源氏・椎本）

④のような「見る」を前項とする複合動詞の例は、その中でも目立つもので、おそらくは「見る」という感覚が意志的であると同時に、その実現そのものは一種の受動性を持っていることが例の多さに結びついているものと考えられる。[1] ④⑤ともに、「見下ろすことができる（できている）」「起きて座っていることはでき（できてい）ます」と、可能の理解を受け入れる。

ただ、これらの例では当該の行為が実現していることに注意しなければならない。これらは、当該行為の望ましさに応じて、意志の発動を読み取りやすい点において可能のように解釈され得るものだが、なお自発としての解釈を排除できないものであると思われる。自発は、本来意志的であるはずの動作が意志の発動なしに生起した（している）ことを事後的・反省的に述べるものである。現代語（標準語）においては、「レル・ラレル」による自発はほぼ認識に関する動詞に限って見られるものであるが、平安時代の「ル・ラル」においては、次の例のように、動作的な動詞においても生起する。

⑥何心なくうち笑みなどしてゐたまへるが、いとうつくしきに、我もうち笑まれて見たまふ。（源氏・若紫）

⑦それを取りて焼きて食ひつるに、いみじく甘かりつれば、「かしこき事なり」と思ひて食ひつるより、ただ

かく心ならず舞はるるなり。（今昔二八―二八）

⑥は若紫を見て自然と源氏の顔がほころぶということであり、⑦は意志とは関係なく手足が舞うように動いていることを述べている。こうした自発の例から見ると、④⑤もそう遠くはないと見得るのではないだろうか。④⑤と⑥⑦とを分けるのは、意志の発動の有無である。⑥⑦にそれがないことを指摘するのは容易であるが、④⑤にそれがあると言うことは同等に容易であるとは言えないと感じられる。

⑧あさりする　海人の子どもと　人は言へど　見るに知らえぬ（之良延奴）うま人の子と（万葉5・八五三）

といった例は「ぬ」が後接した例であるが、これを「自然とわかった」と解するのが本来としても、関心を持って見ていたら「私には知ることができた」と解することとの径庭は大きくない。むしろ、そういう解釈を受け入れるものとしてあると言うべきであろう。当該の行為が実現している場合において、自発との区分はかなり困難である。肯定の可能と見得る例の少なさからすると、自発を基調としつつ、文脈から与えられるその行為に対する望ましさによって、可能と理解できる例があると考えるべきものかと思われるのである。

吉田永弘（二〇一三）は、④⑤のようなものを指して「既実現可能」と呼んでいる。自発と近接している④⑤のようなものを括りだしておくことは、非常に重要である。後の可能表現への展開を跡づける際にも有効であると思われる。ただ、これらが「事実的な表現」のうちに発現している意味であることは確認しておかなければならない。[2]

## 二　「結果的表現」と可能

### 二―一　「結果的表現」

「既実現可能」は、次のような場合もその範囲としている。

①白雲の　絶えずたなびく　峰にだに　住めば住みぬる　世にこそありけれ（古今・九四五）

②ありぬやと　こころみがてら　あひ見ねば　戯れにくき　までぞ恋しき（古今・一〇二五）

③とみの物縫ふに、かしこう縫ひつと思ふに、（枕草子・ねたきもの）

肯定的に可能が含意されるものは、「ル・ラル」の場合と同じく少ないようである。①②は「ぬ」③は「つ」の後接したもので、小田勝（二〇一五）では、「アスペクト形式による可能表現」として紹介されている。こうした表現については、佐伯梅友（一九五八）が「結果的表現」として言及している。①の例について「『住みぬる』は『住めた』という意に見る方がしっくりすると思われるが、これは、住むことができ、その結果として住んでいることを表している言い方だからと思うのである」と述べている。結果を表す事実的な表現のうちに可能の意味が発現していることを述べたものと解することができる。こうした例は、通常の事実的な表現の間に溶け込んでいて、それと指摘すること難しい面がある。万葉集においては、これらの類例をあまり見いだせていない。

④香島根の　机の島の　しただみを…こごともみ　高坏に盛り　机に立てて　母にあへつや（母尓奉都也）　目豆児の刀自　父にあへつや（父尓獻都也）　身女児の刀自（万葉16・三八八〇）

などが、これに当たるかと思う。佐伯梅友（一九五八）は、ほかに「結果的表現」として、次のような例を挙げている。

⑤老いぬれば　さらぬ別れも　ありといへば　いよいよ見まく　ほしき君かな（古今・九〇〇）[3]

⑥思へども　身をしわけねば　目に見えぬ　心を君に　たぐへてぞやる（古今・三七三）

⑦あはれてふ　言こそうたて　世の中を　思ひはなれぬ　ほだしなりけれ（古今・九三九）

⑧風のうへに　ありかさだめぬ　塵の身は　ゆくへも知らず　なりぬべらなり（古今・九八九）

⑨ありはてぬ　命待つ間の　ほどばかり　憂きこと繁く　思はずもがな（古今・九六五）

⑩富士の嶺の　ならぬ思ひに　燃えば燃え　神だに消たぬ　空し煙を（古今・一〇二八）

これらは否定を伴う例である。こうした例は、万葉集にも見られる。

⑪天の川　瀬を早みかも　ぬばたまの　夜は更けにつつ　逢はぬ彦星（不合牽牛）（万葉10・二〇七六）

⑫人言を　繁み言痛み　我妹子に　去にし月より　いまだ逢はぬかも（未相可母）（万葉12・二八九五）

⑬たらちねの　母が養ふ蚕の　繭隠り　いぶせくもあるか　妹に逢はずして（異母二不相而）（万葉12・二九九一）

⑭…現には　君には逢はず（君尓波不相）　夢にだに　逢ふと見えこそ　天の足る夜を（万葉13・三二八〇）

右のような「逢ふ」の否定が多く見られる。

⑮君に恋ひ　寝ねぬ朝明に（寝不宿朝明）　誰が乗れる　馬の足の音そ　我に聞かする（万葉11・二六五四）

⑯淡島の　逢はじと思ふ　妹にあれや　安眠も寝ずて（夜須伊毛祢受弖）　我が恋ひ渡る（万葉15・三六三三）

「寝」の否定も多く、

⑰夢にだに　逢ふことかたく　なりゆくは　我や寝を寝ぬ　人や忘るる（古今・七六七）

など、中古にも受け継がれる。このほか、

⑱…あらたまの　年行き帰り　春花の　うつろふまでに　相見ねば（相見祢婆）　いたもすべなみ…（万葉17・三九七八）

⑲…咲かざりし　花も咲けれど　山をしみ　入りても取らず（入而毛不取）　草深み　取りても見ず（執手母不見）…（万葉1・一六）

⑳世間の　苦しきものに　ありけらし　恋にあへずて（戀二不勝而）　死ぬべき思へば（万葉4・七三八）

㉑うつせみし　神に堪《あ》へねば（神尓不勝者）　離れ居て　朝嘆く君　離り居て　我が恋ふる君…（万葉2・一五〇）

㉒…名のみを　名児山と負ひて　我が恋の　千重の一重も　慰めなくに（奈具佐米七國）（万葉6・九六三）
㉓ここにありて　春日やいづち　雨障み　出でて行かねば（出而不行者）　恋ひつつそ居る（万葉8・一五七〇）
㉔…玉桙の　道をた遠み　間使ひも　遣るよしもなし　思ほしき　言伝て遣らず（許登都弖夜良受）　恋ふるにし　心は燃えぬ…（万葉17・三九六二）
㉕…み雪降る　越に下り来　あらたまの　年の五年　しきたへの　手枕まかず（手枕末可受）　紐解かず（比毛等可須）　丸寝をすれば…（万葉18・四一一三）

などが挙げられる。これらは、可能の意味を受け取らねばならないといったものではないが、「結果的表現」に連なるものと思われる。

## 二―二　古典語動詞と現代語動詞の違い

「結果的表現」によって「既実現可能」の意味が表されていることについて考えるために、古典語動詞と現代語動詞の違いについて瞥見しておきたい。仁科明（二〇〇三）は、万葉集の運動動詞について、それがはだかの形で述語（終止・連体形終止）として用いられる場合を二群五類に分ける。

A群

（一）　動作・過程の継続

梅の花　散りまがひたる　岡辺には　うぐひす鳴くも（宇具比須奈久母）　春かたまけて（万葉5・八三八）

（二）　変化結果の継続

我が門の　浅茅色付く（淺茅色就）　吉隠の　浪柴の野の　黄葉散るらし（万葉10・二一九〇）

B群

（三） 遂行的発話とその変種

石麻呂に　我物申す（吾物申）　夏痩せに　良しといふものそ　鰻捕り喫せ（万葉16・三八五三）

（四） 一般論（習慣・性質）

冬ごもり　春さり来れば　朝には　白露置き　夕には　霞たなびく（霞多奈妣久）…（万葉13・三二二一）

（五） 実況的描写・眼前事態内容の受け入れ

塩津山　うち越え行けば　我が乗れる　馬そつまづく（馬曽爪突）　家恋ふらしも（万葉3・三六五）

そうして、不完成相を重視する立場と消極的述語形式としてのあり方を重視する立場との二つの立場が二面として記述的には成り立ち得ることを述べている。ここに見られるA群の用法は、現代語との相違が顕著な用法である。

井上優（二〇〇九）は、古典語の動詞のはだかの形は、「開いた線」の形をとるということを述べている。変化においては、進展性を持たない動詞が多く、はだかの形で用いられることが少なく、ヌあるいはタリ・リを伴うものが多いこと（鈴木泰二〇〇九）も一連のこととして捉えられている[4]。さらに、「出来事全体を時間の流れの中でとらえる」という動的述語性が、現代語に比べ古典語には弱いとし、現代語において、

今日は三キロ泳いだ。

今日は三キロ泳げた。

といった区別が明示的に行われることに注意しつつ、次のように述べて可能表現との関連を示唆している。

現代語では、動詞を意図成就「デキタ」の形にしないと、「意図どおりに動作完成が実現する」という「ナル」的表現にならないが、古典語では「ツ」「ヌ」により動作の完結や変化の完成に焦点をあてれば「ナル」的表現になりうるということであろう。

こうした動詞における事象の捉え方の違いが、古典語における「結果的表現」の存在や、可能の意味が形式的にとらえにくい状況と関連するものであることは十分に考えられる。

これを理論的に説明することは難しいが、現象的な面からいくらか整理してみようと思う。

## 二―三 「結果的表現」における既実現可能の意味の発現

二―一「結果的表現」で挙げたように、アスペクト形式が動作の完結や変化の完成に焦点を当てることになることは、中古の「得」が補助動詞的に用いられることからも補強される。

①掃ひ得たる櫛、あかに落し入れたるもねたし。（枕草子・初瀬に詣で局にゐたりしに）

②若宮、「まろが桜は咲きにけり。いかで久しく散らさじ。木のめぐりに帳を立てて、帷子を上げずは、風もえ吹き寄らじ」と、かしこう思ひえたりと思ひてのたまふ顔のいとうつくしきにも、うち笑まれたまひぬ。（源氏・幻）

これらは「掃ふ」行為や「思ふ」行為が完全に行われたことを表しており、次の例のように、可能の意味を読み取ることができる場合もある。

③かの国人、聞き知るまじく思ほえたれども、言の心を男文字にさまを書き出だして、ここのことば伝へたる人に言ひ知らせければ、心をや聞き得たりけむ、いと思ひのほかになむめでける。（土左日記）

いっぽう、これとまったく違う手段であるが、否定によっても、結果的に動作の完結や変化の完成に焦点を当てることになるのではないかと思う。完成に焦点を当てるということは、意志動詞について、意志の発動とは別にその成就・完成を問題にすることであろう。否定は、古典語の（意志的）動詞の場合その成就・完成を否定することになり、アスペクト形式と結果的に同じような効果が生じ得るのではないかと考えられる。

「結果的表現」に多数の否定の例があることがそのことを考えさせる。

④…現には　君には逢はず（君尓波不相）　夢にだに　逢ふと見えこそ　天の足り夜を（万葉13・三二八〇）

という例で考えると、現代語で「君には逢わない」とすることには違和感がある。意志の発動を保存して「君には逢えない」とすることが適するように思われ、せいぜい意志に積極的に関係のない形で「君には逢っていない」とする方がまだ落ち着くのである。現代語の意志的動詞では、否定は、意志の発動も含めた全体を否定することになる。そのため意図的に選んでその行為を行わないといった意味に傾く。古典語の動詞はそういうふうでないと見られる。すなわち、「君には逢はず」の否定は、「逢ふ」行為の意志の発動までは否定していない。その成就・完成をのみ否定している。これは、完成の面に焦点が当たっていると見てもよいのではないだろうか。そのために全体としてナル型表現になり、意志を発動してもその通りにならないという不可能の意味が生起してくるのだと理解できる。

　こうした様相を見ると、古典語の意志的動詞では、現代語動詞に比べて意志との結束性が緩やかなのではないかと疑われる。吉田永弘（二〇一二）は、「目的」を表す「タメニ構文」は「意志性述語＋ム（＋ガ）＋タメニ」が、中世後期から近世にかけて「意志性述語の無標形（＋ガ）＋タメニ」と変化していることを跡づけている。さらに、ムの衰退と表裏して無標形がムの領域に侵出して、事態の実現・未実現の把握の仕方にも変化を及ぼしていることを述べている。このことは古典語においてムで表されていた（補われていた）意志性が、中世後期から近世にかけて動詞のまま持つに至り、動作を実現しようとする意志と動作の実現性が不可分に結束して現代語動詞につながっていると考えられるのではないだろうか。こうしたことは、古典語動詞が「消極的述語形式」と言われ、「動的述語性が弱い」と言われることとおそらく関係することであろう。

　「結果的表現」と見られる否定文は、基本的には当該の行為が実現しなかった事実だけを表すものである。行為の実現に向けた意志までは必ずしも否定しない。状態的・不完成的と言えば言い過ぎになるが、意志の発動とは別に実現の有無だけを述べることができたものと考えられる。そこに可能の意味を呼び込む契機があると思われる。意志的行為を表す動詞において、必ずしも否定されていない意志の発動は回復しうるものとしてあり、そのことによって、〈意志は発動したものの行為は実現に至らなかった〉という可能（不可能）の意味が発現してくるのだと考えられる。もとよりこれは佐伯梅友（一九五八）の言うように、可能を表現しているものではなかろう。むしろ事実的な表し方ですませているという方が適切である。

このように考えることが許されるならば、「結果的表現」における既実現可能の意味の発現には（一）アスペクト形式の付加、（二）否定形式の二途があり、手段は違うものの、〈意志の発動〉と〈行為の成就・完成〉とを分析的に持ちやすくすることにはたらいていると見られる。

なお、アスペクト形式の付加は、動作の完結や変化の完成に焦点を当てることになるが、それは意志の方向に沿ったことである限り、事実性の表現の中に溶け込んでいると見られる。ところが否定の場合は、「逢はず」が意志に反してそうなっているのか、意志に沿ってそうなっているのかは非常に大きい差になる。「結果的表現」は事実的な表現ですましているわけだが、やはりここには表現の明確化への需要が生じるであろう。そこで、さまざまな補助動詞的な表現が否定の側には存在している。

鳴く鶏は　いやしき鳴けど　降る雪の　千重に積めこそ　我が立ちかてね（吾等立可弖祢）（万葉19・四二三四）

山高み　つねに嵐の　吹く里は　にほひもあへず　花ぞ散りける（古今・四四六）

越えやらで　恋ぢにまよふ　あふ坂や　世を出ではてぬ　せきとなるらん（千載・七五二）

これらは、否定の形式を伴って不可能を表す。否定とともに、特に「あへず」に顕著であるが、動作の完結や変化の完成に焦点を当てる、一種のアスペクト形式のような面も認められる（吉井健一九九九）。つまり、これらは先ほどの二途を兼ねた形式であると見ることができる。副詞「え」も補助動詞「得」と関連するとすれば、同様の事情を考え得るだろう（渋谷勝己二〇〇〇）。

## 三　ユ・ラユ、ル・ラルの位置づけ

「結果的表現」は否定の側に多く見いだされるが、「ユ・ラユ」「ル・ラル」の場合も否定の側に可能と見るべき例が偏っていた。そうしてその例は少なくない。

①しくしくに　思はず人は　あるらめど　しましくも我は　忘らえぬかも（忘枝沼鴨）（万葉13・三二五六）

②妹を思ひ　眠の寝らえぬに（伊能祢良延奴尓）　暁の　朝霧隠り　雁がねそ鳴く（万葉15・三六六五）

肯定の場合、「ユ・ラユ」「ル・ラル」による自発は、意志的な動詞において本来意志的な行為が主語の意志なしに成就・完成していることを示す。意志動詞が述語となっている動きについて、その実現に必要な意志が主語においてそれとして持たれていないことを明示するはたらきをしている。これは、事態の成就・完成の面と意志の発動を分析的にもつ装置であると見ることもできよう。そこで、これが否定になった場合、かえって意志の発動の保存にはたらき得るものであったことが考えられる。

③君に恋ひ　寝ねぬ朝明に（寝不宿朝明）　誰が乗れる　馬の足の音そ　我に聞かする（万葉11・二六五四）

④妹を思ひ　眠の寝らえぬに（祢良延奴尓）　暁の　朝霧隠り　雁がねそ鳴く（万葉15・三六六五）

③において「眠りに入る」ことが否定されているのと同様に、④も「自然に眠りに入る」ことが否定されている。それですませている、と見られる一方で、④は主体の意志とは別に原因があって、行為が成就・完成しないという分析を受け入れやすい。それが意志を発動したにもかかわらず、当該行為が成就・完成しないというふうに見

られると、可能の否定ということになるのであろう。意志の発動が当該の事態の成就・完成に直結しないものとして分析的に持たれることが、可能の理解をもたらすのである。

なお、可能の否定と見る場合でも、事態としては事実的なものである。第一義的には「眠りに入らない」事実を述べるものである。「既実現可能」ならぬ、潜在性をもつ可能も、その否定の側では潜在性をもつ一方で、現にある事実に密着したものとなる（吉井健二〇〇二）。否定の例の圧倒的な多さは、基本的に「ユ・ラユ」「ル・ラル」が事実的な表現の側にあることを反映したものであると考えられる。

以上のように考えて来ると、可能の含意が見られる場合、先に見た二途、すなわち、（一）アスペクト形式の付加、（二）否定形式の二途、すなわち「結果的表現」に（三）「ユ・ラユ」「ル・ラル」形式の付加を加えてもよいかもしれない。ただし、（三）はほぼ（二）に含まれると言ってよい。（一）〜（三）のいずれも〈意志の発動〉と〈行為の成就・完成〉とを分析的に持ちやすくすることにはたらいていると見られるが、〈行為の成就・完成〉を際立たせるものが（一）であり、動作主体の〈意志の発動〉に関するものが（三）であり、（二）は（一）と重なりつつ、（三）をも含んでいるといった見方ができるだろう。

## 四　「既実現可能」以外の可能

今まで見てきた「結果的表現」以外に、次のように動詞のはだかの形が可能を含意している例がある。

①思ふ故に　逢ふものならば（安布毛能奈良婆）　しましくも　妹が目離れて　我居らめやも

（万葉15・三七三一）

このような例は、古今和歌集にむしろ多い。

②吹く風にあつらへつくるものならばこの一本をよきよと言はまし（古今・九九）

③恋しきに命をかふるものならば死にはやすくぞあるべかりける（古今・五一七）
④月影にわが身をかふるものならばつれなき人もあはれとや見む（古今・六〇二）

これらの例でも「逢えるものならば」といった可能の意味を読み取ることができる。こうした例は、早く三矢重松（一九〇八）が「生得被能動詞」として注意している。その中に「（1）普通の形態を有するもの」として②の例などを挙げつつ「此等は尋常の他動詞と見ては解すべからず、可能的動詞もしくは可能相の略格といはざるべからず」とし、②については「但しツクルは下のモノにて助くる模様あり」と注記し、

⑤身を分けて　君にし添ふる　ものならば　行くもとまるも　思はざらまし（落窪物語）

の例も挙げている。しかし、佐伯梅友（一九五八）にはこうした例は挙げられていない。三矢重松（一九〇八）は、

⑥心あてに　折らばや折らむ　初霜の　置きまどはせる　白菊の花（古今・二七七）

も挙げているが、佐伯梅友（一九五八）はこれを「結果的表現」から排除している。現代語としては可能（不可能）の表現を必要とする場合でも、事実的な表現を以てすませていたというのが「結果的表現」であることが、あらためて確認される。

①〜④は、動詞のはだかの形が「ものならば」という仮定条件節の中で用いられているもので、想定のこととして述べられたものである。ここでは、「もの」によって、当該の行為、例えば「逢ふ」ことの実現が、個別の意志を離れたものになっている。これは「ユ・ラユ」「ル・ラル」において意志が主語においてそれとして持たないことに共通する面をもつ。そこに可能を含意する契機があると考えられるが、さらに、これらは「思ふ故に逢ふ」ことが成り立たないこと、意志の発動のままに「逢ふ」ことが成就・完成しないことを前提とした「反実仮想」というべきものになっている。このように想定としてある点でこれらは「既実現可能」の範囲を越えていると言えるだろう。

②④⑤のように「〜ものならば」で示される前件は意欲されるものである。そうして、後件は望ましい事柄である。①③は屈折した表現になっているが、「いつもいっしょにいたい」「喜んで死にたい」といった望ましい事柄を前提にしている。次の⑦〜⑨は前件の意欲が希求・願望の形をとったものである。後件は「〜ム」の形をとっており、意志動詞＋「む」は、意志の表現と解されるが、可能の解釈も受け入れる。

⑦常陸さし　行かむ雁もが　我が恋を　記して付けて　妹に知らせむ（伊母尓志良世牟）（万葉20・四三六六）

⑧うら恋し　我が背の君は　なでしこが　花にもがもな　朝な朝な見む（安佐奈佐奈見牟）（万葉17・四〇一〇）

⑨朝な朝な　上がるひばりに　なりてしか　都に行きて　はや帰り来む（波夜加弊里許牟）（万葉20・四四三三）

この場合の可能も、「既実現可能」ではない。これらも是非とも可能を読み取らなければならないというものではないが、動作主体が意志を発動しさえすれば当該の行為が自然に成るという把握を許す。(5) そこに可能が含意されやすいのであろう。ただこの場合、希求・願望した事態の実現を前提としている点では、当該の行為の実現は前提の実現に委ねられている。その点で、行為の成就・完成は主体の意志の制御を離れたものであると言える。

いっぽう、仮定の代わりに疑問するものも見られる。

⑩…見るごとに　まして偲はゆ　いかにして　忘るるものそ　恋といふものを（忘物曽）（万葉8・一六二九）

これは「忘れることのない」現実を前提に、そこから離れる方法を修辞的に問い、その現実が意志を越えて不可避であることを確認するものである。つまり、「忘るる」ことが自然に起こることを否定するものである。これは次のような反語的な例との連絡も考えられる。

⑪人離れたる所に心とけて寝ぬるものか（源氏・夕顔）

⑫神木にも　手は触るといふを　うつたへに　人妻といへば　触れぬものかも（不觸物可聞）（万葉4・五一七）

このように、⑩〜⑫はいずれも「もの」によって、当該の行為に対する意志を主体の外に置き、その行為の一般的実現可能性を問うものとなっている。一般的実現可能性は、この場合、個別の意志の制御とは別に行為が成就・完成することと言い換えることも許されよう。⑩〜⑫ではその成立が疑われ、否定されるのであるが、①〜⑤とは、こうした違いを超えて、当該の行為の実現を個別の主体の意志の発動から切り離し、その結果当該の行為の成就・完成を問題とする表現になっている点で共通している。そこに可能の含意が生じるのだと考えられる。

①〜⑤のように意欲される行為の一般的実現性を仮定する場合、可能が含意され得るのであるが、その後件にも望ましい事態が現れ、⑦〜⑨に等しく、やはり可能の含意をもちやすい。但し、これは仮定の帰結に「ム・マシ・ベシ」が用いられる一般の中にある。

⑬霞立つ　春の初めを　今日のごと　見むと思へば（見牟登於毛倍婆）　楽しとそ思ふ（万葉20・四三〇〇）

⑭百日しも　行かぬ松浦道　今日行きて　明日は来なむを（阿須波吉奈武遠）　何か障れる（万葉5・八七〇）

といった「ム」を用いた例で可能を読み取るのは、あるいは恣意になるかもしれないが、意志の発動と当該の行為の完成・成就が直結していないものと見られる限りにおいて、「既実現可能」ならぬ可能の含意を見ることになろう。

## まとめ

「既実現可能」は、機能としては異なるさまざまな形に担われているということができる。限定はされるが定まった形式をもつというわけではない。「可能」を行為の実現とは別の潜在的なものとする場合、それはどのような形で担われていたかと考えると、やはり、さまざまな形に担われていたのだと見られる。

意志的行為を表す動詞が「既実現可能」を含意する場合、（一）アスペクト形式の付加、（二）否定形式の二途が主なものとして指摘できる。これに（三）「ユ・ラユ」「ル・ラル」形式の付加を加えることもできる。いずれも、意志の発動と行為の成就・完成を分析的に見ることにはたらくものと見られる。(三)はほぼ(二)に含まれると言ってよいが、〈行為の成就・完成〉を際立たせるものが(一)であり、〈意志の発動〉に関するものが(三)であり、(二)は(一)と重なりつつ、(三)をも含んでいるといった見方ができる。どの場合も、事実的な表現の枠内である。(一)(二)は「結果的表現」と重なるものであるが、(三)も大きく隔たるものではない。「既実現可能」は、このように、事実的な表現の中にすくい取られるものである。特別な形式を持たずにすまされていると言えよう。こうしたことは、述語としての意志との結合が緩やかな古典語動詞の様相とも関わるものであろう。

いっぽう、現実の実現と離れた「可能」も、さまざまな形に担われていたのだと考えられる。本稿では「結果的表現」との関連から、「もの」に関わる表現を中心に見るにとどまったが、より大きくは「ム・マシ・ベシ」などによる表現の中にすくい取られるものであることが予想される。これはもう少し限定した形で取り出すことができるかもしれないが、形式として捉えることには、限界もあろう。

「既実現可能」は事実的な表現の中に、「可能」は想定を表す表現の中に表され、そこにいわば埋没している。そうしたあり方は、可能という意味領域が非常に輪郭に乏しいものであった状況を示す。また否定への偏りは、可能という意味領域が、肯定(可能)と否定(不可能)とで事実性において異なる傾きをもつことの反映であるように思われる。



注

(1) 可能は、当該の動作そのものには意志の発動がなければならないが、その表現全体としては意志を持たない。「太郎はこの台を持ち上げられる」という例の場合、「持ち上げる」は意志動詞であって意志の発動を想定することが前提になるが、「持ち上げられる」ことは意志を持たない。「持ち上げられよう・持ち上げられろ」といった表現があり得ないのはその反映である。いっぽう感覚としての「見る」は視線を向ける挙動（準備的動作）は意志的に制御されるが、その結果として見ること（対象を捉えること）は、制御の埒外にある。

…家見れど　家も見かねて　里見れど　里も見かねて…（万葉9・一七四〇）

この構造が、可能の意味構造に合致しやすいのだと考えられる（吉井健二〇〇二も参照）。

（2）英語の「could」は、過去における可能（性）しか表さないが、現代日本語の「〜できた」という形式は、過去における可能（性）とともに「既実現可能」を表すことに注意しておきたい。

（3）この古今集歌の注として、例えば次のようなものがある。「老いぬれば人ことに死ぬる事のえさらぬ別のあるといへは」（『京都大学蔵古今集注』（為相注）『京都大学国語国文資料叢書』48）、「さらぬわかれ　無常也　ゑさらぬ道也」（『紹巴本伊勢物語付注』天文二四年（一五五五）『鉄心斎文庫伊勢物語古注釈叢刊』）、「さらぬ別は　えさらぬわかれ也」（『伊勢物語秘用抄』慶長二年（一五七七）『鉄心斎文庫伊勢物語古注釈叢刊』）。

（4）井上優（二〇〇九）において、変化については「開いた線」という表現が表立って使われていないが、竹内史郎（二〇一四）に「うしなふ（失）、うす（失）、たゆ（絶）、きゆ（消）」等の消滅動詞、「しづまる（静）、なぐ（和）、やむ（止）」等の沈静動詞について、上代にはだかの形の使用が認められないことを述べられていることを参照して解釈した。

（5）⑨の類想の歌として次の歌があるのは興味深い。

天飛ぶや　鳥にもがもや　都まで　送りまをして　飛び帰るもの（等比可弊流母能）（万葉5・八七六）

**〈参考文献〉**


井上　優（二〇〇九）「「動作」と「変化」をめぐって」（『国語と国文学』八六巻一一号）
小田　勝（二〇一五）『実例詳解古典文法総覧』（和泉書院）
川村　大（二〇一二）『ラル形述語文の研究』（くろしお出版）
佐伯梅友（一九五八）「結果的表現」・『古今和歌集』解説　日本古典文学大系（岩波書店）
渋谷勝己（一九九三）「日本語可能表現の諸相と発展」（『大阪大学文学部紀要』三三―一）
渋谷勝己（二〇〇〇）「副詞エの意味」（『国語語彙史の研究』一九　和泉書院）
鈴木　泰（二〇〇九）『古代日本語時間表現の形態論的研究』（ひつじ書房）

竹内史郎（二〇一四）「事象の形と上代語アスペクト」（青木博史・小柳智一・高山善行編『日本語文法史研究』２　ひつじ書房）
仁科　明（二〇〇三）「「名札性」と「定述語性」―万葉集運動動詞の終止・連体形終止―」（『国語と国文学』八〇巻三号）
三矢重松（一九〇八）『高等日本文法』（明治書院）
森山卓郎・渋谷勝己（一九八八）「いわゆる自発について―山形市方言を中心に―」（『国語学』一五二集）
吉井　健（一九九九）「上代に於ける不可能を表す接尾動詞―アヘズ・カヌ・カツ＋否定辞―」（『井手至先生古稀記念論文集　国語国文学藻』和泉書院）
吉井　健（二〇〇二）「平安時代に於ける可能・不可能の不均衡の問題をめぐって」（『文林』三六号）
吉田永弘（二〇一一）「タメニ構文の変遷―ムの時代から無標の時代へ―」（青木博史編『日本語文法の歴史と変化』くろしお出版）
吉田永弘（二〇一三）「「る・らる」における肯定可能の展開」（『日本語の研究』九巻四号）

# 破棄された手紙

## ——下級官人下道主の逡巡——

中川ゆかり

### はじめに

正倉院文書中に、次ページに挙げたような夥しい修正が加えられた「啓」（書簡としての形式や用語を含む文書）がある。品物を進上する送り状を書こうとしたらしい。黒々と消された文字も、原本では墨の下に見えるらしく『大日本古文書』（十五—三七四頁、以下『大日本古文書』の引用は書名・頁を省略）に翻字されている。

それによると進上された品物は「温船・松・蕨・鮒」である。書き手は造石山寺所案主（石山寺を造る機関の事務責任者）の下《しもの》道主《みちぬし》、宛先は「少鎮」—「大鎮」・「中鎮」と共に寺務管理に携わる僧の役職名—である。(1)「温船」—湯船—は寺院の設備として作られるものであり、なぜ石山からわざわざ一隻が送られるのかわからない。更に不可解なのは魚食が禁じられている僧侶に「鮒」がたてまつられている点である。

正倉院文書には訂正が加えられた文書は多くあるが、これ程修正や抹消の多いものは見出しにくい。同様の内容のものは正倉院文書中に見えず、推敲を経て清書されたものが実際に少鎮宛てに送られたかどうかは不明である。下道主は何を書きあぐねてこれ程逡巡していたのか。その事情を可能な限り文書を読解することによって(2)探りたい。

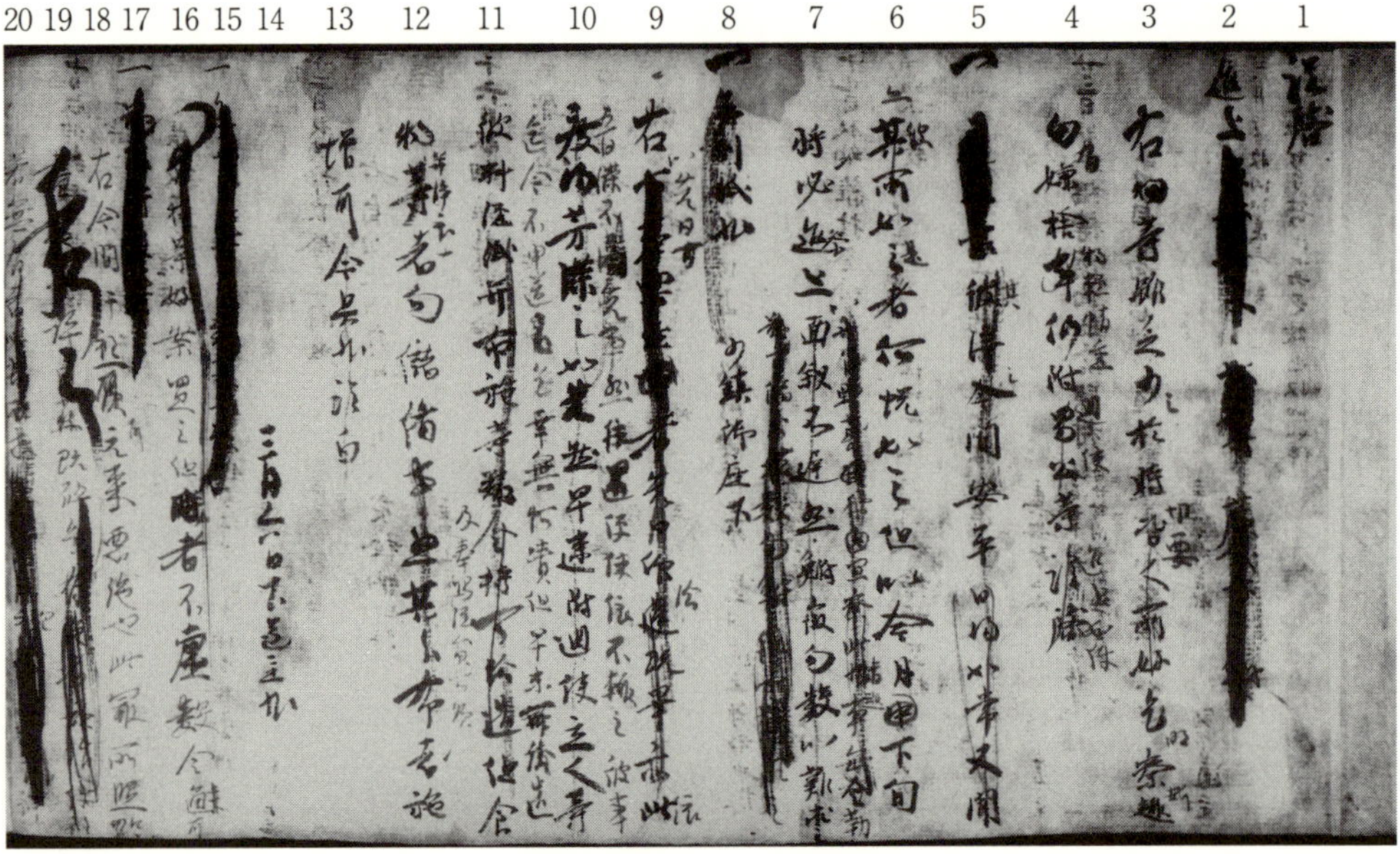


（続々修四十五ノ三裏17）

## 一　原案と訂正案

下道主は天平宝字五年から六年にかけての石山寺造営に案主として携わった造東大寺司の官人である。石山寺の建築に采配を振り、その業務に係わって作成した多くの文書が主に造石山寺所解移牒符案[3]として残っている。

ここで取り上げた啓は道主の思うようには書けなかったらしく、訂正の文案が書き加えられた後、物品名や個人名が墨で塗り潰され破棄された。そして、その背面を「雑材并檜皮及和炭納帳六年」[4]の一部として、自身が再利用している[5]。

推敲がどのような過程で行われたかを今厳密に復元することは難しい[6]。そこで、もとの文字列を原案とし、もとの文字列の右あるいは左にやや小さく書き込まれたものを訂正案とし、二案に大別して翻字する[7]。但し、訂正案はそれとして文意が通るように、最終的には抹消された文言も含めて復元している。

文字列を消した線の内、細い線は訂正するため、やや太い線は訂正を意図しない抹消のためのもの、黒く塗り潰した箇所は背面の再利用を考慮して、人目に触れさせたくない固有名詞等を消去したものと考えた(8)。

なお、署名の後の三条（15~20行目）については前文との関連が読み取りにくく、今回は除外して考える。

〔道主の原案〕

1 謹啓
2 進㆓上温船壹隻・松肆材・蕨貳升・鮒㆒
3 右物等、雖㆓乏少㆒、於㆑時皆人所㆑好。乞察㆑趣、
4 勿㆓嫌捨事㆒。仍附㆓男公等㆒。謹啓。
5 一道主蒙㆓彼澤㆒、今間安平、日得㆑如㆑常。又聞㆓
6 其所如㆑之者何悦如㆑之。但以㆓今月下(中)旬㆒
7 将㆓必叅（進）上㆒。面叙不㆑遅。然鮒徴勿㆑数。以㆑難㆑求㆑之。
8 一不㆑別㆑紙状　少鎮御座下

〔原案の現代語訳〕

1 謹しんで申し上げます。
2 温船一・松四材・蕨二升・鮒を進上いたします。
3 右の物は少しではありますが、この時期万人が好むものでございます。どうぞ、志をお汲み取
4 り下さり、御笑納頂けますように。男公等に託して、謹しんで申し上げます。
5 一私はそちら様のお蔭で、今安穏に日々事無く暮らしております。そちら様も同様でいらっしゃ
6 ると伺えれば、それが私の何よりの喜びでございます。さて、今月下旬には必ず参上いたします。
7 お目通りが遅れることはございません。けれども、鮒をたびたびお求めになることはお控え下さいませ。鮒は入手するのが難しいからでございます。
8 少鎮様へ

9 右、可レ奉レ寫經事者先日仰遣既畢。亦此
度内芳牒之如レ先。然早速附二廻使立人等一、
10 彼料經紙并布施等類（「及…預」もとはなし）及奉レ寫經員（可）預令レ持
11 可二給遣一。但食
12 物等者勿二儲備事一。然其分者布施
13 增耳。今具レ状謹白。
14 三月六日下道主状

〔道主の訂正案〕

1 謹啓
2 進二上温船壹隻・松肆材・蕨貳升・鮒一
3 右物等、雖二乏少一之、於レ時切要。乞明二察斯趣一、
4 右 勿レ有二嫌捨一。物輕情重。仍附二廻使一進上如レ件。

8 一紙を別にせず申し上げます。
9 写経の件は先日すでに承りました。又この度、
内裏からも同様の御指示を頂きました。そこで
10 早速廻使立人等に託して、そのための経紙や布
11 施などと写すべき経のリストを前もって持たせ
て遣して下さい。但し、食料などは準備しない
12 で下さい。そして、その分は布施を増やして下
13 さい。今細々と謹しんで申し上げます。
14 三月六日下道主

〔訂正案の現代語訳〕

1 謹んで申し上げます。
2 温船一・松四材・蕨二升・鮒を進上いたします。
3 右の物は少量ではありますが、時によってはぜ
ひとも必要なものでございます。どうぞ心情を
御推察下さり、御笑納頂けますように。品物は
4 右 卑しいものではありますが、そこに込めた思い
は深いものでございます。そこで、廻使に託し
て進上いたしたく存じます。

5 一道主蒙㆓其澤㆒之、今間安平、日得㆑如㆑常。
6 亦彼所如㆑是者何悦如㆑之。但以㆓今月下(中)旬㆒
7右 将㆓必参上㆒。以㆓廿八日㆒葛野□宜㆑察㆓此請趣(状)㆒。
事毎令㆑勒
7左 雖□〔儲〕[9]〔不〕□。數勿㆓鮒徴而請求㆒。
8 一不㆑別㆑紙状　少鎮御座下
9 右、以㆓先日㆒可㆑奉㆑寫經事者仰給既畢。亦依㆓
10右 五日牒㆒不㆑違㆓先事㆒。然、往還便使、依㆑不㆑輙
之、彼事
10左 迄㆑今不㆓申送㆒之。乞幸無㆓呵(何)嘖㆒。但早速(束)
可㆓給遣㆒。
11 但、食
12 物并浄衣者勿㆓儲備事㆒。然其分者布施

5 一私はそちら様のお蔭で、今安穏に日々事無く暮
6 らしております。亦そちら様も同様でいらっ
しゃれば、それが私の何よりの喜びでございま
7右 す。さて、今月下旬には必ず参上いたします。
二八日には葛野より、こちらが求めた事情を御
理解下さいと……。事毎に命じさせられますが、
7左 前もって用意しておけるものではございません。
ですから、何度も鮒をお求めになるのはお止め
下さい。
8 少鎮様へ
8 一紙を別にせず申し上げます。
9 先日写経の件はすでに承りました。亦五日の牒
10右 によっても、先の決定に異なることはないとの
ことです。それなのに、往き来する便使が滞っ
10左 ておりましたため、お伝えするのが今になって
しまいました。どうぞお叱りになりませんよう
お願いいたします。但、早く物をお送り下さい。そし
11 12 但し、食物と浄衣は準備しないで下さい。そし
12 13 て、その分は布施を増やして下さい。今細々と

13　増耳。今具レ状謹白。
14　三月六日下道主状

13　謹んで申し上げます。
14　三月六日　下道主

これらの原案と訂正案は文言は随所に異なるが構成は共通する。そこでまずこの啓の構成とそれが語ることについて考えたい。

## 二　啓の構成

この道主の啓は「不レ別レ紙状」という言葉によって二分される。「不レ別レ紙状」（「不レ別レ紙」とも言う）とは「本来は別の文書を作成すべきですが、便宜上続けて書きます」ということわりの慣用句である。[10] 性格の異なる内容が「不レ別レ紙状」という文言を用いて一紙に書かれる文書は正倉院文書中に次のように見える。

**表Ⅰ　〈「不別紙（状）」を含む文書〉**

| | | 差出人 | あて先 | 〈書き出し文言と書き止め文言〉前半部 | 〈書き出し文言と書き止め文言〉後半部 | 前半の内容と後半の内容 |
|---|---|---|---|---|---|---|
| ① | 天平18年か（九―五） | 葛野古万呂（写経所領） | 乙満尊 | ○不明<br>○貢日注、急申二送政所一不レ得レ延レ時 | 「不別紙状」<br>○得経生高市老人詫状云…<br>○謹牒<br>謹上　乙満尊左右 | ○前述の人等をいつ貢進するかを急いで政所に申し送るよう命ずる<br>○経生高市老人の休暇を認めたい |
| ② | 天平18年か（九―一九三） | （下走）古万呂 | 写経所 | ○不明<br>○六月十九日下走古万呂謹上写経所曹司辺 | 「不別紙」<br>○奉送紙…<br>○不次状。謹上<br>古万呂 □万呂 | ○「謹上写経所曹司辺」（内容は不明）<br>○私の写経のために紙を打ってほしい |

| | | | | | |
|---|---|---|---|---|---|
| ③ | 天平勝宝5年（十二―三五） | 僧智憬 | | ○不明<br>○右、縁㆓所㆑請数㆒、且奉㆑送如㆑件。注状以啓。 | 「不別紙」<br>○釋浄土群疑一巻…<br>○…乞加㆓芳恩㆒…蹔乗㆓聴許㆒之。謹啓<br>僧智憬謹状 | ○返却する経典の送り状<br>○返却できない経典のリスト<br>今日返却できないので一～二日待ってほしい |
| ④ | 天平宝字5年（十五―一二四） | 賀茂馬養 | （安都雄足か） | 謹啓　可㆑刈㆓御田㆒事<br>一……<br>一……<br>○五年八月廿七日下賀茂馬養 | 「不別紙」<br>○若殿中…<br>○不明 | ○稲刈の報告・御機嫌伺い・成選の可否<br>○白い皮沓がほしい |
| ⑤ | 天平宝字6年（十五―四六五） | 安都雄足 | 石山務所 | ○牒　石山務所<br>一……<br>一……<br>○以牒 | 「不別紙」<br>○雄足、彼令㆑佃…<br>○不明 | ○仕丁等の月養・雑工等の仕事・経所の菜・柱を漕ぶこと<br>○雄足自身の佃についての依頼 |
| ⑥ | 天平宝字7年（五―四五四） | 下道主 | | ○謹頓首白<br>○謹頓首白 | 「不別紙」<br>○請㆓厨奴醤㆒文一紙<br>○謹頓首白。末奴下道主 | ○胡麻油を請う<br>○すでに依頼してある醤の支給を請う |
| ⑦ | 宝亀（二十五―三六七） | 不明 | 不明 | ○謹啓<br>○ナシ | 「不別帋」<br>○謹啓 | （戯書） |

⑤の安都雄足の石山務所に充てた牒は前半は職務上の命令、後半の「不別紙」以後は自らの田の耕作についての依頼で、私的な用件である。②も前半の内容は不明だが、後半は私的な写経のための紙打ちを頼んでいる。③の僧智憬の状は前半は返却する経典の送り状であり、事務的な書き方である。対して「不別紙」以後は勘校が終わらず返却の猶予を乞う内容で、「乞加㆓芳恩㆒」・「謹啓」等、書簡用語が用いられ啓の書式を取る。このように、

事務的な連絡と相手に頼み事をするという内容の違いによって、書式が峻別されている点に、当時の人々の書式を重視する意識が伺える。

又、④の賀茂馬養の啓は前半は職務上の報告・成選の可否と御機嫌伺いの内容の書簡である。「不別紙」で区別されているのはそれ以後の内容が〝白い皮沓がほしい〟という特に私的な願い事であるからであろう。同様に⑥の下道主の状は「不別紙」の前も後も物品を請うものだが、後半は「酒部厨司所」に無理を言って頼んだものか、「遺得何悦如レ之」の如き書簡用語を用いへりくだった言い方をしている。ここまでが「状」（書簡の形式・用語を含む文書）で、以下に事務的な連絡の一つ書きの一条が続く。今問題にしている道主の啓も「不別紙状」以前は物品の進上の送り状、以後は写経という職務についての連絡というように、質の異なる内容である。

そして、この道主の啓には一つ書きが見える。「一」で始まる箇条書きは事務文書の書き方である。書簡にはふさわしくないが、正倉院文書中の啓・状には他にも一つ書きが見える。黒田洋子氏はその一つ「安宿豊前状」（二五―二三七）について「冒頭の書出の用件のあとに、一つ書が、一つだけ加えられるパターンのものがしばしば見られる。この場合、書状全体の主題は、一つ書の部分にあることが多い」と指摘し、「仁部史生糸益人啓」（十四―二〇九）の場合は「前半と一つ書以降を別件とみるべきか」とされる。(11)

さらに、先の賀茂馬養の啓（表I、④）のように「一馬養者昨今日間、蒙二遠恩釋一（「澤」か）、東西如レ常。但明公何。公事平哉。幸甚幸甚。」と、御機嫌伺いの一条も一つ書きで書かれることがある。こうした書き方を見ると、状・啓において一つ書きが採用されるのは別項目であることを明示したい時であったと考えられる。その際、安都豊前の状について黒田氏が言われたように、冒頭の挨拶文より重要な用件が一つ書きによって切り出されることもあったのである。

上院の僧正美が道主宛てに送った次の状もそのような書き方がされている。

謹　通下案主御所
ⓐ奉レ別以来、経二数日一、戀念堪多。但然當二此節一、攝二玉躰一耶。可。但、下民僧正美者蒙二恩光一、送レ日如レ常。
但願云「可日、玉面叅向奉レ仕耶。」
ⓑ一佐官尊御所申給「勢多庄北邊地小く欲レ請。」又、先日所レ進大刀子、若便使侍者　付給下耳。若无、後日
必く請給。春佐米乃　阿波礼
天平寶字六年潤十二月二日
下僧正美謹状
（続修別集四十八⑩、五―三二八）

前半ⓐは書簡用語を用いた御機嫌伺いの内容である。傍線部の「蒙二恩光一、送レ日如レ常」はここで取り上げている道主の啓にも同様の言い方が見えた。いずれも書簡における慣用句である[12]。それが項を改めた一つ書きのⓑになると、佐官尊（安都雄足）に「勢多庄の北辺の土地を少し分けてほしい」と申し入れをしてほしいとか、大刀子は便使（「便」とは他の用件のついでがある時）に託して返してほしい、便使が無ければ後でもよいから必ず渡してほしい等、極めて現実的な用件を書き列ねている。この依頼を相手に快く受入れてもらうために、前半部ⓐの丁重な文辞があったと考えられる。「お別れしてから数日しかたっていないのに、あなたのことが思われてなりません」という言葉から始まり、一見親しい友人に宛てた手紙[13]に見えるが、実はこの手紙が書かれた目的はその後のⓑの一つ書きの部分にあった。

　こうした書簡における一つ書きのあり方――別件であることを明示し、一つ書きで書かれた用件が主な目的である場合もある――を見ると、今の道主の啓の5行目～7行目の一つ書きも、品物の進上に付してどうしても言わねばならないことを項を改めて一つ書きにしたものと推測できよう。

| 品物の送り状 | | 事務連絡 |
|---|---|---|
| ⓐⓐ' 品物の送り状 | 「不レ別レ紙状」 | ⓒⓒ' 写経の業務についての特別な依頼 |
| ⓑⓑ' 求められた品物について項を改めて、言わねばならないこと | | |

以上のような形式から見ると、道主の啓は次のように整理できる。まずこの啓は「不レ別レ紙状」によってⓐⓐ'・ⓑⓑ'とⓒⓒ'に二分される。前半のⓐⓐ'は品物を進上する送り状、項を改めた一つ書きのⓑⓑ'は御機嫌伺いに始まる相手への要望である。「不レ別レ紙状」以降の後半のⓒⓒ'は職務上の連絡である。ⓑⓑ'の末尾に「少鎮御座下」という宛先が記されているので[14]、ⓐⓑ、ⓐ'ⓑ'が一まとまりのものであることがわかる。内容・用語から啓の要素が最も濃いのがⓐⓐ'である。ⓒⓒ'は特別な処理を求めるものではあるが、業務上の内容なので事務的な書き方がされる。ⓑⓑ'は書簡用語を以って書き出されるがその後の内容は要望である。道主はどうしても相手に伝えたい事があって、それを明示するために一つ書きにしたのだろう。この構成は原案も訂正案も変わらない。それでは次に原案から変えられた文言を中心に、啓の内容を見てゆきたい。

## 三　啓の内容——訂正案で改められた文言——

原案と訂正案を対比し、それらに共通する内容を次に示す。

ⓐ

〔原案〕

謹啓
進二上温船一隻・松四材・蕨二升・鮒一
右物等、雖二乏少一、於レ時皆人所レ好。
…勿二嫌捨事一…
謹啓

ⓐ'

〔訂正案〕

謹啓
進二上温船一隻・松四材・蕨二升・鮒一
右物等、雖二乏少一之、於レ時切要。…
勿レ有二嫌捨一。物軽情重…
進上如レ件

〔共通する内容〕

〈送り状〉
○温船一隻・松四材・蕨二升・鮒を進上します
○少しですが御笑納下さい

ⓑ

一道主蒙二彼澤一、今間安平、日得レ如レ常…何悦如レ之。…将二必参上一。…鮒徵勿レ数。以レ難レ求レ之。
少鎮御座下

ⓑ'

一道主蒙二其澤一之、今間安平、日得レ如レ常…何悦如レ之。…将二必参上一。…数勿二鮒徵而請求一。
少鎮御座下

〈御機嫌伺いと依頼〉
○そちら様のおかげで私はつつがなく暮らしております
○今月下旬には参上します
○鮒をたびたび請求なさるのは止めて下さい

ⓒ

「不別紙状」

一右、可レ奉レ写経事者…
内芳牒…
今具レ状謹白
三月六日下道主状

ⓒ'

「不別紙状」

一右、以二先日一可レ奉レ写経事者…
五日牒…
乞幸無二呵嘖一。
今具レ状謹白
三月六日下道主状

〈写経についての事務連絡〉
○写経の件は承りました
○食物と浄衣は御用意下さらずに、その分を布施で下さい

まずⓐⓐ'三行目の「雖二乏少一」は現代でも「少しですが…」と言うように、物を贈る時の定型句である。正倉院文書中の他の啓にも見える。[15] 道主はその言葉に「嫌ひ捨つること勿かれ」と続ける。似た表現が『杜家立成雑書要略』中の「知故に莔を餉《おく》る書」に「莫レ嫌二少悪一」—量も少なく、質も悪いのをお嫌《いと》いになりませんように—とある。こうした表現について同書の註釈では「人に物品を贈る時の常用句であったらしい」[16]と言う。

『杜家立成雑書要略』は唐の貞観年間の成立とされる書簡文例集で、光明皇后書写本が正倉院に残る。又、写経所で不用になった紙に書儀の一部と思われるものの習書が見える。[17] それによって奈良時代の下級官人がこうした書儀の類によって手紙の書き方や用語を学んだことがわかる。道主も書儀等で知った書簡用語を用いてこの送り状を書いたのだろう。ⓑⓑ'の「蒙二…澤一、今間安平、日得レ如レ常」や「何悦如レ之」も先に述べたように書簡でよく使われる言葉であった。[18]

但し、その中でⓐ「於ㇾ時皆人所ㇾ好」ⓐ'「於ㇾ時切要」は書儀の類で目にしない文言である。これはどのような意味なのか。上代語の「時に」は㋐前の文脈を受けて「その時」、㋑「ある状況の時、たとえば出航の時や娘が成長した時等」㋒「季節」に大別しうる[19]。漢語の「時」も「季節・時刻・時代・好機・その時の状況」の如く、文脈に応じて広く使われる。

ⓐの原案の「於ㇾ時」は「皆人所ㇾ好—皆が好むもの—」と続くので、㋐㋑㋒の内㋒の「その季節には」の意と取るのが適切であろう。今、道主から送られる品物は温船（湯船のこと）・松（四材なので、たいまつに使われるものか）・蕨二升・鮒である。これらの内、季節に係るのは蕨である。塩漬でない蕨が食べられるのは三月〜四月に限られる[20]。鮒は冬季、脂が乗って美味と言われるが、その時期しか取れないものではない。そうすると、「（春三月の）この季節には皆が好むものでございます」は蕨を念頭に置いて書かれたものであろう。

それがⓐ'の改正案では「於ㇾ時切要」に改められる。「切要」は〝どうしても要《い》る〟という意で、正倉院文書中でよく使われる言葉である[21]。但し、温船や明かり用の松は常に必要なものであって、「時に」要《い》るわけではない。蕨は好まれるものだが〝どうしても要《い》る〟とは言わないだろう。

残るのは鮒である。鮒は荷札木簡によって、越中国利波郡からの貢進物、武蔵国男衾郡からの大贄等としてその名が見える。又、賦役令には正丁一人に課される調に「美濃絁」などに並んで「近江鮒」が見え、造石山寺所のある近江は鮒の名産地であったことがわかる。訂正案の「時にはどうしても要るものです」の一文が鮒を指しているとすると、その「時」とはどのような時なのだろうか。この点について、この鮒が少鎮という僧侶に送られたことから、僧侶と魚食の伝承から考えたい。

## 四　僧侶と魚食

『日本霊異記』下巻第六に魚を食べようとした僧の話が見える。

（吉野の山寺に一人の大僧が住んでいた。僧は修行のため疲労し、起居もままならない。そこで弟子に次のように言った。）

「我欲レ噉レ魚。汝求養レ我。」

（弟子は師の言葉に従い、紀伊国の海辺まで出かけ鯔八隻を買い、それを小櫃に入れて帰路についた。その時、弟子は肝を冷やす出来事に遭遇した。）

……帰上。時、本知檀越三人遭レ道而問之言「汝持物之。」童子答言「此法花経也。」従二持小櫃一垂二魚之汁一。其臭如レ魚。俗念レ非レ経。

（童子の持っている櫃にはきっと魚が入っていると思った檀越達は童子に無理やり櫃を開けさせる。するとそこに入っていたのは法花経八巻であった。）

この説話には、僧侶の魚食の禁止とその禁を守ることへの檀家の人達の厳しい視線が見出せる。主語が弟子から唐突に出会う相手の檀越に変わる傍線部の表現は、魚を櫃に入れて運ぶ弟子が顔見知りの檀家の人達に出会った時の胸がつぶれる思いをリアルに描写したものである。霊異記中二例しか見えないこの出会う相手を中心とした表現の内の一例がこの場面で使われる(22)。それは僧の魚食に対する人々の糾弾がきびしく、弟子の童子がそれをいかに恐れていたかをもの語っている。

同時に、禁じられた魚も身体を癒やすためであれば、仏の加護によって人々の批判から僧を守ってくれるのだという観念もうかがえ、話は「為レ法助レ身、…雖レ食二魚宍一而非レ犯レ罪。魚化成レ経…」と結ばれる。

この説話は『三宝絵』では僧の状況がさらに具体的に語られている。

弟子ノ僧大師ニ申、

身ツカレ給テ、病スデニオモクナリ給タリ。又身ヲタスケテ道ヲオコナフハ、仏ノ説給所也。病僧ニハユルシ給ナリ。売ヲカフハツミカロカナリ。心ミニナヲ魚ヲマイレ。
トイフ。

（東寺観智院蔵本『三宝絵』中巻十六）

『三宝絵』では弟子の僧が「病気の時には僧も魚食が許されているのだ。」と述べている。

このことは僧の戒律を記した『摩訶僧祇律』巻十七（『大正新修大蔵経』二十二巻）では次のように説かれる。

（病気の比丘を見て、仏は問われた。）

「汝病何似？為有レ損不？」

（「回復しません。」と答えた比丘に仏は尋ねた。）

「汝不レ能二索随レ病食・随レ病薬一耶？」

（比丘は答えた。）

「能乞。但世尊制レ戒、不レ聴レ乞二美食一。故不二敢乞一。我無二檀越一、無二人与者一。」

（そこで、仏は言った。）

「従二今日一後、聴三病比丘乞二美食一。」

病気になっても、戒律ゆえに栄養価の高い美食を摂らない比丘達に、仏は今日からは病気の時にはバター・蜜・氷砂糖・チーズ・魚・肉を求めても良いと告げたとある。この『摩訶僧祇律』は東晋の法顕等の訳で、日本でも奈良時代に書写されたことが確認しうる（たとえば天平十八年（九―三二）、天平十九年（九―四五七）等）。

又、『法苑珠林』巻九十一食肉部（『大正新修大蔵経』五十三巻）には〝すでに死んだものなら食べて良い、腐ったものなら食べて良い、呪を唱えてからなら食べて良い〟等の、食肉に関する例外の規定が見える。『三宝絵』の〝売っている魚を買うのは罪が軽い〟という認識は『法苑珠林』の〝すでに死んだものなら食べて良い〟という規定に通ずるものである。自らの手で殺生の罪を犯したわけではないからであろう。

このように、病気の時は僧も魚食が許されていた。しかし、次のような尼の話もある。

…出家して尼となりぬ。日に再食せず、年数周に垂《なな》むとして、忽ちに腰の病を得て、起居便《やす》からず。医の曰はく「身疲労せり。肉食にあらざれば、これを療《いや》すべからず」といへり。尼、身命を愛することなく、弥《いよいよ》弥陀を念じたり。その疾み苦しぶところ自然に平復せり。

（『日本往生極楽記』）

病む時には許されているとは言え、やはり肉食によらず信仰の力で回復することが尊ばれたことがわかる。これらは説話であり、虚構の作品ではあるが、当時の人々の認識をもの語っていると理解してよいだろう。

すなわち、僧侶は身衰え病む時でも、魚や肉を食べることは人目を憚る行為であった(23)。僧侶ばかりでなく、写経に携わる経師等は俗人であるにもかかわらず、その食事に魚が供されることはない(24)。それなのに、道主が温船・松・蕨と共に鮒を送った相手は「少鎮」という寺官名から、明らかに僧侶である。しかも、ⓑⓑ'の一つ書きの三項目めにⓑ「鮒徴勿レ数」・ⓑ'「数勿二鮒徴而請求一」（しばしば鮒を要求なさるのはお止め下さい）と書かれるように、鮒の請求は頻繁であった。

続けてⓑ原案では〝鮒を求めるのが難しいからです〟と言う。造石山寺所は鮒の産地である琵琶湖の側にあり、入手すること自体が困難なわけではない。但、寺院の造営・写経を担う機関の官人である下道主が魚をしばしば求めることはやはり憚りがあったのだろう。鮒の要求は道主には迷惑なものであったと思われる。

ⓑⓑ'の一つ書きはまず書簡用語による丁重な御機嫌伺いの文言から始まる。そして、今月下旬には直接お目にかかると述べ、次におもむろに「鮒をたびたびこちらにお求めになるのはお止め下さい。」と切り出すのである。この箇所は原案に比して、訂正案はすべては読み取れないにしろ大きく加筆されていることがわかる。道主はどうしても言わねばならないことを相手に失礼にならないように書こうと苦慮したのであろう。

第三節で考えた「於レ時皆人所レ好」から「於レ時切要」への変更は、春に賞味される蕨から、鮒についての〃時にはどうしても必要なものでございます〃という内容への改変であった。それは〃僧であっても、時には―身体が弱った時には―魚がどうしても必要になるものでございます〃という魚食への擁護であったのではないか。その後の項を改めての一つ書きで書かれる、鮒をしばしば求めるのは止めてほしいという要望を和らげるための道主の修正であったと推測される。それでは、この啓の宛先の「少鎮」は誰だったのか。

## 五　手紙の相手「少鎮」とは誰か

この啓の背面が天平宝字六年の造石山寺所の「雑材并檜皮及和炭納帳」の一部として利用されているので、啓が書かれたのは天平宝字六年以前である。その頃、道主と係わりがある少鎮として挙げられるのは僧神勇である。[25]「少鎮神勇」の名は次の「造石山寺写経所食物用帳」に見える。

又下白米伍㪷
右、上寺借充料。付二少鎮一。
主典安都宿祢　領上馬養
（中略）
〔卅日……又下白米〕陸斛陸㪷
右、上寺充。附二小鎮神勇師一。但、先日借用卄斛代。今日報了。
主典安都宿祢　領上馬養 下道主
（続々修三十八ノ八⑬、十五―四九五・四九七）

造石山寺写経所が「上寺」から白米を借用し、それを少鎮に託して返済したことが記されている。三十日の記録には下道主の署名もある。「上寺」とはこの場合、石山寺のことであろう。
神勇の名は次の文書にも見える。

(ア)銭壹拾貫文

右、依㆓所㆑請數㆒、付㆓使舎人下道主㆒、充奉如㆑件。

（異筆）
二月八日先後惣納如㆑件。造寺料。

天平寶字六年正月廾日　僧神勇

「惣納銭五十貫

以㆓十六日㆒請銭貳拾貫。二月八日来廾貫。

右、附㆓阿力乙麻呂㆒請来、検如㆑件。」

（続修四三⑫、五―六七）

(イ)上院牒　造寺司政所

欲㆑作㆓太平㆒事呉斤者

右、為㆑用㆓寺内㆒、件物早速令㆓寫造㆒欲㆑請。仍注㆓事狀㆒、以牒。

天平寶字六年正月廾二日僧正美

史生僧圓栄（栄）

大僧都御宣

僧神勇

（続修別集五⑥、五―六七）

(ウ)上院牒　造寺司

請㆓米伍斛㆒且

右、件米等、沽欲㆑買㆓用雑物等㆒。家僧供菜不㆑好之。

八月十九日
僧神勇

（続々修四四ノ十[41]、十五—五〇一）

（異筆）「且充黒五斗」

(エ)石山院牒　造寺所

黒米貳拾斛

右、依㆓先日請借員㆒報納已畢。仍注㆑状、以返抄。

天平寶字六年十一月卅日

寺主僧神勇

（続修別集八[4]、五—二八七）

(イ)は「大僧都御宣」によってハカリを作ることを命じた上院の牒である。そこに署名した正美・圓荣（栄）・神勇は鷺森浩幸氏の言われる大僧都「良弁の居所に付属し、事務機構を備えた、良弁の種々の活動を支える役割を負う機関」[26]である上院のスタッフであったと考えられる。上院は東大寺の良弁の居所にも、石山寺の「僧都御室」にも存在した。(エ)の石山院の牒から、神勇は石山寺の寺主僧でもあったことがわかる。そして、(ア)はその神勇が石山寺の造営の当初から下道主と交流があったことを示す。

興味深いのは(ウ)の上院牒である。上院の僧の食事の副食がよくないので、いろいろな食料を買うための換金用の米を造寺司[27]に請求している。それに答えて、造石山寺所は当日の十九日に黒米伍斛を童子月足に付して上寺に送っている。その事は次の造石山寺所の「食物用帳」からわかる。

（八月）十九日下黒米伍斛

右、借㆓充上寺㆒。附㆓月足㆒。

主典安都宿祢　領上馬養 下道主

（続修九裏②、五—二四）

又、(ウ)の牒の余白の書きこみ「且充。黒五斗。」によっても米が送られたことが確認できる。

造石山寺所の「食物用帳」中に「借㆓充上寺㆒」という文言は散見され、直前の十二日・十三日にも見える。こうした緊密な関係からこの「上寺」は石山寺であったと考えられる。(ウ)の「上院牒」において、造石山寺所に求められた米は実際には上寺—石山寺に送られたものであった。その「上院牒」の中の「家僧」は当然上院の僧のことである。神勇がそうした配慮をしなければならなかったのは、その時良弁が石山に滞在したからかとも推測される。

このように少鎮神勇は上院の僧の食事を管轄する立場にあった。道主が蕨や鮒を少鎮に送ったのはその役割ゆえであり、両者の親しい関係に基づくものでもあった。

但、この啓が送られた時、少鎮は石山ではなく奈良にいたはずである。啓の文言の〝今月下旬には必ず参上いたします〟は造石山寺所の隣の石山寺に居る人に対してはふさわしくない。実際、道主が四月六日頃から十九日頃まで、石山を離れていたことが山本幸男氏によって指摘されている[28]。根拠の一つはこの間の造営関係の帳簿に下道主の署名がないことである。さらに、造石山寺所の上日（出勤日）報告で、道主の三月の上日が三十日、五月が二十五日（夕は二十八日）であるのに対して、四月の上日が十九日しかないこともこの推測を裏づける。こうした点から、山本氏は道主はこの間造石山寺所を離れ、所属する造東大寺司に公務出張したとされる。

道主は四月上旬に奈良の造東大寺司に出向いた。啓に書いた〝今月（三月）下旬〟よりは少し遅れたが、その時上院の少鎮の許に参上したのであろう。啓の宛先の少鎮はその時石山寺ではなく奈良の東大寺の上院にいたのである。つまり、蕨や鮒は東大寺に送られようとしていた。霊異記の鯔が櫃に入れられていたことからすると、この鮒は温船に入れて運ばれたのかもしれない。蕨を送るのは問題ないとしても、寺院に鮒を送るのは魚が病の時の必需品とは言っても、やはり憚られることであっただろう。しかも、何度も鮒を「徴」(原案)・「徴而請求」(訂正案)されたとある。「徴」は強い求めを表す言葉である。道主はその対応に苦慮し、何とかその要求を止めてもらおうと文案を練った。しかし、思うようには書けずついにこの啓は破棄され、人目に触れては困る箇所は黒々と塗りつぶされ反故となった。その後、別の手紙が送られたか、使に口上を述べさせたかは不明である。手紙としては棄てられたが、その背面が再利用されたために、道主の逡巡を一三〇〇年後に我々が知ることになったのである。

## むすび

棄てられた手紙には夥しい推敲の跡があった。道主は何をそれ程書きあぐねていたのか。それを探ってみると、当時の社会の建前ではない実態が垣間見えた。

造石山寺所の解移牒符案を中心に残る下道主の文章は、ある時は上に窮状を訴え、又ある時は下に厳しく仕事を催促するものであった。そこには、漢文としては完璧とは言えないが、仕事の遂行のためには躊躇することなく発言する下級官人の文章があった。(29)

その道主の筆がこのようなためらいを見せるのは〝僧侶の魚食〟という神経質にならざるを得ない事柄であったからであろう。石山院の造営という職務のためには良好な関係が必須の上院(30)に対して礼を失わず、しかし、こちらの事情も訴えたい。その苦慮がこの訂正や抹消に満ちた啓から伝わってくるのではないか。

## 注

（1）「鎮には寺内統治者、あるいは寺務全般の監督者的性格もあった」とされる（加藤優「東大寺鎮考—良弁と道鏡の関係をめぐって—」〔『国史談話会雑誌』23　一九八二年〕）。

（2）本文の作成については、続々修の写真・『大日本古文書』の翻字・黒田洋子『正倉院文書の訓読と注釈—啓・書状』（正倉院文書訓読による古代言語生活の解明　研究成果報告書Ⅱ　二〇一〇年三月）405を参照した。なお、黒田報告書では『大日本古文書』の翻字の誤りが次のように訂正されている。⑴5行目右「恩」→「其」⑵7行目右「勤」→「勒」⑶10行目右「使遇」→「往還」⑷13行目「可」→「耳」又、それ以外に『大日本古文書』の翻字を改めた場合は注記している。

（3）その内容・所属等については、山下有美「天平宝字期の解移牒案について」（『正倉院文書の歴史学・国語学的研究　解移牒案を読み解く』二〇一六年　和泉書院）中の表Ⅳに整理されている。

（4）続々修四十五—三17、『大日本古文書』十五—二八五頁（以下、書名・頁は省略）

（5）五月十日・十二日・十六日・十九日・廿三日・六月六日の雑材・檜皮・和炭の収納が記される。署名は主典安都宿祢と領下道主。

（6）注（2）黒田前掲書405に「書式の手本とされた可能性」を指摘し、作成段階を次の三段階に分ける。

①最初に本文が書かれた段階

②右傍に訂正墨書が書入れられた段階

③具体的な名称・事象等が抹消されて、書式の手本とされた段階

「以上のうち、第②段階と第③段階とはやや区別が付きがたい」とする。

（7）但し、原案がすぐに改められたと思われる箇所は改められた文字を採用し、もとの文字は（　）で括って示した。

（8）背面が再利用された文書の第一次面には「不用」と記されていることが多い。但し、道主は慎重な性格であったらしく、他の啓（続修四十七10、四—五二三）においても、自身を含む三人の名前を黒く塗り潰している。この啓はほぼ半年後に、背面が「造石山寺所雑材并檜皮及和炭納帳」（続修四十七裏10、十五—二八七）に利用され、今問題にしている啓の背面に張り継がれた。

（9）『大日本古文書』は「牒」とするが「儲」に見える。その下の文字はあるいは「不」か。「儲」の前後の文字の判読はむずかしいが、取りあえず「儲不」と解して意訳し□で括った。

(10) 注（2）黒田前掲書105に「紙を別つ礼儀に反することに対する断り。追伸の定型表現として正倉院文書にしばしば見える」と指摘する。

又、敦煌出土の『吉凶書儀』（杜友晋撰［伯三四四二］）に、婚・葬に関する書簡は真書（楷書）で、両紙（二枚の紙）を用いるという規定が見える。一枚は挨拶、もう一枚に用件を書くのである。

(11) 注（2）黒田前掲書505及び902

(12) 「あなた様のおかげで、私は事無く日々過ごしております」という文言は他にも次の書儀の一部と思われる習書中に見える。

「中冬逮レ冷、惟　玉體平安。冀迄二拝礼日一、万福日新。余冀二光澤一、送レ日如レ常。謹状」

（続々修三十九ノ四裏44、十八―一〇九）

そして、「吾如レ常」という文言は親族の目下の者に対して自らの近況を言う定型表現として、たとえば『吉凶書儀』（杜友晋撰［伯三四四二］）に見える。

(13) たとえば『杜家立成雑書要略』に「離居一日、情甚二三秋一。分手片時、心同二歳月一。…」（『杜家立成雑書要略註釈と研究』［一九九四年　翰林書房］［十二］）等。同註釈において、『唐無名書月儀』中の「七月孟秋」との類似を指摘する。

(14) 「座下」は手紙の脇附で、正倉院文書中に他に五例見える。それらは日付・署名の次の行に書かれる。今、「不別紙状」の下に書かれるのは異例である。「不別紙状」を書いた後で「啓」がここで終わることに気付いた道主が、すでにこの啓を下書にすることを決め、備忘として書き加えたものか。

(15) たとえば、次のような例がある。

○（前欠）

徳餘愍二困窮一之、望二一天之下一、何悦如レ之。頓首頓首。謹啓。

神護景雲四年九月一日下民長江田越麻呂状

更啓　布施料物、附二使者一欲二請給一。

一焼米　一紙裓

右物雖二乏少一、人給之料奉進。乞垂二領納一、税歡莫レ極。

謹空

○右物、雖㆓乏少㆒、默止不㆑能。献上如㆑件。以解。

（続修後集三十裏6、六―八四）

寳龜三年十月廿三日三嶋安倍麻呂

三郎尊侍者邊

（続々修三十九―四裏46、二十―三一八）

（16）注（13）前掲書一一五頁。鶏と鵝を送る際の「勿㆑嫌㆓少疲㆒」に注する。

（17）注（12）参照。「平安」・「万福」・「光澤」等、書儀に頻繁に見える語である。又、市川橋遺跡（多賀城市）からは『杜家立成雑書要略』を習書した木簡が出土している。

（18）「何悦如㆑之」は注（15）で引用した長江田越麻呂の状に見える。

（19）たとえば、次のように使われる。

㋐（高倉下が釼を）即取以進㆑之。于㆑時天皇適寐。（日本書紀巻三神武即位前紀）

㋑大船に真梶しじ貫き時待つと我は思へど月そ経にける（万葉集十五―三六七九）

㋒八千種に草木を植えて時毎に咲かむ花をし見つつしのはな（万葉集二十―四三一四）

又、影山尚之「暁と夜がらす鳴けど―萬葉集巻七「臨時」歌群への見通し―」（『萬葉語文研究』第12集　二〇一七年三月　和泉書院）には、「臨時」の「時」が単に折々を指すのではなく、「ことさらな、緊迫感のある『時』」であるという指摘がある。右の分類では㋑にあたる用法である。

（20）たとえば「上山寺悔過所銭用帳」（続修後集十1、十六―四七八）の三月二日の頃に「蕨一斗廿五文」、三月五日に「蕨一斗二升卅文」とある。

（21）漢語「切要」は(a)「要点」(b)「ぴたりと要点を押さえている」(c)「肝要な。肝要な事。」という意である。「要切」も同じ語義なので、「要」・「切」の〝かなめ〟という字義の同義結合の語ということになる。それに対して、正倉院文書中の「切要」は〝どうしても要《い》る〟という意で使われるので、〝切に要す〟という語構成となり、漢語とはその点で異なる（拙稿「『切要』―日本書紀・続日本紀に見えない言葉―」（科研報告書『正倉院文書からたどる言葉の世界(二)』二〇一四年三月））。

（22）霊異記中のもう一例は「（女は）然還来。道不㆑知老人以㆓大蟹㆒而逢」（中巻第八）で、この老人は実は聖の化身であった。こうした自らの意志を越えた出会いが出会う相手を中心として語られ、驚きの感情が表出されることがある（拙著『上代散文　その表現の試み』二〇〇九年　塙書房）。

（23）今昔物語集巻十一―二十八話「智證大師、初門徒立二三井寺一語」に「年来、此江ノ鮒ヲ取リ食フヲ役トセル者也。其外ニ便ニ為ル事无シ」と語られる老僧が見える。この僧について、古典文学大系は「破戒無慚の僧の所行に貴き節を見出でた話（巻四九二三）を原話とするものと思われる」と注する。〝魚を食い散らす僧〟が破戒僧の典型として描かれていることがわかる。

（24）正倉院文書の写経所の食料関係の資料に魚は見えない。

（25）東大寺僧実忠も少鎖として見えるが、それは『東大寺要録』巻七によれば神護景雲元年であり、道主の啓より後のことである。

（26）「奈良時代における寺院造営と僧―東大寺・石山寺造営を中心に―」（『ヒストリア』121　一九八八年）

（27）「造寺司」とは通常「造東大寺司」のことである。しかし、ここで実際に米を送っているのが造石山寺所であることは㋒の書き入れと造石山寺所の食物用帳を照合すれば明らかである。「造東大寺司」の出先機関として造石山寺所を呼んだものか。

（28）「造石山寺所の帳簿（下）―筆跡の観察と記帳作業の検討―」（『相愛大学研究論集』15(1)　一九九八年）

（29）拙稿「桴工達の訴え―下道主の文書作成の苦心―」（『正倉院文書の歴史学・国語学的研究』二〇一六年　和泉書院）

（30）今問題にしている啓が書かれた七日後に道主は上院に啓を送り、食料不足のために造営工事が遅延するかもしれないと報告している。その訴えは良弁大僧都に伝わり（上院の僧から良弁の耳に届くよう「啓」という書式が選ばれたという桑原祐子氏の指摘［「写経生・実務担当者の選択―「啓」という書式を選ぶ時―」、『漢字文化の受容―東アジア文化圏からみる手紙の表現と形式―』二〇一七年三月　奈良女子大学古代学学術研究センター］による）、三月十六日には愛智郡の天平宝字四年の租米の徴収権を造東大寺司から得ている。つまり、良弁を頂点とする上院との関係を良好に保つことが、石山寺造営工事を円滑に進めるために必須であり、道主はそのことを熟知していたのである。

# シニフィアン(signifiant)とシニフィエ(signifié)の関係から考える古代の〈訓字〉と〈仮名〉

尾山　慎

## はじめに

本稿は、萬葉集歌表記における漢字の用法[1]とその表記について、言語学的観点で再考・再整理を加えるものである。一般に、萬葉集の表記には訓字、訓仮名、音仮名、義訓[2]、戯書等が認められる、とよく説明される。厳密には、義訓とは、文字列と、与えられた（あるいは我々が読みとれる）読みとを、一般の訓字のありように照らす形で差異的に与える分類であり、戯書とは文字列と、得られる読みとの、多く一回限りの臨時的関係性として、そうよんだものである。

訓字とは、漢字と日本語訓が対応しているものという理解で基本的に良いと思われるが、相対的な意味での数値として希なものから、非常に多く繰り返して使用されるものまで広がりは多様である。それゆえに、ある文字にある日本語訓がどれほど定着しているかということを、我々が認定するのは容易ではない。池上禎造は「後代人」の感覚で、文字に対する定着訓を定めていくことに警鐘を鳴らしている[3]。一方、訓仮名は日本語の語形を表象しながらも、そこから意義を捨象したものと説明されるが、捨象し切れていないようにみえるものがあって、単純ではない。このとき、まさにいま使用したが「意義」や「意味」といった言葉が持ち出されることが多い。訓字も、当然「意義」ないし「意味」を負っているので、「可我見」や「隠障浪」のような訓仮名のありようを説明するとき（後に詳述する）に、かえってわかりにくくもなる。結果、訓仮名は訓字に連続的なところがあるとか、「義字性に応じて、義字の要素を多少なりとも有する」（大野透『萬葉假名の研究』（明治書院一九六二）といった説明のされ方に落ち着くことが多いが、筆者はもう少し、訓字との差異を精密に分析、構造化できると考える。特に、大野の「義字的用字」という、普遍的とも聞こえる位置づけは、漢字という文字とその一用法たる訓仮名との関係をかえってわかりにくくするところがあると考える。

古代の表記における文字、そのすべての材料となっている漢字という文字の性質——表語文字というのが、話の出発点となり、かつまた結局終着点にもなるのだが、漢字という素材としての文字と、その用法（表音用法の仮名、表語用法の訓字）との関係を、シニフィアン（signifiant）とシニフィエ（signifié）——以下原則、片仮名表記のみとする——という一般言語学的な観点で再検証したい。日本語表記の説明には不十分といわれることが多いこの観点を敢えて用いるのは、「意味」「意義」「意」といった様々な類似の言い回しを便利使いしなくてよいという点が一つ。それから、日本語の説明には使えないというのがどこまで真実かということを見極めるねらいもある。結論からいうと、日本語は表記が多様だからシニフィアンとシニフィエの関係では解けないというのは、実は十全な批判ではない。

以下、便宜的に、「意味」「意」「義」「意義」等をほぼ同義とみて、「意味」に代表させて話を進める。「語義」という既存語は使わず、基本的に「（語の）シニフィエ」に統一する。また、一応「文字」に「意味」が存在しているとは言いがたいという考えのもとに、「字義」「字の意味」といった言い方（とらえ方）は本稿ではしない[4]（ただし他の論文を引用する場合は除く）。また、「表意性」は後々登場するところで再確認する。

【図１】

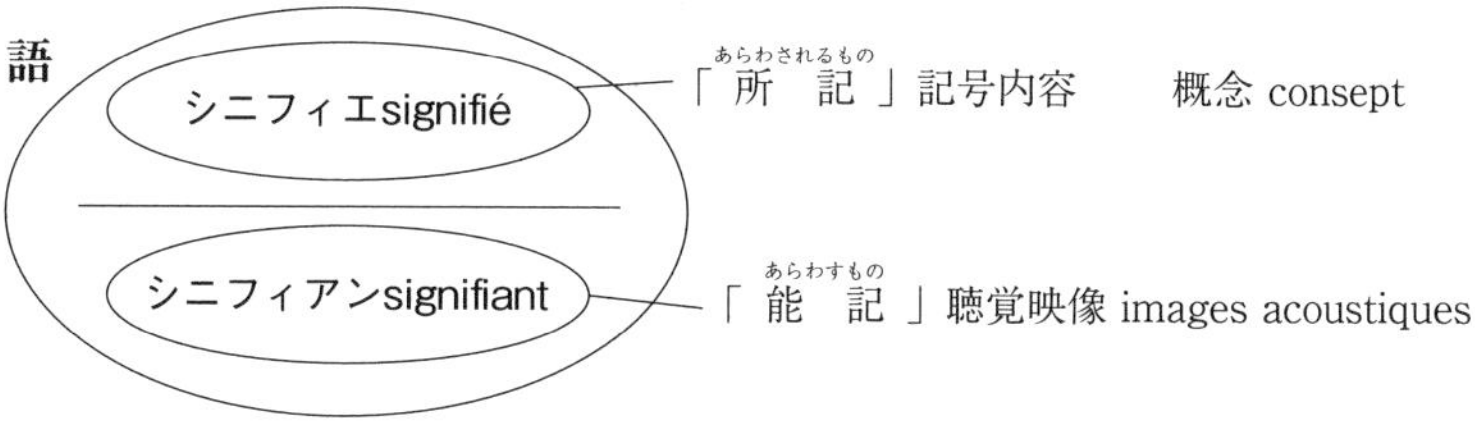


# 一、一般言語学の「語」と「意味」

## 一・一、ソシュール（F.D.Saussure）のシニフィアン（signifiant）とシニフィエ（signifié）

「語」を、「音」と「意」の結合とみるのは今や半ば常識となっているが、F・D・ソシュールのシニフィアンとシニフィエによって説明されたところによる。小林英夫の訳語[5]「能記」「所記」は、近時、「記号表現（signifiant）」「記号内容（signifié）」などともいわれる。またよく知られているように、ソシュールは文字をこの分析の考慮にいれていない[6]。記号表現にあたるのは、「聴覚映像 images acoustiques」といわれ、これは、我々がいま一般にいう「音韻」に相当するとみられる。あらためて図示しておこう（【図1】）。

仮名が、仮名たり得ることに、一般的に考えて「意味」の捨象というものが挙げられるはずである。では「意味」とは何かと問えば、上記の通りこれは「概念 concept」であり、すなわちシニフィエ――〝シニフィアンによって表されるところの概念〟ということになる。つまり、「意味」それそのものの説明をソシュールも結局はしていないわけだが、もし説明するとなると、その説明は言語を使って施すことになり、結局言葉の意味を別の言葉で説明する（言い換える）に過ぎなくなってしまうことから、あえてそれを回避したとも考えられる。ただ、実際のところは、人は言い換えによって語の意味を把捉してきたわけで、古辞書などでよく見る、いわゆる互訓というのも、そのことをよく示していよう。

## 一・二、杉本つとむの見解

ソシュールの言語観には、日本でも様々な疑義がだされてきた。代表的なのは時枝誠記だが、文字・表記研究の観点からいえば、やはり前述の通り、文字を考慮に入れていないという点で批判が強い。たとえば「市立大学の歌学専攻と私立大学の化学専攻の学費の違い」といったことを、日本語は文字に表現できたりする。ソシュールの、文字は言葉を写す、それ以上でも以下でもないという見方は、確かにこういった事例には当てはめにくいようにも思われる。そこで、杉本つとむ『文字史の構想』(茅原書房一九九二)から、ある記述を抜粋してみたい(傍線および○囲み数字付加は引用者による)。

目で見、頭脳に刺戟を与えるのは、音声ではなく、文字なのである。ソシュールやヨーロッパ言語学はこの目をあまりにも排除した。それはヨーロッパの文字の表層的な機能にとらわれたゆえであろう。ソシュールも現代のような言語社会を想像することは不可能であったと思う(三三頁)。

〈樹〉という概念(ソシュールは所記 signfié)と〈arbor〉という聴覚映像(同じく、能記 signifiant)との結合を記号 signe とするソシュールの基本的考えからいけば、①視覚映像は、arbor のみで、木でも樹でも尌でも樹木でもキでもいいことになる。書記体系の単純なヨーロッパ語の表記体系は中国と日本の場合とは別世界なのである。②聴覚映像の/オトメ/を〈未通女、処女、少女、乙女、阿嬢子〉などと表記する視覚映像の多様さを問題にし、それをヨーロッパ言語学的に検討することなどをソシュールに求めることは不可能であろう。逆にこうした視覚映像に日本語研究において、記号論的にも正しい位置を与えなければならない(三三頁)。

【図2】

（arbor表記が表す語の概念）＝シニフィエ

---

（arbor）＝シニフィアン（視覚映像）
＝アルファベット五文字がこの並びにおいて機能する視覚記号

※ただし、聴覚映像がどこかへ飛んでしまうわけではない。図2では割愛しているが、聴覚映像は、「arbor」という五文字のこの表記（視覚映像）があらわす語と密着している（意味と音が密着している）。便宜上いま聴覚映像/ərbər/の表示をしていないだけである。以下同。

まず、①について、「視覚映像はarborのみで、木でも樹でも尌でも樹木でもキでもいいことになる」――「のみで」から後続文への繋がりにおいて、ややその意を取りがたいが、英語の場合は「arbor」という五文字の表記これのみ、日本語の場合は「木でも樹でも尌でも樹木でもキでもいい」ということだろう。視覚映像という言葉は、杉本によってここで持ち出されたものである。②の「聴覚映像の/オトメ/を〈未通女、処女、少女、乙女、阿嬢子〉などと表記する視覚映像の多様さ」とは、①に重ねてそのことを述べた箇所である。先にも述べたように、「聴覚映像」とは「images acoustiques」の訳である。ここに「視覚映像」すなわち文字表記の問題を持ち込むのは上述の通り日本語の場合、首肯できる問題提起ではあるけれども、あらためてこれをモデル化すればどうなるか、確認していこう。

## 一・三、「視覚映像」としてのシニフィアン

杉本の提言に従って「視覚映像」で措定するとすれば、【図2】の通り。

前述の通りソシュールは、表記「arbor」は音韻/arbər/を表す、ただそれだけという判断から、これを事実上捨象した。では、「視覚映像」という観点を持ち込む場合、日本語表記ではそこにバリエーションができる場合もあろう（以下、示す図では話の中心を視覚映像におくため、聴覚映像という要素を割愛することがあるが、繰り返すように「音」がないわけではない。語である限り、そこに

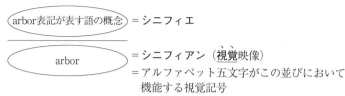

【図３】

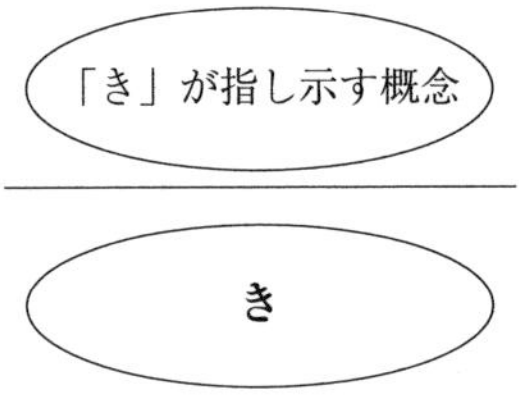


【図４】

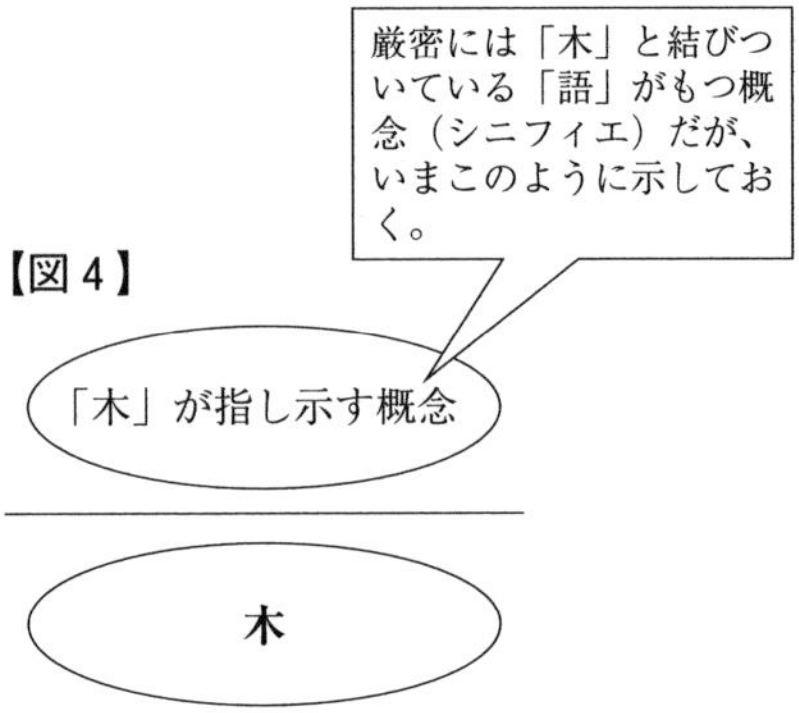


【図５】

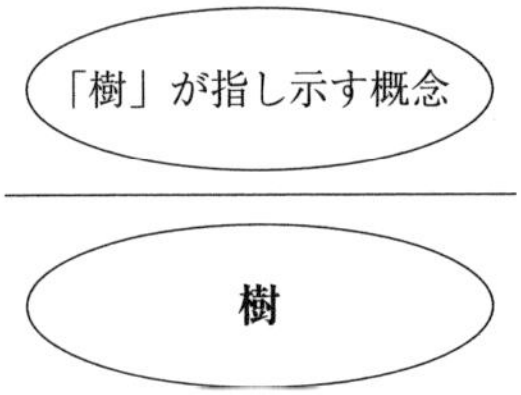


【図６】

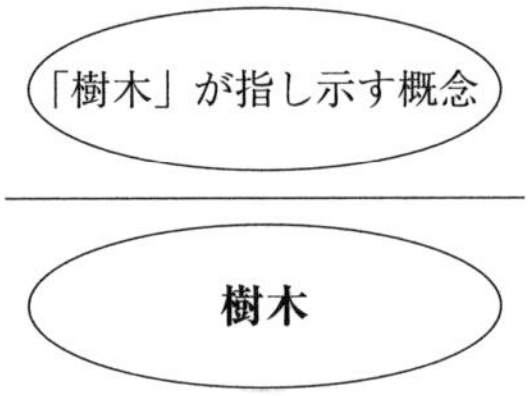


※ジュモクではなく /ki/ と読む場合とする。

【図７】

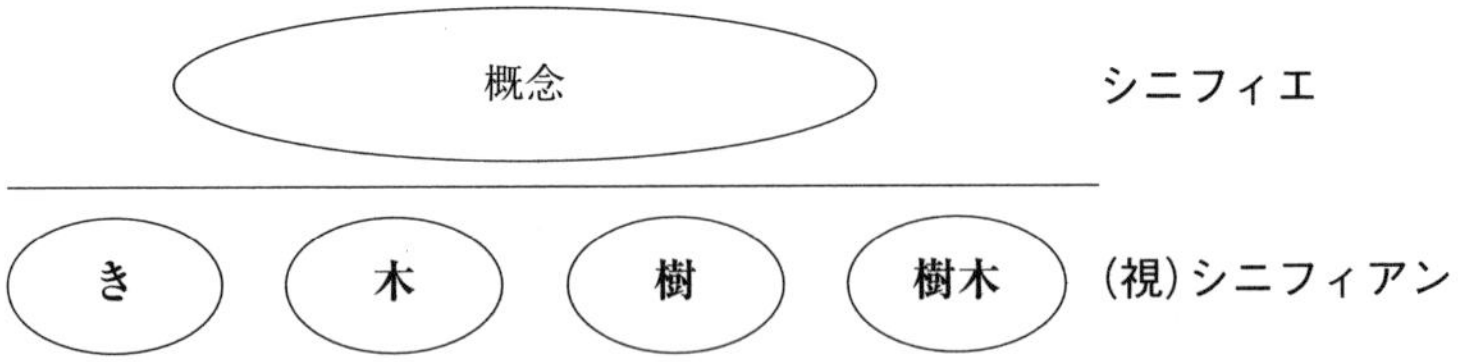

音はある【図3～6】）。

ここでは試みに四例ほど挙げてみたが、言葉によってはさらに表記バリアントが多岐に及ぶ場合もあるだろう。ところで、右の【図3～6】に対して、【図7】のような表示はどうであろう。こちらの示し方には、表記のバリアントがなにをもたらすか、という問題が横たわっている。つまり、単に候補が複数あるというそれだけでは、ソシュールのいうことが、別段揺らがないのである（以下、ソシュールのいうものは「（聴）シニフィアン」、杉本のいう表記のそれを「（視）シニフィアン」と呼ぶことにする）。この【図7】の（視）シニフィアンの示し方は、河野六郎の、全ての文字の基本的な機能は表語にある（「文字の本質」『岩波講座日本語八　文字』一九七七）という言葉を思い出させるであろう。そして、このようにならべ、そしてすべてが/ki/という語を表すのであれば、事実上、これらの表記上の差異は捨象することも可能となる。あえてソシュールの言葉を借りるならば、「召使い」が何人いても示すものは同じというわけである。

## 一・四、（視）シニフィアンの別によってシニフィエが揺らぐ、割れる

単にバリアントとしての表記群だと、結局/ki/によってあらわされる概念という一つの（聴）シニフィアンに回収され、事実上、表記バリエーションは、ただの下位のバリエーションに過ぎなくなる。これは現代日本語表記にも存在する――つまり、つまり「わたし」と書くか「私」と書くかにさして違いを感じないという場合である（こだわる人もいるかもしれないが、個別的である）。一方、「悲しいというより哀しいって感じだ」という場合は、話が変わってくる。この場合は、「わたし／私」に頓着しないのとは違って、一つの語を文字の側から分断して臨時的に異義化せしめている。つまり、本来一つである「カナシイ」のシニフィエをあえて細分せしめるような（視）シニフィアンとの関係がある。ごく卑近な例でも、「早い」と「速い」のように、日本語では一語

であるものを漢字によって切り分ける例がある。こういう現象はたしかに表音文字だけでは起きないことである。「悲しいというより哀しいって感じだ」の場合は、二つの、似た意味をもった同訓字が一文中において対比的なので、必然的にそれぞれのシニフィエも差異があることになるが、たとえばそれぞれ別の文脈で別人が書いたものを引き比べた時、かならずしもそう把握できない可能性もある。つまり、漢字をさほど意識せずかき分けている（どちらでもかまわない、という認識や、あるいは字体だけ有標的な「哀」を採用しておいて pedantic に演出するだけであって、カナシイのシニフィエには、実はさわっていない、等）場合もあるかもしれない。文字が違えばシニフィエの細分化現象を必ず引き出せるとは限らないことは注意しておきたい。

【図8】

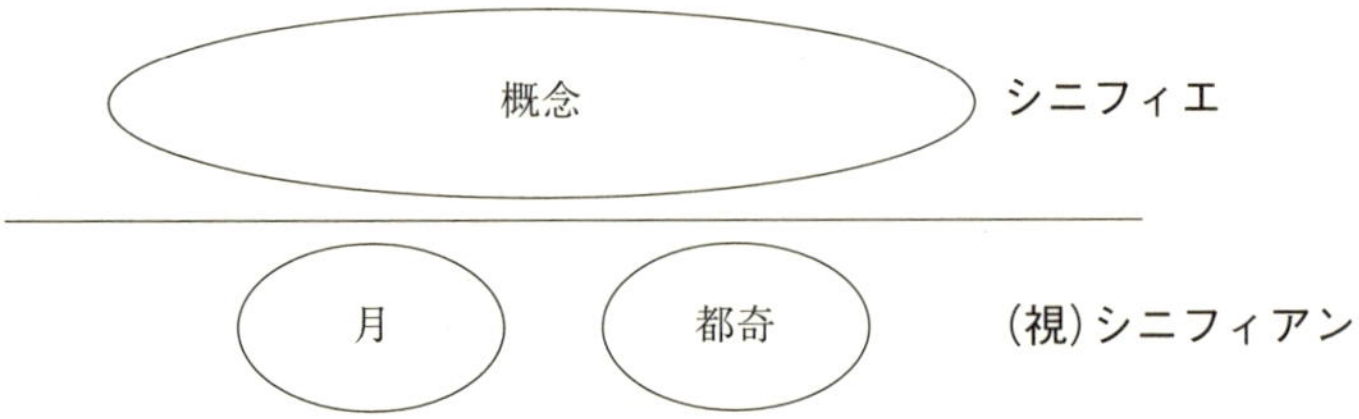


## 一・五、仮名と訓字の関係

萬葉集の「月」という言葉を例にとろう（音節表記する際、特殊仮名遣いの注記は割愛する）。通常【図8】のように把握されるであろう。

佐野宏「倭文体の背景について」（『国語文字史の研究』一〇　和泉書院　二〇〇七）が、「その表記を日本語として「読む」ということは、要するに漢字・漢語の文字列を仮名の文字列に置き換えてゆくことではないのか」と説いているのは重要であろう。読める限りにおいて、訓字と仮名の関係は【図8】のようにとらえられる。また、繰り返し使われ、特定の語形しか表象しない訓字は、仮名化しているという言い方も可能であろう。すなわち先の【図7】と同じ構図である。

かねて、大野透前掲書は「漢字は一般に義字であるから」、萬葉仮名は概ね多少なりとも義字の要素を有することがあるとし、ことに漢字の日本語訓に基づく訓仮名が、義字的仮名として使用される傾向があることは自然だと説いた（三六七頁〜）。澤崎文「万葉仮名の字義を意識させない字母選択―『万葉集』における訓仮名を中心に―」（日本語学会『日本語の研究』Vol.8-No.1 二〇一二）もこれを踏まえ、字義をどれほど意識させないかというところに常用の訓仮名を位置づけようとする。確かに漢字は本質的に語を表すのであって、その点で、平仮名や片仮名といっしょにはならない――山田俊雄のいう文字の「素材」（静態）と「用法」（動態）の別からも、そう帰納されることであり(7)、「素材」の次元で表音文字である平仮名と区別されるというのは、妥当な議論であろう。そして、萬葉集のいわゆる「仮名」に、静態的素材としての漢字が常に背後にあることは事実であるが、動態――つまり用法上においても常にそれを関知（感知）できるかどうかは別である。視覚的に捉えられる字体は漢字であり、その一つ一つの字体から読み手が何を連想しても勝手といえば勝手だが、しかしそれは、普遍ではない。

## 二、「表意性」を帯びる仮名

### 二・一、音仮名

漢字は、近時一般に表語文字といわれる。もっとも、漢字は一字それだけで実際に運用されることは少ないので、一文字という単位、しかも静態的にいうなら、「語」が実現しているとは捉えがたく、ある形態素（時に一文字あたり複数）をその記号のうちに湛えている状態ともいえよう。そういった形態素（の束）はいわば抽象的でもあって、それは実現する「語」というよりは「意」と括っておいた方がいいという考え方もあるかもしれない。それによってかどうかはわからないが、相変わらず「表意文字」という術語は息が長く、研究者によっては現役の術語のようであるが、筆者はいま、〝漢字は表語文字である〟と措定しておく(8)。一方、運用上あり得る

「表意性」については前稿で述べたことがある。[9] ここに「表意」を持ち出すのは、語として実現しないが、副次的に添えられる、上乗せされうる「意味」をいうものである（脳内で語形が想起されていても、それは語の実現とは認めない）。具体例を挙げよう。

玉ならば　手にも巻かむを　鬱瞻乃《うつせみの》　世の人なれば　手に巻きかたし（巻四・七二九）

世間の目を煩わしく思う恋仲の二人の贈答歌にあって、生い茂る、密集の「意味」をもつ「鬱」と、眼の「意味」である「瞻」が並べられていて、技巧的であると評することができよう。ウツセミ表記は「空蝉」「打蝉」が多数であることを思えば、ことさらこういった難字を使うことが意図せぬ偶然の所産だとは見なしがたい（が、筆者の読みに過ぎない可能性は、どこまでも残る——後述）。しかし、根本的なことだが、あくまでこの二文字は語形をあらわすべく表音的にあてられたものである。当然ながら、音形に合致する読みをもっている文字という基準が第一に置かれなければならず、いくら有縁的に「意味」がそぐう場合でも、肝心の語形表記に音節が合致しなければそもそもその文字が選択されることはない（あってもそれは義訓等に分類される可能性が高い）。このとき、読み手は、本来意味を捨てているはずのその仮名から、その上乗せされうる「意味」を、ウツセミが同定できたことを前提に、すりあわせつつ解釈することになるだろう。上乗せという言い方をするのは、この「意味」に気づかなくても、ウツセミと読む（語形が実現する）ことが一応可能だからである。ようするに「贅沢な」（川端善明「万葉仮名の成立と展相」（『古代日本文化の探求　文字』社会思想社　一九七五））余剰である。このとき注意すべきは、たとえば「鬱」字の【草木が生い茂っているさま】【心が晴れ晴れせず、気がふさぐこと】とか、「瞻」字の【見る】といったいわゆる「意味」（かように「語の言い換え」にかえるしかないが）が、実際に語（ないし文）としては外に発現しないところにある。読み手の脳内では数々の関連語形、あるいはそれこそ「意味」が実現されているかもしれないが、脳内で想起されることは個別的であって、分析上、不可視のそれを含めると収拾が付か

【図９】

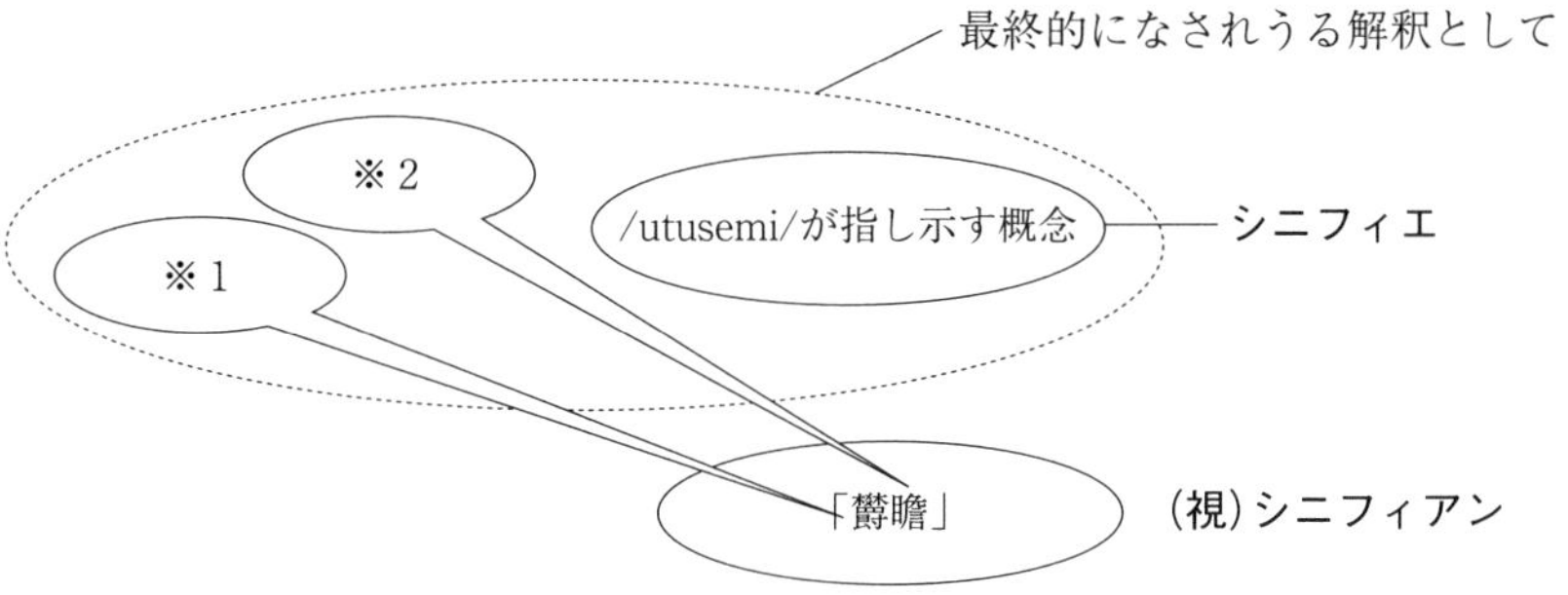


※１は「欝」字のシニフィエ（もちろん、聴覚映像 /utu/ もあるが表示は割愛—以下同）、※２は「瞻」字のシニフィエである。※１、※２は上乗せされるうるものであり、これらに気づかなくても（字音を同定できる限り）元々のシニフィアン（「欝瞻」、/utusemi/）とシニフィエとの関係は成立している。読み手がこの仕掛けに気づけば、これを上乗せし、かつ包括する形で「欝瞻」表記と点線囲いとの関係でもって解釈する。

ないので、このように扱う。さて、この「表意性」を持つ例を図示すると【図９】の通り。ちなみに、書き手はそのように仕掛けたのに、「表意性」に気づかないこともあるだろう。その場合は図９の、包摂する点線囲いがなくなり、欝字、瞻字それぞれのシニフィエも意識されない、ということになる。なお、書き手が意図しないのに、読者（分析者）が過剰に【図９】の※１、※２にあたる要素を引っ張り出して付会している可能性もある。(10) 無意を有意に転換することはあり得る話である。かように、シニフィエを複層化できるのが、漢字による表記に表れうる特徴といえよう。表音文字だけではこの芸当はできない。ソシュールの説明が当てはめ難いところがあるとすれば、一つ、こういう現象を指すであろう。

## 二・二、訓仮名

以上の分析は、訓仮名にも応用できる。まず、下記の例からみてみよう。

よそ目にも　君が姿を　見てばこそ　吾が恋山目《止まめ》　命死なずは
（巻一二・二八八三）

この場合、（視）シニフィアンとシニフィエの結びつきを裏付けるためには、この二文字をいわゆる「訓よみ」で読むことが求められる。音節を同定できた場合、同時に、「止まめ」のもつ「意味」と、「山」字の「意味」、「目」字の「意味」とが関与しあわないことを了解する形で、/jamame/（あるいは「山目」表記）によってあらわされるシニフィエを把握することになる。

さて、今、筆者はこの「山目」の例は典型的な訓仮名として説明したが、異見もあろうかとおもう。たとえば「山目」の「目」字は第二句の「見てばこそ」と関係づけられた用字ではないか、といったものだ（つまり、歌一首の中で連想性を見いだす）。そうなると、この「め」は「目」の「意味」を想起され得るのであって、【図10】で「無関係」とした点線囲いの「目」シニフィエが、無関係でもなくなってくるかもしれない。そうなれば点線は実線にでも換えた方が良いだろうが、「ウツセミ」の場合と同様、/jamame/のシニフィエ自体に変更を加えるものではない。あくまで余剰である。だからその限りにおいては、そういった解釈も一つあり得ることだとは思う。ちなみに「山」字はどうであろう——この歌は、相手の姿を見ることができないことで恋心が募っているということで、その程度の高さを「山」に託している、あるいは「山目」、つまり高いところから俯瞰するように、遠くにでもあなたを見たい、という思いが託されている——というのはどうだろうか。おそらく、こういうことまでいい

【図10】

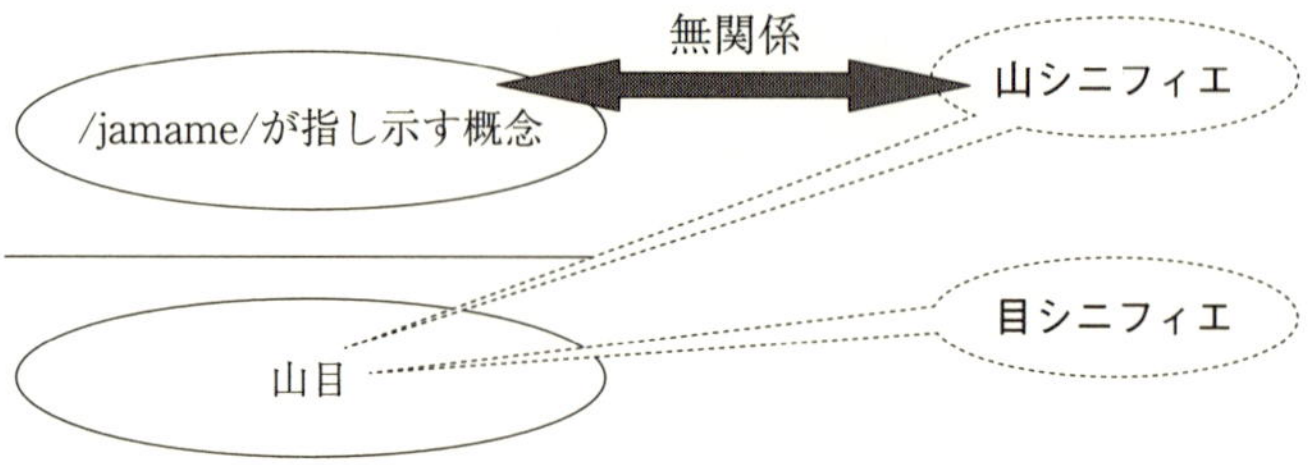


だすと途端に支持を得られにくくなるように思う（深読みにすぎる、と）。が、やろうとおもえばできなくはない。いずれにせよ、注意したいのは、前節の音仮名の例でも述べたように、付帯的に、（視）シニフィアンからそなえられる「意味（シニフィエ）」を取り出すのは、余剰であるということだ（文字列を仮名と認知し、音節を読み取ることと、余剰的に「意味」を読み取ることが限りなく一瞬でほぼ同時的に認知されることであっても、理論上そう

**【図11】**

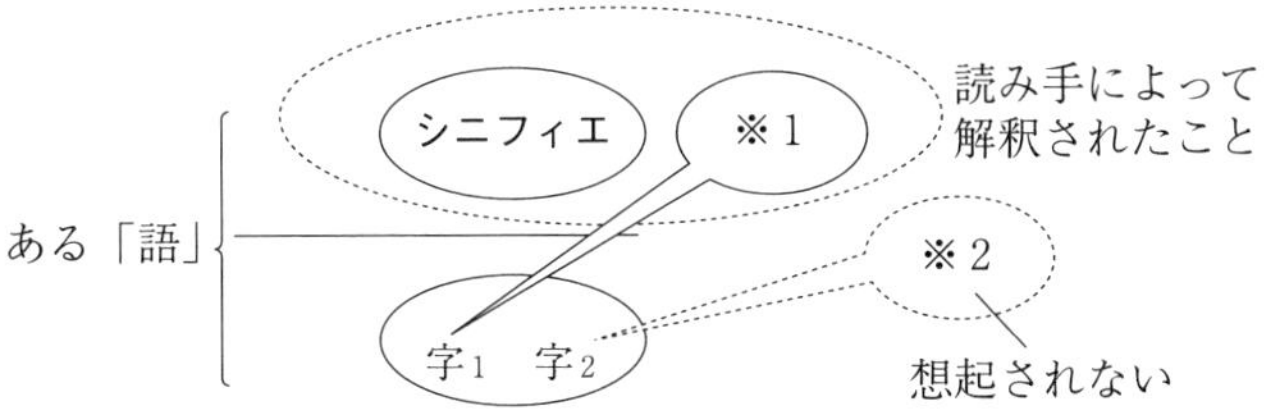


いう順序関係におかれる）。事実、書き手が仕掛けたものもあったとは思われるが、研究に臨むにあたって、その余剰は読解する側の裁量からとらえるのが穏当である。訓仮名には様々な例があり、大野透の他にも、橋本四郎がすでに早く指摘しているように、特に多音節のものは語を喚起しやすいところもあって、【図10】になぞらえて言えば、いわば点線が点線でなく、付帯的な表意性として立ち上がってくる（ように読める）ことは大いにある。ちなみにその付帯的な表意性も、その「語」にまつわる場合と、一首全体にかかわる場合、さらには、文意にかかわらないものもある(11)。たとえば次のようなものである。

言云者　三々二田八酢四　小九毛　心中二　我念羽奈九二（巻一一・二五八一）

筆者はこのような場合と、先のウツセミのような場合とを、それほど細かく区別する必要はないと考える。それは、表音的用法で記された表記の、その個々の文字記号が湛えるシニフィエを取り出して、付帯的、重層的に解釈する行為としては同じだからである。モデル化すると【図11】の通り。

※1は字$_1$の（表す語の―以下同）シニフィエ、※2は字$_2$のシニフィエである。「字$_1$字$_2$」表記が、この、ある「語」の（視）シニフィエである。試みに、ここでは例として※1の表意性は読み取って、※2は読み取る必然性がなかった（あるいは気づかなかった）ケースということにしてみた（この他、両方とも読み取られる場合、あるいは両方とも読み取られない（想起されない）こともあるだろう）。またこの読みとったものを解釈上のどこに参与させるかは多様である（語の意味に関わるかどうか、一首の歌意に関わるか

どうかなど。先に挙げた、数字を仮名に多用した例は、歌一首の歌意にも、語の意味にも参与しないが、互いに「数字」という関係性を読み取らせる可能性が高いであろう）。澤崎前掲論文が「字義を読み取らせる」ということをキーワードにして論じているが、それは【図11】の点線状態のものを読み手がどう読み取ったり、取らなかったりするか、ということになる。点線でしめしたものは、漢字であるかぎり普遍的に潜在するが、「読み取る」かどうかは、行為の問題として個別的である。普遍的に読み取られる、あるいは普遍的に読み取られない、ということまでは言いにくい（相対的に、そういう読み方が多いあるいは少ないと推測される、にとどまる）。

上掲例に基づいていえば、字$_{2}$は、破線のシニフィエが常に背後にある。この場合は、読み取られないケースを例にしたが、この破線の状態こそが、表音用法として使用された表語文字が宿命的に潜在していることを示す。このようなことから、大野透前掲書が説く、訓仮名の「義字性」というとらえ方について、本稿は次の点でいささか異見がある。すなわち（視）シニフィアンの、元来結びついているシニフィエを呼び出して上乗せするという、層の構造でみるべきというのが一点、それと、「義字的」と呼んでしまうと、その一字一字の訓仮名の普遍的素性として聞こえてしまうところがあるが、訓仮名である以上、そこに「意味」をどれほど見いだすかは、一首なら一首の文字列の環境が関係――たとえば訓仮名が訓字に親和し、表意性を喚起しやすい状況に置かれているという要因――しているのであって、そういった要因もふまえつつ、読み手の解釈の産物として措定する点が異なる。ゆえに、「義字的用字」として別置的に項目化することには疑問がある。[12] 仮に表意性を読み取れても、それは素材が表語文字ゆえに、常に、可能性として読み取りうるシニフィエを文字が湛えているゆえのことであって、それを解釈にあたって、余剰・付帯的に取り出すかどうかは、繰り返しになるが、個別的であるといわねばならない。ゆえに、デジタルに分類、線引きできるものではないし、気づかないこと（あるいは反対に過剰な取り出し）とてあり得るわけである。

## 二・三、訓字から訓仮名へ、そして義訓

通常、訓仮名は訓字の語形だけを借りると説明される。「意味」を捨てていると判断するためには、理論上、意味が関係ないと思われる例でもって裏付けねばならない。前節の「山目」の例は、筆者は優れて訓仮名であると考えるが、これは、「山」のシニフィエと、「目」のシニフィエは、被表記語である /jamame/（止まめ）のシニフィエと直接関係しないとみなしうることによる。既述のように、たとえ「目」字（第二句の「見」字と有縁的、など）の表意性を認め得ても、上乗せの副次的なものであるから、「止まめ /jamame/」のシニフィエに直接関与する（あるいはシニフィエそれ自体を変容させる）わけではない。筆者のいう余剰・上乗せ、という観点でとらえれば、これらの訓仮名にいくら表意性を読み取っても、訓字とは峻別される。言い方をかえれば、そういった訓仮名の多様性が、それ自身を肥大化させて、結果、分類、分析上、訓字と不分明になることを、防ぐことができる。[13] そこで、当然、何をもって訓字のシニフィエを措定するか、ということが問題になる。[14] その訓字のシニフィエをどう認めているかによって訓仮名の認定はかわってくる理屈である。「山」（mountain）と「目」（eyes）が、「止む（stop）」と関係ないということは（筆者の読みによれば）自明だと思うが、被表記語がどのようなシニフィエを負っていて、その文字が表象する語のシニフィエが、その範疇をどう外れているかという判定がないと、訓仮名の認定は本来はできない。そこで一つには、付属語（あるいはそれにまたがる箇所）に使用されているものは判定が比較的容易ではあろう。たとえば、

阿要奴**蟹**／あえぬがに（巻一〇・二二七二）

事悔**敷**乎／こと悔しきを（巻二・二一七）

夢尓**谷**／夢にだに（巻二・一七五）

手折可佐**寒**／手折りかざさむ（巻一〇・二一八八）

　吾波乞嘗／我は乞ひなむ（巻三・三八〇）

といったものである。

　では次のような例はどうであろう。

　隠障浪／隠さふ波の（巻一一・二四三七）

の「さふ」にあてられる「障」はおそらく、この語ないし一句の意に沿うものとして措かれたとみられる。筆者の読みでは「表意性」を有する例にカウントしていいと思う。ただし、「カクス」の活用語尾と「フ」にまたがっている箇所にあてられている時点で、優れて訓仮名とみなさなくてはならない。解釈して立ち上がってくる【さえぎる】【じゃまをする】といった「意味」も、「サフ」という語形も、いわばこの「障」から取り出されうることであるにもかかわらず、はっきりと訓仮名だとみなすのは、あくまでこの文字は、自立語「サフ」をあらわす漢字だからである。このあたりは、分析者（我々）の方法論的な弁別になり、なにやら研究のための研究のような感もあるのだが、音仮名との相違・相通、訓字との関係を見定めていく上で、やはり曖昧にしておけない点であろう[15]。また、枕詞などは判定が難しいところもある。よく例にあげられるのは、音《オン》も含めて、「水都」「宇梅」「河泊」「宇馬」などであろう。木簡にでてくるツバキの「ツ婆木」（徳島県観音寺遺跡出土木簡）なども、我々からして、「木」を訓仮名と言い切ることに、確かにある種の抵抗はあるだろう。すくなくとも先の「山目」のような裁定をしにくいものがあるのは事実である。ゆえに、ツバキで一語であると割り切って、「木」は訓仮名とみなして（ただし、付帯的な表意性は認定しうる）臨もうというのが本稿の見解である。

　訓字か、訓仮名か、ということの判定の焦点は、上述の通り、文字が表象する語のシニフィエと、その当該の被表記語のシニフィエとの関係から判定される（語源解を考慮に入れることは、一旦措く）。これは、訓字と義訓の間に横たわる関係でもある。乾善彦「戯書の定位　漢字で書くことの一側面」（『井手至先生古稀記念論文集　国語国文学藻』和泉書院　一九九九）は、義訓について、「その文字がその訓を直接には呼び起こさないもの、間接的に呼び起こすもの」といい、また「玉篇やその他の訓詁をもとに導かれるようなものは定訓との関係で義訓ともよばれるしそれが定着したものならば正訓ともよばれることになる」としている。そのとおりであろう。本稿冒頭に、「義訓とは、文字列と、与えられた（あるいは我々が読みとれる）読みとを、一般の訓字のありように照らす形で差異的に与える分類」と述べた。わかりやすく言えば、その文字（あるいは二文字以上の表記）の、普通想起される読みかどうか、という観点で分類しているわけで、ここにも、上記の訓字―訓仮名の関係と同様、そもそもその訓字の背負っている語は何なのかという点が問題になる。訓仮名と義訓との構造の異なる点を図式で表すと次の【図12～13】の通りである。なお、実際には二文字以上の表記が単位となる場合がままあるが（たとえば「不穢」でキヨシなど）、ここではモデルとして便宜上、文字一字の場合として示しておく（なお、例示の「谷」字が表象する語のシニフィエや、あるいはこの文字 /tani/ によってあらわされる概念（シニフィエ）は、図の（視）シニフィアンというところに互いに関係づけられて存在しているが、説明の便宜上それを明快にするため、右方にそれを引っ張り出して配置して、示す）。

義訓は、書かれる語のシニフィエと、文字のもつシニフィエとの間になんらかの有縁性―連想・類義・説明といった要素を認め、関係づけるところに成立する[16]（ただ、それは両者を結びつける根拠となる関係性であって、実際は「上乗せ」理解として施されることにはかわりない――その点で表意性の訓仮名に類似する）。また、その「語」の無標的表記（ここでは「春」）と背後で対照されてもいよう（【図12】）。

文字があらわす語のシニフィエの摺り合わせという点で、「春」―「暖」は連想的であるが、「丸雪」で「あられ」とよむものなどは解説的であろう。個別的な分類はいま措くことにするが、捨象する要素の対照性はこれで示されると思う。義訓に対して訓仮名は、文字と結びついている語のシニフィエを捨象するところに成立する

【図12】　義訓「暖（はる）」

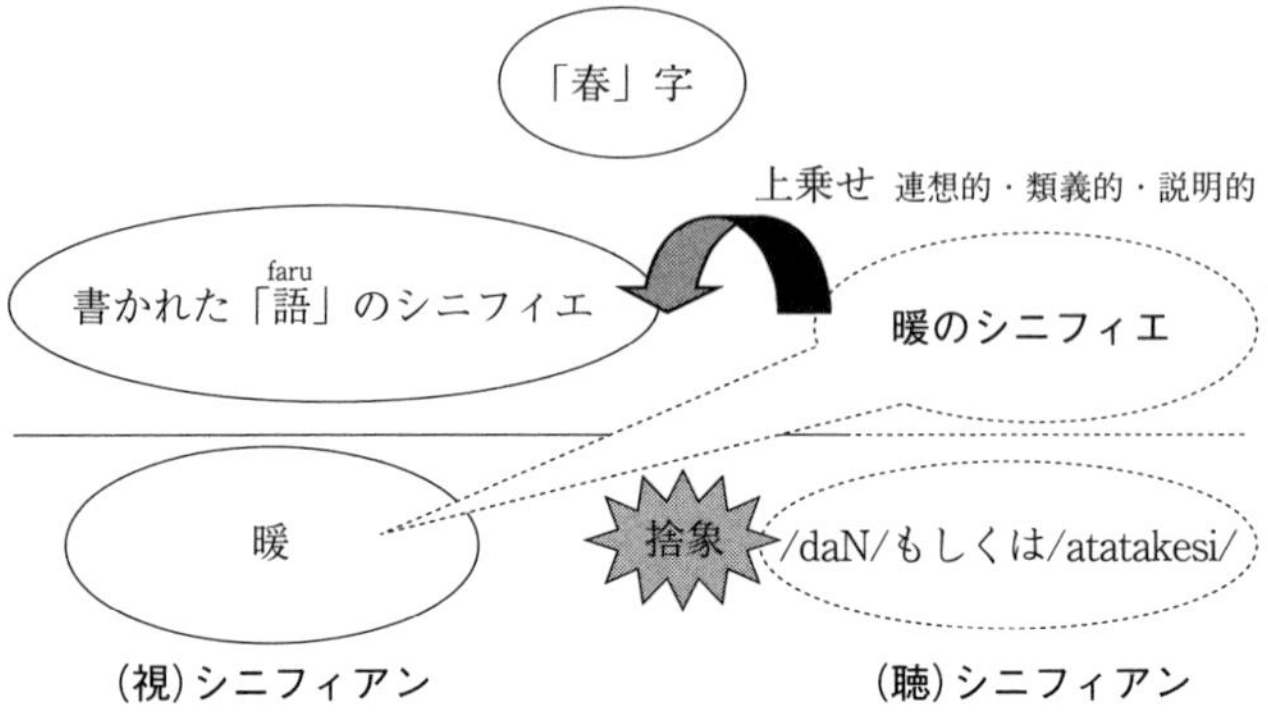


【図13】　訓仮名「夢尓谷（だに）」

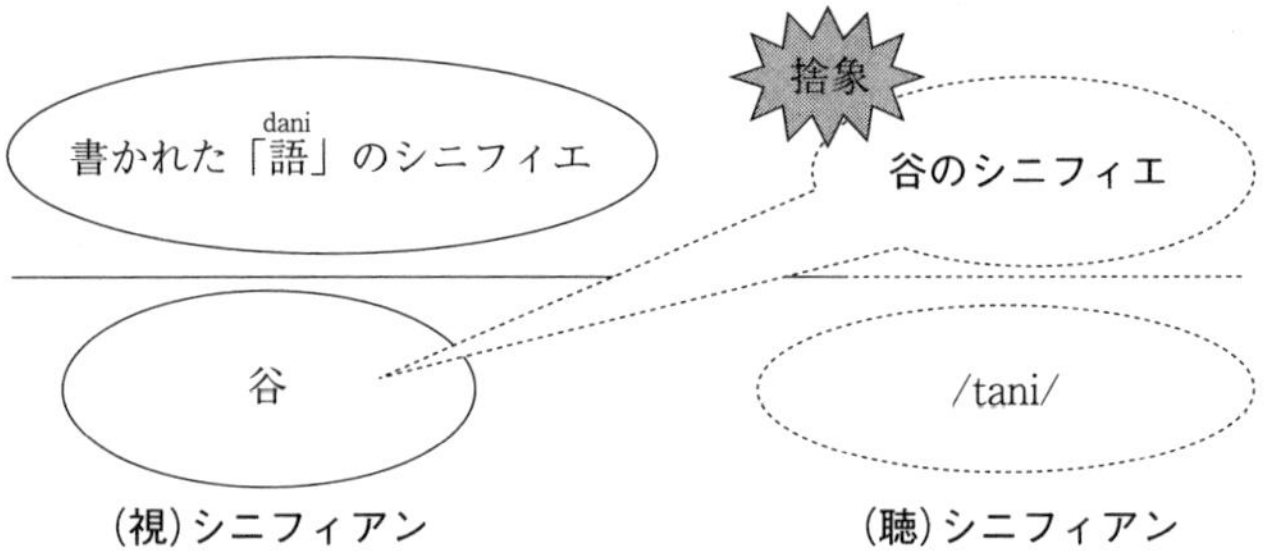


【図14】　表意性訓仮名「隠障浪（さふ）」

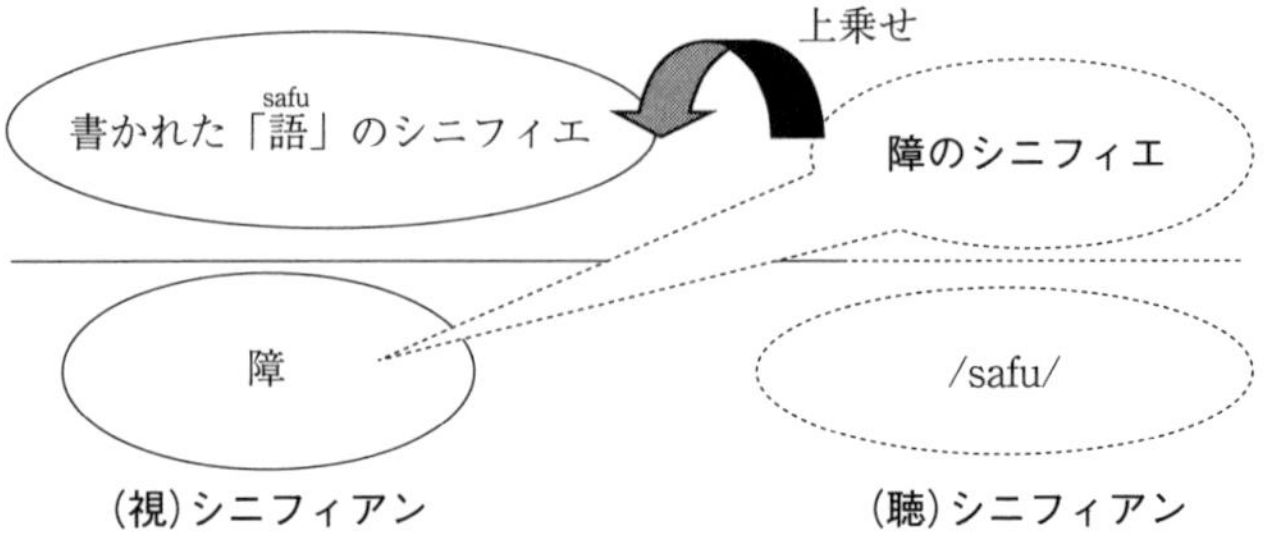

（【図13】）。なお、【図14】は表意性を読み取れる訓仮名の構造である。義訓（【図12】）とかなり共通するが、（聴）シニフィアンを捨象しない点が異なることが分かる。

さて、結局ここまで棚上げにしてきた、訓字のシニフィエとの距離関係の認定根拠、つまり、それが意味を捨てているから訓仮名である、という判断を可能にするもの――訓字の表象する語のシニフィエ認定について触れておこう。現状、研究でどこか自明の論理で進んでいるところがないだろうか。結局、分析、研究するのは現代人なので、既存知識としての漢字の情報に照らしつつ、萬葉集なら萬葉集の漢字を読んでいくことになっているように思う（いわば、帰納と演繹を往還しつつ）。それを否定するものではない[17]。しかし、厳密に言えば、「正訓」のようないわゆる定着を基準にした判定は難しいものがあるし[18]、その文字の本来の意味、などということに踏み込むと研究者によって見解が分かれてくることには注意したい[19]。中国語本来の意味から日本側で拡張された意味を持っているものをも「借り物」と見なすと、その意味では訓字はぐっと範疇が狭くなる。

## おわりに

一般言語学のシニフィアンとシニフィエという観点で、古代の文字と表記の構造をみてきた。文字が、記された語のシニフィエに加えて、余剰でさらに別のシニフィエを上乗せし得たりする点で、表音文字のみの世界観では解けない要素が、日本語表記にはあることが知られた――これは、ごく周知のことを今更追試したようにみえるかもしれない。しかしそうではない。表記バリアントが複数種あっても、ただ一つの語それだけを指すのであれば、それは文字通り「バリアント」にすぎない。そのような「召使い」達の働きの違いが示される必要が出てきたときにはじめて、一般言語学のシニフィエとシニフィアンというシンプルな構図では解けない事情があることが見えてくるのだ。そして古代は、日本語の歴史の中でも、もっともそれを観察しやすい時代でもある。漢字

【図15】（例）萬葉集中のユクとその表記

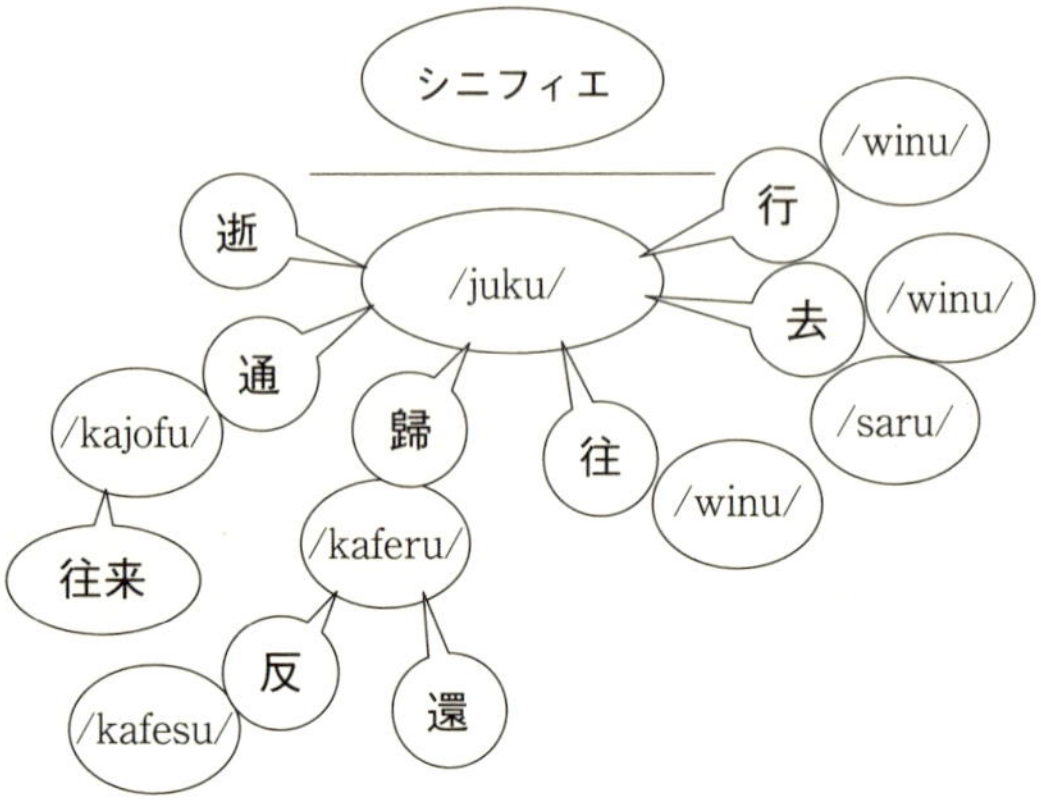


という文字が一文字で様々な語を背負い、あるいは一つの語がいくつもの漢字表記を背負うことがある。その多様性は、現代日本語表記よりもさらに顕著であるように見られる。これまで示してきた図は、単純化して一部を示してきたに過ぎず、もし文字と語にまつわる情報を、できるかぎり網羅的にしめすと【図15】のようになる（今、個々の“密着度”は捨象している）。まるで葡萄の房の如く、文字と語の関係が群《グン》をなしている。これでも図示できているのは全てではないかもしれない。これを「複雑」と呼ぶかどうかは別にして、書かれた語のシニフィエと（聴）シニフィアンの共通をもって、文字がまた別の語を表象する場合の、そのシニフィエが上乗せされたり、あるいは当該の語のシニフィエを細分したりという構図は、確かに、表音文字だけを使って説明される、あの一対一で密着するようなシニフィアンとシニフィエ、ただそれだけの関係ではすぐには理解しにくいだろう。しかし、その構造としては全く別物というわけではないのであって、結局は本稿で展開してきたように、もとの関係に連接的、階層的に関係づけられていく形で、結果的に上記の状態に至っているわけだ。

古代の場合は、「漢字」が常にどの表記にもついて回る。表音用法で書かれたものから意味を読み取ったり、読み取らなかったり、という多彩さも、本来的に「意味」をもっているがゆえに呼び起こされる多彩さである（平仮名からは「意味」を読み取りようがない）。よって、漢字が何をどう表象して、そして読者が、ひいては分析者たる我々が、それをどこで弁別したり、切り分けたり、整理するかというのは優れて個別的である。本論に述べたように、表意性を読み取るのは一首の中の語や表記の張り合いの中で見いだされることがままあるので、そういう意味でも個別的であって、ようするに歌ごと、句ごとといった個別性と、読み取る個人という個別性の両面があるのである。(20)

ところで、既に紹介した巻二〇・四四六五番「可我見尓世武乎」――カガミ《鏡》表記を再び取り上げよう。この表記は、「我ヲ」「見ル」「可シ」と分析できそうだが、この「見」字等を、書き手にとってももはや訓字に近い意識だったかもしれない、というとしたらどうだろうか。思わず頷きたくなるような反面、そうなるといずれ分類に収拾が付かなくなるという葛藤も、生じるであろう。実際、そういうことを言い出すと分類・考察上、訓字との関係が、間違いなく不分明になる。「義字的用字」という一般化めいた分類を危惧するのも、結局ここに通底しているのであった。訓字の意識で書いているのでは、というのはもはや想像である。本稿で提案してきた構造的に捉える方法論は、〝どんなつもりで書いていたのか〟という、実は素朴に我々が知りたいことではあるが――しかし、それに絡め取られてしまわないようにするための、方策でもあった。

分析者は、冒頭に挙げたように、まずは用例を博捜し訓字・仮名と分類していこうとするだろう。事実、それは表記論の第一歩であって、萬葉集の入門書類にはよく、字母一覧表が載っている。ただ、その整理、分類が、古代人の mental lexicon へとそのまま投影されるべきではないだろう。しかしながら研究上、どうしてもその手続きは必要である。ようするに、ある面で、当事者たる古代人を置き去りにしてしまうような表記論（書記論）かもしれないのだが、しかし、一読者ではない、まして現代人が考究していく以上、それは、通らざるを得ない道ではないだろうか。(21)

## 注

（1）静態的な漢字のとらえ方と、動態的な漢字のとらえ方に基づき、後者の方法として「用法」とする。

（2）「義訓」とは読みの側からの謂いであるから、文字でいえば「義訓字」ということになるが、「義訓表記」というほうがふさわしいかも知れず、煩雑になるかもしれないので、本稿ではすべて単に「義訓」で済ませる。「義訓」「訓仮名」というのは、ゆえに、術語のバランスからしておかしいところもあるわけだが、敢えてよく知られている言い方で論じる。

（3）池上禎造「正訓字の整理について」（『萬葉』三四　一九六〇）。なお本稿では、注意するべきことと含意はしつつも、希用か頻用かという観点にはあまり触れずに論を進める。

（4）文字が「意味」を表すのではなく、文字が表す語を構成する要素として「意味」を措定するというとらえ方をしていることによる。このことは乾善彦「意味と漢字」（『朝倉漢字講座2』朝倉書店　二〇〇六）にも説かれる。引用すると、「漢字が音の要素を常に含む限りにおいて、あくまで音（聴覚映像）であらわされる語（形態素）に対応するだけなのである。語（形態素）とは、あくまであらわすものとしての音（聴覚映像）が必須なのであり、漢字が言語表現の中で表語文字として機能するということは、表音の側面も兼ね備えている。（中略）漢字そのものがことば（ここでは語（形態素））とはなりえないこと、いうまでもない」（六八頁）。また、筆者は表意文字（音を表さない文字）という術語は使わない立場である。なお、「音を表さない」ということを少しく拡張して事実上、音を捨象しているに近い、表意的用法はあり得ると考えている。詳細は尾山慎「漢字の「表意的用法」による表記とその解釈」（『国語文字史の研究』十五　和泉書院　二〇一六）を参照されたい。

（5）小林英夫『言語学原論』（岡書院　一九二八）のち、岩波書店より刊行。

（6）「言語と文字表記は二つの異なる記号システムで、後者は、前者を表現するためだけにあります。それぞれのお互いにおける価値は、誤解の余地のないように思われます。一方は他方の召使いあるいはイメージ［image］にすぎません。」（F・ソシュール『ソシュール一般言語学講義　コンスタンタンのノート』影浦峡・田中久美子訳　東京大学出版会　二〇〇七　五五頁）。

（7）「国語学における文字の研究について」（『国語学』二〇集　一九五五）。

（8）これはある種の割り切りのようなものでもあって、「表意文字」という術語を否定するうえに成立せしめるものではないつもりである（これは、表語文字を否定しないと表意文字を措定しがたいわけでもないのと表裏である）。

筆者が「表意文字」を使用しないのは「立場」であると現段階では言っておきたい。肝要なのは、少なくとも一人の研究者の議論のうちで、術語を錯綜させないことだと思う。

（9）尾山慎「萬葉集歌表記における「表意性」と「表語性」を巡る一試論」（『叙説』四一　二〇一四）。

（10）尾山慎「萬葉集歌表記における「表意性」と「表語性」を巡る一試論」（同前）にて既に述べたが、サンスクリット語の音訳語を、音訳にもかかわらず意味を析出して解釈してしまった例がある。

（11）奥田俊博「『萬葉集』の仮名表記―表意性を有する例を中心に―」（『日本語と日本文学』二七号　一九九八）のち、『古代日本における文字表現の展開』（塙書房　二〇一六）に収録、川端善明「万葉仮名の成立と展相」（『古代日本文化の探求　文字』社会思想社　一九七五）。

（12）大野も、「その仮名を用いる表記体乃至表記体群に於る用字、語句との関聯、或は表記体乃至表記体群の全体との関聯に於てなされ得るが」（三六七頁　仮名遣い、字体は現代のものにあらためた―筆者注）と注意はしているが、概しての見解として、静態的分類に位置づけようとする態度がみてとれる。

（13）いうまでもなくこれは、分析者たる我々が研究の理論構築上、欲する明快さであって、いま古代人がどう思っていたか、ということは捨象している。古代人にインタビューすれば、訓字か訓仮名かさほど意識していない、朧気なものかもしれないが、そういった点を考慮することは、いま、さしあたり意味がないはずである。続く次注をも参照。

（14）訓字の意味の広がり（起源と展開）は一旦不問とする。つまり、もとからのまごう事なき純真な和語か、中国語からの影響で意味が拡張したそれか、といった、歴史性からみる訓の内実までは言及しない。ここでは、文字が、さしあたり紐帯を有する「語」とだけ括っておく。関連して注（20）をも参照されたい。

（15）このいかにも文法的解析を古代人がそのまま行っていたとまで今はいうつもりはない。「かく／さふ／なみ」と対応するようにあてられた「隠／障／浪」という並びも、そのことを考えさせもする。それは言い換えれば、「ここはこのように分節し、そして訓仮名として「障」字を使おう」と必ずしも明晰に意識していたかどうか不明、ということにもなるのだが、我々分析者がそのように方法論上の道筋をたてないことには、古代の表記論は一々、古代人の感覚とを行き来しては、靄に紛れていくことになると思う。

（16）「少熱」で「ぬる」とよまれる（巻一一・二五七九）のが義訓の例に挙げられることがある。ただしこの場合は「なぎぬる（静まった）」にあてられているので、機能としては仮名であって、厳密には義訓による仮名とでもいうべきであろう。つまり、【図12】で捉えられる義訓が、【図13】の訓仮名に転用されたとみることになる。機能としては、よく挙げられる訓仮名の「鶴鴨（つるかも）」「猿尾（ましを）」に近い。熟字訓的にあたえられるので義訓風ではあるが。

(17) 尾山慎「字と音訓の間」（犬飼隆編『古代の文字文化』竹林舎　二〇一七）参照。

(18) 尾山慎「萬葉集「正訓」攷」（『文学史研究』五六　二〇一六）。

(19) たとえば、奥田俊博『古代日本における文字表現の展開』（塙書房　二〇一六）は、ある字（たとえば「控」字）の、漢語としての本来的な字義を重視し、和語（ヒク）に語義との関係性を慎重に検分する。両者のズレに注目したとき――「語義が字義に対応しない点を斟酌するならば、（中略）借訓字と位置付けされる可能性も持つであろう」（二七頁）という。この捉え方は、古屋彰『万葉集の表記と文字』（和泉書院　一九九八）にも認められる。筆者は、訓字（つまり日本で使っている表語文字の表語用法）であるかぎり、漢字という文字（視）シニフィアン）と、和語（シニフィエ＋（聴）シニフィアン））の関係でとらえ、漢語本来の意味がどれほど残されているかといったことを峻別をしない立場で、文字の用法を分類している。ゆえに、仮に完全に漢語とぴったり一致する用法しか認められないとしても、それは、結果的にそう重なっているだけであり、ある文字とある和語の関係として捉えることに変わりない。またズレがあっても、そのズレを含めての和語をその漢字が表象している以上、訓字の一つとみる。そして訓仮名とは、その和語のシニフィエを捨象したものである、とみる。なお、漢語としての意味をどのようにその漢字が背負っていて、和語とどう一致し、またズレるかという問題が、大変重要なことであるのは言うまでもない。奥村悦三『古代日本語をよむ』（和泉書院　二〇一七）はそのことについて示唆的な論説が数多くある。

(20) 一例を挙げよう。万葉集二番歌の表記について、石川九楊『日本の文字――「無声の思考」の封印を解く』（ちくま新書　二〇一三）は次のように言う。

「煙立龍」という表現から、煙が竜巻のように巻き上がる姿が見えてこないだろうか（中略）作者の思考の痕跡をみることができる（四八頁）

「加萬目立多都」と表記されている。この句は、「視界のすべてが海面を飛び交う無数のカモメによって覆われている」光景をまざまざと想起させる。「萬」はそれだけで膨大な数を想起させ、これに「加える」で、さらに数の多さを強調（四八頁）

「多都」も広陵とした風景を想起させる（四八頁）

訓仮名表記「龍」や音仮名表記「加」「萬」等を特別視した謂いは、それぞれの字のシニフィエを析出して、「タツ《立》」に上乗せしての解釈と説明できる。そしてそれは石川氏が施したものだ。「多都」が「広陵とした風景」だということに具体的な説明はないが、察するに数の膨大さを表す字「多」と、「都」というエリアの広大さから発想されることなのだろうか。奇しくも、「作者の思考の痕跡をみることができる」とも述べられている。作者はそのようなことを考えていないという立証が不可能である以上、一《いち》見解として認めうるものではあるが、分析者（石川）の見解が、「作者の思考」へとスライドされている点は注意しておく必要がある。ちなみに「立」を書いた「多都」表記は、万葉集中二六例存在するが、必ずしも広陵とした風景と結びつくわけではない（それ以外のタツ表記をも含めると五〇例になる）。

（21）　筆者としては、今更ながら森本治吉の「体系的研究に関する限り、用字法研究は萬葉人の意識と離れても良い」（『文学』九　一九三二――字体は現代のものにあらためた―筆者注）という言に、あらためて思いを致すことになった。〈人間の行いとしての言語、文字表記〉ということを捨てているわけではないのだが。

**〔参考文献〕**（論文中に引用したもの以外で参照したもの―ただし注にだけあげているものは、ここに重複して掲示している場合がある）

池上禎造「文字論のために」（『国語学』二三　一九五五）

井手　至『遊文録』萬葉篇一・二（和泉書院　一九九三・二〇〇九）

犬飼隆編『古代の文字文化』（竹林舎　二〇一七）

乾　善彦『日本語書記用文体の成立基盤』（塙書房　二〇一七）

――『漢字による日本語書記の史的研究』（塙書房　二〇〇三）

奥村悦三『古代日本語をよむ』（和泉書院　二〇一七）

上田正昭編「日本古代文化の探究　文字」（世界思想社　一九七五）

亀井孝他「漢字の投影にとらえた日本語の景観」（『日本語の歴史2』第5章　亀井孝　大藤時彦　山田俊雄　平凡社　二〇〇七復刊）

沖森卓也『古代日本の表記と文体』（吉川弘文館　二〇〇〇）

――――『古代日本の文字と表記』（吉川弘文館　二〇〇九）
奥田俊博『古代日本における文字表現の展開』（塙書房　二〇一六）
今野真二『日本語講座　第九巻　仮名の歴史』（清文堂　二〇一四）
今野真二「表音的表記」（『清泉女子大学紀要』五五　二〇一二）
田島　優「表語文字としての漢字」（『朝倉漢字講座二』漢字のはたらき　朝倉書店　二〇〇六）
古屋　彰『万葉集の表記と文字』（和泉書院　一九九八）
毛利正守「「変体漢文」の研究史と「倭（やまと）文体」」（『日本語の研究』一〇―一　二〇一四）
――――「上代における表記と文体の把握・再考」（『國語國文』八五―五　二〇一六）
矢田　勉『国語文字・表記史の研究』（汲古書院　二〇一二）

（付記）この論文は、科学研究費補助金一五K〇二五六六（代表者：佐野宏）による成果である。

# 古来風躰抄の萬葉歌

## ——俊成の仮名づかい——

遠藤邦基

古来風躰抄（以下、風躰抄）は、夙に俊成自筆本の臨摸本である穂久邇文庫本の存在が知られていたが、近年冷泉家時雨亭文庫より俊成自筆本（初撰本）が影印出版されたことにより(1)、九百年余の時空を超えて俊成の個性的な運筆の癖とともに、仮名づかい・仮名文字づかい・本文校訂の痕跡などが直接確認できることとなった。

風躰抄は上・下二巻からなっているが、上巻は俊成の歌論及び先行の複数の写本から適宜抄出した萬葉歌一九一首と共にその歌風を論じ、下巻は古今集以下千載集までの七代集の和歌の風体の変遷と特色を具体例と共に示すという形態をとっている。上巻に引用された萬葉歌は片仮名と平仮名により参照した写本の訓詁が書き分けられている(2)。具体的には片仮名傍訓（以下、引用に際し異体仮名は通行字体に、濁点は私意）の萬葉歌は、本文の右に傍訓を加えた、

○孤《コ》悲《ヒ》死《シ》牟《ナム》時者《ノチハ》何為《ナニセ》牟《ム》生《イケル》日《ヒ》之《ノ》為社《タメコソ》妹乎《イモヲ》欲《ミマホシミ》 見／為《ス》礼《レ》（四二オ・巻四—五六〇）

の書式をとるものが六首（四一オ・巻四—五〇一／四三オ・巻四—六九四／七二ウ・巻一八—四〇五七／七三ウ・巻一九—四一五九／七四ウ・巻一九—四二四九）、そのほか、上の句が片仮名傍訓で下の句は平仮名という形態をとる、

○暮月夜《ユフツクヨ》心《ココロ》 毛《モ》思《シ》努《ノ》尓《ニ》白露《シラツユ》乃《ノ》おくこの／にはにきり〳〵すなくも（五一ウ・巻八—一五五二）

ものもあるが、風躰抄での片仮名の使用は平仮名に比較して著しく少量である。右にあげた傍訓歌以外では「～

まさしくあらは《マコトサチアラバトモ》（三八オ・二—一四一）」の異訓の注記、「あさくはこ《キ》ゝろを（六七ウ・一六—三八〇七）」の訂正注記、「神代《カミヨ》より〜（四八オ・六—一〇〇六）」の付訓注記、「きみがあたり《イセモノカタリニアリ》みつゝも〜（六三ウ・一二—三〇二二）」の出典注記などあるが、その大半は上巻に集中していて、下巻での例は、「いかなればおなじみかさの《アキハヒカリノ》まさるらん／おなじみかさの山のはの月（六九ウ・金葉・三—二〇二）」という目移りにより生じた誤写の訂正のみである。これらの片仮名には、「七（＝サ）・爪（＝ス）・子（＝ネ）」など現行とは異なる異体仮名（他にも「キ・ツ・テ・ノ・マ・ミ・ユ・ワ」にも）が存するが、その異体仮名の分布は萬葉歌の傍訓の場合だけでなくそれ以外の解説文にも共通して見られることから、片仮名を使用するという面では先行の萬葉集諸本の影響は殆んどなかったものと考えられる。

萬葉歌の平仮名訓は一八四首であって、片仮名傍訓に比較して圧倒的に多い。書記形態は本文の左に平仮名の訓を添えた、平仮名別提訓の、

○楽浪之思賀乃辛崎雖幸有大宮人之／船麻知兼津

　　さゝなみのしがのからさきさちはあれどおほ／みやびとのふねまちかねつ（三三ウ・巻一—三〇）

などのような形態をとるものが七八首、それに対して本文が省略されて平仮名訓のみの、

○みよしのゝ山のした風さむけくにはた／やこよひもわがひとりねん（三五オ・巻一—七四）

の形態をとるものが一〇六首ある。とくに六二ウ〜六七オの三七首はすべてこの形態をとっている。なお、前者の平仮名別提訓はすべて仮名書きを原則としているのに対し、後者は通常三字前後の漢字を含んでいる。

本稿では上巻に所引の萬葉歌の仮名づかいに、俊成自身の意識的・積極的な介入があったのか、或いは参照した先行萬葉集写本の仮名づかいをそのままに継承したものであるのかを考証し、更にはのちに独自の仮名づかいを実行した定家に先立つ平安末期の仮名づかいの実態を探ることを目的とするものである。考証の方法として、

まず風躰抄上・下巻に存する非古典仮名づかいの語をすべて拾い、それを次の二種に分類することから始める。

（イ）　萬葉歌の訓詁（片仮名・平仮名）の仮名づかい（上巻）

（ロ）　俊成の歌論（上巻）及び七代集の和歌の風体の解説文（以下、「俊成の文章」）の仮名づかい（下巻）

風躰抄所引の萬葉歌の片仮名傍訓が、紀・春・古・広と共通性のあること、[3] また平仮名訓についても桂・藍・元・類との関係の深さが指摘されている。しかし、それらの指摘はいずれも語彙・語法に関してのものに限られ、仮名づかいについての言及は殆んどなされていない。

ところで、（イ）の萬葉の訓には古典仮名づかいの「いへ（家）」を「いゑ」、「よひ（宵）」を「よゐ」と表記するハ行転呼音（以下、「転呼音」）、「かわく（乾）」を「かはく」、「すゑ（末）」を「すへ」と表記する誤った回帰現象（以下、「誤った回帰」）、「をさめ（納）」を「おさめ」、「おに（鬼）」を「をに」とする「を—お」の混同現象（以下、「を・おの混同」）、いずれにも属さないものを「その他」など、平安時代中後期に生じた音韻変化を反映した非古典仮名づかいが少なからず存していることが確認できるのである。そこで、萬葉集の訓みとしては本来生じるはずのない「転呼音」「誤った回帰」「を・おの混同」などの非古典仮名づかいの混入の実態と傾向の解明をすることから始めることとする。例えば転呼音のばあい、「いへ（家）」と「いゑ」の如く表記の「ゆれ（共存）」の見られる語が存在する一方で、同じ環境にある「かへで（楓）」「やへ（八重）」「まへ（前）」などを、「かゑで」「やゑ」「まゑ」と表記した例が俊成の表記に見出せないということは、のちの定家仮名づかいほどの統一的な規範性は無いにしても、それに繋がる「緩やかな仮名づかい意識」の存在が想定できるのである。

そこで俊成のその「緩やかな仮名づかい意識」の実態を検証する方法として風躰抄で非古典仮名づかいをとる語例を、「転呼音」「誤った回帰」「を・おの混同」・「その他」の四項に分類し、そこに先の（イ）（ロ）の分類上何らかの偏在（傾向）が認められるか否かをみることとする。

かりに（イ）（ロ）に非古典仮名づかいの語例が等しく存在するのであれば、萬葉歌の訓みの際にも当代的表記が用いられているということで風躰抄の仮名づかいには、俊成の持つ仮名づかい意識の反映があると解することができる。それに対して萬葉集の古写本の引用である（イ）と、「俊成の文章」である（ロ）との間に仮名づかいの相違―具体的には（イ）には古典仮名づかいを、（ロ）には当代的である非古典仮名づかいの使用という使い分け[4]―が見られるのであれば、俊成は先行の萬葉集諸本（片仮名本・平仮名本）の引用に際し、訓詁だけでなく仮名づかいまでも忠実に写したこととなるのである。そこで、風躰抄に存する「転呼音」「回帰現象」「を・おの混同」「その他」の非古典仮名づかいの全語例を、（甲）～（丁）の四種に分け次に示すこととする。

［非古典仮名づかいの全語例］

（甲）転呼音―異なり語数は二三語―

は＞わ　くわこ（桑子）・たわぶれ（戯）

ひ＞ゐ（い）　いゐ（飯）・おほゐ（覆）・さかゐ（境）・しゐ（椎）・しゐて（強）・つゐに（遂）・やまゐ（病）・
よゐ（宵）・ゑい（酔）

ふ＞う　かうち（河内）・たうとし（尊）・たまう（給）

へ＞ゑ　いゑ（家）・しりゑ（後方）・ゆくゑ（行方）

ほ＞を　きをひ（競）・ころをひ（頃）・とをし（遠）・なを（猶）・なを人（直人）・もよをす（催）

（乙）誤った回帰現象[5]―異なり語数は一三語―

わ＞は　かはかす（乾）・さはく（騒）・しは（皺）・よはし（弱）

ゐ＞ひ　あぢさひ（紫陽花）・ヲヒ《（ママ）》（老）

ゑ＞へ　うへ（植）・うへ（飢）・すへ（末）・たへ（絶）・ゆへ（故）
を＞ほ　かほる（薫）・みさほ（水棹）
（丙）を・おの混同―異なり語数は一四語―
を＞お　助詞の「お」表記・おさめ（納）・おしへ（教）・おり（居）
お＞を　ヲウジン（應神）ヲクラ（憶良）・をしなみ（押靡）・をしはかる（推量）・をそし（遅）・をに（鬼）・
ヲノヅカラ（自）・ヲヒ《（ママ）》（老）・をひすがひ（追次）・をりはへ（織延）
（丁）その他―異なり語数は三語―
い＞ゐ　ゐね（寝）
ゐ＞い　まいる（参）
ふ＞む　さむし（寂）

右にあげた五三語には、孤例のものや仮名づかいに「ゆれ」の存するものもある。風躰抄上・下巻を通して、表記が非古典仮名づかいである孤例の語彙（漢字表記を除く）は、次の一四語である。

（甲）くわこ・たわぶれ・さかゐ・きをひ・なを人・もよをす
（乙）しは・よはし・あぢさひ・みさほ
（丙）ヲウジン・おさめ・をひすがひ
（丁）さむし

それに対して、複数ある語例がすべて非古典仮名づかいで統一されていて、古典仮名づかいの存在しないものは次の一三語である。

(甲) つゐに・しゐて・やまゐ・かうち・しりゑ・ころをひ
(乙) かはく・さはく・ゆへ・かほる
(丙) ヲクラ・をりはへ
(丁) まいる

右にあげた語彙は用例が複数であるということで、非古典仮名づかいの実態を分析する際に、より有効性が高いものとなる。

一方、仮名づかいに「ゆれ」の存するのは次の二五語である。

(甲) おほひ―おほゐ・よひ―よゐ・しひ―しゐ・いひ―いゐ・ゑひ―ゑい・たふとく―たうとく・たまふ―たまう・いへ―いゑ・ゆくへ―ゆくゑ・とほし―とをし・なほ―なを
(乙) おい―ヲヒ《ママ》・うゑ―うへ・うゑ―うへ・すゑ―すへ・たえ―たへ
(丙) 助詞「を」―「お」・をり―おり・をしへ―おしへ・おに―をに・おす―をしなみ・おしはかる―をしはかる・おのづから―ヲノヅカラ・おい―ヲヒ・おそし―をそし

以上が仮名づかいに「ゆれ」のある全語例である。問題は先に述べたように、仮名づかいの「ゆれ」の現れ方である。

そこで右にあげた仮名づかいに「ゆれ」のある二五語のうち、とくに複数の用例を持つ語を対象に、(イ)の「萬葉歌」引用の場合と(ロ)の「俊成の文章」の場合との間で生じる仮名づかいの相違について述べる。ここでは紙数の関係もあり、対象を萬葉歌と「俊成の文章」に共通する語彙に限定し、後者(「俊成の文章」)にのみ存在する語彙―つゐに(遂)・しゐて(強)・やまゐ(病)・ゆへ(故)・かほる(薫)・おしへ(教)ヲノヅカラ(自)・ヲヒ(老)など―は必要に応じて触れるにとどめることとする。

（二）「萬葉歌の訓詁」には古典仮名づかいを、「俊成の文章」では非古典仮名づかいの使用されている語

①いひ（飯）―いゐ

②しひ（椎）―しゐ

○いへにあればけにもるいひ（飯）をくさまくらたび／にしあればしひ（椎）のはにもる

（三八オ・萬葉・二―一四二）

「飯」を「いひ」と表記するのは後述の例と併せて二例で、下巻（四五オ）にも存している。

風躰抄には「俊成が重要と考えたことがらを何度でも繰り返し述べている（同解題二六ぺ）」とあるが、それは和歌の引用の場合とて同様である。

次の一文は推古紀（二十一年十二月）の聖徳太子伝説の「皇太子遊行於片岡」の際の、「～於夜那斯爾那禮奈理雞迷夜佐須陀氣能枳彌波夜那祇伊比爾恵弖許夜勢留諸能多比等阿波禮」を訓み下した歌謡である。

○おやなしになけなりめやはさすたけの／きみはおやなしいひ（飯）にうへてふせるその／たび人あはれふべし

（上巻・一三オ）

右とほぼ同じ歌謡が下巻に重出しているが、そこには、

○おやなめ《（ママ）》になれなり《（ママ）》けめやさすたまの《（ママ）》／きみはおやなしいゐにうへてふせる／そのたび人あはれふべし

（四五オ・拾遺・二〇―一三五〇）

のように上巻では「いひ」とあるものが、下巻では転呼音形の「いゐ」となっている。

②の「しひ（椎）」は、右の萬葉歌以外に二例あるが、その表記は上巻では「しひ」であるが、下巻では、

○これをだにかたみとおもふをみやこには／葉がへやしつるしゐしばのそで（五七オ・後拾遺・一〇―五八三）

のように転呼音形の「しゐ」となっている。

③よひ（宵）―よゐ

○しなさかるこしにいつとせすみ〳〵てたち／わかれまくをしきよひ（初夜）かも

（七四ウ・萬葉・一九―四二五〇）

右のほか「こよひ」表記が萬葉歌に二例（三五オ／五一オ）存している。なお、古典仮名づかいの「よひ」は上巻（一六オ）に一例、下巻（五七オ他）に六例存している。一方、非古典仮名づかいの「よゐ」は、

○郭公きなかぬよゐのしるからはぬるよ／もひとよあらましものを（下巻・五一オ・後拾遺・三―二〇一）

が存しているがこれは孤例である。この出現比率の片寄りからみて、「宵」に関しては「よひ」表記が標準的であったことがわかる。

④ゑひ（酔）―ゑい

○たゞにゐてかたらひするはさけのみて／ゑひ（酔）なきするになほしかずけり（四〇オ・萬葉・三―三五〇）

ただし、この歌に続く文章では、

○酒などもこのごろの人も、うち〳〵には／ことのほかにゑいにのぞむなれども（上巻・四〇オ）

と転呼音形であらわれる。ここでは、萬葉歌引用には古典仮名づかいの「ゑひ」、「俊成の文章」では当代的仮名づかいを使うという意識的とも思える書き分けがされているのである。因みにこの歌は萬葉の古写本では「ゑひ」表記をとる矢・西・類と「ゑい」表記の古・紀に「ゆれ」ている。

⑤おほひ（覆）―おほゐ

⑥たふとし（尊）―たうとし

○天下《アメノシタ》須《ス》泥尓《デニ》おほひ（於保比）てふるゆきのひかりを／みればたふとく（多敷刀久）も安流香《アルカ》

（七一オ・萬葉・一七―三九二三）

それに対して転呼音形の「おほゐ」表記は、「俊成の文章」の、

〇～いを、／あつめてとらんとて、やをつくりおほゐ／ていを、かへば～（上巻・五九オ）

にある。

同じく当代的発音を反映した「たうとし」の表記は、

〇～おくの義もをしはか／られてたうとくいみじくきこゆる～（上巻・二ウ）

など、（上巻・三オ）の「俊成の文章」にも見られる。

⑦たまふ（給）―たまう

〇にはにたつあさでかりほししきしのぶ／あづまをんなをわすれたまふ（賜）な（四二一オ・萬葉・四―五二一）

古典仮名づかいに従った「たまふ」は、右のほか「～とはおもふたまふるを（上巻・四ウ他）」や下巻（五二ウ）などに九例ある。一方、「たまう」は、

〇わかれをよませたまうける（下巻・三四オ）

のように下巻（八三オ他）にのみ分布している。

⑧すゑ（末）―すへ

〇みな人ははぎを秋といふいなわれはを／ばながすゑ（末）を秋とはいはん（五三ウ・萬葉・一〇―二一一〇）

「すゑ」表記は、ほかに萬葉歌の二例（五三オ・一〇―一九九三／五三ウ・一〇―二一六七）を含め、上巻に四例、下巻にも「こずゑ（三九ウ／五三オ）」の二例存している。それに対して、「すへ」表記は、唯一「俊成の文章」に、

〇又、ふるき哥はかみのくにいへる事を、すへに／かへしてふたゝびいふ事はつねの事なるを～（上巻・七九オ）

とあるのみである。

⑨おそし（遅）─を（ゝ）そし

○山城《ヤマシロ》のいはたのもりにこゝろおそく（鈍）たむ／けしたればいもにあひがたき

（六三オ・萬葉・一二─二八五六）

「おそし」表記は、下巻にも四例（六ウ／四一ウ／四七オ／六三ウ）存している。一方、非古典仮名づかいの「をそし」は踊り字による、

○〜ものいはんといひて侍ける／をゝそくいで侍ければ、（下巻・三〇オ・後撰・一一─七五六・詞書）

が存している。ただ⑯にも触れるように、助詞「を」に下接する「をお〜」の場合、踊り字を介する右のようなばあいと、それを使わない「をおそく〜（下巻・四一ウ）」との間に仮名づかい意識がどの程度働いているかいささか問題である。

右の九語は、（イ）の萬葉歌の訓詁の際には古典仮名づかいを、（ロ）の「俊成の文章」では非古典仮名づかいを使用するという明確な使い分けが見られるものであった。しかし、「ゆれ」の存する語すべてにこのような明確な使い分けが存しているわけではない。数量的には少ないが、次のように逆の現象も存している。

**（二）「萬葉歌の訓詁」には非古典仮名づかいを、「俊成の文章」には古典仮名づかいの使用されている語**

⑩うゑ（植）─うへ

○こひしくはかたみにせんとわがやどにうへ（植）し／ふじなみいまさきにけり（五〇ウ・萬葉・八─一四七一）

「うゑ」とあるべきを「うへ」と表記したのは、上巻に二例（五七ウ／八〇ウ）あり、そのうち後者は片仮名で「キシノウヘキ」とある。一方、古典仮名づかいの「うゑ」は、

○きみがうゑしひとむらすゝきむしのねの／しげきのべともなりにけるかな

（下巻・二〇オ・古今・一六―八五三）

のように、ともに下巻（二四オ／七九ウ）に分布している。

なお、「植」と同じワ行下二段動詞の「飢」は、萬葉歌には見られないが先掲の①に引用した、推古紀の聖徳太子伝説に前接する一文の、

〜時飢者臥道垂。仍問姓名、而不言。皇太子視之與飲食。即脱衣裳、覆飢者而言、安臥也。即歌之曰、
斯那提流箇多烏箇夜摩爾伊比恵弖許夜勢屢諸能多比等阿波礼〜

をほぼそのまま訓み下した文が、上巻と下巻に重出している。

○聖徳太子たかをかやまをすぎたまふとき／みちのつらにうへ人あり。太子おほんむまより／おりたまひてとひかたらひたまひてむらさきの／御そをぬぎてうへ人にたまふとてよみた／まへるおほんうた、
しなてるやかたをかやまにいひにうへて／ふせるたび人あはれふべし
おやなしになけなりめやさすたけの／きみはおやなしいひにうへてふせるその／たび人あはれふべし　これは旋頭歌なるべし。
うへ人返しをたてまつる（中略）太子宮にかへりたまひてのち、つかひをつかはしてみせ／たまひければ、うゑ人すでに死去しけり。（中略）みちのほとりの／うへ人はいやしきものなり〜。（上巻・一二ウ〜一三ウ）

下巻では次のようになっている。

○　聖徳太子たかをかの山邊道人家／におはしましけるに、飢人路頭に／臥せり。太子むまよりおりてあゆみ／よりたまひてむらさきの御そをぬ／ぎてうへ人にたまふとてよみたまひけるうた、
しなてるやかたをか山にいひにうゑて／ふせるたび人あはれふべし
おやなめになれなりけめやさすたけの／きみはおやなしいゐ《（ママ）》にうへてふせる／そのたび人あはれふべし（中略）

うゑ人かしらをもたげておほん／返しをたてまつる。（下巻・四四ウ～四五オ・拾遺・二〇—一三五〇）

ここに繰り返される「飢」の仮名づかいは、上巻では「うへ人—うへ人—※うへ—※うへ—うへ人—うゑ人—うへ人（※＝和歌）」とあるのに対し、下巻では「飢人—うへ人—※うゑ—※うへ—うゑ人」というように異なっていて、この現状から「うゑ」と「うへ」の使い分けの原理を見出すことは困難である。[6] このことを勘案すれば、この「植」も隣接して頻用された場合は「飢」と同様の傾向を示すことになると考えられる。

⑪おす（押）—をしなみ（押靡）

○いなみの、あさぢをしなみ（押靡）さぬるよの／けながくあればいへのしのぶる（四七ウ・萬葉・六—九四〇）

「をしなみ」表記は萬葉歌にあと一例「あきのほをしのにをしなみ（五四オ・一〇—二二五六）」存しているが、いずれも複合語の「押靡」であり、

○こひわびておさふるそでやながれいづる／なみだのかはのゐぜきなるらん（下巻・七二ウ・金葉・七—三七五）

のような「押」単独の使用例はない。なお、類にも「押靡」は「をしなべ（巻一七—四〇一六）」のように「を」表記されている。

## ㈢「萬葉歌の訓詁」に、古典仮名づかいと非古典仮名づかいの「ゆれ」の見られる語

⑫いへ（家）—いゑ

○おほとものたかしのはまのまつがねをまく／らにぬれどいへ（家）とおもほゆ（三五オ・萬葉・一—六六）

古典仮名づかいに従った「いへ」は、萬葉歌に二例（三八オ・二—一四二／四七ウ・六—九四〇）存している。また「俊成の文章」にも「いへ」表記は上巻に二例（一一オ／一五オ）、下巻に二例（二五オ／三七ウ）存している。

一方、転呼音表記による「いゑ」も一例とはいえ萬葉歌の訓詁に存している。

○あまざかるひなのなかぢをこひくればあかし／のとよりいゑ（伊敝）のあたりみゆ

（六七ウ・萬葉・一五―三六〇八）

注目すべきは、右の萬葉歌は仮名書きで「伊敝（いへ）」とあるにもかかわらず、訓詁が「いゑ」となっていることである。そのほか、「俊成の文章」にも「いゑ〳〵」表記が存している（上巻・一一オ）。この「いゑ」表記は類にも五例存するが、その中には「いゑ（巻五―八一六）」のようにミセケチ訂正されたもの（元にも同例（巻七―一二八〇））が存することから、「つゐに・しゐて」など一部の慣用的表記を除けば、古典仮名づかいを規範とする意識は強かったものと考えられる。

⑬とほし（遠）―とをし

○とほつ（得保都）ひとまつらさよひめつまごひにひれふりし／よりおへるやまのな

（四五ウ・萬葉・五―八七一）

「遠」を古典仮名づかいのままに「とほ」と書くのは右以外にも萬葉歌に二例（六六オ・一四―三四二六／同―三四二九）、「俊成の文章」にも上巻に二例（一オ／一一オ）、下巻に一例（三三オ）ある。一方、転呼音形の「とをし」も、

○むすぶひもとかむひとをし（遠）、きたへの／わがこまくらにこけおひにけり

（六二オ・萬葉・一一―二六三〇）

のほか下巻に四例（三七オ（2）／四〇ウ／五四ウ）あり、数量的に両表記がほぼ拮抗していることがわかる。「とほ」と「とを」の「ゆれ」は当時の仮名文献でも激しく、「とを」表記は類にも五例、二十筆からなる西本願寺本三十六人集[7]では八筆に、元永・伝公任本古今集にも六例見る事ができる。

⑭なほ（猶）―なを

○忘草《ワスレクサ》かきもしみ、におふれどもをにの／しこぐさなほ（猶）こひにけり（六二ウ・萬葉・一二―三〇六二）

萬葉歌で「なほ」表記をとるのは、他に一例（④に既述）あり、また「俊成の文章」にも上巻（五ウ／八ウ／一三オ）、下巻（八〇ウ）あわせて四例存している。一方、転呼音形の「なを」は、

○かくしてやなを（猶）や、みなんおほあらきの／うきたのもりのしめならなくに

（六三オ・萬葉・一一―二八三九）

のほか萬葉歌に一例（三九ウ・二一―一一七）、それ以外にも上・下巻あわせて九例あり、数量的には転呼音形が優勢である。西本願寺本三十六人集二十筆中のうち過半数の十一筆が、元永本・伝公任本古今集の九例中八例が「なを」であることを勘案すれば、院政末期には「なほ」よりも転呼音形の「なを」表記がほぼ主流になっていたことがわかる。

⑮助詞「を」の「お」表記

助詞「を」の表記は、

○しほさゐにいとこのしまにこぐふねにいも／のるらんかあらきしまわを（乎）（三四オ・萬葉・一―四二）

をあげるまでもなく、規範となる表記は「を」であって、助詞の「お」表記は例外的存在である。

○つきよにはかどにいでたちゆふげとひ／あしうらをぞせしゆかまくお（行乎欲）ほり

（四三ウ・萬葉・四―七三六）

この傍線部の訓みは、当時の萬葉の古写本も含めすべて「を」であり「お」表記する写本は存在しない。また、この文脈から「お」を語頭とする「おほ（多・大）」などの語を想定することはできないことから、ここはそのまま助詞「お」表記と解しておく。たしかに類には、ミセケチして訂正されているとはいえ、数例の助詞の「お」表記が存在すること、また、坊門局（俊成女）写の一連の私家集（元輔集・源順集・兼輔中納言集など）にも

助詞の「お」表記が十余例存すること[8]などから、この前後の時期に生じた表記の規範の「ゆるみ」がここに現れたものと考えられる。のちに定家が下官集で態々「(助詞の)を　ちりぬるを書之(嫌文字事)」と注したのも、その間の事情を語ったものと考えられる。

⑯をり(居)—おり

○はしきやしまぢかきさとをくもゐにや／こひつゝをらん(将居)つきもへなくに

(上巻・四三オ・萬葉・四—六四〇)

「将居」を「をらん」と訓じているのが萬葉集には、ほかに三例(五〇オ・七—一三五三／七三オ・一九—四一四六／九〇オ・一二—三〇三二)存している。一方、非古典仮名づかいの「おり」は、

○きみがあたり《イセモノカタリニアリ》みつゝもおらん(将居)いこまやま／くもなかくしそあめはふるとも

(六三ウ・萬葉・一二—三〇三二)

に見られる。ただこの歌は踊り字を介した形で「〜みつゝをゝ《ママ》らん(上巻・九〇オ)」にも重出している。助詞「を」に後接する踊り字は⑨の「をゝそし(遅)」で触れたように、ほかの助詞の「は・と・も」等が、例えば「花ははる(春)」を「花はゝる」、「花とともに」を「花とゝもに」、「花ももみぢも」を「はなもゝみぢも」とする場合と異なり、時には「を」だけでなく「お」の仮名をも許容する可能性も存している。なお、「おる」表記は、

○やまのはにいさよふつきをいつとかもわが／まちおらん(座)よはふけにけり(四九オ・萬葉・七—一〇七一)

のほか、下巻(六オ)にも一例存している。

⑰おに(鬼)—をに

○わすれくさわがしたひもにつけたれど／おに(鬼)のしこぐさことにしありけり(四三ウ・萬葉・四—七二七)

右の「鬼乃志許草（おにのしこくさ）」の訓みは、広に「ヲニ」をミセケチして「シコ」とするように、寛以降現代に至るまでほぼ「しこ」に固定しているが、それ以前はもっぱら「おに（をに）」と訓まれていた。「鬼」を「しこ」と訓むのは「「醜」の「酉」を省いた（省文）表記（岩波文庫『万葉集（一）』一三五ぺ）」に依るものと解されるが、俊成は常に「おに（をに）」と訓んでいる。

「鬼」は語の性格上歌語としての使用が少なく、萬葉の三例のみである。古典仮名づかいによる「おに」は右の一例で、「をに」表記は、

○ますらをやかたこひせんとなげゝどもをに（鬼）の／ますらをなをこひにけり（三七ウ・萬葉・二―一一七）

のほかは、先の⑭であげた「をにのしこくさ（上巻・六三ウ）」のみである。

⑫～⑰にあげたのは、萬葉歌の引用の際の仮名づかいの「ゆれ」の例であった。「萬葉」という枠を外し、対象を「俊成の文章」に広げると、表記の「ゆれ」は更に増加する。

（甲）の「転呼音」に関しては、「ゆくへ（行方）」と「ゆくゑ」が、

○わがこひはゆくへ（行方）もしらずはてもなし／あふをかぎりとおもふばかりを
（下巻・一八ウ・古今・巻一二―六一一）

○五条のきさいの宮のにしの台に／すみける人をゆくゑしらずなりて～（同一九オ・古今・巻一五―七四七）

のように、隣接した文であるにも関わらず和歌と詞書とで表記を異にしている。

（乙）の「誤った回帰」に関しても、「たえ（絶）」と「たへ」が、

○菅原の大臣家に侍りけるをんなに／かよひ侍りけるに、をとこなかたへ（絶）て又／とひ侍ければ、
すがはらやふしみのさとのあれしより／かよひし人のあともたえにき（下巻・三一オ・後撰・一四―一〇二四）

のように、詞書と和歌とで「たへ」と「たえ」が仮名づかいを異にする形であらわれることもある。「絶」につ

いては、右以外の下巻の拾遺・後拾遺・金葉・詞花・千載の各歌集もそれぞれ「たえ」表記である。

（丙）の「を・おの混同」に関しては「おしはかる（推量）―をしはかる」「おのづから（自）―ヲノヅカラ」「おい（老）―ヲヒ」「をしへ（教）―おしへ」の四語に「ゆれ」が存している。まず「推量」の仮名づかいについては、

○～この河／社の事、いとしれる人なし。たゞおし／はかり（推量）にや～（上巻・五四ウ）

○～ことの／ふかさもかぎりなくおくの義もをしはか／られてたうとく～（上巻・二ウ）

とあり、とくに非古典仮名づかいの「をしはかる」は他にも二例（上巻八四ウ／八六オ）存している。

また、「自」の仮名づかいは、

○～そのこゝろおのづか／ら（自）六義にわたり、そのことは～（上巻・一オ）

そのほか上巻に二例（六ウ／七八ウ）、下巻（七九ウ）も同じ「おのづから」である。一方、

○～我心《ワガコヽロ》／自空《ヲノツカラ》（「空」の左傍に「ムナシ」）なりとゝきたまへり）～（上巻・三ウ）

は片仮名による付訓である。次の「老」も同じ書き分けがみられる。

○～おい（老）のふでのあと／もいとゞみだれながら～（上巻・七オ）

平仮名書きのばあいは、すべて（上・下巻で一二例）「おい」表記であるが、喜撰式（八病）を引用した片仮名による振仮名は「ヲヒ」である。

○六云　老楓《ラウフ》（左注に「ヲヒタルカツラ」）（上巻・八〇ウ）

また、「教」の仮名づかいは、

○～もろ〳〵のでしど／もにをしへ（教）いましめていはく～（上巻・一七オ）

のように古典仮名づかいに従った表記と、

○おしへおくことたがはずはゆくすゑの／みちとほくともあとはまどはじ

（下巻・三三オ・後撰・一二〇一―一三七九）

のような非古典仮名づかいとの間に「ゆれ」ている。

ところで「お」「を」の仮名の使い分けについて、定家は古典仮名づかいとは異なった原理（お（平声）＝低いアクセント、を（上声）＝高いアクセント）で書き分けたことはよく知られたことである。しかし、右にあげた助詞の「お」は、色葉字類抄や名義抄では常に上声であり、また「居」も古典仮名づかいはいうまでもなく、定家仮名づかい（「居」のアクセントは名義抄に「上平」）も、ともに「をり」であることから、この「おり」表記はいかにも不審である。同様に「鬼」も、名義抄に「平平」とあり、定家仮名づかいに従ったとしてもともに「おに」とあるべきであり、「をに」表記はいずれにも合致しないものである。

## （四）「萬葉歌の訓詁」及び「俊成の文章」の表記がともに非古典仮名づかいによる語

⑱しりゐ（後方）

○あひおもはぬ人をおもふはおほてらの／餓鬼《ガキ》のしりゐ（後方）にぬかづくがごと（四二ウ・萬葉・四―六〇八）

この萬葉歌に続く「これは垣《カキ》のしりゐに申なり。されど又餓鬼をも寺にはかきてもつくりてもあればかよはしてかけるなり」という行で「俊成の（歌の）解釈」が示されているが、ここでも表記は転呼音形の「しりゐ」である。

ところで「〜へ（方）」を後部成素とする複合語の場合、右の「しりゐ」のように転呼音形をとる語と、先にあげた「ゆくへ（行方）」と「ゆくゐ」のように表記が「ゆれ」ている語、さらには「いにしへ（昔）」のように、

○あふみのうみゆふなみちどりながなけば／こゝろもし努《ノ》にいにしへおもほゆ（三九ウ・萬葉・三―二六六）

古典仮名づかいのままになっている語とに分かれる。この語は萬葉の二例（上巻・四〇オ／四九オ）、下巻の後拾遺の二例（五〇オ／五二オ）のいずれもが「いにしへ」であって、「いにしゑ」表記は見られないということで、「〜へ」に関しては語彙による不統一が存しているのである。

⑲かはく（乾）

○はるすぎてなつぞきぬらしゝろたへのころ／もかはかす（乾）あまのかぐやま

（上巻・三三ウ・萬葉・一―二八）

古・紀など鎌倉期の写本以降、「乾」の訓みは萬葉では「かはく」ではなく「ほす」に固定（広は「カハカヌ」）する。この歌の訓みについては、元・類ともに「かはく」であり、「かわく」と書かれたものは見られない。下巻の三例（五七オ／七七ウ／八六オ）も同じく「かはく」である。目を転じて、当時の平仮名文献の書写時期の重複する西本願寺本三十六人集、元永・伝公任本古今集などの表記も同様であって、この時代には「かはく」が規範となっている。

⑳さはく（騒）

○やまのはにあぢむらこまは《サハキ（騒）》すぐれども／われはさむしゑきみにしあらねば（四一オ・萬葉・四―四八六）

「サハキ」は片仮名による異訓注記であるが、同じ「さはく」表記は（上巻・八五ウ）にも存している。また、ミセケチして訂正した元の「さわ《は》く（巻六―一〇六四）」の存在もあり、この時代には「さはく」が規範と認識されていたと考えられる。

同じ現象は、先にあげた「すへ（末）」、「うへ（植）」にも見られることである。また、分類（乙）であげた「しは（皺）」「よはし（弱）」「あぢさひ（紫陽花）」「ヲヒ（老）」「たへ（絶）」「ゆへ（故）」「かほる（薫）」「さほ（棹）」など、語中尾にアヤワ行の仮名が位置する語に共通して見られる傾向でもある。

## まとめ

俊成自筆の古来風躰抄には、「いゐ（飯）」「すへ（末）」「をに（鬼）」など古典仮名づかいにあらざる形が、おのおの古典仮名づかいに適った「いひ」「すゑ」「おに」と「ゆれ（共存）」て用いられていることがある。両者の「ゆれ」は、一見恣意的であるかのように見られていたが、複数の用例の存する二十語を対象に、分類の基準を（イ）の「引用の萬葉歌」と（ロ）の「俊成の文章」とに分けることにより、次のような使い分けが存することが明白となったのである。

（一）（イ）の「萬葉歌」には古典仮名づかいを、（ロ）の「俊成の文章」には非古典仮名づかいの使用という使い分けが存する。（例①〜⑨）

（二）現象としては（一）に反するものがあるが、量的には少数である。（例⑩・⑪）

（三）「萬葉歌」の仮名づかいに、古典仮名づかいと非古典仮名づかいの「ゆれ」のみられるものが存する。（例⑫〜⑰）

（四）「萬葉歌」、「俊成の文章」ともに非古典仮名づかいのものが存する。（例⑱〜⑳）

九語見られる（一）を現象別に分類すると、「いひ（飯）―いゐ」以下、「たまふ（給）―たまう」までの七語が転呼音関係の語であるという特徴がある。そのほか、（三）の表記に「ゆれ」の存する「家」「遠」「猶」の三語についても、「俊成の文章」では「いゑ・とをし・なを」の転呼音表記が多数を占めるが、萬葉歌での出現は極めて少数であることから、大略的にはこの三語も（一）に近い分類に属すとみて差し支えなく、俊成は萬葉歌引用に際しては、語中のハ行音は古典仮名づかいそのままに書くという規範意識を持ち、それを実践したものと考えられるのである。

その件を証するのが、転呼音表記の裏返しの現象になる（乙）の「誤った回帰」に属する語の存在である。「すへ（末）」「うへ（植・飢）」「かはく（乾）」「さはく（騒）」「かほる（薫）」「しは（皺）」「ゆへ（故）」「よはし（弱）」などは、いずれも「語中のワ行の仮名はハ行の仮名で表記すべき」という〝擬古典仮名づかい〟を規範としたことによって生れた表記なのである。

また「しりゑ（後方）」は、語構成が同じ「ゆくゑ（行方）―ゆくへ」「いにしへ」の存在から、この語も「しりへ」と表記される可能性が無いとはいえないのである。したがって、転呼音関係の表記については基本的に、古典仮名づかいを指向した〝擬古典仮名づかい〟の方向性ということで括ることができるものと考えられる。

「お・をの混同」については、「助詞の「お」表記」「おり（居）」「をに（鬼）」のいずれの語も、古典仮名づかいやアクセント仮名づかい（定家仮名づかい）に該当しないものであり、そこに何らの傾向を見出すことはできない。しかし、風躰抄上・下巻で十例以上の語例を持つ語頭が「お～」である、「おく（奥）・おく（置）・おと（音）・おとゞ（大臣）・おなじ（同）・おはす（御座）・おぼゆ（覚）・おほせ（仰）・おほかた（大方）・おほし（多）・おほん（御）・おもふ（思）・おり（降）」の語を、各々「をく・をと・をとゞ…」と記した例が全く存在しないこと、同様に語頭が「を～」である、「を（緒）・をかし（風流）・をし（惜）・をんな（女）」を、「お・おかし・おし…」と記した例が皆無であるということは、ごく一部の例外を除けば、基本的には「を・お」の仮名づかいも、前者と同様に古典仮名づかいを指向したものであるといえるのである。

注

（1）『古来風躰抄』（冷泉家時雨亭叢書（1）朝日新聞社／一九九二）
（2）宮本喜一郎「古来風躰抄に抄出せられた萬葉集」（『國語・國文』十二巻十号／一九四二）
（3）山崎福之「『俊成本萬葉集』試論―俊成筆『古来風躰抄』の萬葉歌の位置―」（『美夫君志』五三号／一九九六）

（4）成俊写萬葉集跋文（文和二年）に「（成俊の仮名づかいでは）「遠」の仮名表記は「とを」であるが、萬葉集の訓詁の際の仮名づかいでは「とほ」と書く（大意・原文は漢文）。」（長井行蔵「成俊の跋文について」（『国文学会誌（新潟大学）』十五号／一九七一）とあるように、萬葉歌訓詁の際の仮名づかいと通常の仮名づかいが異なることの指摘がされている。

（5）仮名づかいに規範性を求める現在の感覚では、この現象は極めて特異に移るが、現代でも歴史的仮名づかいを指向した文章では「あは（泡）」「ありませふ」「ゆへ（故）」「かほり（薫）」などを見ることがある。

（6）長谷川千秋「仮名遣の成立要件をさぐる」（『国語文字史の研究』十三／二〇一二）では、近接文の表記の「ゆれ」に関して「仮名の多様を楽しむというようなことがあったとも考えられる」との解釈が提出されている。一つの解釈としては興味深いが、なぜその語（飢）の場合にのみそれが選択されたのかということへの疑問が残る。

（7）拙稿「西本願寺本三十六人集の表記―資料編―」（『関西大学文学論集』五五巻一号／二〇〇五）、同「元永本・伝公任本古今集の表記―資料編―」（『関西大学文学論集』五六巻一号／二〇〇六）、拙著『国語表記史と解釈音韻論』（和泉書院／二〇一〇）ほか。

（8）拙稿「助詞の「お」表記」（『國語國文』七三巻三号／二〇〇五）、同「坊門局の表記―助詞「お」の場合―」（『新村出記念財団三十五周年設立記念論文集』／二〇一六）

（9）大野晋「假名遣の起源について」（『國語と國文學』昭和二五年一二月号）ほか。

# ツル［釣・吊］とナム［並］

蜂矢真郷

前稿「タテ［縦］・ヨコ［横］とその周辺」(1)に続くものとして、本稿ではツル［釣・吊］とナム［並］について考えることにしたい。上代・平安初期頃の例を中心とし、必要に応じてさらに時代の下る例を挙げることもある。なお、『時代別国語大辞典上代編』は『上代編』と、『岩波古語辞典』は『岩波古語』と略称する。

## 一

まず、ツル［釣・吊］の例を挙げる。

ツル［釣］　松浦川《まつらがは》川《かは》の瀬《せ》光《ひか》り鮎《あゆ》釣ると〈阿由都流等〉立《た》たせる妹《いも》が裳《も》の裾《すそ》濡《ぬ》れぬ（萬八五五 八五九）

は、「釣りをする。魚を釣る。」（『上代編』）の意であるが、「《ツラ（弦）・ツル（蔓）・ツラナリ（連）と同根。ツル（蔓）を垂れて魚を取り、また、物を引っぱりあげる意》」（『岩波古語』、ツリ［釣・吊］の項）ともされる。後者に「ツル（蔓）を垂れて魚を取り」とあるけれども、後に第二節で見るようにツル［蔓］の例は鎌倉時代に下っているので、上代に例のある語についての記述としてツル［蔓］を挙げるのは適切でないと考えられる。

ツリ［釣］　奈呉の海人《あま》の釣《つり》する舟《ふね》は〈都里須流布祢波〉今《いま》こそば舟棚《ふなだな》打ちてあへて漕《こ》ぎ出《で》め（萬三九五六 三九七八）

は、動詞ツル［釣］の連用形が名詞化したものであり、「釣。釣ルの名詞形。」（『上代編』）とされる。

ツリブネ［釣舟］　浜辺《はまへ》より我《わ》がうち行《ゆ》かば海辺《うみ》より迎《むか》へも来《こ》ぬか海人《あま》の釣舟《つりぶね》〈安麻能都里夫祢〉（萬四〇四四 四〇六八）

艄艋　唐韵云艄艋（略）和名豆利夫祢小漁舟也（和名抄・廿巻本十二）

は、ツル［釣］の連用形とフネ［舟・船］との複合であり、「つりぶね。魚を釣るために漕ぎ出した船。」（『上代編』）とされる。なお、「艄艋は、小ぶね。」（『大漢和辞典』）とされる。

チ［鉤］　踉蹡鉤　此云(二)須須能美膩(一)　癡騃鉤　此云(二)于樓該膩(一)（神代紀下・第十段一書第三）

チ［鉤］は、釣り針の意で、ツル［釣］のツを被覆形とするのに対する露出形である（同様の露出形に、ナク・ナル［泣・鳴］のナに対するネ［音］、ヌル［塗］のヌに対するニ［土］がある）(2)。古事記には「須々釣」「宇流釣」とある。

ツル［吊］　籠《こ》に乗《の》りて吊《つ》られ上《のぼ》りて（竹取物語）　佛渡リ給ヒヌレバ天蓋ヲ鉤ルニ（今昔物語集十二・二十一）

ツル［釣］もツル［吊］も、基本的に下から上へ引き上げる動作を表す（ツル［吊］は、ぶら下げる意にも用いられる）動詞であり、ともにとらえてよい（『岩波古語』は、合わせて一つの項にする）。ツルス［吊］は、室町時代に下るので省略する。

ツルベ　奪(二)〈奪有波不〉家童女之井(一)〈丼［井］津るへヲ〉（霊異記上九・興福寺本）

は、ツル［吊］とヘ［瓮・瓶］との複合であり、「つるべ。井戸の水を汲んで吊り上げる器。吊《ツル》＝瓮《へ》か。」（『上代編』）とされる。「《ツル（蔓）へ（瓶）の意》」（『岩波古語』）ともされるけれども、先にツル［釣］について見たことと同様に、平安初期に例のある語についての記述としてツル［蔓］を挙げるのは適切でないと考えられる。

## 二

次に、ツル［釣・吊］と合わせとらえられる例を挙げる。

ツル［絃・弦］　樂絃又作弦字（略）倭言都留 又乎（新華厳経音義）

ツラ［弦］　陸奥《みちのく》の安太多良真弓《まゆみ》はじき置《お》きてせらしめ来《き》なば弦《つら》はかめかも〈都良波可馬可毛〉（萬三四三七 三四五六・東歌）

ツル［絃・弦］とツラ［弦］とは母音交替と見られる。ツル［絃・弦］は、「弓の弦。琴の絃などをもいったものか。ツラに同じか。」（『上代編』）、「《ツラ（弦・蔓・列）・ツリ（釣）・ツレ（連）と同根》」（『岩波古語』）とされ、ツラ［弦］は、「弓の弦。ツルとも。ツラハクは弓につるをかける意。」（『上代編』）、「《ツリ（釣）・ツル（弦）・ツレ（連）と同根》」（『岩波古語』）とされる。

ツラヲ［弦緒］　梓弓弦緒《つら(を)》取りはけ〈都良絃取波氣〉引く人は後の心を知る人そ引く（萬九九）

は、ツラ［弦］とヲ［弦］との複合であり、「弓の弦。ツラもヲも弦の意。」（『上代編』）とされる。そのヲ［弦］は、ツル［絃・弦］（新華厳経音義）の例として先に挙げた。

ツラ［葛］　なづきの田《た》の稲幹《いながら》に稲幹《いながら》に蔓《は》ひ廻《もとほ》ろふ薢葛《ところづら》〈登許呂豆良〉（記景行・三四）

は、「葛か。蔓性植物の名にツラを含むものが多い。カヅラ・ツヅラのツラもこれか。弓弦をツラといい、ツナに綱・葛の両義があり、列をツラという。すべて綱のように、蔓のように長い弦《ツル》をツラ・ツナ・ツタなどといったのであろう。」（『上代編』）とされる。ここに「すべて綱のように、蔓のように長い弦《ツル》をツラ・ツナ・ツタなどといったのであろう」とあることは、注意してよいと考えられる。ただ、「ツナに綱・葛の両義があり」とある「葛」の意のものは、後にこの節でツナ［綱］について見るように、上代の確例がない。

ツル［蔓］　みさびまじるひしのうきつるとにかくにみだれて夏の池さびにけり（新撰六帖二〇三四）

この例は、鎌倉時代のもので、先述のように、他の例に比べて下るので、これを基にして上代・平安初期に例がある語について記述するのは適切でないと考えられる。ツル［蔓］とツラ［葛］とは母音交替で、ツラ［葛］

の方が古く、かつ、ツル［蔓］の方が比較的細いものを表すと見られる。なお、「みさび」は水銹の意である。

ツラ［列］……咲く花の色めづらしく〈色目列敷〉百鳥の声なつかしき……（萬一〇五九／一〇六三）預《アヅケ給ヒ》㈡御子列《ノツラ》ニ㈠（東大寺諷誦文稿）莫-預《ナアヅカラシメソ／ナクバラシメソ》㈡羣臣之例《列也／ツラニ》。㈠（雄略紀十四年四月・前田本）

は、「連なること。また連なったもの。」（『上代編』）、「縦に一列につらなるもの。つらなり。列。」（『岩波古語』）とされる。ここに「縦に」（『岩波古語』）とあることが注意される。

ツラツラツバキ［列々椿］巨勢山のつらゝゝ椿〈列〻椿〉つらゝゝに〈都良〻尓〉見つつ偲はな巨勢《こせ》の
　春野を（萬五四）

は、ツラ［列］の重複とツバキ［椿］との複合であり、「茂った葉の間に点々と連なって咲いている椿の花の姿を名付けていう。歌語か。」（『上代編』）、「《ツラは列の意》」（『岩波古語』）とされる。右の例のツラツラニ〈副詞〉は、「つらゝゝ椿」と合わせた表現であるが、「つくづく。よくよく。」（『上代編』）の意であり、第五節で後述するように、別に考える方がよいか。

ツララニ　……いざりする海人《あま》の娘子《をとめ》は　小舟《（を）》乗りつらゝに浮《う》けり〈都良〻尓宇家里〉……（萬三六二七／三六四九）

ツララク　沖辺《おきへ》には小舟《をぶね》つらゝく〈袁夫泥都羅〻玖〉くろざやのまさづ子《こ》我妹《わぎも》国《くに》へ下《くだ》らす（記仁徳・五二）

ツララニは、「ずらりと。連なって。列《ツラ》＝列《ツラ》の約であろう。」（『上代編』）、「《ツラは連、ラは状態を表わす接尾語》」（『岩波古語』）とされる。ツララクは、「未詳。連なるの意か。」（『上代編』）、「つながって並ぶ。」（『岩波古語』）とされるが、『上代編』が「未詳」とするのは如何かと見られ、連なる意ととらえてよいと考えられる。

ここに、ツララニについて、「列《ツラ》＝列《ツラ》の約であろう」（『上代編』）とあるのと「ラは状態を表わす接尾語」（『岩波古語』）とあるのとは解釈が異なっているが、前書㈠『国語重複語の語構成論的研究』(3)に述べたように、ツララニ・ツララクのツララは、ツラのラのみを重複したものととらえられて、「一部重複」と呼び、〝重複〟と〝

+接尾辞ラ〟との間に位置づけるのがよいと考えられる。少し下るが、ツララ［氷柱］「朝日さす軒《のき》のたるひは解《と》けながらなどかつらゝのむすぼゝるらむ」（源氏物語・末摘花、和歌）も同様である。

ツル［連］〔下二段〕北へゆくかりぞなくなるつれてこしかずはたらでぞかへるべらなり（古今四一二）は、「《ツラ（列）・ツリ（釣）・ツル（蔓・弦）と同根。縦に一線につづく意。（略）ナミ（並）は、横に一列に並ぶ意》」（『岩波古語』）とされる。ここに、ツル［連］は「縦に一線につづく意」、ナミ［並］は「横に一列に並ぶ意」とあることが、重要であると考えられる。

ツラヌ［連］〔下二段〕盛《サカ》リに音樂を陳《ツラ》ネ（西大寺蔵金光明最勝王経平安初期点・春日政治氏釈文）をとこども

六人つらねて（竹取物語）

は、ツル［連］+接尾辞ヌの派生と見られる。「《ツラ（列）・ツリ（釣）・ツル（弦）・ツレ（連）と同根》①縦に一列に並ぶ。」（『岩波古語』）とされ、ここに「縦に」とあることが注意される。

ツラナル［連］山阜連ナリ属《ツラ》ナリテ田隘《セバ》ク狭シ。（興聖寺蔵大唐西域記十二平安中期点・曽田文雄氏釈文）

は、ツラヌ［連］+接尾辞ルの派生と見られ、「《ツラネの自動詞形》」（『岩波古語』）とされる。

ツラヌク［貫］穿繼《ツラヌ》キ畢已《（をはりな）》ば（石山寺蔵蘇悉地羯羅経略疏寛平八［896］年点・大坪併治氏釈文）君が代《よ》にあふぎと

見《み》れば氷《こほり》する千《［ら］ち》代《よ》をかねてぞ結《むす》び貫《つらぬ》く（栄花物語三十四・和歌）

は、ツラ［列］と動詞ヌク［貫］との複合と見られる。「表から裏へ、端から端へ通す。」（『岩波古語』）、「2はじめから終わりまでつづけ通す。」（『日本国語大辞典』〔初版・第二版とも〕）、「列（らっ）と貫（くぬ）との複合語。」（『角川古語大辞典』）とされる。

そして、ツル［釣・吊］と合わせとらえられそうな例を挙げる。先に見たように「すべて綱のように、蔓のように長い弦《ツル》をツラ・ツナ・ツタなどといったのであろう」（『上代編』）とあったところの、ツタ［絡石・蔦］・ツナ〔綱〕などである。ツラ〔列〕―ツタ〔絡石・蔦〕はラ行―タ行の、ツラ〔列〕―ツナ〔綱〕はラ行―ナ行の子音交替とも見られる。ラ行―タ行、ラ行―ナ行の子音交替の例は、必ずしも多くないが、アラタシ〔新〕―アタラシ〔新〕(4)、ツヌガ〔角鹿〕〈地名〉―ツルガ〔敦賀〕〈同〉など、他にもある。

ツタ〔絡石・蔦〕　……玉《たま》くしげ二上山《ふたがみやま》に　延《は》ふつたの〈波布都多能〉行《ゆ》きは別《わか》れず……（萬三九九一 四〇一五）

に対して、

ツツ〔伝〕〔下二段・他動詞〕　……思《おも》ほしき　言伝《ことつ》て遣《や》らず〈許登都氏夜良受〉恋《こ》ふるにし　心は燃《も》えぬ……（萬三九六二 三九八四）　春くればかりかへるなり白雲のみちゆきぶりにことやつてまし（古今三〇）

は、「伝える。」（『上代編』）、「《ツタ（蔦）と同根。蔦のように長く先の方まで言いつづき伝える意》」（『岩波古語』）とされるが、ツタ〔絡石・蔦〕はツツ〔伝〕の被覆形ツタの名詞化ともとらえられる。他に、阪倉篤義氏『語構成の研究』(5)に挙げられ、別稿「ツマ〔妻・夫〕とトモ〔友・伴〕」(6)にふれたところの、ムル〔群〕〔下二段〕「…我《わ》が群《む》れ往《い》なば〈和賀牟礼伊那婆〉…」（記神代・四）の被覆形の名詞化がムラ〔村〕「坊村附（略）四声字苑云　村（略）无良野外聚居也」（和名抄・十巻本三）であるなどの例がある。

ツタフ〔伝〕〔四段・自動詞〕　浜《はま》つ千鳥《ちどり》浜《はま》よは行《ゆ》かず磯伝《いそづた》ふ〈伊蘇豆多布〉（記景行・三七）　能《よ》（く）木に縁《ツタ》ヒ（石山寺蔵法華経玄賛平安中期点・中田祝夫氏釈文）、〔下二段・他動詞〕　書を傳《ツタ》へ印を送（り）て（東大寺図書館蔵地蔵十輪経元慶七[883]年点・中田祝夫氏釈文）

ツタフ〔伝〕〔四段〕は「伝わる。伝わって行く。（略）」（『上代編』）、「《ツタへの自動詞形》」（『岩波古語』）とされ、同〔下二段〕は「伝える。ツツ〔下二段〕に動詞語尾フのついたもの。」（『上代編』）、「《ツタ（蔦）と同根。蔦のように線条的に長く伸びているものを経て、ものごとを移動させる意》」（『岩波古語』）とされて、いずれも、ツツ〔伝〕＋接尾辞フの派生ととらえるのがよい。

ツタハル［伝］ 像-教東被《にツタハル(こと)を》「ル」斯《れをす》為レ盛《(ん)なりト》矣。（知恩院蔵大唐三蔵玄奘法師表啓平安初期点・中田祝夫氏釈文） しかあれども、世につたはることは（古今・仮名序）

は、ツタフ［伝］＋接尾辞ルの派生と見られ、「下二段活用動詞「つたふ」の自動詞。」（『角川古語大辞典』）とされる。なお、「像教」は仏教の意である。

ツナ［綱］ 埼玉《さきたま》の津に居《を》る舟《ふね》の風《かぜ》をいたみ綱《つな》は絶《た》ゆとも〈都奈波多由登毛〉言《こと》な絶《た》えそね（萬三三八〇・三三九八・東歌） 鼠《ネ》い此の梯に縁《ツナ》トシテ上リて（西大寺蔵金光明最勝王経平安初期点・春日政治氏釈文）

ツノ｜［綱］ ……栲綱《たくづの》の〈多久豆怒能〉白《しろ》き腕《ただむき》 沫雪《あわゆき》の若《わか》やる胸《むね》を……（記神代・三）

ツナ［綱］は、「①綱。」「②蔓状の植物。」（『上代編』）とされるが、「②蔓状の植物」の例は、先にもふれたように、上代に確例がない。例えば、「谷狭み峰辺に延へる玉かづら延へてしあらば年に来ずとも 一云「石つなの〈石綱(ノ)〉延へてしあらば」」（萬三〇六七・三〇八一）の「石綱」は、ノを読み添えてイハツナノと訓まれるが、イハカヅラなどとも訓まれる。「下津綱根古語番縄之類謂之綱根（略）引結弊留葛目能緩比」（祝詞・大殿祭）の「綱根」と「葛目」とを同様に見て、「葛目」をツナメと訓む例もある。[7] それと別に、金光明最勝王経の例は、「②（比喩的に）すがってたよりとするもの。助けとなるもの。また、その人。」（『日本国語大辞典』〈初版・第二版とも〉）とされる。[8] ツノ［綱］は、ツナ［綱］の母音交替と見られ、「《ツナの母音交替》」（『岩波古語』）とされる。

ツナグ［繫］ ……其《そ》ねが本其根芽《もとそねめ》つなぎて〈曽泥米都那藝弖〉撃《う》ちてし止《や》まむ（記神武・一一）は、「つなぐ。綱をつける。綱でくいなどにくくりつける。綱《ツナ》の動詞化。」（『上代編』）、「《ツナ（綱）の動詞化》」（『岩波古語』）とされて、ツナ［綱］＋接尾辞グの派生と見られるが、そのことに関する問題については第五節で後述する。

三

右に対して、ナム〔並〕などの例を挙げる。後にこの節で挙げる。

ナム〔並〕〔四段・自動詞〕……呼び立てて み舟出でなば 浜も狭《(せ)》に後れ並《な》み居て〈後奈美居而〉……（萬一七八〇 一七八四）、〔四段・他動詞〕秋《あき》されば霧立《きりた》ち渡《わた》る天《あま》の川石並《がはいしな》み置《お》かば〈伊之奈弥於可婆〉継《つ》ぎて見むかも（萬四三一〇 四三三四）

ナミ〔並・次〕若鮎釣《わかゆつ》る松浦《まつら》の川《かは》の川波《かはなみ》の並《なみ》にし思《も》はば〈奈美迩之母波婆〉我恋《われこ》ひめやも（萬八五八 八六三）

ナム〔並〕は、「①並ぶ。つらなる。ナラブとも。」「②並べる。」（『上代編』）とされるところの、①は自動詞、②は他動詞の例についてである。ナム〔並〕〔四段・自動詞〕について、「《横に凹凸なくならぶ意。縦に一列にならぶのはツレ（連）という》」（『岩波古語』）とされるが、これは、ツル〔連〕についての記述と同様であり、重要であると考えられる。ナミ〔並・次〕は、ナム〔並〕の連用形が名詞化したものであり、「並ぶこと。並んだもの。普通。なみなみ。列《ナ》ム（四段）の名詞形。（略）」（『上代編』）とされる。

ハナミ〔歯並〕……木幡《こはた》の道《みち》に逢《あ》はしし嬢子《をとめ》 後手《うしろで》は小楯《をだて》ろかも 歯並《はな》みは〈波那美波〉椎菱《しひひし》なす……（記応神・四二）

ヤマナミ〔山並〕三諸《もろ》のその山並《なみ》に〈其山奈美尓〉児《(こ)》らが手を巻向山は継ぎの宜《(よろ)》しも（萬一〇九三 一〇九七）

イシナミ〔石並〕秋《あき》されば霧立《きりた》ち渡《わた》る天《あま》の川石並置《がはいしなみお》かば〈伊之奈弥於可婆〉継《つ》ぎて見むかも（萬四三一〇 四三三四）

ハナミ〔歯並〕・ヤマナミ〔山並〕・イシナミ〔石並〕は、ハ〔歯〕・ヤマ〔山〕・イシ〔石〕が横に並んでいるさまを表す例である。ハナミ〔歯並〕は、「歯並《なら》び。歯《ハ》＝並《ナ》ミ。」（『上代編』）とされ、ヤマナミ〔山並〕は、「山の並び連なるさま。並び連なる山々。」（『上代編』）とされ、イシナミ〔石並〕は、「石並。石橋のこと。河川を

渡るため浅瀬に石を並べておいたもの。」（『上代編』）とされる。(9)

ナミナミ［並々］　何すと違ひは居らむ否も諾《（を）》も友のなみ〳〵〈友之波〻〉我も寄りなむ（萬三七九八／三八二〇）

ヒトナミ［人並］　……わくらばに人《ひと》とはあるを人並《ひとなみ》に〈比等奈美尓〉我もなれるを……（萬八九二／八九六）

ツキナミ［月並・月次］　今年乃六月月次（祝詞・六月月次）　月―［次］《ツキナミ》（名義抄）

ナミナミ［並々］・ヒトナミ［人並］・ツキナミ［月並・月次］のナミ［並］は、並んでいるものと同様であることを表す例である。ナミナミ［並々］は、「同等。ニを伴って、同じように・世間並みにの意の副詞として用いられる。並《ナミ》の重複形。」（『上代編』）、「《並ミを重ねた形》」（『岩波古語』）とされ、ヒトナミ［人並］は、「人並み。世間の人一般と同様であること。」（『上代編』）、「一般の人と同様の程度・状態。世間並み。」（『岩波古語』）とされ、ツキナミ［月並・月次］は、「月毎にあること。毎月。」（『上代編』）、「《毎月毎月が変りなく並ぶ意》」（『岩波古語』）とされる。

ナミツキ［双槻］　磐余池邊雙槻〈雙槻奈見川支乃〉宮御（レ）宇橘豊日天皇（霊異記上四・興福寺本、「橘豊日天皇」は用明天皇）　池邊雙槻《べのナミツキの》宮（用明前紀・図書寮本）

ナミキ［並木］　有二（り）閻浮檀金（の）行樹《ナミキ也》一あり。（石山寺蔵大智度論天安二［858］年点・大坪併治氏釈文）

ナミツキ［双槻］・ナミキ［並木］のナミ［並］は、ツキ［槻］・キ［木］が横に並んでいるさまを表す例である。ナミツキ［双槻］は、「ならんだ槻の木。」（『上代編』）とされ、ナミキ［並木］は、並んだ木の意である。

それらに対して、ナミ［並］＋～が並んでいるものと同様である意に用いられる例は、ナミナミ［並々］を別にすると、ナミカズ［並数］「浪かずにあらぬ身なれば住吉の岸にもよらずなりやはてなん」（後撰一二一〇、「浪《なみ》」と「並《なみ》」との掛詞）のように、さらに時代が下る。

このように、～＋ナミ［並］、ナミ［並］＋～は基本的に横並びの意を表すと、とりわけ、ナミツキ［双槻］

は「雙（双）」字から見て二つの横並びを表すと見られる。ナミナミ［並々］・ヒトナミ［人並］・ツキナミ［月並・月次］は同様である意に用いられるが、これも横に並んでいるさまを表すものの範囲に入れられる。

ナミ［波・浪・濤］……羽叩《はたゝ》きもこれに適《ふさ》はず　辺《へ》つ波《なみ》〈幣都那美〉背《そ》に脱《ぬ》き棄《う》て……（記神代・四）

これも、横並びしたものの一つである。

ナム［並］〔下二段・他動詞〕楯並《たゝな》めて〈多々那米弖〉伊那佐の山《やま》の　木の間《こま》もよい行《ゆ》き目守《まも》らひ……（記神武・一四）

ナブ［並］〔下二段・他動詞〕日々並《かがな》べて〈加賀那倍弖〉夜《よ》には九夜日《こゝのよひ》には十日《とをか》を（記景行・二六）

後に挙げるとしたナム［並］〔下二段・他動詞〕は、「並べる。つらねる。（略）」（『上代編』）、「《ナミの他動詞形》」（『岩波古語』）とされ、ナブ［並］は、「並べる。」（『上代編』）、「《ナメの子音交替形》」（『岩波古語』）とされる。ナム［並］―ナブ［並］は、マ行―バ行の子音交替と見られる（マ行―バ行の子音交替の例は多い）。

ナブ［靡］〔下二段・他動詞〕……そらみつ大和の国は　おしなべて〈押奈戸手〉我こそ居《（を）》れ　しきなべて〈師吉奈倍手〉我こそいませ……（萬一）

は、「靡かせる。押し伏せる。ナビク（下二段）・ナビカス（略）とも。植物にいうことが多い。」（『上代編』）、「なびかせる。」（『岩波古語』）とされる。並べる意のナブ［並］と靡かせる意のナブ［靡］とは、横への動作を表す動詞として、ともにとらえられる。

ナベテ〔副詞〕つくばねの峰のもみぢばおちつもりしるもしらぬもなべてかなしも（古今一〇九六）

は、「《ナベ（靡）の副詞形。なびかせる意から》」（『岩波古語』）ともされるが、「動詞「なぶ（並）」の連用形に助詞「て」の付いてできたもの。」（『日本国語大辞典』〔初版・第二版とも〕）とされるように、ナブ［並］〔下二段〕+助詞テの副詞化と見る方がよい。

ナビク［靡］〈四段〉　稲莚《いなむしろ》　川副柳《かはそひやなぎ》　水行《みづゆ》けば靡《なび》き起《お》き立《た》ち〈儺弭企於己陁智〉その根《ね》は失《う》せず〈顕宗前紀・八三〉

は、「①なびく。物の力に動かされて横ざまに傾き伏す。」「②慕い寄る。心を寄せる。服従する。」（『上代編』）とされ、ここに「横ざまに」とあることが注意される。「《ナビは擬態語。（略）》」（『岩波古語』）ともされるが、ナビク［靡］がナブ［靡］と無関係であるとは考えにくいので、ナブ［靡］＋接尾辞クの派生ととらえる方がよいと考えられよう。ナビク［靡］〈下二段〉は、上代の確例がない。(10)

ナビカス［靡］　竹敷《たかしき》の玉藻《たまも》なびかし〈多麻毛奈婢可之〉漕《こ》ぎ出《で》なむ君がみ舟《ふね》を何時《いつ》とか待《ま》たむ〈萬三七〇五　三七二七〉

は、ナビク［靡］＋接尾辞スの派生ととらえられ、「なびかせる。ナビク〈下二段〉に同じ。ナビク〈四段〉に対する他動詞。」（『上代編』）とされる。

## 四

さらに、ナラブ［並］の例を挙げる。

ナラブ［並］〈四段・自動詞〉　淡路島《あはぢしま》いや二並《ふたなら》び〈異椰敷多那羅弭〉小豆島《あづきしま》いや二並《ふたなら》び〈異椰敷多那羅弭〉……〈応神紀・四〇〉　……にほ鳥の二人並《ふたりなら》び居《ゐ》語《かた》らひし心背《こころそむ》きて……〈萬七九四　七九八〉、

〈下二段・他動詞〉　押《お》し照《て》る難波《なには》の埼《さき》の並《なら》び浜並《はまなら》べむとこそ〈那羅陪務苔虚層〉その子《こ》は有《あ》りけめ〈仁徳紀・四八〉　……四つの船船《（ふな）》の舳《へ》並《なら》べ〈船能倍奈良倍〉平らけくはや渡り来て……〈萬四二六四　四二八八〉

ナラブ［並］〈四段〉は、「ならぶ。つらなる。次項ナラブ〈下二段〉に対する自動詞。列《ナ》ムとも。」（『上代編』）、「《二つのものがそろって位置している意が原義。類義語ナミ（並）は三つ以上のものが凹凸なく横にならぶ意》」（『岩波古語』）とされ、同〈下二段〉は、「並べる。連ねる。前項ナラブ〈四段〉に対する他動詞。ナム・ナブとも。」（『上代編』）、「《ナラビの他動詞形》」（『岩波古語』）とされる。ここに、『岩波古語』が、ナラブ［並］は「二つのものがそろって位置している意」と、ナム［並］は「三つ以上のものが凹凸なく横にならぶ意」としていることが注意される。ただ、「四つの船」（萬四二六四）の例は、『岩波古語』の記述に合わない。

ナラビニ〔副詞〕　叢林果樹並《トモ》《ナラビ》に滋《シゲ》ク榮（え）四二八八（西大寺蔵金光明最勝王経平安初期点・春日政治氏釈文）

は、ナラブ［並］〔四段〕の連用形がニを伴って副詞化したものであり、「同様に並んで、ともにの意の副詞として用いられたもの。」（『上代編』）、「《漢文の訓読によって生じた語》」（『岩波古語』）とされる。

ところで、ナム［並］とナラブ［並］との関係については、安部清哉氏「類義語の使い分けから併合まで――動詞ナム・ナラブを例として――」(11)が詳述されている。安部氏は、右に「注意される」としたところの、『岩波古語』が、ナラブ［並］は「二つのものがそろって位置している意」と、ナム［並］は「三つ以上のものが凹凸なく横にならぶ意」としていることを参照されて、上代末頃から中世初頃にかけて、(12)（ナム［嘗］〔下二段・他動詞〕が別にあることもあって）ナム［並］は他動詞から用いられなくなり、ナラブ［並］がその意味を表すようになると述べられる。確かに、ナラブ［並］の例には、「二並《ふたなら》び」「二人並《ふたりなら》び」と「二つのもの」であることを示す例がある。他方、それは、本来は「二つのもの」について用いられるとは限らないことについて、「二つのもの」について用いられることを明示するために「二並《ふたなら》び」「二人並《ふたりなら》び」と示した例であると見ることもあり得る。しかし、安部氏が、詳しく挙げられるところから見ると、本来、ナム［並］は「三つ以上のもの」を、ナラブ［並］は「二つのもの」を表すという、『岩波古語』の説はやはり認められそうである。(13)

先掲のナラブ［並］〔下二段〕が「四つの船」に対して用いられた例について、安部氏は、「他動詞の方は自動詞より用法の混乱が早く進行したと思われる」例とされる。ナム［並］〔四段〕が「二つのもの」について用いられたと見られるナミツキ［双槻］の例は挙げられていないが、自動詞の例であるので、平安初期まで下るかと見られるものではあるが、問題のある例と言える。結局のところ、『岩波古語』の説は、上代・平安初期において複数の例外はあるものの[14]、安部氏論文により、傾向として、その方向でとらえるのがよいかと見られよう。

## 五

ここに、アクセントに関する金田一法則を見ることにしたい。金田一春彦氏「国語アクセント史の研究が何に役立つか[15]」は、「《ある語が高く始まるならば、その派生語・複合語もすべて高く始まり、ある語が低く始まるならば、その派生語・複合語もすべて低く始まる》」と述べられる。

類聚名義抄（図書寮本・高山寺本・観智院本）の声点により、これまでに見てきた語のアクセントが知られるものを、「高く始まる」（高起式）か「低く始まる」（低起式）かに注意して見ると、次のようである。

| | | | | | | | |
|---|---|---|---|---|---|---|---|
| 釣 | ツリ | （上上） | 観僧上一一五［59オ］ | 倩 | ツラ、、 | （平上○○） | 高17オ |
| 舴艋 | ツリブネ | （上上上平） | 観仏下本三［3オ］ | 絡石 | ツタ | （上平） | 図二九五 |
| 弦 | ツル | （上平） | 観僧中二五［14オ］ | 詒 | ツタフ | （上上平） | 図九七 |
| 瓶 | ツルベ | （上上平） | 観僧中一七［10オ］ | 紘 | ツナ | （平平） | 図三一一 |
| 列 | ツラ | （上上） | 観僧上九四［48ウ］ | 繋 | ツナグ | （上上平） | 図三〇〇 |
| 継 | ツラヌ | （上上平） | 図三〇一 | 漣 | 奈美 | （平平） | 図一八 |
| 縁 | ツラナル | （上上上平） | 図二八九 | 靡 | ナビク | （平平上） | 観法下一〇四［53ウ］ |
| 貫 | ツラヌク | （上上○○） | 観仏下本二一［12オ］ | 迤 | ナビカス | （平平上平） | 高26ウ |

ツラツラニ〔副詞〕は、「「つら」は「つらぬ」「つらなる」と同根。」（『角川古語大辞典』）とされるけれども、ツラ［列］などとアクセントが異なるので、別語ととらえるのがよいであろうか。重複副詞はアクセントが異な

るかとも疑われるが、田中みどり氏「偶然と自発」[16]は「畳語より成る副詞は「上上平平」（略）を一般形とする」と、山口佳紀氏「語源とアクセント――いわゆる金田一法則の例外をめぐって――」[17]は「畳語から成る副詞は上上平平型を一般とする」とされていて、ツラツラのアクセントはそれと合わないので、問題は残るかも知れないが、このようにとらえておく。[18]

次に、ツナグ［繋］について、『上代編』も『岩波古語』もツナ［綱］の動詞化ととらえていたが、ツナ［綱］とツナグ［繋］とのアクセントは合わない。しかしながら、この点は、金田一氏自身が「去声点ではじまる語彙について――本誌第90集所載の望月郁子氏の論文を読んで――」[19]に述べられるように（山口氏論文をも参照）、動詞～グは金田一法則の例外となるので、ツナ［綱］とツナグ［繋］のアクセントが異なることに問題はない。その一方で、ツナ［綱］は、ツラ［列］・ツラヌ［連］、ツタ［絡石・蔦］・ツタフ［伝］などとアクセントが異なるので、ツノ［綱］・ツナグ［繋］も含めて、別にとらえる方がよいことになる。[20]

## 六

さて、これまでに見てきたことから考えられることは、次のようである。

ツル［釣・吊］は、基本的に下から上への、つまり、縦の方向の動作を表す。

ツル［釣・吊］と合わせとらえられる例は（合わせとらえられそうな例も）、縦の方向の動作を表すことが明確でないものもあるが、ツラ［葛］（ツル［蔓］）・ツタ［絡石・蔦］は伸びる方向を考慮に入れると、また、ツル［連］は連れて行く方向を考慮に入れると、進行方向に対して縦の方向の動作を表すものと言える。ツララ［氷柱］も、上から下へ伸びるものである。ツツ［伝］・ツタフ［伝］・ツタハル［伝］も、伝わる・伝える方向に対して縦の方向の動作を表すものと言える。ツラヌクも、表から裏に（端から端に）貫く、ないし、始めから終りまで貫くところから見ると、進行方向に対して縦の動作を表すものと見られる。ツナ［綱］・ツノ［綱］・ツナグ［繫］を別にして、本来、縦の方向の意を表すものであったのではないかと考えられる。

ナム・ナブ［並／靡］・ナビク［靡］・ナビカス［靡］は、基本的に横の方向の動作を表すものである。ナム［並］などは、本来、横の方向の意を表すものであったのではないかと考えられる。

つまり、本来、ツル［釣・吊／連］は縦の方向の動作を表し、ナム・ナブ［並／靡］は横の方向の動作を表すものであったのではないか。それが、後に、上代のうちから、両者の方向の区別が曖昧になったものであろうか。さらに、下ってナラブ［並］がナム［並］にとって代わるようになると、右に述べた両者の方向の区別はほぼなくなったと見られ、後には〝縦に並ぶ〟こともあるようになったと見られる。(21)

ここで、改めて検討する方がよい例がある。

タタナム［楯並］……楯並《たな》めて〈多〻那米弖〉伊那佐の山《やま》の……（記神武・一四、前掲ナム〔下二段〕）

この例のタタ［楯］は、前稿に述べたようにタテ［縦］とともにとらえられる例であるが、「楯を並べて射る、という意味で、「伊」にかけ、「伊那佐」の枕詞としたのであろう。」（土橋寛氏『古代歌謡全注釈古事記編』(22)）とされるもので、楯を横に並べる意に用いられているので、問題はない。

ツラナム……布勢の海に小舟つら並《な》め〈小船都良奈米〉ま櫂《かい》掛《か》けい漕《こ》ぎ巡《めぐ》れば……（萬四一八七 四二一一）

は、右に挙げていない例であるが、「列を作って並べる。」（『上代編』）、「つらね並べる。」（『岩波古語』）とされ、ツラ［列］＋動詞ナム［並］の複合ととらえられて、上代のうちから「両者の方向の区別が曖昧になった」と考えられる例に入る。安部氏が述べられる方向に沿って言えば、ナム［並］が「他動詞の方は自動詞より用法の混乱が早く進行した」例に入れられるかと見られる。

以上のように、上代のうちから両者の区別が曖昧になったと見られる例もあるが、本来ツル［釣・吊／連］などは縦の方向の動作を、本来ナム・ナブ［並／靡］などは横の方向の動作を表すものであったととらえられる。

## 注

（1）「語文」（大阪大学）86［2006・6］

（2）川端善明氏『活用の研究』Ⅱ［1979・2 大修館書店、1997・4 増補再版 清文堂出版］〔第二部第一章第一節㈠〕参照。

（3）［1998・4 塙書房］〔第三篇第一章〕

（4）ラとタとの転倒と見るのが一般的であるが、それは子音交替の一つと見得ることによってであると言える。

（5）［1966・5 角川書店］〔第二篇第三章第一節〕

（6）『国語語彙史の研究』36［2017・3 和泉書院］

（7）他方、「ツタのことをツナということは、「築立稚室葛根《ツキタツルワカムロ》」（顕宗前紀）と「下津綱根」（祝詞大殿祭）とを対比することによってもわかる」（『上代編』、イハツナ［石葛］の項、「考」欄）とあるが、前者の例は、図書寮本に「築立《ツイタツル》 稚室《ワカムロ》、葛根《カツ□ネ》、」とあり、カヅラネと訓むのがよいとも見られる。また、クズノネ「葛根（略）和名久須乃祢」（本草和名）の例もある。

（8）近世以降に言う「頼みの綱」である。

（9）イシナミ［石並］の例のナミは、先に挙げたように動詞とも見られる。

（10）「おほかたは誰が見むとかぬば玉の吾が黒髪を靡《なび》けて居らむ〈靡而将（レ）居〉」（萬二五三二）などの例があり、「仮名書きによる下二段の確証はない。四段自動詞—下二段他動詞の一般的傾向によって、《二五二七》かく訓み分ける。」（『上代編』、「考」欄）、「万葉集訓は推定されたもので、中古以前に確例は見当たらない。」（『日本国語大辞典』〔初版・第二版とも〕、ナビケル［靡］の項）とされる。

（11）「国語学」144［1986・3］

（12）安部氏論文の「図①」によると、他動詞では上代末頃から中古末頃にかけて、自動詞では上代と中古との間頃から中世初頃にかけて、である。

（13）『岩波古語』はナラブ［並］が「二つのもの」を表すことを「原義」としていること、参照。なお、「二つ」と

「三つ以上」との対比と見ることについては、安部氏「動詞ワカツ・ワク等の意味・用法と語彙史」（「国語学研究」24［1984・12］）をも参照。並べることや分けることは、「二つ」が前提になるので、このような意味差があると考えられる（宮内佐夜香氏の御教示による）。

（14）萬葉集の非仮名書き例で、「雙」字をナミと訓む例「日雙斯皇子命乃」（萬四九）、「有雙雖(レ)為」「有雙雖(レ)為」「有雙不(レ)得」（萬三三〇〇《三三一四》、「未詳」とされる）、「雙」字をナメと訓む例「駒雙而」（萬一一四八《一一五二》）、「真十鏡取雙懸而」（萬三七九一《三八一三》）は、確例ではないが例外に入れることもできようか。

（15）『日本語音韻音調史の研究』［2001・1 吉川弘文館］〔第三編一〕、もと『金田一博士古稀記念言語民俗論叢』［1953・5 三省堂］）。同氏「現代語方言の比較から観た平安朝アクセント――特に二音節名詞に就て――」（「方言」7－6［1937・7］）、「類聚名義抄和訓に施される声符に就て」（『日本語音韻音調史の研究』［前掲］〔第二編二〕、もと橋本博士還暦記念会『国語学論叢』［1944・10 岩波書店］）をも参照。

（16）「佛教大学研究紀要」63［1979・3］

（17）『松村明教授古稀記念国語研究論集』［1986・10 明治書院］、のち『古代日本語史論究』［2011・10 風間書房］所収。

（18）前書㈠〔第四篇第五章〕に、ともにとらえるように述べたところもあるが、ここに改めることにしたい。ただ、今後とも考えたいところである。

（19）「国語学」93［1973・6］

（20）前書㈡『国語派生語の語構成論的研究』［2010・3 塙書房］〔第五篇第一章八〕では、アクセントが異なることに留意しつつ、「低起式のツナが接尾辞グを伴う時に、『時代別国語大辞典上代編』の言う意味の近さと子音交替とも見得る音韻的近さによって高起式のツラなどと類推され、また、動詞～グが四音節では高起式のものばかりで三音節でも高起式のものがあることとの類推もあって、高起式に現れると考えることはできそうである。」と述べたことがあるが、本稿は前書㈡の記述を改めることになる。

（21）「行列の人後ろに並び」（歌舞伎・小袖曽我薊色縫、一八五八年）とあるのは、実質的に〝縦に並ぶ〟例と認められる。また、「けれども、私は、今殆《ほとん》ど歓喜に近い興奮で、「縦に並ぶ」自分の言葉を、此《こ》の懐かしい碁盤目の紙に書き付けて居る。」（宮本百合子「無題㈢」、「一九一八年十二月下旬か翌年一月初め頃に執筆と推定される」〔『宮本百合子全集』20［2002・7 新日本出版社］、「解題」〕）の例が確認できる。現代語では例が多い。

（22）［1972・1 角川書店］

（付記）　本稿の要旨は、藤田保幸氏のお世話により第78回中部日本・日本語学研究会（2017・10・28、中京大学）で発表した。その際およびその後に御質問・御意見いただいた方々に感謝の微意を示す。とりわけ、田中草大・宮内佐夜香・福沢将樹・北﨑勇帆の各氏の御指摘により書き加えた箇所があり、御礼申し上げる。

# 上代日本語の指示構造素描

内田賢徳

## はじめに

現代日本語の指示語は、分化が著しく、そこには客観的な領域が劃定されているように見える。いわゆるコソアドことばである。ちなみに表を作ると、

| | もの | 場所 | 方向 | 指定 | 状態 | 様子 |
|---|---|---|---|---|---|---|
| コ系 | コレ | ココ | コッチ・コチラ | コノ | コンナ | コウ |
| ソ系 | ソレ | ソコ | ソッチ・ソチラ | ソノ | ソンナ | ソウ |
| ア系 | アレ | アソコ | アッチ・アチラ | アノ | アンナ | アア |
| ド系 | ドレ | ドコ | ドッチ・ドチラ | ドノ | ドンナ | ドウ |

のようになる。分化の結果、これらがそれぞれ客観的な領域をもっているように思われ、「コ系—近称、ソ系—中称、ア系—遠称」というように理解され、ド系はこれら確定系に対して疑問を示す不定系と整理された。そしてたいていの場合はこれで間に合ってもいるから、現実の言語生活にはこれで支障はない。しかし、一人であれ

これ考え事をしている時、ソ系はまず登場しない。ただ、思案のあげくに、それはそうと昼飯でも食うかなどとつぶやくことはあるかも知れない。言わば自己の内部に聞き手を設けて、「それはそう」と言い聞かせて、自問自答しているのであろう。だから完全にそうだとは言えないが、ソ系は第二人称が関わっていると判断される。すると、右の区分は、「コ系―第一人称領域、ソ系―第二人称領域、ア系―第三人称領域」のように整理し直されることになる。これにも、例えば、本当に中称と言えるような領域はあるのかなどいろいろ問題はあって、議論が続いている。こうした体系ができるのは近世だが、必ずしも単純に展開してきたのではない。コウの場合、コからの成立ではなく、カクという古代語の様子を示す語形が音便化してカウとなり、これは開音 kɔ̄ であって合音 kō と区別されていたが、近世初頭にこの区別が失われ、コウとなったもので、コからの成立ではない。カウの類推でサウができ、更にダウに広がり、アアは最後にできた。

もともとカ系のカとコ系のコ乙は母音交替の関係にある。ということから古代語の指示構造の説は始まる。

## 一　コ

上代日本語のコには、現代語における「（あるものごとがあって）、この時代には……」のような代名詞の用法は存しない（井手　一九五二）。現代の実例をあげる。

この語（意匠）はヘボンも『和英語林集成』第三版（明治一九年〈一八八六〉）で取りあげている（内田書評）。

つまりいわゆる文脈指示である。

上代の用例で、それと思われるような例は存する。例えば、

ことの語り言も許をば（記歌謡2）

これは、歌全体を指すが、現に今歌われた歌（神語歌）ということであって、歌うその現場を離れて指すのではない。

羽たたぎも　許礼はふさはず　…羽たたぎも　許もふさはず　…許しよろし（記歌謡4）

も、文脈的と見えるが、現にしている動作―服を色々着てみてどれが似合うか選択する―を指している。この歌謡は実際の所作を伴って歌われた、演技的な歌謡である。それを離れて歌詞の中で自立的に指示しているのではない。先の現代語の例で、「この語」と言う時、常に執筆者が指さして「意匠」という語を目の前にしているというように考える人は誰もいないことと比べると、古事記歌謡の例が言語場に依存した用法であることは明らかであろう。

コの単独例は他に、

旅にして妹に恋ふればほととぎす我が住む里にこよ〈許欲〉鳴き渡る　（15・三七八三　中臣宅守）

直に来ずこゆ〈自此〉巨勢道から石橋踏みなづみぞ我が来し恋ひてすべなみ　（13・三二五七　相聞）

のように、ヨ・ユを伴っていて、その場合も指す領域は話し手のいる場所であって、その点ココに等しい。ただ、コ自体は、対象を特定の事物に分化して限定するのではない。話し手の身体の置かれてある領域を、直接的に未分化なままに指す。

いづれも里に「これ」といふ。但歌に「これ」とよめるは、此物・此事・此所など、ゆるくいふ心なり。「こ」とよめるは、おなじ心をすこしあはただしくいふ詞なり。我身にちかくむかひきたるものをさしていふ故に、物語などにも、人の詞にはおほくかきたれど、草子地にかくことなし。但こよひ、ことしなどつゞきたるは、地にもかくべし。　『かざし抄』「こ・これ」

「あはただしく」とは、状況への直接性をいう。置かれてある領域を状況ごと自己の身体に「むかひきたるもの」として、即ち対象を自己の内部に取り込むようにして、求心的に指すのである。

　ほととぎす厭ふ時なしあやめ草縵にせむ日こゆ〈従此〉鳴き渡れ　（10・一九五五　夏雑歌　詠鳥）

「こゆ鳴き渡れ」は慣用的な表現で、萬葉集でコは、用例の多いコノを熟合した一語と見れば、コユ（ヨ）の形のみ見られる。ホトトギスの声にうんざりする日などない、やがて訪れる五月五日にも、今、私のいる、まさにこの場所を鳴いて過ぎよと、恐らくは夏の初め、初声を聞いた頃に誂えるのであろう。

橋本四郎（橋本b）は、「コの領域は話手の感覚可能な領域」としている。この可能はできるという（感覚できる）現実性を言うので、可能性の領域ということではない。コはものごとを未分化なまま、身体の領海に引き寄せて求心的に指す。それを「感覚できる」と規定している。

身体は肉体そのものではない。生きて存在している私たちは、何らかに構えをもって存在している。立っていたり座っていたり、歩いていたり、その一瞬一瞬にそれぞれの構えがある。その構え、身体の体制は刻々に変化し、そのつど周辺を固有の領域として、言わば身体の領海として組織している。空間の方向を表す語彙の場合、マヘは「目辺《まへ》（マはメ乙の被覆形）」として、目が向いている方向を指し、シリヘは「尻辺《しりへ》」として尻のある側の空間を指す。身体の体制として、普通目と尻とは向いている方向が反対であり、私たちはその身体の体制に即して空間をまず分節し、所有し、住まっている。[1] 空間は等量的かつ等質的に分割されているように了解して暮らしている私たちからすれば、このような語源的世界はことばの神話的領域と言えようか。つい「目の前」と言ってしまうことが、まだ「まのまへ」ではあったが、もう萬葉の時代には現実であった（「目《ま》の前〈目前〉に　見たり知りたり」5・八九四憶良「好去好来の歌」）。

コはその所有されている空間、領海内のものごとを求心的に引き寄せて指しているのである。

コの分化はコレ（もの）、ココ（場所）、コチ（方向）として見られる。

あしひきの山行きしかば山人の朕に得しめし山づとそこれ〈許礼〉

（20・四二九三　太上天皇〈元正〉「山村に幸行しし時の歌」）

……いらけなく　そこ〈曽許〉に思ひ出　かなしけく　ここ〈許々〉に思ひ出　い伐らずそ来る　梓弓真弓

（記歌謡五一）

我が背子をこち〈乞〉巨勢山と人は言へど君も来まさず山の名にあらし

（7・一〇九七「詠山」）

分化しない例がコユ（ヨ）に限られるということは、次の歌の訓みを限定する。

妹が紐結ふや河内を古の　幷人見等　此乎誰知

（7・一一一五「詠河」「結八」は川の名

「難訓難解の箇所」（岩波文庫）と評される下二句をどう訓むか。第五句を「こをたれかしる」とする（注釈・新大系・岩波文庫）のは、コの単独例がコユ（ヨ）だけだからとれない。「ここをたれしる」（諸注）となる。第四句の「幷」を『考』に「淑」に改め、『新校注』がとる。「人見等」は「ひとみる（き）と」の五音だから「幷」は二音で訓むことになる。敦煌出土「孟姜女変文」に「魂霊答㆓応杞梁妻㆒　我等幷是名家子」とあり、この「幷」は「皆、都」の意である（『唐五代語言詞典』上海一九九七）。この俗語によって「幷人」をミナヒトと訓む。「ここをたれしる」を文脈指示と見て、諸注「皆人が見たということを誰が知るか」とするが、「昔の人が皆見に来たというが、今自分のみてをる此処を誰が知つてゐようぞ」（佐佐木『評釈』）が、コの用法からして適切であろう。

コレの場合も、例のような眼前にある山人からのみやげと称して示したものを指すという事物指示が顕著である。

## 二　カ

コが場に現前するものごとを指す現実性をもつのに対して、可能的領域はカに見られる。

……手束杖　腰にたがねて　か〈可〉行けば　人に厭はえ　かく〈可久〉行けば　人に憎まえ　老よし男は　かく〈迦久〉のみならし……　（5・八〇四　山上憶良「世間の住み難きことを哀しぶる歌」）

カは、コ乙と母音交替の語形で、コと近似し、そしてある対立を示している。右の例、「か行く」とあっても、目の前で憶良が老残の歩行をしてみせるわけではない。老残のさまざまな仕草を思い描いてみよと示しているのである。それは想像する虚構のようでありながら、いつでもその場に現出できる内容である。だから現代語では「このように」としか置き換えられない。カの後継語形はアだが、「あのように」よりは「このように」が近いのは、カが遠称とされるような指し方にほど遠く、コの領域とさして変わらない領域を指すからである。現代語「このように」にはそうした区別が属さないから、上代語カの意味を経験してみることは難しい。

かの〈可能〉児ろと寝ずやなりなむはだすすき宇良野の山に月片寄るも　（14・三五六五　東歌　相聞）

この例のカはノと熟合したカノとはなっていない。あの娘というように対象化されるわけではない。我と夜の床を共にするはずの娘でありながら、支障があってもう夜が明けてしまうような時間になってしまっていることを、焦り、慨嘆している。現代語で「あの娘」というような覚めた呼び方ではない。引き寄せればここにいるはずの、そのことの可能性の領域にある娘である。カと指しているのがその領域で、そこに存在している娘ということである。コノ児、カノ児はともに身体に発する。現実的に状況を指す求心的なコに対して、カは可能的な領域に存するものを身体から遠心的に指している。カは、身体の近傍にコと指すことが可能性としてのみある、そのような指し方である。「観念の中に鮮やかな映像を結びながらもまだ感覚の世界に登場しない」「一種の観念的指示」（橋本b）という謂いは、感覚と観念の対立と捉えているが、そこにいう感覚とは身体の出来事に他ならず、また観念とはその出来事が現実性を帯びないあり方の謂いである。この対立は身体性における現実的と可能的、求心的と遠心的という軸に規定した方がよい。現実的と可能的の対立から、コには親、カには疎という性質が加わる。

## 三　ソ(2)

ソは方向指示をもたない。

（橋本a）によれば、ソ、ソレについては、次のように観察される。

a　ソ・ソレとも明らかな現場指示はない。

b　ソノはいずれも文脈指示。

c　中称の指示はない。

d　ソコは文脈指示だが、まれに聞き手の場所を指す。しかし、話し手はそれを感覚できない。

「ソの指す領域は、空間の広がりと時間の流れの交点に位置する話手の、直接的な感覚が及び得る範囲外であったと考えられる」（橋本b）。そこから感覚不能の対象として、ソの対象は観念の内部に存すると導かれる。ここでは観念ということが感覚に対していて、感覚に属さないことが観念として提示されている。カにも観念と使われていたが、橋本では観念は感覚が現実的でないこと全般に使われている。その対象が話し手に感覚されなくとも聞き手には感覚されるとすると、それは聞き手の領域、聞き手の身体の領海に属していることになる。聞き手ならコと現実的に、カと可能的に指せることがらを対象としている。ということは、ことがらが話し手の身体にのみよるのではなく、話し手にとって聞き手との関係の中にしか存しないことがらとなっているのである。指されることがらを座標上で示すと、A（a,b）のように任意の一点で示すのが、コとカであり、ソはy＝f(x)という関数上の点として示すと例えると分かりやすいように思うのは、数学の素人だからだろうが、捨て難い説明である。

かくばかり〈如是許〉恋ひむものそと知らませばその夜〈其夜〉はゆたにあらましものを（12・二八六七　正述心緒）

ある夜を女の家で過ごした。その女との交歓はもう十分尽くしたと帰ってしまったが、すぐに悔恨が訪れる。もっと深くゆったりと交わるのだったと、恋しさと私たちが称していることより切実な思いが体の中で蠢く。「あの夜は」と訳してしまえるのは、現代語のアノが話し手聞き手双方に共通した領域を指すからで、この歌でソノと言っているのは、夜を過ごしたのが女の住まいだったから、その関係の中に取り込まれたこととして話し手は了解している。男にとってのその夜は、相手の女にとってはココでのカノ夜として、ずっと感覚ならぬ官能の中に留まっている。文脈指示と言えばそうではあるが、むしろ橋本のａｂｃｄのうちでは、この例のようなｄが基本であろう。そして「あの夜」という理解の中で文脈指示という見え方が生じる。現代語でも「そこでの夜」と理解するのが原義に近いであろう。

以上のコ・カ・ソを図示すると次のようになる。

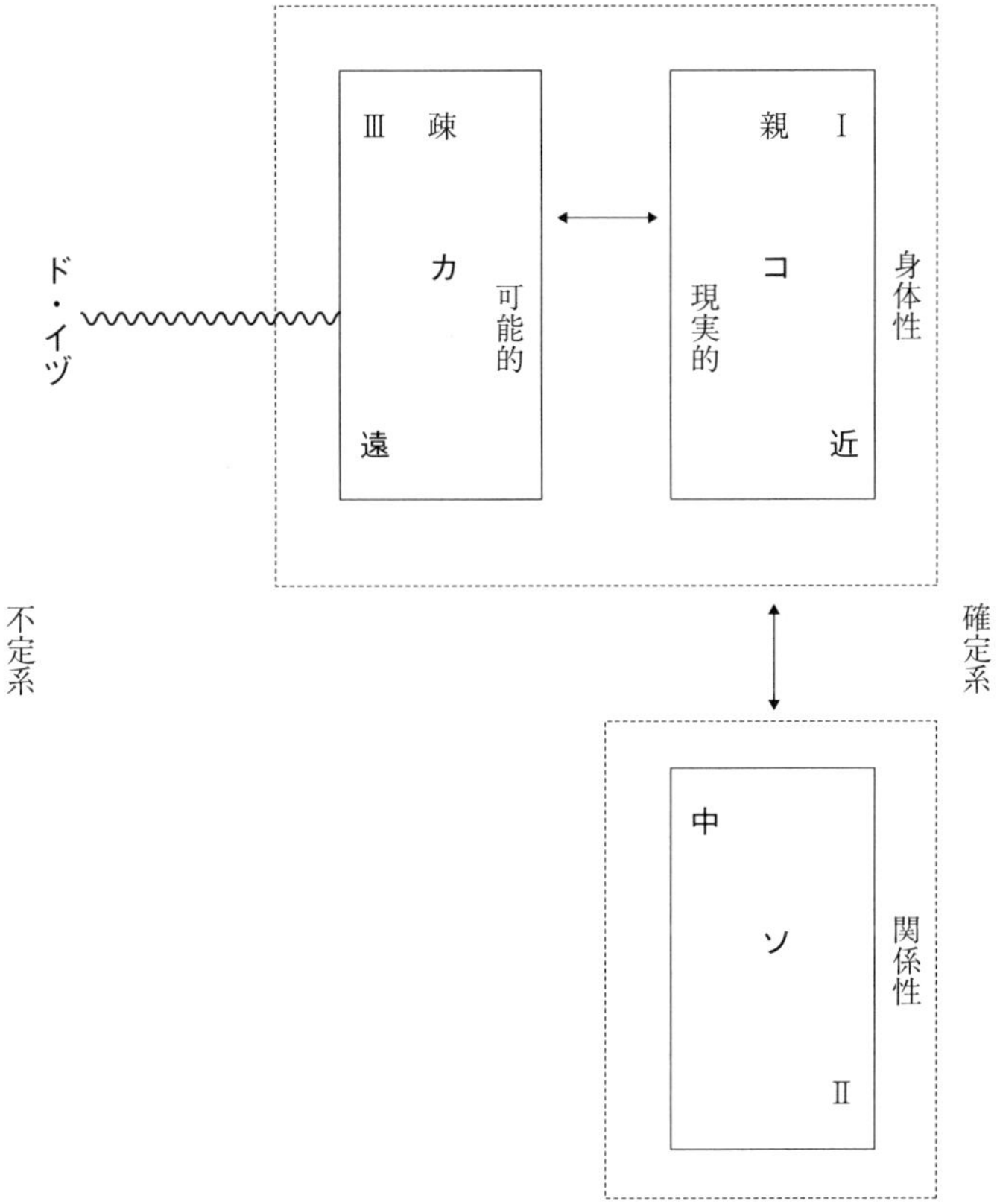


## 注

（1） 英語の front は、ラテン語で額の意の語に発していて、従って日本語のマへのように離れた場所を言う時は、in front of と使う。

I stood in front of the teacher's desk.（私は先生の机の前に立った。）

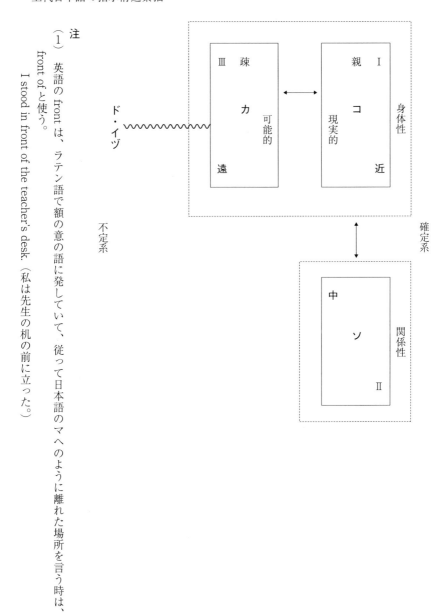

和製英語のように見えて、「自家用車のフロント」という、今日の仕様でエンジンを搭載した部分をいう言い方は、その点正しいことになる。対義となるbackは背の意で、やはり身体の体制で同一の側にあることのない二つの部位が空間を分節している。

（2）「……引き放つ　矢の繁けく　大雪の　乱れて来れ〈一に云ふ「あられなす　そち〈曽知〉より来れば」〉まつろはず　立ち向かひしも……」（2・一九九　人麻呂「高市皇子挽歌」）のソチは、「得物矢手挟み」（1・六一）のサツに同じ、矢のこと。

## （参照文献）


佐久間鼎『現代日本の表現と語法』（厚生閣　一九三六）
同『日本語学』（朝日新聞社　一九五一）
川端善明「指示語」（『國文學』三八巻一二号　一九九三・一一）
井手　至「萬葉の指示語―「その」について―」（『萬葉』五号　一九五二・一〇）『遊文録　国語史篇一』（和泉書院一九九五・三）所収
橋本四郎「万葉の「彼」」（京都女子大学『女子大国文』一八　一九六三・二）橋本a『橋本四郎論文集　国語学編』（角川書店　一九八六・一二）所収
同「古代語の指示体系―上代を中心に―」（『国語国文』三五―六　一九六五・六）橋本b　同
同「指示語の史的展開」（『講座日本語学二』明治書院　一九八二・四）橋本c　同

# 古事記冒頭部における神々の出現をめぐって

毛利正守

## はじめに

古事記冒頭部は、次のように記されている。

天地初発之時、於高天原成神名、天之御中主神。次、高御産巣日神、次、神産巣日神。此三柱神者、並独神成坐而、隠身也。

次、国稚如浮脂而、久羅下那州多陀用弊流之時、如葦牙因萌騰之物而成神名、宇摩志阿斯訶備比古遅神。次、天之常立神。此二柱神亦、並独神成坐而、隠身也。

上件五柱神者、別天神。

次、成神名、国之常立神。次、豊雲野神。此二柱神亦、独神成坐而、隠身也。

次、成神名、宇比地邇神。次、妹須比智邇神。……次、伊耶那岐神。次、妹伊耶那美神。

上件、自国之常立神以下、伊耶那美神以前、幷称神世七代。（上二柱独神、各云一代。次双十神、各合二神云一代也。）

北野達氏は、この冒頭部などの「次」と「次」に関して、たとえば「次、高御産巣日神、次、神産巣日神」、「次、天之常立神」などの「次」と、「次、国稚如浮脂而、久羅下那州多陀用弊流之時、如葦牙因萌騰之物而成神名」、「次、成神名、国之常立神」などの「次」とは次元を異にすることを説いている。[1] 首肯される捉え方であるといってよい。そのように把握した上でのことであるが、右に引用した本文の中で、神が出現した場が記されているかどうかを考えてみるとき、まず最初に「於㆓高天原㆒成神名」と記されていることが注目される。古事記中、「於是」、「於㆓生終㆒」、「於㆓勝佐備㆒」等の「於」は場を表わす「ニ」ではないが、「於㆓其島㆒天降坐而」、「於㆑頭所㆑成神」、「於㆓葦原中国㆒所㆑有」、「於㆓天安之河原㆒神集々而」等の「於」は、助詞ニとして訓まれるところの場を表わす語であり、「於㆓高天原㆒」の「於」も同じく場を表わしているとみてよい。

北野氏は、古事記において、「神は出産によって誕生する神と、出産によらず出現する神とが存在する。後者の神の出現は次のように記される」として、右、冒頭部に対して、それ以外のすべての例を(A)～(G)にまとめて示している。

本稿では、右の冒頭部における神々が出現する場のことを中心に考察を進めていくことにするが、まずは(A)～(G)をとり挙げ、それらを眺めておくことにしたい（本稿では北野氏の挙げる(A)～(G)について、ルビを省き、返り点を付け、句読点を加えたり省かれた本文を入れたりしたところがある）。

## 一

(A)（イザナミの神は）此の子を生みたまひしに因りて、みほとを炙かえて病み臥せり。

(ア)多具理邇成神名、金山毘古神。次、金山毘売神。

(イ)次、於㆑屎成神名、波邇夜須毘古神。次、波邇夜須毘売神。

(ウ)次、於㆑尿成神名、弥都波能売神。次、和久産巣日神。

(B)伊耶那岐命…中略…御枕方に匍匐ひ御足方に匍匐ひて哭きたまふ時に、

於二御涙一所レ成神、坐二香山之畝尾木本一、名、泣沢女神。

(C)是に伊耶那岐命、御佩かせる十拳の剱を抜き、其の子迦具土神の頸を斬りたまふ。

(ア)爾、著二其御刀前一之血、走二就湯津石村一、所レ成神名、石析神。次、根析神。次、石筒之男神。

(イ)次、著二御刀本一血亦、走二就湯津石村一、所レ成神名、甕速日神。次、樋速日神。次、建御雷之男神。亦名、建布都神。亦名、豊布都神。

(ウ)次、集二御刀之手上一血、自二手俣一漏出、所レ成神名、闇淤加美神。次、闇御津羽神。

(D)殺さえし迦具土神の、

(ア)於レ頭所レ成神名、正鹿山津見神。

(イ)次、於レ胸所レ成神名、淤縢山津見神。

(ウ)次、於レ腹所レ成神名、奥山津見神。

(エ)次、於レ陰所レ成神名、闇山津見神。

(オ)次、於二左手一所レ成神名、志芸山津見神。

(カ)次、於二右手一所レ成神名、羽山津見神。

(キ)次、於二左足一所レ成神名、原山津見神。

(ク)次、於二右足一所レ成神名、戸山津見神。

(E)是を以て、伊耶那岐大神…中略…竺紫の日向の橘の小門のあはき原に到り坐して、禊祓しき。

(ア)故、於二投棄御杖一所レ成神名、衝立船戸神。

(イ)次、於二投棄御帯一所レ成神名、道之長乳歯神。

(ウ)次、於二投棄御嚢一所レ成神名、時量師神。

(エ)次、於二投棄御衣一所レ成神名、和豆良比能宇斯能神。
(オ)次、於二投棄御褌一所レ成神名、道俣神。
(カ)次、於二投棄御冠一所レ成神名、飽咋之宇斯能神。
(キ)次、於二投棄左御手之手纏一所レ成神名、奥疎神。次、奥津那芸佐毘古神。次、奥津甲斐弁羅神。
(ク)次、於二投棄右御手之手纏一所レ成神名、辺疎神。次、辺津那芸佐毘古神。次、辺津甲斐弁羅神。

(F)是に、（イザナキの神）詔はく「上つ瀬は、瀬速し。下つ瀬は、瀬弱し」とのりたまひて、
(ア)初於二中瀬一堕迦豆伎而滌時、所レ成坐神名、八十禍津日神。次、大禍津日神。此二神者、所レ到二其穢繁国一之時、因二汚垢一而所レ成神之者也。
(イ)次、為レ直二其禍一而所レ成神名、神直毘神。次、大直毘神。次、伊豆能売。
(ウ)次、於二水底一滌時、所レ成神名、底津綿津見神。次、底箇之男命。
(エ)於レ中滌時、所レ成神名、中津綿津見神。次、中箇之男命。
(オ)於二水上一滌時、所レ成神名、上津綿津見神。次、上箇之男命。

～

(カ)於是、洗二左御目一時、所レ成神名、天照大御神。
(キ)次、洗二右御目一時、所レ成神名、月読命。
(ク)次、洗二御鼻一時、所レ成神名、建速須佐之男命。

(G)故爾くして、おのおの天の安の河を中に置きて、うけふ時に、
(ア)天照大御神、先乞二度建速須佐之男命所レ佩十拳剣一、打二折三段一而、奴那登母々由良邇振二滌天之真名井一而、佐賀美邇迦美而、於二吹棄気吹之狭霧一所レ成神御名、多紀理毘売命。亦御名、謂二奥津島比売命一。次、市寸

島比売命。亦御名、謂二狭依毘売命一。次、多岐都比売命。
(イ)速須佐男命、乞下度天照大御神所レ纏二左御美豆良一八尺勾璁之五百津之美須麻流珠上而、奴那登母々由良爾振二滌天之真名井一而、佐賀美邇迦美而、於二吹棄気吹之狭霧一所レ成神御名、正勝吾勝々速日天之忍穂耳命。
(ウ)亦、乞下度所レ纏二右御美豆良一之珠上而、佐賀美邇迦美而、於二吹棄気吹之狭霧一所レ成神御名、天之菩卑能命。
(エ)亦、乞下度所レ纏二御縵一之珠上而、佐賀美邇迦美而、於二吹棄気吹之狭霧一所レ成神御名、天津日子根命。
(オ)又、乞下度所レ纏二左御手一之珠上而、佐賀美邇迦美而、於二吹棄気吹之狭霧一所レ成神御名、活津日子根命。
(カ)亦、乞下度所レ纏二右御手一之珠上而、佐賀美邇迦美而、於二吹棄気吹之狭霧一所レ成神御名、熊野久須毘命。

(A)～(G)の中で、たとえば(E)には(ア)～(ク)が記されているが、はじめの(ア)をまず見ておくと、神が出現するところで「故、於二投棄御杖一所レ成神名」と記して神の出現の場が「於＋場」として示されている。(A)～(G)の七箇所のうち(C)を除く（(C)についてはこのあと説明する）五箇所（(B)は、(ア)に該当する所の記述があるのみ）の(ア)は、このようにすべて「於＋場」（(A)の(ア)の「音仮名の場＋邇」についても説明を加える）が示される。その場は、身体の一部である「於レ頭」であったり、また「於二～御杖一・於二中瀬一」などである。

そこで、まず(D)の全体（(ア)～(ク)）を見ると、はじめの(ア)に、頭に（於レ頭）成った神（正鹿山津見神）が記され、そのあと、(イ)「次、―。」(ウ)「次、―。」～と「次」が記されるとき、神の出現する場が違うので、(イ)「次、於レ胸所レ成神名」、(ウ)「次、於レ腹所レ成神名」～とその異なった場が「於」をもって記されていくかたちをとっていることが看取される。

次に(A)を見ておきたい。最初に説明しておく必要があるのは、(イ)「次、於レ屎成神名」及び(ウ)「次、於レ尿成神名」と神が成った場が「於」を用いて「於レ屎」、「於レ尿」と示されているのに対して、はじめの(ア)のところは、神「多具理邇成神名」(2)と「多具理邇」で記されているという点である。このタグリニの二が「邇」とあるのは、神が成った場を示す「ニ」であるが、これは訓字である「屎」や「尿」に対する「嘔吐（タグリ）」が仮名書き（音仮名）の「多具理」で記されていることによって、その嘔吐に成った神の「嘔吐ニ」の「ニ」も「多具理邇」と同じ音仮名「邇」で示されているということになる。従って、この「邇」も場を示す助詞の「ニ」であって「於レ屎」「於レ尿」の「於」と同じ意で用いられているといってよい。実際、古事記中、場が仮名書きのときの「ニ」は「久美度邇」（上巻に二例あり）〈クミドは寝所〉、「曽毘良邇」（上巻）〈ソビラは背中〉等とその場のあとに、同じく仮名書きの「邇」でもって記されており、この(ア)の在りようと同じである。よって、最初の(ア)に成った「金山毘古神。次、金山毘売神」に対して、「次」のあとに成る神の「波邇夜須毘古神。次、波邇夜須毘売神」も、成る場が違うので「於」を用いて(イ)「次、於レ屎成神名」と示されるのであり、(ウ)も同じく「次、於レ尿成神名」と記されるのである。要するに、(A)は、はじめに成る神のところに「多具理邇」と場が示され、そのあと成る神の場が違えば、「次」としてその異なる場（於レ屎・於レ尿）が必ず提示されるということである。右にみる(D)も同じであった。出産によらず出現する神のこうした在りようは、古事記を通して全体的にいえることである。

ここで「於＋場」を記さない(C)を見ておきたい。この(C)は、最初の(ア)のところで、「於」を用いて場を示すかたちをとっていない。このことに関しては、十分に配慮する必要がある。(C)の最初の(ア)は「走二就湯津石村一所レ成神名」と記されており、ここが「於二走就湯津石村一所レ成神名」、または「於二湯津石村一走就時、所レ成神名」というように「於」をもってその場を明示する表記の在りようではないからである。(G)の(ア)の「於二吹棄気吹之狭霧一所レ成神御名」や(F)の(ア)の「於二中瀬一堕迦豆伎而滌時、所レ成坐神名」が「於」をもって記されているが、この(C)の(ア)はそのような記し方にはなっていない。その点、(C)の(ア)の「次、根析神。次、石箇之男神」のあとに「次」が記され、その「次」として記される(イ)においても「於＋場」は記されず、更にそのことが端的に表記の上に表われているのは、「次」として記される(ウ)であって、注目される。(ウ)を見ると、「自二手俣一漏出、所レ成神名」と表記されるだけであり、血がどこに漏《く》き出《い》でるのか、そのことは問題でなく、漏き出でる場は明示されていない。(C)は最初の(ア)で「於＋場」が記されないことが(イ)にも繫がっており、そういう在りようを受けて、とくに(ウ)は「於＋場」を表わそうとするかたちをとっていないのである。(ア)に「於＋場」が示されないことが、(ウ)に場を示さないあり方として象徴的に現われているといってよかろう。結局のところ、いえることは、この(C)の(ア)～(ウ)における神出現は、血がほとばしりつく（走就）とか漏《も》れ出る（漏出）という動き・行為・「血の流れ方」を主とした記し方になっており、神が成る場を示そう、またそのことを問題にしようとするかたちをとっていないのであり、そのことを見届けることが必要である。(F)の後半の(カ)～(ク)も「洗二左御目一時、所レ成神名」等と記されて洗う（洗）という行為・動きを主とした記し方になっている。「於二洗左御目一所レ成神名」（洗った左の御目ニ成れる神の名）と、「於」を用いてその場に成った神という記し方でないことに想いをいたすべきである（(F)の前半の(ア)～(オ)はこのあと説明）。

北野氏は、

(C)の場合、神出現の表記は、

「神出現のあり方」＋「所成神名」＋（出現した神の名＋「次」＋出現した神の名…）

←

次＋「神出現のあり方」＋「所成神名」＋（出現した神の名＋「次」＋出現した神の名…）

←

次＋「神出現のあり方」＋「所成神名」＋（出現した神の名＋「次」＋出現した神の名…）

の形をとっていることが理解される。この表記法は、『古事記』神話全体を通してもほぼ例外がない。

と述べている。が、「次」や「次」のあり方等に限っていえば氏のように捉えてよいが、古事記神話全体の出産によらず出現する神の在りようは見てきたように、また、このあとにも眺めるように、とくに、(C)を除いて(A)～(G)の五箇所はいずれもはじめの(ア)に「於」（一例「邇」）を用いて場が記されているのに対して、(C)だけがはじめの(ア)に「於＋場」がなく、そのことが(イ)・(ウ)にもそのまま及んでおり、その点、この(C)を神出現において神話全体を通してほぼ例外がないといってよいか、問題である。(A)～(G)のうち、(C)のあり方は「於」を用いて場（「於＋場」）を示さないことにおいて、むしろ例外的な記し方になっているといってよい。その意味で、とりわけこの(C)を、古事記冒頭部の「於㆓高天原㆒」を有する在りようを考える際、同等にとり扱うことは、問題があるといわねばなるまい。

留意されるのは(F)である。(F)は、伊耶那岐大神が黄泉国から帰って竺紫の日向でミソギをする際に、「上《かみ》の瀬は流れが速い。下《しも》の瀬は流れが弱い」と述べたあと、「中の瀬」に（於㆓中瀬㆒）もぐって身をすすいだときに、「八十禍津日神。次、大禍津日神」の二神が成ったことから始まるところである。(F)の(ア)では、この場（於㆓中瀬㆒）で神（右の「八十禍津日神。次、大禍津日神」）が成ったあとに「此二神者、所㆑到㆓其穢繁国㆒之時、因㆓汚垢㆒而所㆑成神之者也」が存する。この一文、とくに「因」をもつ「因㆓汚垢㆒而」は大きな意味をもっており、そのあと、(イ)として「次」が記され、「為㆑直㆓其禍㆒而所㆑成神名」とあることと共に見逃すことができない。それは、とりわけ古事記冒頭部（本稿でとり挙げる中心的な課題のところ）の「此三柱神者、並独神成坐而、隠㆑身也」、「如㆓葦牙㆒因㆓萌騰之物㆒而成神名」等を考える上で重要である。この(F)の(イ)で「次」を記して成った神は「神直毘神。次、大直毘神。次、伊豆能売」の三神であるが、この三神には「於」をもって場が示されていない。その場合、ここで「於＋場」が記されないのは、三神も同じ「中の瀬」の場で成っているからだと考えられる。ただし、前の二神と後の三神が同じ「中の瀬」で成っているのであれば、それでは「八十禍津日神。次、大禍津日神。次、神直毘神。次、大直毘神。次、伊豆能売」というように、これら五神が「次」で繋がって記されてもよさそうであるがそのようにはなっていない。「次」でもって前の二神と後の三神とを分けて記しているのはなぜなのか。それは、成った場は同じでも、前の二神は、「汚れの甚しい国に行った時に身が汚れたことによって（因二汚垢一）(3)」という文があり、また、後の三神のところでも「その禍《まがこと》を直そうとして」という文があるように、成った神のあり方の異なる状況や立場が記される文が存在するからである（それは、神が成る場の違いというものではない）。それゆえに同じ場（「於二中瀬一」）で成っても「次」を用いて分けて記しているのである。五神すべてを「次」で繋ぐのではなく、「次」でもって分けている所以がそこにある。神が成る場は同じでも、その神が成るときのあり方はどのような状況にあるか、また、その場において、どういう視点・立場から眺めているか、また、その成る神の性質に関わるといったことなどの違いによって、同じ場であってもそれらの神々を続けて「次」で繋いでいくことをしないのである。なお、(F)の(ウ)(エ)(オ)の神々は、「中の瀬」で成っているのであるが、同じ「中の瀬」のうちでも「水の底の所」、「水の中ほどの所」、「水の上の所」であることを示すために、はじめ（(ウ)のところ）に「次」と記して「於二水底一」と表示したあと、「於レ中」、「於二水上一」と記している。古事記の冒頭部とは異なって、この(F)の(エ)(オ)には「次」のないことが看過できない。その点、古事記の冒頭部と(F)の(ウ)〜(オ)とを同等・同列に論じてはならない(4)。

右にも述べたように、(F)の(ア)（「於＋場」が示されている）と、「次」として記される(イ)の在りよう（(イ)の場は(ア)と同じなので、この(イ)で「於＋場」は記されない）は、古事記冒頭部を考える上で、きわめて示唆的である。そこで、古事記冒頭部と同じく、神が出産によって誕生するのではなくて神が成る場合の記中におけるすべての記述、即ち(A)〜(G)をもう一度ここで簡単にまとめて冒頭部の在りようと比較し検討しておくことにする。

まず(C)（及び(F)の(カ)〜(ク)）は、「次」に入る前のはじめの(ア)のところが、「於＋場」として場は示されず、神が成るときの動き（「血の流れ方」など）・行為が記されるというあり方であるので、古事記冒頭部の「於二高天原一」

と示す在りようとはそもそも異なっているといわねばならない。次に、(A)のはじめの(ア)が「多具理邇」（「於」でなく「邇」であることについては前述）と神が成る場が示され、(B)も「於㆓御涙㆒」、(D)の(ア)も「於㆑頭」、(E)の(ア)も「於㆓投棄御杖㆒」、(F)の(ア)も「於㆓中瀬㆒」、(G)の(ア)も「於㆓吹棄気吹之狭霧㆒」と、いずれも「於」（(A)は仮名書きの場＋邇（仮名））を用いて場が示されており、冒頭部の神の成るはじめのところで「於㆓高天原㆒」と「於」を用いて場が示される在りようと同じである。その上で更にいえることは、はじめに「於＋場」が記され、「次」として記されるところでその成る場が異なっておれば、「於＋場」としてその異なる場が記されるということである。(C)と(F)（右に述べる所を参照〈(F)はこのあとにも触れる〉。また(B)は(ア)に該当する一ヶ所のみ）を除いた、(A)・(D)・(E)・(G)のいずれも「於」を用いて場が示されていることは見過ごすことができない。[5] このように「於＋場」が「次」のあとにもいずれも記されており、しかも神が成る場が示されるときその場を示すのにつねに欠かすことなく「於」を用いて記していることが、とくに留意される。更に(F)の(ア)・(イ)を右に見たが、神が成る場は同じであっても、神の成る状況や在りようの記述が存するときは、「次」をもって分けて記していた。即ち、かかる文があるときは神が成る場が同じでも「次」を記して前後に分けているということである。結局のところ、「次」を記すのは、場が異なる場合と、場は同じでも右のような文が存する場合である、ということである。

古事記中、成る神の場合を検すると、神が成った場が異なれば「次」・「次」のあとに必ず「於」をもって場（「於＋場」）が示されること、及び場が同じでも―従って「於＋場」がなくても、神が成る状況や立場等が記されるときに「次」で前後を分けるという、右にみる記中のすべての在りようからして、冒頭部が、はじめに「於＋場」（「於㆓高天原㆒」）が示され、「次」のあとには「於＋場」がなく、「次」の前後に成った神の在りようや状況が記されていること等からして、「次」のあとも成った神の場は同じ高天原であると把握してよいこと、[6] そのことについて更に以下詳しく論じていくことにする。

## 二

古事記冒頭部の、神が成るところでは、その成る場が最初に「於㆓高天原㆒」と示されていた。それ以降、伊耶那岐・伊耶那美二神が成るまで、「於」をもって神の成る場は示されていない。

神が成る箇所（場面）は古事記全体の中で、この冒頭部と(A)~(G)がそのすべてである。よって、冒頭部の在りようを考える際には、(A)~(G)をみておくことが大切であること、前述の通りである。(A)~(G)において、それぞれはじめに神が成った場が「於＋場」で示されるとき、そのあと神の成る場が異なれば、「次」を記してその違う場を「於＋場」のかたちで示していた。それで冒頭部に関していえば次のようなことが考えられよう。即ち、はじめに神が成った場が「於㆓高天原㆒」と示されているので、そのあと神の成る場が異なれば「次」を記して、たとえば「於㆓久羅下那州多陀用弊流之国㆒成神名」[7]や「於㆓天浮橋㆒成神名、伊耶那岐神。次、伊耶那美神」[8]等といったような記され方があり得てもよいということになろう。がしかし、「次」以下に、「於＋場」は記されない。このことは銘記されねばならない。「於㆓高天原㆒成神名」と「国稚如㆓浮脂㆒而、……如㆓葦牙㆒因㆓萌騰之物㆒而成神名」は、前者が「於＋場」として場を示し、後者は、場でなくて神が出現するときの状況等が記されているのであって、それは(F)の(ア)と(イ)との在りようと同じである。神の成る場と神の出現の状況等とを混同してはなるまい（この点、更に論述）。神が成る場を記すときは古事記ではつねに「於＋場」であったこと右に見る通りである。冒頭部で「次」のあとに「於＋場」として場が示されないのは、「次」のあとの神々もはじめに示した高天原（於㆓高天原㆒）で成ったからだということである。寺川眞知夫氏は、天之御中主神から岐・美二神までが高天原で成った神であることと共に、地上での神の出現は「地が神の成る場所としてあらわれるのは、岐・美二神の多陀用弊流国の修理固成の後のこと」であり、「岐・美二神の発意によって国産み神産みがなされた」等と、的確に指摘しており[9]注目される。

さて、冒頭部の神々が「於二高天原一」に成ったのであれば、「於二高天原一成神名、天之御中主神」のあと、「次、高御産巣日神。次、神産巣日神」に続いて「次、宇摩志阿斯訶備比古遅神。次、天之常立神。次、国之常立神。……」と、「次」で示していってもよさそうである。が、そうはなっていない。なぜそういうかたちでは記されないのか。その場合、まず言えることは、「天之御中主神」以下三神が成ったあとに、「此三柱神者、並独神成坐而、隠レ身也」の一文が存すること、また、そのあとの「次」のところで、「国稚如二浮脂一而、……如二葦牙一因二萌騰之物一而」といった文が存することである。

前節(F)にみるように、同じ「中の瀬」に成った神であっても(ア)に「此二神者、所レ到二其穢繁国一之時、因二汚垢一而」の一文があり、(イ)に「為レ直二其禍一而」と記されているという、場の違いではなくて神が出現するときの状況・立場などが記されるときに、(ア)に対して(イ)が「次」として分けられるということであった。異なった状況や立場が介在するときは、「―。次、―。次、―。」と「次」で繋いでいくのではなく、「次」でもって繋ぐというかたちをとっているのである。このあとでも更に眺めるが、古事記冒頭部もそれと同様のことがいえるということである。

古事記においては、「天地初発」の時点で、高天原はすでに存在しているかたちで記されており、そこにまず成るのが、「天之御中主神」たち三神である。この三神はほかの国などのことを視野に入れないで成った神であり、そういう状況の中での「並独神成坐而、隠レ身也」である。「次」として記される「宇摩志阿斯訶備比古遅神」以下の神々が成る高天原は、高天原だけが視野におさめられるのではなくて、国の方にも視点が向けられている[10]。しかしその国はあくまで「稚く浮ける脂」のようで、「ただよへる」といった状態であり、そうした状態での国をも視野の中におさめた上での高天原において成った神だということである。換言すれば、「次」のあとの宇摩志阿斯訶備比古遅神以下の神々は、高天原で成るわけだが、国の状態を述べることにおいて、高天原は国と相対化され、そういう相対化されたところの高天原で成った神であり、それに対して、はじめの天之御中主神以下三神は、いうなれば、相対化されることのない高天原で成った神である。同じ場で神が成っても、つまりその場はあくまで高天原であっても、視野を国にもひろげ、その国をもつつみ込む状況の中で生成を語るか、そういう国をつつみ込むことのない立場で生成を語るか、その違いであると(11)受け止めてよいであろう。

さて、冒頭部の天之御中主神等三神と、それに対して「次◎」として記される宇摩志阿斯訶備比古遅神等二神との五神は、共にそれぞれ「独神」であり「隠身」（隠身の意味・意義についてはいくつかの考えがあるが、今は触れない）の神である。そうであるならば、その五神のあと、一箇所でそのことをまとめて記してもよさそうにも思われる。が、実際は前者の三神にも「此三柱神者、並独神成坐而、隠レ身也」と記され、後者の二神にも「此二柱神亦、並独神成坐而、隠レ身也」と記される。なぜ、分けて記されるのか。それは、上述のごとく、前者の三神は高天原だけが視野におさめられた中での「独神」であり「隠身」の神であるのに対して、後者の二神は、高天原で成っても国の方にも視点が向けられるという状況の中での「独神」であり「隠身」の神であるゆえに、その違いによって前後の五神をまとめて一箇所で「次◦」をもって記すということにはならないのである。成る場（高天原）は同じでも、その成る状況やあり方が違うゆえにとられた所以である。しかもこれら天之御中主神から天之常立神までの五神は、「上件五柱神者、別天神」と記されるように「別天つ神」である。「別天つ神」のあとのほうの二神である宇摩志阿斯訶備比古遅神と天之常立神に対し、同じく高天原で成り国の方にも視点が向けられるところの国之常立神と豊雲野神とはしかし、「別天つ神」ではないので「次◎」を記して区別されるのである。しかも「別天つ神」ではないこれら二神も「独神成坐而、隠レ身也」である。が、そのあとに高天原で成った「宇比地邇神。次◦、妹須比智邇神」以下、「次◦、伊耶那岐神。次◦、妹伊耶那美神」までは、「独神」でなくまた

「隠身」の神ではないので「次」でもって分けられるのである[12]。

なお、冒頭での天之常立神のあとに成る国之常立神も高天原で成った神であると捉えてよいことについては、たとえば、後方で伊耶那岐・伊耶那美二神によって地上で生成される神にも「天之吹男神」と「天之」をもつ神がいることなどが参考となる。「天之」を冠するからといって、この神が天上界（高天原）で生成されたということではない。同じく岐・美二神の子である速秋津日子・速秋津比売二神から地上で生成される[13]「天之水分神」と「国之水分神」、「天之久比奢母智神」と「国之久比奢母智神」等々も、やはり地上で生成されても「天之」を冠するのであり、こうした点もしっかりと見据えておくべきである。その神のもっている属性や意義、意味するところは「天之」「国之」がつくことによって異なっていても、「天之」がつくから生成は必ず天上界であり、「国之」がつくから生成は必ず地上であるなどということではない。神の属性等とその神がどこで生成されるかを混交してはなるまい。冒頭の、「国之常立神」が「国之」を冠するから国で成った神であるということではないのである。

## 三

古事記冒頭の神々生成のあとに、次の如き文章が続く。「天つ神」が「諸命」（諸の仰せ）をもって伊耶那岐・伊耶那美二神に「詔」（詔《のりたま》はく）とあり、その際、「天つ神」が岐・美二神に「天の沼矛」を「賜」（お与えになり）、「言依賜也」（委任なされた）と記され、更に岐・美二神は「天の浮橋」に「立」（お立ちになる）と記される（その箇所は、本稿の「はじめに」に引用した古事記冒頭部に続く所である。その箇所を左に㈠として記す）。

㈠、上件、自㆓国之常立神㆒以下、伊耶那美神以前、幷称㆓神世七代㆒。上二柱独神、各云㆓一代㆒。次双十神、各合㆓二神㆒云㆓一代㆒也。

於㆑是、天神諸命以、詔㆓伊耶那岐命・伊耶那美命二柱神㆒、修㆓理固㆔成是多陀用弊流之国㆒、賜㆓天沼矛㆒而、言依賜也。故、二柱神、立二天浮橋一而、指二下其沼矛一以画者、……自二其矛末一垂落塩之、累積成レ島。是、淤能碁呂島。於二其島一天降坐而（上巻）

この㈠のところを考察するにあたって、まずは「天の浮橋」に関わることから検討を加えていくことにする。「天の浮橋」はこの㈠を含めて、記中に三回現われる（いずれも上巻）。この㈠以外は次の如くである。

㈡、天照大御神之命以、豊葦原之千秋長五百秋之水穂国者、我御子、正勝吾勝々速日天忍穂耳命之所レ知国、言因賜而、天降也。於レ是、天忍穂耳命、於二天浮橋一多々志而、詔之、豊葦原之千秋長五百秋之水穂国者、伊多久佐夜芸弖有那理、告而、更還上、請二于天照大神一。（上巻）

㈢、故爾、詔二天津日子番能邇々芸命一而、離二天之石位一、押二分天之八重多那雲一而、伊都能知和岐知和岐弖、於二天浮橋一、宇岐士摩理、蘇理多々斯弖、天二降坐于竺紫日向之高千穂之久士布流多気一。（上巻）

㈠〜㈢の「天の浮橋」の中で、所謂、天孫降臨が行われるところに現われる「天の浮橋」は㈢である。天照大御神・高木神（高御産巣日神）の孫として高天原で生まれた邇々芸命が「天降」るときに「天の浮橋」が記されている。この㈢の記述によると、邇々芸命は高天原にある「天の石位」（岩石の神座）を離れ、天空に幾重にもたなびく雲を押し分け威風堂々と道をかきわけ選んだあとに、「天の浮橋」にお立ちになるということであるので、「天の浮橋」は、高天原（の神座）から距離のあるところに存在していることが知られる。

㈡は、この㈢よりも前に位置する箇所であり、邇々芸命の父である天忍穂耳命が天降ることになるところである。が、「天の浮橋」にお立ちになったあと、葦原中国は荒ぶる神々によってひどく騒がしい状態であるといった理由で、「天の浮橋」から「更還上」（ふたたび還り上って。この表現によって、「天の浮橋」が高天原の下方にあることがよく分かる）、天照大御神に申し上げたという場面である。この㈡の「天降也」に関していえば、㈠〜㈢のうち、この表記の在りようがとくに留意される。それは、高天原で天照大御神の仰せでもって葦原中国はわが御子である天忍穂耳命の統治する国であると委任されるが、その仰せのことばの中ではなく、しかも「天の浮橋」の記述より前の「地の文」のところで「天降也」（天降した）と記されているからである。この記述は、高天原において天照大御神から天忍穂耳命に葦原中国の統治が直接委任され、「天の浮橋」からではなくて高天原から「天降也」と記載されていることになる。㈡の後半での事情によって葦原中国までは降ることがなかったが、「天降也」とは高天原からだということが分かる。このところをしっかりと押えておく必要がある。なおいえば、㈠・㈢で「天の浮橋」に立たれたあとに「天降」と記されるのも、「天の浮橋」は葦原中国へ降る途中にあるのでその表現が記されてもよく、更にいえば、「天の浮橋」のあとに「天降」と表現されるのも、結局のところ、「天の浮橋」が記される前の本文のところに、降る神に高天原にいる天つ神の仰せが直接くだされており、また天の沼矛を直接賜ることが記され（㈠〈天つ神の仰せ及び天の沼矛を授けられるのは高天原においてであること、この後にも論じる〉）、同じく降る神に高天原にいる天照大御神・高木神から直接、詔がくだされると記されているのであり（㈢）、そうした表記（高天原においてのことが記されるというあり方）の中で「天降」があるのであって、そのことが、㈡の「天降」と関わって見逃すことができないということになる。更にいえば、㈢より前の所にも天孫降臨条がある。高天原において天照大御神と高木神が邇々芸命に天降ることを詔うたあと、天降ろうとすると天地を照らす猿田毘古神が居り、そのことが記されたあとに邇々芸命に天の石屋の条で活躍した神々を添えて天降したという件《くだり》である。そこは次のように記されている。

○（天照大御神・高木神）科㆓詔日子番能邇々芸命㆒、「……故、随㆑命以可㆓天降㆒」。爾、日子番能邇々芸命将㆓天降㆒之時、……（猿田毘古神のことが記される）……爾、天児屋命……幷五伴緒矣支加而天降也。

この天孫降臨の条には「天の浮橋」は登場しない。「天の浮橋」が記されないことによって、ここは、邇々芸命が「天降」るのは「天の浮橋」からではなくて高天原からであることがもっともよく窺えるところであって見過ごすことができないということになる。

㈠の「天神諸命以、詔二伊耶那岐命・伊耶那美命二柱神一、……賜二天沼矛一而、言依賜也」のところについて、「詔・賜・言依」の側（天つ神）とそれを受ける側（岐・美二神）との両者は高天原の同じ場に居て、直接とり交した行為であると述べてきたが、そのことに関して古事記全体の在りようからもそれは窺えるので、以下更に補強しておくことにする。

この㈠は、古事記全体の表記のあり方からしても両者が同じ場に居ると把握してよいことについて、いま、それぞれの例（詔・賜・言（事）依）、また別の視点が関わった例（令レ詔など）をも含めて、二例ほどずつ示すと次の如くである。

(1)、天照大御神の御子として高天原で生成された天忍穂耳命に対して、天照大御神及び同じく高天原にいる高木神（高御産巣日神の「別名」）が「詔う」ところ。

爾、天照大御神・高木神之命以、詔二太子正勝吾勝々速日天忍穂耳命一、「今、平二訖葦原中国一之白。故、随二言依賜一、降坐而知者」。（上巻）

(2)、邇々芸命が天降ろうとするとき、高天原にいる天照大御神・高木神が同じく高天原で活躍する天宇受売神に「詔う」ところ。

故爾、天照大御神・高木神之命以、詔二天宇受売神一、「汝者、雖レ有二手弱女人一、……誰如レ此而居」（上巻）

(1)は、高天原にいる天照大御神から成った御子である天忍穂耳命が同じその場に居るので、直接、天照大御神と高木神とが「詔う」ことになっている。(2)の「詔う」もそれを聞く相手の神（天宇受売神）も同じ高天原に居て、その相手の神に直接「詔う」ところである。このように直接「詔う」際は「詔」と記され、後述のように「令

㆑詔」、「召出～詔」などとはならない。

(3)、速須佐之男命が天照大御神の居る天（高天原）に参ゐ上ったときに大御神が「詔う」ところ。

故於㆑是、速須佐之男命……乃参㆓上天㆒時、……爾、天照大御神詔、「然者、汝心之晴明、何以知。於㆑是、速須佐之男命答白、「各宇気比而生㆑子」。（上巻）

(4)、応神天皇が、木幡村（宇治市木幡）にお着きになったときに、美しい嬢子に出会い、「詔う」ところ。

一時、天皇（応神天皇）、……到㆓坐木幡村㆒之時、麗美嬢子、遇㆓其道衢㆒。……天皇、即詔㆓其嬢子㆒、「吾、明日還幸之時、入㆓坐汝家㆒」。（中巻）

(3)(4)は「詔う」ものとそれを聞いて受けとめるものがはじめ離れた場にいるケースである。(3)は、天照大御神は高天原に、須佐之男命は地上に居たが、「詔う」場面以前に既に「詔う」ことを受ける須佐之男命が天に参い上ることが記された上での「詔う」であり、(4)は、「詔う」天皇のほうが、「詔う」以前に美しい嬢子のところにお着きになると記された上での「詔う」である。離れているときは、「詔う」際にどちらかがその場にやって来ることが記されるということである。結局のところ、(1)～(4)の「詔う」は、発話者も聞き手も同じ場に存在していることになる。そのうち(1)及び(2)は最初から同じ場にいるときの在りようであり、これは、本稿でとり挙げる(一)の「詔う」の場合と同じであるといってよい。つまり(一)の「詔う」も発話者と聞き手とがはじめから同じ場に存在しているということである（この点、更に後述する）。

さて、両者（発話者と聞き手）が離れているときの「詔う」あり方としては、次のように「令㆑詔」といったかたちで記されており、注意される。

(5)、水歯別命が参上して拝謁を申し入れたが、天皇（履中天皇）は、人を介してお言葉を仰せられた（令㆑詔）ところ。

於レ是、其伊呂弟、水歯別命、参赴、令レ謁。爾、天皇令レ詔、「吾、疑下汝命若与二墨江中王一同心乎上。故、不二相言一」。（下巻）

(6)、安康天皇は、同母弟の大長谷王子（後の雄略天皇）のために根臣を安康天皇の叔父である大日下王のもとに遣わして、安康天皇の詔うことを伝えさせた（令レ詔）ところ。

天皇（安康天皇）、為二伊呂弟大長谷王子一而、坂本臣等之祖、根臣、遣二大日下王之許一、令レ詔者、「汝命之妹、若日下王、欲レ婚二大長谷王子一。故、可レ貢」。（下巻）

(5)は、履中天皇の弟である水歯別命が、難波から履中天皇の住む石上神宮に参上して拝謁を申し入れた。それに対して、天皇は水歯別命に会わなかった。しかしながら、「詔う」ことを弟に伝えている。それは人を介してであり、そのときの表現が「天皇詔」ではなくて「天皇令レ詔」ということである。(6)は、「詔う」安康天皇とそれを聞く大日下王との間は距離があって、その「詔う」ことを直接伝えることはできない。その際、使者である根臣を大日下王のもとに遣わすことで、天皇の「詔う」ことが伝わるものである。そのときの表現も「詔」ではなくて「令レ詔」である。

次の例もまた「詔う」側と聞くものとの位置関係を考える上で大いに参考となる例である。

(7)、山部大楯連が、亡くなった女鳥王（仁徳天皇の妃である八田若郎女の妹）の手に巻いていた玉釧を取って、自分の妻に与えた。その後、宮中で酒宴を催すときに各氏族の女性がみな参内しており、山部大楯の妻がその玉釧を巻いていたのを仁徳天皇の皇后石之日売命がその玉釧が女鳥王のものであることを知っていて、その場にいない妻の夫、山部大楯に皇后が「詔う」という場面である。

於レ是、大后石之日売命、……召二出其夫大楯連一以、詔之、「……夫之奴乎、所レ纏二己君之御手一玉釧、於二膚煴一剝持来、即与二己妻一」、（下巻）

この(7)は、「詔う」ときに相手がその場にいないので、その場に積極的に「召出」(呼び出して)、「詔う」というのである。居る場が異なれば、「詔う」ことを聞くものがそこにやって来たりする場合(3)や、「詔う」ほうのものが相手に近づいたときに「詔う」場合(4)、また使者を介して「詔う」ことを伝える場合(5)、(6)の「令レ詔」)があると共に、この(7)は、その場に呼び出して(召出)、「詔う」ということである。これら(3)～(7)が、古事記において両者(「詔う」ものとそれを聞くもの)が離れたところにいるときに、とられる表現のあり方である。それに対して(1)・(2)は両者がもともと離れた場にいるというのではなく、はじめから同じ場にいるときの「詔う」といった在りようであり、本稿でとり挙げる(一)の在りようと同じということになる。

「詔う」と共に留意されるのは、(一)に存する「賜う」(お与えになる)という場合である。この「賜う」も、次の(8)～(10)にみるように授けるものとそれを受けとるものとが同じ場に存するときに用いられるといってよい。

(8)、伊耶那伎命の左の御目を洗ったときに、成った天照大御神に、伊耶那岐命が首飾りの玉の緒を「賜」(授けられる)ところ。

此時、伊耶那伎命、……其御頸珠之玉緒、……賜二天照大御神一而、詔之、「汝命者、所レ知二高天原一矣」、事依而賜也。(上巻)

(9)、高御産巣日神・天照大御神が弓と矢を天若日子に「賜」(授けられて)、葦原中国へ遣わすところ。

高御産巣日神・天照大御神、……以二天之麻迦古弓・天之波々矢一賜二天若日子一而、遣。(上巻)

(10)、叔母の倭比売命が、倭建命に草那芸剣と御嚢《みふくろ》を「賜」(授けられる)ところ。

倭比売命、賜二草那芸剣一、亦、賜二御嚢一而、詔、「若有二急事一、解二茲嚢口一」。(中巻)

等である。なお、同じ場で直接お与えになるのではない場合は、先の「令レ詔」と同じように、「賜」ではなくて「令レ賜」と記される。

(11)、太子である大雀命（後の仁徳天皇）が、建内宿祢大臣に頼んで、応神天皇のところへ行って髪長比売を私（大雀命）に下さるようにと告げるところ。

其太子大雀命、……誂二告建内宿禰大臣一、「……髪長比売者、請二白天皇之大御所一而、令レ賜二於吾一」。（中巻）

これらの在りようからして、㈠の「賜二天沼矛一」は、高天原（同じ場）において、天つ神が伊耶那岐・伊耶那美二神に直接「天の沼矛」をお与えになったということである。

㈠において、「天つ神」が岐・美二神に「言依賜也」（委任なされた）と記されるのも、直接、同じ場で委任されるのであり、そのことも記中の次の例などから窺えることである。

(12)、伊耶那伎命が、自らの左・右の御目、御鼻から成った三貴子に委任されるところ。

此時、伊耶那伎命、……賜二天照大御神一而、詔之、「汝命者、所レ知二高天原一矣」、事依而賜也。……次、詔二月読命一、「汝命者、所レ知二夜之食国一矣」、事依也。次、詔二建速須佐之男命一、「汝命者、所レ知二海原一矣」、事依也。（上巻）

(13)、前の㈡の場面のところ。

天照大御神之命以、「……」、言因賜而、（上巻）

(1)～(13)から知られるとおり、㈠のように「詔・賜・言（事）依」と表記されるときは、両者は同じ場においてやりとり・受け渡しが行われているということである。[14]

## おわりに

冒頭部以降の高天原のあり方や漂う国ではなくて葦原中国としての在りよう、またその両者の関係・関わりについては今後ひき続き考察を加えていくことにする。本稿では、(A)～(G)の古事記における成る神の在りようからして、冒頭部のそれを眺め捉えるとき、はじめに「於二高天原一」という神の成る場（於+場）が提示されていること、「次」の前後に成る神のあり方や状況・立場が示されていて、それは「於」を用いて示す神の成る場とは異なる記述であること、また、高天原に「ただよへる」国をも視野に入れるかどうかといった問題、「次」と「次」のあり方の違いなどを総合的に見渡すことによって、天之御中主神から伊耶那岐・伊耶那美二神までが、高天原で成った神である、と考えられると共に、㈠における「詔・賜・言依」をみるとき、天つ神のほうも、伊耶那岐・伊耶那美二神のほうも、どちらか一方が移動して他方に接するといった表記のし方はなされておらず、直接、高天原において行なわれる「詔う」ことであり「賜う」ことであり「言依す」ことであると把握してよいこと等について論述した。

冒頭部の天之御中主神より岐・美二神までは高天原で成った神であるということである。

注

（1）北野達『古事記神話研究―天皇家の由来と神話―』（おうふう、平27）。以下、北野氏をとり挙げたところは、右の著書による。

（2）諸本では「多具理邇生神名」と「生」で記されており、このところに関して従来いくつかの論が提出されている。山口佳紀・神野志隆光『新編日本古典文学全集　古事記』（小学館、平9）は、「諸本「生神」とあるが、「たぐりに」と物を明示しており、以下と同じく物によって成る神とみるべきである」と記しており、筆者も、本論で仮名書きの「多具理邇」と訓字の「於レ屎・於レ尿」のあり方について述べていることとも関わって、ここは「成」であるとする立場にたつ。

（3）「肥河、変レ血」（上巻）や「美和之大物主神……化二丹塗矢一」（中巻）の「変・化」は「変じる」意であるが、この「因二汚垢一」の「因」などと共に冒頭部の「因二萌騰之物一」の「因」は「変じる」意ではない。冒頭部の「因」についていえば、「萌騰之物」が神に変じたことを示す用字ではないということである。

（4）毛利正守「古事記冒頭における神々生成神話の意義―水林彪氏『『古事記』天地生成神話論』の所説をめぐって―」（『思想』848、平7・2）を参照のこと。

（5）(G)についていえば、(ア)の前のほうの「天照大御神、先乞二度一、打二折三段一而」といった文と、(イ)〜(カ)の前のほうの文とがそれぞれ異なっているので、(イ)〜(カ)においても「於＋場」として場が記されていると考えられる。また、(ウ)〜(カ)は、「次」ではなくて「亦（三例）、又（一例）」である。

（6）毛利正守「古事記冒頭の文脈論的解釈」（『美夫君志』38、平元・3）も参照のこと。

（7）この古事記冒頭部での「国」というのは、「『国』となるべきもの全体が形定まらずにある状態」（注（2）の著書）であり、岐・美二神が国生みをするあとで記される「葦原中国」や、また「竺紫日向之橘小門之阿波岐原」といったような具体的な地名をもつような国ではない。こうした在りようなどからも、冒頭部での神々の出現は国のほうではなく、「於二高天原一」であるといってよい（この点、更に後述）。

（8）なお、この神々出現の冒頭部に「天浮橋」が記されないことは、岐・美二神が「天浮橋」で成ったとみること自体、そもそもいかがなものかということになる。

（9）寺川眞知夫「天神諸と『古事記』冒頭部」（『古事記年報』39、平9・1。後に、『古事記神話の研究』塙書房、平21に収載）。

（10）ここで述べようとすること、及びその意味することについては毛利の注（4）の論でも説明を加えているので参照願いたい。

（11）毛利の注（6）の論も参照のこと。なお、ここで述べる「相対化」というのは、互いに他との関係をもちあうという意であり、対立の意ではない。前稿でもそのような対立の意で用いていない。アンダソヴァ・マラル『古事記変貌する世界―構造論的分析批判―』（ミネルヴァ書房、平26）で、「『国稚如浮脂而。久羅下那州多陀用弊流之時』の例と、イザナキとイザナミに「このただよへる国を修理め固め成せ」と命令されるときの「国」は「高天原」と対立の関係にはなっていない」と述べるとおりである。

（12）なお、前の二神はそれぞれで一代であり、あとの十神はそれぞれ男女二神あわせて一代であって、そうした神世の「代」という括りによって「神世七代」であるという注記が施される。

（13）毛利正守「古事記上巻、島・神生み段の「参拾伍神」について」（『国語国文』45の10、昭51・10）参照。

（14）「賜・言依賜」に関しては、毛利の注（4）の論も参照のこと。

# 高橋虫麻呂の筑波嶺に登りて嬥歌会を為る日に作る歌について

坂本信幸

## 一

筑波嶺《つくはね》に登りて嬥歌会《かがひ》を為《す》る日に作る歌一首 并《あは》せて短歌

鷲《わし》の住む　筑波《つくは》の山の　裳羽服津《もはきつ》の　その津の上《うへ》に　率《あども》ひて　娘子壮士《をとめをとこ》の　行き集《つど》ひ　かがふ嬥歌《かがひ》に　人妻《ひとづま》に　我《わ》も交《まじ》はらむ　我《わ》が妻に　人も言問《ことと》へ　この山を　うしはく神の　昔より　禁《いさ》めぬ行事《わざ》ぞ　今日《けふ》のみは　めぐしもな見そ　言も咎《とが》むな「嬥歌は東《あづま》の俗《くにひと》の語《こと》に「かがひ」と曰《い》ふ」（9・一七五九）

【原文】鷲住　筑波乃山之　裳羽服津乃　其津乃上尓　率而　未通女壮士之　徃集　加賀布嬥歌尓　他妻尓　吾毛交牟　吾妻尓　他毛言問　此山乎　牛掃神之　従来　不禁行事叙　今日耳者　目串毛勿見　事毛咎莫「嬥歌者東俗語曰「賀我比」」

反歌

男神《ひこがみ》に　雲立ち上り　しぐれ降り　濡《ぬ》れ通るとも　我《われ》帰らめや（9・一七六〇）

右の件の歌は、高橋連虫麻呂が歌集の中に出づ。

右は、筑波嶺での「かがひ」という東国の特異な習俗を歌ったことで有名な、高橋虫麻呂の長反歌である。

この長歌については、解釈上幾つかの問題点が存する。その一つは、(a)「裳羽服津」とはどこかという点であり、その一つは、(b)「めぐし」とは何かという点であり、その一つは、(c)果たして虫麻呂はこの嬥歌会において、歌に詠われたごとくに人妻に交わったかという点である。また、(d)反歌では作者のどういう心境を表現しているのかという点が問題としてある。

この歌の背景として、『常陸国風土記』（筑波郡）の以下の記述が従来から参照されているのは周知のことである。

古老《ふるおきな》の曰《い》へらく、昔、神祖《みおや》の尊《みこと》、諸神《もろがみ》たちの処に巡《めぐ》り行《い》でまして、駿河の国福慈《ふじ》の岳《やま》に到りて、卒《つひ》に日暮に遇《あ》ひて、遇宿《やどり》を請欲《こ》ひたまひき。この時、福慈の神答へて曰《まを》ししく、「新粟《わせ》の初嘗《にひなへ》して、家内諱忌《ものいみ》せり。今日の間《ほど》は、冀《ねが》はくは許し堪《あ》へじ」とまをす。ここに、神祖の尊、恨み泣き詈告曰《の》りたまはく、「すなはち汝《いまし》が親ぞ。何ぞ宿《やど》さまく欲《ほ》りせぬ。汝が居《す》める山は、生涯《いき》の極み、冬も夏も雪ふり霜おきて、冷寒《さむ》さ重襲《しき》り、人民《ひと》登らず、飲食《をしものたてまつ》奠ること勿《な》けむ」とのりたまひき。更に、筑波の岳に登りまして、亦客止《やどり》を請ひたまひき。この時、筑波の神答へて曰ししく、「今夜《こよひ》は新粟嘗《にひなへ》すれども、敢《あ》へて尊旨《みこと》に奉《つかへまつ》らずはあらじ」とまをしき。爰《ここ》に、飲食を設《ま》けて、敬《ゐや》び拝《をろが》み祗《つつし》み承《つか》へまつりき。ここに、神祖の尊、歓然《よろこ》び諱曰《うけ》ひたまはく、

　愛《は》しきかも　我が胤《すゑ》　巍《たか》きかも　神つ宮　天地の並斉《むた》　日月と共同《とも》に　人民集《たみぐさ》ひ賀《ほ》ぎ　飲食富豊《をしものゆたか》に
　代々《よよ》に絶ゆる無く　日《ひ》に日《け》に彌栄《いやさか》え　千秋萬歳《ちあきよろづよ》に　遊楽窮《たのしみきはま》らじ

とのりたまひき。是《ここ》を以《もち》て、福慈の岳は、常に雪《ゆきふ》りて登臨《のぼ》ることを得ず。その筑波の岳は、往《ゆ》き集《つど》ひて歌ひ舞ひ飲《さけの》み喫《ものくら》ふこと今に至るまで絶えず。（中略）

夫《そ》れ筑波《つくは》の岳《やま》は、高く雲に秀《ひい》でにたり。最頂《いただき》の西の峰は峥嵘《さが》しく、雄《を》の神と謂ひて登臨《のぼ》らしめず。但《ただ》、東《ひむがし》の

峰は四方《よも》に磐石《いはほ》あれども、升陟《のぼ》るひと坱圠《かぎりな》し。その側《かたはら》の流るる泉は、冬も夏も絶えず。坂より已東《ひむがし》の諸国《くにぐに》の男も女も、春の花の開《ひら》く時、秋の葉の黄《もみ》たむ節《をり》に、相携《たづさ》ひ駢闐《つらな》り、飲食《をしもの》を齎賚《もちき》て、騎《うま》より歩《かち》より登臨《のぼ》り、遊《た》楽《の》しみ栖遅《いこ》ふ。その唱《うた》に曰く、

筑波嶺《つくはね》に　逢はむと　言ひし子は　誰が言聞けばか　嶺《みね》逢はずけむ

筑波嶺に　廬《いほ》りて　妻なしに　我が寝む夜ろは　はやも明けぬかも

詠《うた》へる歌甚多《いとさは》にして、載筆《の》するに勝《た》へず。俗《くにひと》の諺《ことわざ》に云へらく、筑波峰《つくはね》の会《つどひ》に、娉《つまどひ》の財《たから》を得ざれば、児女《こ》と為《せ》ずといへり。

（訓読文は新編全集に拠る）

高橋虫麻呂は、仕えていた主人藤原宇合とともに東国に下り、常陸国に在任していたと考えられ、『常陸国風土記』の編述にも宇合とともに関わったものと推定されており、この歌の理解に風土記の内容を参照することには意味がある。

問題点(a)の「裳羽服津」の場所については、『常陸国風土記』に富士山と筑波山の相違を述べて「福慈の岳は、常に雪りて登臨ることを得ず。その筑波の岳は、往き集ひて歌ひ舞ひ飲み喫ふこと今に至るまで絶えず」と筑波山を讃えており、「東の峰は四方に磐石あれども、升陟《のぼ》るひと坱圠《かぎりな》し」と述べた上で、「坂より已東の諸国の男も女も、春の花の開く時、秋の葉の黄たむ節に、相携ひ駢闐り、飲食を齎賚て、騎より歩より登臨り、遊楽しみ栖遅ふ。その唱に曰く」と記述していることからして、東の峰（雌の神）の上の、「集ひて歌ひ舞ひ飲み喫ふこと」の可能な空間でなくてはならず、虫麻呂歌においても「筑波嶺に登りて嬥歌会を為る」と題詞に記されており、その場所は山上でなくてはならない。場所については諸説あり今日では確定できないが、「津」が水辺の場所であること、「裳」が女性の腰部に纏う衣装であることなどを考え合わせて、桜井満氏が『万葉の歌　人と風土　13』で述べているように、女体山の山頂から南にくだった辺りから鞍部の御幸原《みゆきがはら》にかけての場所であったと考えられる。

# 二

(b)の「めぐし」とは何かについては、万葉集中の用語例がこの一例だけであり、用例から意味を帰納することに困難があり、諸注釈には以下のようにさまざまな説がある。

①、メグシのクシを「あやし」とし、「あやしくも見るな」解する説

『仙覚抄』→目串毛勿見（メクシモミルナ）トハ、メニアヤシクモ、ミルナト云也。

『管見』→目くしもみるな　くしは、あやしきトいふ心也。あやしめみることもすなトいふ心也。

＊『拾穂抄』

②、メグシを「見苦し」と解する説

『代匠記』→見苦シクモ見ルナト云ナリ。

＊『略解』、『窪田評釈』、『佐佐木評釈』、『私注』

③、メグシを「目に委し」と解する説

『童蒙抄』→み目に委しくも不レ見、大様に見許し、男女物云交すをも咎むなと也。

『万葉考』→吾妻を目細《メクハシ》もな見めでそとなり。

④、メグシを「愛《めぐ》し」と解する説

『問目』→紀に、鍾愛の字をめぐしと訓たるに同しく、けふのみは己か妻とて別て愛することなかれてふ也。

＊『古義』、『総釈』、『金子評釈』、『全註釈』（愛憐すべくある意の形容詞。めぐしとは見るなの意）、『大系』（胸が苦しくなるように感じられる。現代の方言でいうメンコイ・メグイ（可愛い）の古語。ここでは愛人）、『注釈』（ここは気の毒だとも見るな、の意）、『全集』、『新全集』、『新大系』

⑤、メグシを「見て不快に思う」とする説
『全釈』→心がくぐもりて不快を覚えることであらう。……愛らしい意とする説は当らない。
⑥、メグシを「恵む」と同根の語として、同情の念をいう名詞とする説
『古典集成』→「めぐし」は「恵む」と同根で、ここでは同情の念をいう名詞か。
『釈注』→「めぐし」は「恵む」と同源の形容詞で、目に見ていたわしい、の意。
⑦、メグシを目串として、刺すような眼差しとする説
『全注』→「目串」は名詞で、「言葉で咎めるな」に対し「目串で見るな」の意となる。「目串」は刺すような眼差し、咎める目つきをいうのであろう。

しかしながら、虫麻呂歌において、「目串もな見そ　言も咎むな」と、「言も咎むな」と並列させていることからすれば、目串を見ることが、言を咎めることと類似のことであると考えられる。ここでは、「人妻に　我も交はらむ　我が妻に　人も言問へ」と歌い、それが、この山を治める神が昔から咎めないわざなのだということで、「（今日だけは）言も咎むな」と歌っているのであるから、その咎めるべきこととは「既婚者であること」であるとすれば、目串を見ることも「既婚者であること（しるし）」を見ることと考えられよう。

その理解と関わって、「コトも咎むな」のコトは「事」か「言」かという問題がある。

『金子評釈』では、「上に妻の上を『めぐしとなみそ』とあるに対し、次に自身の事に及んだ。さればこの『こと』は事柄の意で、言の意ではあるまい」とし、『全集』では、「ここは他人と性関係を結ぶことをいう」とし、『私注』、『釈注』、『新大系』なども「事」と解する。一方、『古義』では「言害をも為なと云り」と述べ、『全釈』に「事は言。言葉にて咎むるなの意」とし、『窪田評釈』では「『こと』は、言で、人妻に対しての挑みの歌も咎めるなよと、上を承けて、繰り返して懇ろに諭したもの」とし、『総釈』、『全註釈』、『注釈』、『全歌講義』

なども「言」と解しており、見解が分かれる。

ここは、コトに下接する「咎む」の語の集中例から考えるべきであろう。集中の「咎む」の用例は以下の三例。

人の見て　言咎めせぬ（事害目不為）　夢に我　今夜至らむ　やどさすなゆめ（12・二九一二）

人の見て　言咎めせぬ（言害目不為）　夢にだに　止まず見えこそ　我が恋止まむ（12・二九五八）

針袋　帯び続けながら　里ごとに　照らさひあるけど　人も咎めず（18・四一三〇）

12・二九一二、12・二九五八の「言咎めせぬ」の用例から考えて、当該歌もコトは「言」と解すべきと考えられよう。しかも、これらの用例においては「人の見て　言咎めせぬ」と、見ることと言咎めすることとの二つが表現されていることも注目される。集中には、

……御食向かふ　城上の宮を　常宮と　定めたまひて　あぢさはふ　目言も絶えぬ……（2・一九六）

海山も　隔たらなくに　なにしかも　目言をだにも　ここだ乏しき（4・六八九）

横雲の　空ゆ引き越し　遠みこそ　目言離るらめ　絶ゆと隔てや（11・二六四七）

など、「目」と「言」を対にして表現する例もある。

「目串もな見そ　言も咎むな」という禁止表現にも注意すべきである。「な……そ」の禁止表現は、集中には当該歌を除いて全一三九例用いられている。そのうち、

奥山の　菅の葉しのぎ　降る雪の　消なば惜しけむ　雨な降りそね（3・二九九）

のように、「名詞」＋「な～そ」と、禁止されるべき名詞が上接する用例は七〇例で、半数以上を占めている。また、

雨降らば　着むと思へる　笠の山　人にな着せそ　濡れは漬つとも（3・三七四）

のように、「～に」＋「な～そ」と二助詞を伴い対象を示す例が八例。

春されば　まづ三枝の　幸くあらば　後にも逢はむ　（我に）な恋ひそ我妹（10・一八九五）

のように、前置すべき名詞の省略された、（名詞）＋「な〜そ」の例が一三例。

我が舟は　比良の湊に　漕ぎ泊てむ　沖辺な離り　さ夜ふけにけり（3・二七四）

沫雪は　今日はな降りそ　白たへの　袖まき干さむ　人もあらなくに（10・二三二一）

のように「場所」や「時間」を表す名詞を上接させる例が五例と、圧倒的に名詞を上接させることが多いのである。

「形容詞」＋「な〜そ」の例は、

我が背子が　着る衣薄し　佐保風は　いたくな吹きそ　家に至るまで（6・九七九）

のように形容詞イタシを上接させる例が一五例と多く、慣用的であり、ほかには、「早く」が三例、「遠く」一例、「間なく」一例、「心あるごと」一例があるだけである。

①②③④の説のようにメグシを形容詞と考えるよりは、名詞と考えるべきであろう。

メグシの原文表記「目串」に見える「串」の表記例は、集中これ以外に次の二例があるだけである。

……雖生《いけりとも》　應合有哉《あふべくあれや》　宍串呂《ししくしろ》　黄泉尓将待跡《よみにまたむと》　隠沼乃《こもりぬの》　下延置而《したばへおきて》　打歎《うちなげき》　妹之去者《いもがいぬれば》……（9・一八〇九）

五十串立《いぐしたて》　神酒《みわ》座奉《すゑまつる》　神主部之《かむぬしの》　雲聚玉蔭《うずのたまかげ》　見者乏文《みればともしも》（13・三二二九）

「五十串」は「斎串」で、「斎み清めた串」（『時代別国語大辞典 上代編』）であり、「ししくしろ」は、『管見』に「しゝくしとトハ、鹿の肉を串刺にして、焼たるもの也。呂は、助詞なり。味のよきにとりて、よみトハつゝけたり」とあり、『窪田評釈』にも「『しし』は宍で、肉。『くし』は串で、『ろ』は接尾語。肉の串に挿した物で、よい味の意で黄泉に続く枕詞」とあるほか、諸注釈の採る通説に従えば、これら二例とも「串」は正訓表記と考えられる。当該歌においても「串」は正訓表記と考えられる。

「串」は、「木や竹の細長い捧で、物に刺し立ててしるしにしたり、物を刺し貫いたりするもの」（『時代別』）であるが、「串」と「櫛」とは同根であり、「目串」は「目櫛」と考えられる。その場合の「目」は、

未通女等之《をとめらが》　織機《おるはたの》　上乎《うへを》　真櫛用《まくしもち》　掻上栲嶋《かかげたくしま》　波《なみの》　間従所見《まゆみゆ》（7・一二三三）

……三名之綿《みなのわた》　蚊黒為髪尾《かぐろしかみを》　信櫛持《まくしもち》　於是蚊寸垂《ここにかきたれ》　取束《とりつかね》　擧而裳纒見《あげてもまきみ》……（16・三七九一）

の「まくし」と同じく、接頭語のマ（真）と考えられよう。接頭語のマは、「目《メ》の交替形マと語形が一致するので、マサヤカニ・マミユ・マモル・マグハシなど下接する語の意味によっていずれとも判断できない場合がある」（『時代別』）とされるが、マグハシの表記に「朝日奈須《あさひなす》　目細毛《まぐはしも》　暮日奈須《ゆふひなす》　浦細　毛《うらぐはしも》」（13・三二三四）とあるように、マクシを「目串」と表記したものと考えられよう。接頭語のマの表記としては、訓字主体表記の歌においては一般的に「真」の字を用いており、「目」を接頭語マの表記とするのはやや異例である。しかしながら、虫麻呂歌には、「目」を借訓に用いた例が水江の浦島子を詠む歌に、

……このくしげ　開くなゆめと　そこらくに　堅めしことを（堅目師事乎《かためしことを》）……（9・一七四〇）

……家ゆ出でて　三年の間に　垣もなく　家失せめやと（家滅目八跡《いへうせめやと》）……（9・一七四〇）

と見えており、接頭語マの表記に用いた可能性が無いとはいえない。

或いは、「目」には、「物と物との合わせ目。縦横に相交わるものの間隙をなしているところ。並んでいる細かい点」（『時代別国語大辞典上代編』）の意があり、櫛の目立てということばが後代にあるように、数本の目のある櫛をメグシといったのかも知れない。いずれにせよ、「目串」は「日櫛」と考えられる。

夙に井村哲夫氏「虫麻呂歌集筑波の歌」（『万葉集を学ぶ』第五集所収）は、「事も咎むな」の「事も」が「咎むな」の客語であるから、「目串」もまた「な見そ」の客語で名詞だとすれば、『虫麻呂歌集』の名詞は、若干の例外を除き、正訓字で書くことが一般であるから、「串」は文字どおり「串」ないし「櫛」の義であろうとして、

「目」は不明だが櫛の目に縁のある文字ではある。目の荒い籠を「目籠」と言うから、これも目に何かの特徴がある櫛であるだろうか。あるいは「マクシ」と訓めば「マ」は接頭語で、「信櫛《まくし》」（16・三七九一）と同じことばかもしれない。

と述べ、「文脈上、この『目串もな見そ』も、『事も咎むな』と同様に、人妻との交渉という場面でその特別な意味を見つけたくなるわけである。そこで、その『櫛』は、主有ることのしるしとして見られるものではなかったろうか」と述べておられるのは、肯うべき見解と考えられる。

しかしながら、井村氏はその解釈において、この部分が男女のやりとりだとする『全集』に従って、口訳として、

（女）今日だけは、この目櫛（メクシ？　マクシ？）もみないでください（私が人妻であることを気にとめないでいいのよ）。

（男）咎めるな。

と男女のやりとりとして解する。しかし、対句としての客語と考えるならば、両方とも男性を主体として解すべきであり、その見解には従えない。しかも、「人妻に　我も交はらむ　我が妻に　人も言問へ」と作者虫麻呂が主体として表現されてきたものを、突然「目串もな見そ」の箇所に至って主語が女性に転換すると言うことになるわけであり、不自然な表現といえる。

三

「櫛」は髪にさしたり、髪を梳いたりする道具である。『岩波古語辞典』（くし【櫛】の項）には、「櫛は占有のしるしなので、櫛を女の髪にさすことはその女を妻とすること、櫛を投げ棄てることは離縁を意味した」と記す。

井村氏が女性と男性のやりとりとして「目櫛もみないでください」と解したのは、女性が既婚の印として櫛をさしているのだという前提があるからであろう。しかし、その前提ははたして正しいのであろうか。

たしかに集中には、

君なくは　なぞ身装はむ　くしげなる　黄楊の小櫛も　取らむとも思はず（9・一七七七）

櫛も見じ　屋内も掃かじ　草枕　旅行く君を　斎ふと思ひて（19・四二六三）

と、女性の装身具としての櫛の表現が見られ、

処女らが　後のしるしと　黄楊小櫛　生ひ変はり生ひて　なびきけらしも（19・四二一二）

のように、その女性の象徴として櫛が歌われもしている。けれどもまた、

……にほひよる　児らが同年児には　蜷の腸　か黒し髪を　ま櫛もち　ここに掻き垂れ　取り束ね　上げても巻きみ　解き乱り　童になしみ……（16・三七九一）

と竹取翁の若い頃の回想として櫛が歌われてもいる。

朝づく日　向かふ黄楊櫛　古りぬれど　なにしか君が　見れど飽かざらむ（11・二五〇〇）

も「古りぬれど」は「君」に掛かると考えられ、『古義』の「歌意」のように、

朝な朝なとりて、向へさす黄楊櫛の、もてならしてふるびたる如くに、年経てふるめきたる君なれば、いとはるゝ方もあるべきに、さらにさやうの心は露思はず、なにしかいつもめづらしく、あく世なく、かくばかりうるはしく思はるらむ、となり

と、黄楊櫛が古びているように、あなたも年老いてしまっているけれどと解した場合、櫛は君の所有のものと考える方がよい。(1)

櫛は男女ともに用いる道具であり、女性専有のものではない。男性も梳るのである。であれば、既婚のしるし

としての櫛は男女ともに身に付けたのではないか。

『古事記』（上巻）「八俣大蛇退治」の条に、

爾《しか》くして、速須佐之男命《はやすさのをのみこと》、其《そ》の老夫《おきな》に詔《のりたま》ひしく、「是《こ》の、汝《なむち》が女《むすめ》は、吾《あれ》に奉《まつ》らむや」とのりたまひき。答へて白《まを》ししく、「恐《かしこ》し。亦《また》、御名《みな》を覚《さと》らず」とまをしき。爾くして、答へて詔《のりたま》ひしく、「吾《あれ》は、天照大御神《あまてらすおほみかみ》のいろせぞ。故《かれ》、今天《あめ》より降《くだ》り坐《ま》しぬ」とのりたまひき。爾くして、足名椎《あしなづち》・手名椎《てなづち》の神の白《まを》ししく、「然《しか》坐《いま》さば、恐《かしこ》し。立《た》て奉《まつ》らむ」とまをしき。爾くして、速須佐之男命、乃《すなは》ち湯津爪櫛《ゆつつまくし》に其《そ》の童女《をとめ》を取り成して、御《み》みづらに刺して、其の足名椎・手名椎の神に告《の》らししく、「汝等《なむちら》、八塩折《やしほをり》の酒を醸《か》み、亦、垣《かき》を作り廻《めぐ》し、其の垣に八つの門《かど》を作り、門ごとに八つのさずきを結《ゆ》ひ、其のさずきごとに酒船《さかぶね》を置きて、船ごとに其の八塩折の酒を盛《も》りて、待て」とのらしき。

と見えるのは、男性が女性の象徴としての櫛を既婚のしるしとして髪に挿す習俗があったからと考えられよう。(2)

同じく『古事記』（上巻）「伊耶那岐と伊耶那美の離別」の条において、伊耶那美命が「黄泉神《よもつかみ》と相論《あひあげつら》はむ。我を視ること莫《なか》れ」と言って殿の内に行った間に、伊耶那岐命が待ちがたくして「故《かれ》、左《ひだり》の御《み》みづらに刺せる湯津々間櫛《ゆつつまくし》の男柱《をばしら》を一箇《ひとつ》取り闕《か》きて、一《ひと》つ火《ひ》を燭《とも》して入《い》り見《み》し時《とき》に、うじたかれころろきて……」と視るなのタブーを犯す場面があるが、そこで伊耶那美命がみづらに挿していた櫛は、既婚のしるしとしてのそれではなかったであろうか。この後、伊耶那岐命が逃げ帰る時、

是《ここ》に、伊邪那岐命《いざなきのみこと》、見畏《みかしこ》みて、逃げ還る時に、其《そ》の妹《いも》伊邪那美命の言《い》はく、「吾《あれ》に辱《はぢ》を見しめつ」といひて、即《すなは》ち予母都志許売《よもつしこめ》を遣《つかは》して、追《お》はしめき。爾《しか》くして、伊邪那岐命、黒き御縵《みかづら》を投げ棄《う》つるに、乃《すなは》ち蒲子《えびかづらのみ》生《な》りき。是《これ》を摭《ひり》ひ食《は》む間《あひだ》に、逃《に》げ行《ゆ》きき。猶《なほ》追ひき。亦《また》、其の右の御《み》みづらに刺せる湯津々間櫛《ゆつつまくし》を引き闕《か》きて投げ棄《う》つるに、乃《すなは》ち笋《たかみなな》生りき。是《これ》を抜《ぬ》き食《は》む間《あひだ》に、逃げ行きき。

と述べられているのは、櫛の呪性により、逃げることができたのであるという意味とともに、櫛を投げ棄てることが夫婦の関係を棄てることを意味したのであろう。

虫麻呂歌では、「この山を治める神が昔から禁じていない行事だ。今日だけは（既婚のしるしの）目櫛も見なさんな、言咎めもしないでくれ」と歌ったのであろう。

ところで、虫麻呂歌に詠われたように、実際に筑波山の嬥歌において既婚者も参加してよいとされるような性的解放があったかどうかについて、疑問視する説がある。また、そのように既婚者であっても妻問いをすることが許される行事だとして、はたして虫麻呂は詠われているごとくに人妻に交わったかという点については、いかがであろうか。

土橋寛氏は、「筑波山の歌垣に既婚者も参加しているのは、この行事が豊作の予祝を主たる目的としていたところから、未婚・既婚にかかわらず性的解放の行事に参加したのであろう」（『古代歌謡をひらく』）と、性的解放が行われていたと解されたが、浅見徹氏は「乱婚も性的解放も、虫麻呂の文学的創作であり、幻想である。そして更にいえば、虫麻呂の歌をそのように解してきた人々の幻想であるにすぎない」（「筑波山の嬥歌」『岐阜大学国語国文学』18）とされている。

その実際は、そういったことに関わる具体的な資料が存在しないかぎり、杳として不明である。ただ、こういった習俗については、今日の理知でもって判断することはできないところがあることは、フレーザーの『金枝篇』を見れば知られる。昭和三十年代の日本においても、マレビトに村の娘子を供する習俗が実際に残っていたり、夜這いの結果生まれた父親の分からない子を村の子として育てる村落があったことも事実である（「夜這い」の風習は、昭和五十年代においてもなお地方によっては行われていた）。

とはいえ、作者虫麻呂が歌われているように筑波山の嬥歌会に参加して人妻と一夜を明かしたというつもりはない。虫麻呂は第三者としてその習俗を歌って見せただけであろう。何よりも虫麻呂のような下級官人が妻を伴って常陸国に赴任していたはずはない。

三栗の　那賀に向かへる　曝井の　絶えず通はむ　そこに妻もが（9・一七四五）

とうたう虫麻呂の那賀郡の曝井の歌や、

遠妻し　高にありせば　知らずとも　手綱の浜の　尋ね来なまし（9・一七四六）

と「遠妻」が多賀に居ればと仮想する手綱の浜の歌からも、そのことは明らかであろう。

虫麻呂は筑波山に妻を伴って登っているわけではないのだが、歌としてあたかも妻を伴って嬥歌に参加したかのように歌っているのである。それは、伝説を歌うに際しても実際に見たかのように歌う虫麻呂の表現の特徴である。

しかしながら、そういった創作性と、事実ではない性的解放があったかのように嬥歌の習俗を歌うという創作性とは相違する。在りもしない習俗を筑波山の嬥歌の内容として詠うような文学的創作を虫麻呂が行う理由が私には認められない。虫麻呂の伝説歌は、存在した伝説を具体的文学的に表現するところに特徴があるのであり、存在しない伝説を文学的に創作しているのではない。筑波山の嬥歌においてはおそらく性的解放が行われていたのであろう。それを実際に自分が参加したかのように具体的文学的に表現したのが、「筑波嶺に登りて嬥歌会を為る日に作る歌」であったと思われる。

## 四

このことは、反歌の理解とも関わる。

(d)の反歌では作者（というより、歌の「主人公」）のどういう心境を表現しているのかという点について、異論がある。『童蒙抄』では、「嬥歌の面白き故、雨にぬれても飽かず遊び暮さんとの義也」とし、近世の諸注釈は、『古義』に「この面白き、嬥歌会を見すて、、かへりはすまじとなり」とするなど同様の解釈をしていた。近代に入っても、『井上新考』に「カヤウニ面白キヲ半ニシテ帰ラムヤハとなり」とあり、『注釈』に「男体山に雲が立ちのぼつてしぐれ零り、着物が濡れとほる事があらうとも、自分はこの楽しみをすてて帰らうか、帰りはすまい」と口訳するなど、多くの注釈が、時雨が降ろうとも、嬥歌会が面白く、感興が尽きないので帰りはすまいという意に解している。

その中で、『全集』は「『常陸風土記』の『筑波嶺に廬りて妻なしに我が寝む夜ろははやも明けぬかも』は、この歌の内容を裏返して、あぶれた男のすてばちな気持を歌ったもの」と異なる解釈をとっている。『全注』では、「われ帰らめや」の結句について、

わたしは帰らないぞ。反語法。好みの異性を得られずに焦燥し、いらだつ気持を表す。楽しみ半ばで帰るものかとする解も多い（注釈、集成、釈注など）が、長歌末尾の表現は、これから異性を追い求めようとしているのであり、まだ歓楽の時は始まっていない。そのままの時の流れからすれば反歌は未だ歓楽を得ていないとみるべきである

と注している。

私は、この反歌は『常陸国風土記』を知悉していた虫麻呂が、積極的に風土記の歌を取り入れてこのような歌い方をしたのではないかと考えている。

『常陸国風土記』歌謡は、一首目に訓の異同があり、訓解は一定していない。ひとまず『新編』の風土記の本文と訓を掲げると以下のごとくである。

都久波尼尓　阿波牟等　伊比志古波　多賀己等岐気波加　弥尼阿波須気牟也

筑波嶺《つくはね》に　逢《あ》はむと　言《い》ひし子《こ》は　誰《た》が言聞《こと》けばか　嶺《みね》逢《あ》はずけむ

都久波尼尓　伊保利氐　都麻奈志尓　和我尼牟欲呂波　々夜母阿気奴賀母也

筑波嶺《つくはね》に　盧《いほ》りて　妻《つま》なしに　我《わ》が寝《ね》む夜《よ》ろは　はやも明《あ》けぬかも

一首目の歌謡の本文には校訂上の問題があり、諸注釈書によって説が分かれる。詳細については、橋本雅之氏の論（「『常陸国風土記』注釈（2）」『風土記研究』第二十号、平成7年6月）にゆずるが、問題点を整理すると

ア、第四句と第五句の句切れをどこに置くのか。

イ、第五句の本文校訂。

の二点に集約されるという。

二首の結句の最後の「也」は不読の助字と考えられるので、大きくは第三句を「多賀己等岐気波加《たがこときけばか》」とし、結句を「弥尼阿波須気牟也《みねあはずけむ》」とする説と、第三句を「多賀己等岐気波《たがこときけば》」までとし、第四句を「加弥尼阿波須気牟也《かみねあはずけむ》」とする説に分かれる。しかし、結論的に言って、「タガコトキケバカ　ミネアハズケム」などのように「加」と「弥」の間で句を切る考えはとれない。二首目の結句は「ハヤモアケヌカモ」と八文字であるが、句中に単独母音音節（ア）を含んでおり、字余りの法則にかなっている。一首目も「タガコトキケバ」と訓めば七音であり、結句も「カミネアスバケム」と訓めば、二首目と同じく句中に単独母音音節（ア）を含む字余りとして法則にかなうこととなる。音数的には第四句を字余りにし、第五句を準不足音句にする「タガコトキケバカ　ミネアハズケム」は不自然である。とはいえ、「神嶺」にも問題がある。それは、西宮一民氏（「『上代特殊仮名遣』論」『皇學館論叢』11巻5号）が指摘したように、「神嶺《かみね》」では「『加弥』は仮名違ひであり、また『気牟』も過去の推量であれば仮名違ひとなる」からである。ただ、西宮氏も述べるように「『常陸国風土記』は鎌倉時代以降の抄略本なのであつて、奈良時代当時の姿をそのまま伝へるものではない」。それ故誤写・改字をしてしまった例がはな

はだ多い。私はここは音数の問題を重視したいのである。(3) つまり、この二首は、二首とも第二句がそれぞれ「逢《あ》はむと」、「廬《いほ》りて」と四音句であり、「5/4/5/7/7(8文字ではあるが母音音節を句中に含むので7音節)」とはなるものの五句からなり、下三句は「5/7/7」という短歌体と同じ形体をもつ歌なのである。

ところで、『常陸国風土記』の歌謡の後の、「詠《うた》へる歌甚多《いとさは》にして、載筆《の》するに勝《た》へず」の一文の解釈について、一般的には、その歌垣で歌われる歌がとても多いので、全部を載せることはできない、という意に解されているようである。しかしながら、単に歌垣で歌われる歌が多いのであるならば、その多くの歌々の中から、何故二首とも筑波山の歌垣において女を得ることのできなかった男性の歌を挙げているのかについて説明がつかない。

多くの歌の中から選んで挙げられた二首は、一首目が筑波嶺で逢いましょうと約束していた娘子が他の男の誘いを受け入れたことにより、独り寝をしなくてはならない男の歌、二首目が筑波嶺で相手を求めることがかなわず、一人で夜を明かさなくてはならない男の歌と、二首とも筑波山の歌垣で相手を得られなかった男の戯画化の歌なのは、筑波の歌垣では相手を求め得て当然という考えが前提にあるからであろう。

しかも、二首とも「5/4/5/7/7」形体という変形短歌体として共通している。

虫麻呂歌は、こういった習俗を背景に詠まれていると考えられる。

ここは、歌謡の前文と後文とが関わり、「遊楽《たの》しみ栖遅《いこ》ふ。その唱《うた》に曰く」という筑波山での歌垣の歌は、「筑《つく》波峰《はね》の会《つどひ》に、娉《つまどひ》の財《たから》を得ざれば、児女《こ》と為《せ》ず」というような歌垣の背景と関わって、求婚の歌が多く、なかでも、相手を得ることのできなかった男性の戯画化の、いわば笑わせ歌のような内容の歌が、多く歌われていたことを述べているのだと考えられる。

この歌謡を考える時、私は土橋寛氏の「わが遍歴」(『日本古代論集』昭和55年、笠間書院刊所収)という次の文章を思い起こす。

日常生活にいくらか落着きができ、研究もできるような状況になったのは、昭和二十四〜五年ごろからであったと思う。戦争に敗れて無一物になったのだから、研究も一からやり直そうという気になって、まず民謡の研究にとりかかった。舞鶴では目に触れることもなかった民謡関係の本を古本屋で探したり、明治以後の民謡研究の状況を調べたりしているうちに出逢ったのが柳田国男翁の『民謡覚書』（昭和十五年五月刊。創元選書）で、私の民謡を見る眼はこの本によって開かれたといってよい。中でも天啓のように私を撃ったのは、「民謡には用途がある」という思いもよらぬ言葉で、

咲いた桜になぜ駒つなぐ
駒がいさめば花が散る

という美しい歌は、もと「さいた盃云ヽ」という類の酒宴歌から派生した、いわば怪我に出現した名吟であったろう、という文章があった。私は民謡というものがはじめて分かったような気がした。

こんにちの酒宴では、盃を互いに差し交わしたりする「献酬」「献盃」という風習が廃れてしまって、若い方々にはもうその実態が分からなくなっていると思われるが、盃をサス、ササナイということが重要な場面があり、先にサシタ者が酒を相手に飲ませることができるという約束事などもあり、サシタ・ササナイは酒宴における一つのテーマであった。

同様に、筑波山上の歌垣では、その筑波嶺で相手を得ることができるか、できないか、つまりアフかアハナイかがテーマであったと思われる。また、筑波嶺での仮庵での一夜の宿りがいかなるものであったかも、共通のテーマであったと思われる。いわば上二句「筑波嶺に　逢はむと」「筑波嶺に　廬りて」は、筑波嶺での歌垣の共通テーマの一つであり、相手を求め得ることのできない男性を自己戯画化して歌うのも、共通の主題だったと思われる。二首とも初句に「筑波嶺」という地名を掲げているのもテーマの共通性と関わる。

東歌の「常陸国の歌」の存在を考えれば、筑波でも定型の短歌体の歌も歌われていたはずである。にもかかわらず、この二首が変形短歌体であるのは、上二句はテーマであるが故に、「5／4」という不定型な形体を採り、或いは採るのが認められ、それに定型の下三句が付けられるということでなかったかと考えられる。

　高橋虫麻呂は、常陸国に在任する官人として筑波山での歌垣の実態を知っていたはずであり、長歌ではその嬥歌会の様態を説明し、反歌ではその嬥歌会での共通テーマである、歌垣で相手の女性を得ることのできなかった男性の戯画化を歌ったのでないか。もちろん虫麻呂は教養ある洗練された都人の歌人であり、その共通テーマを「男神に　雲立ち上り　しぐれ降り　濡れ通るとも　我帰らめや」と筑波山男体山の景の叙述とともに定型短歌体で歌ったのである。虫麻呂の筑波山を歌った別の歌に、「男神《ひこかみ》も　許したまひ　女神《ひめかみ》も　ちはひたまひて　時となく　雲居《くもゐ》雨降る　筑波嶺を　さやに照らして　いふかりし　国のまほらを　つばらかに　示したまへば」(9・一七五三)と見える表現を考慮すれば、「男神《ひこがみ》に　雲立ち上り　しぐれ降」る状態は、神の許しが得られない状態であり、それでも「濡《ぬ》れ通るとも　我《われ》帰らめや」と執着する振られ男の滑稽な姿を、自己戯画化して歌っているのだと考えるべきと思われる。前述のように『全集』に『常陸国風土記』の「筑波峰に廬りて……」の歌謡は「この歌の内容を裏返して、あぶれた男のすてばちな気持ちを歌ったもの」と述べたのは、逆で、歌謡が虫麻呂歌の「裏返して」なのではなく、虫麻呂がそのテーマ内容に添って虫麻呂らしく表現したのである。

　当該長反歌が歌われた場について考えるにあたって、反歌に注意すべき表現がある。それは、「男神に　雲立ち上り」という表現である。「雲立ち上り」は集中ここにしか見られない表現であり、一般的に雲は「立ち渡る」と表現されるものである。

　直に逢はば　逢ひかつましじ　石川に　雲立ち渡れ　見つつ偲はむ（2・二二五）

　あしひきの　山川の瀬の　鳴るなへに　弓月が岳に　雲立ち渡る（7・一〇八八）

織女し　舟乗りすらし　まそ鏡　清き月夜に　雲立ち渡る（17・三九〇〇）

「立ち上る」の集中の用例は、他に一例、

天の川　霧立ち上る　織女の　雲の衣の　反る袖かも（10・二〇六三）

があるだけである。これは七夕歌であり、天上界の恋を歌ったものとして「天の川　霧立ち上る」と詠われた歌である。七夕の夜に天空を仰いで、立ち上る霧を織女の雲衣の翻る袖であろうか、と想像して詠ったのである。

霧も一般的には、

大野山　霧立ち渡る　我が嘆く　おきその風に　霧立ち渡る（5・七九九）
春の野に　霧立ち渡り　降る雪と　人の見るまで　梅の花散る（5・八三九）
……春へには　花咲きをり　秋へには　霧立ち渡る　その山の　いやますますに……（6・九二三）
秋の夜の　霧立ち渡り　おほほしく　夢にそ見つる　妹が姿を（10・二二四一）
……落ち激つ　清き河内に　朝去らず　霧立ち渡り　夕されば　雲居たなびき……（17・四〇〇三）

と「立ち渡る」と表現されるものである。七夕歌においても「霧」は、

天の川　霧立ち渡る　今日今日と　我が待つ君し　舟出すらしも（9・一七六五）
天の川　霧立ち渡り　彦星の　梶の音聞こゆ　夜のふけ行けば（10・二〇四四）
君が舟　今漕ぎ来らし　天の川　霧立ち渡る　この川の瀬に（10・二〇四五）
妹が袖　我枕かむ　川の瀬に　霧立ち渡れ　さ夜ふけぬとに（19・四一六三）家持の七夕歌
秋されば　霧立ち渡る　天の川　石並み置かば　継ぎて見むかも（20・四三一〇）家持の七夕歌

と「立ち渡る」と表現されている。二〇六三歌との相違は、これらの歌は、一七六五、二〇四四、二〇四五、四三一〇歌が織女の立場で、四一六三歌が牽牛の立場で、それぞれ当事者の立場で詠われているのに対して、二〇

六三歌は第三者の立場で天空を仰いで詠っているという点である。当事者の立場であれば天上界に身を置いているわけであるから、霧は立ち渡ると表現されるのであり、第三者の立場であれば、地上から天空を眺めているわけであるから、霧は立ち上ると表現されているのである。

とすると、「男神に　雲立ち上り」という表現は、筑波山山頂の場での嬥歌の歌として不自然な表現であるといえる。歌垣の行われていたと推定される鞍部より男体山が高いとはいえ、鞍部と区別して雲立ち上りといえるような高さではない。男体山に雲が立ち上りしぐれが降る状態は、鞍部においても同様に雲が立ち上りしぐれが降る状態である。

反歌の「男神に　雲立ち上り」という表現は、この歌の披露された場を反映したものと考えられる。歌は披露される場がある。ことに長歌は披露される場があって作られている。この歌を嬥歌会の日に筑波山で謡われたように考えたり、常陸国筑波郡の民のために作られたように解する考えは間違っている。宮廷官人としての虫麻呂は、この歌を農民になど披露するはずはないのである。おそらくは、まず常陸国の国庁（国衙の遺構は、石岡市立石岡小学校（石岡市総社一丁目）の校庭において発見されている）で、国庁の官人たちに披露され、やがて都の歌の場においても披露されたと考えられる。その国庁の宴に参加していた人々の目線を反映したのが、「男神に　雲立ち上り」の表現であったと考えられるのである。

注

（1）初二句「朝月日向黄楊櫛」の訓みは、『管見』『代匠記』『考』『略解』『野雁新考』『全釈』『総釈』『窪田評釈』『全註釈』『佐佐木評釈』『私注』『大系』『全集』『新編』などが「朝づく日　向かふ黄楊櫛」と訓むのに対し、『童蒙抄』では「風土記の謂れもあれば、日向は黄楊櫛の名物なるから、上古も日向黄楊櫛と云ひ触れたる歟。然らば朝月の日向と読べきか。朝月は日向と云はん為に、五文字に据ゑたる歟。あしたの月は日に向ふ故、夕月日など云と同じ意也。日向とは黄楊櫛の名物なる故也」として、「朝月の　日向《ひむか》黄楊櫛」と訓んだ。それを橋本四郎氏「朝月日向黄楊櫛」（『万葉』第三十一号、昭和34年4月）が支持し、『注釈』がそれに同じ、『集成』『新大系』『釈注』がその訓によっている。

結句「見不飽」は、『全釈』『窪田評釈』『全書』『全註釈』『大系』『注釈』『全集』『新編』が「見れど飽かざらむ」と訓むのに対し、『略解』『古義』『野雁新考』『全釈』『総釈』『佐佐木評釈』『私注』『全注』『新大系』『釈注』などは「見るに飽かにせむ」と訓んでいる。

「古りぬれど」については、諸注釈は「お互の仲はずいぶん古くなってしまったけれど」（『注釈』）というように、二人の仲が古いことをかけるものと解するが、「古る」という動詞や「古し」という形容詞の用例からは、「年老いた」の意に解すべきである。

（2）本居宣長『古事記伝』には、「さて如レ此《カクノ》く為《シ》賜《タマ》ふ所以《ユヱ》は、いかなるにか知リがたし。清輔ノ奥義抄に、櫛に取リ成シて、蛇に見せじとし賜ヒけるにや。爪櫛には、悪鬼《アシキモノ》のおづる物にて侍るにこそ。同紀にも、醜女《シコメ》に追《オハ》れて、逃《ニゲ》るにすぢなくて、懐《フトコロ》より爪櫛をとり出て打《ウチ》まく、其時醜女追《オヒ》さして返りぬ、と云ることありと云り（但しおぢて追《オヒ》さしたりとは見えず。）如此《カヽ》る由にもや有ラむ」と、その理由を計りかねているが、私見では夫婦となるしるしとして、櫛をみづらに挿したものと考える。

（3）西宮一民氏は、ミの甲乙の仮名違いを重視して、「神嶺《かみね》」では「神」は乙類の仮名を用いるべきであるから、甲類仮名を用いた「加弥」は仮名違いとなるので、「弥《ミ》」を「沙《サ》」の誤写であるとして、「誰《た》が言《こと》聞けばか　さね逢《あ》はずけむ」とする。しかし、その場合は句中に単独の母音音節アを含む七文字の結句となり、字余りの法則の違例となる。また、橋本氏も指摘するように解釈に問題が残る。

**（付記）** 本稿は、平成二十八年度日本歌謡学会春季大会の公開講演会における講演の一部をまとめたものである。

# 人麻呂「玉藻」考

## ――水中にも季節があった――

村田正博

### 一、海なしのまほろば

たたなづく青垣《あをかき》山ごもれるやまとの人々にとって、「藻」といえば、まずは川に生えているのを見かけるもの。海のそれ、とりわけその生態は、常には目にふれぬ、ともしきものであった。海の藻を目撃、さらにはそのいくばくかを口にするのは、採集されたもの、乾物とされたもの。たとえば、藤原宮（北辺部分）出土の木簡（持統五年前後～大寶三年頃）に、

干伊伎須□〈ホシ - イギス（以下欠損）、イギス目イギス・エゴノリ・アミクサ等〉

（奈良国立文化財研究所史料第十二冊『藤原宮木簡一』、6AJE区SD145溝、二〇六）

滑海藻□〈アラメ（以下判読不能）〉

（同書、6AJE区SD145溝、二一〇）

海評佐〻里　阿田矢　軍布〈隠岐國海部郡佐作郷、阿田矢《アタヤ》（無姓人名）ガ軍布（メ＝ワカメ）〉

（同史料第十八冊『藤原宮木簡二』、6AJF区SD1901A溝、五四七）

など、おそらく貢進物付札かと見られる記載をはじめ、平城京出土木簡にも、

伊勢税司　進交易海藻十□［四カ］斤　滑海藻三百村□　…　和銅七年六月廿□［一カ］日　…

（奈良国立文化財研究所『平城京木簡 一 ―長屋王家木簡 一』、SD4750溝、二〇七）

…　伊支須四升　芳野幸行料〈聖武天皇、天平八年六～七月度のためか?〉

（同研究所『平城京木簡 三 ―二条大路木簡 一―』、SD5300濠状遺構、四七四三）

石見國那賀郡右大殿御物海藻一籠納六連　天平七年六月

（同遺構、四九五五）

乃利一古〈籠〉布乃利一古　海藻一古　細米二束
弥留一古　伊支須一古　廣米一束　右七種

（奈良国立文化財研究所『平城宮発掘調査出土木簡概報』十二、6ALR区、斜行溝SD8600-TO44上層011）

阿波國進上御贄若海藻〈ワカメ〉壹籠　板野郡牟屋海

（平城宮跡出土木簡、SK820、四〇三、奈良文化財研究所ホームページ「木簡ひろば」）

などの記載が見える。あるいは正倉院文書における記載の一例、

…　海藻七百八十二連／末滑海藻十八斛／布能利八斗六升／母豆久六斗／古母二斛八斗／伊伎須十三斛

（天平六年五月一日「造佛所作物帳」[?]、正倉院文書續修三十三）

時代がくだるが、『延喜式』における記載の一例、

…　海藻　滑海藻　雑海藻　各六兩

（巻一、神祇一、四時祭上、二月祭、祈年祭「奠㆓幣案上㆒神三百四座」、各座の供物）

伊勢國　…　鹿角菜〈フノリ〉二石　青苔五十斤　海松五十斤　凝菜〈イキス〉卅斤　於胡菜〈オゴノリ〉卅斤　鳥坂苔〈トサカノリ〉五斤　海藻根十斤　那乃利曾五十斤
志摩國　大凝菜卅四斤　…
石見國　…　青苔卅斤　海松一百斤　海藻根十斤　鳥坂苔五斤　…

右以二正税一交易進。其運功食並用二正税一。〈以下略〉（巻二十三、民部下、「交易雑物」）

…　海藻　海松　各卌三斤　紫菜〈ムラサキノリ〉海藻根　各十六斤　大凝菜　小凝菜　角俣菜〈紅藻類スギノリ科〉各卌斤　滑海藻八十六斤十両　於期菜廿六斤十両　鹿俣菜〈ツノマタ〉卌三斤五両　…

（巻二十四、主計上、「諸國輸調」）

など（前代さまざまの史料に見えるものの総括の観あり）、枚挙するにいとまがない(1)。やまとはさすがにまほろば、この国の各地から海産物としてもたらされる海藻には、萬葉びとにも相当のなじみがあったと推察することができる。

## 二、寄り来る藻・揺れ立つ藻——記紀歌謡における藻——

藻をうたう、比較的初期のものは、記紀の歌謡に求めることができる。

(A)沖つ藻は　邊には寄れども　さ寐床も　与はぬかもよ。濱つ千鳥よ。（日本書紀歌謡4）

(B)とこしへに　君も逢へやも。いさなとり　海の濱藻の　寄る時時を（日本書紀歌謡68）

(C)枯野《カラノ》を　塩に焼き　其《シ》が余り　琴に作り　搔き弾くや
由良の門《ト》の　門中《トナカ》の　海石《イクリ》に　振れ立つ　なづの木の　さやさや（古事記歌謡75、日本書紀歌謡41）

『日本書紀』の所伝では、(A)は、「皇孫」（天津彦根火瓊瓊杵根尊）の歌。大山祇神のむすめ木花開耶姫を寵幸、姫が一夜にして懐妊したのを疑ったため、姫は皇孫を拒絶。その時、皇孫が憂えて、この歌をうたったという。「沖つ藻」は、「沖」にあるのを本来とする命名でも、海流（波）に乗って岸辺には寄ってくるけれども、われらは夫婦だというに、共寝の床も与えてくれないのかもよ、いつもつがいの濱千鳥よ、どう思う?（「濱つ千鳥」が皇孫の問いかけにどのように対応したものか、記述はそこには及んでいない。）

「沖つ藻」は濱辺に寄るが、姫は私を寄せ付けてくれないというのは、〝対照的形式〟と呼ぶことができよう（日本古典文學大系『古代歌謡集』、解説「三　古代歌謡の詩形と様式」）。

(B)は、衣通姫の歌。衣通姫は允恭天皇の皇后忍坂大中姫の妹で、天皇の寵愛が皇后を凌いだために、王居《みやこ》を離れた河内の茅渟宮に居住することとなる。春二月、秋八月、冬十月、翌春正月―、天皇が茅渟宮に出御。いかにも間遠と感じられなくもないが、それでも皇后に「百姓の苦しび」と詰られて、ようやく茅渟宮に出御されたのは、その翌年の春三月。そこで、衣通姫がこの歌をうたった、と―。

心をお寄せ申し上げるわが君さまとて、いつでもいつでも逢うてくださろうや、逢うてはくださいません。まるで海の濱藻が寄ってくる、一時《いつとき》・一時《いつとき》のようなもの。（允恭紀、十一年春三月四日）

「とこしへに君も逢へやも（反語）」と「海の濱藻の寄る時時を」とは、「とこしへ」ではないのと「時時」なのとのアナロジーによって照応するかたちで、〝譬喩〟と認めることができる。

なお、この歌には、そなたがこんなことをうたったと皇后のお耳に入りでもしたら一大事と天皇が姫の口を抑えたので、人々が濱藻を「奈能利曽毛《ナノリソモ》」と称するようになった、と附記されている(2)。

(C)は、仁徳朝（古事記）、應神朝（日本書紀）の、はるか遠くまで聞こえる不思議な琴を讃美する歌。稀有な大木から造られた御用船「枯野」が破損した、その船材を焼却した時に燃え切らずに残った木片で作られたその琴を弾くと、

由良のみなとの、海中の岩礁に振れ靡くなづの木のごとく、さやさや絃が鳴る―、と。（仁徳記、應神紀三十一年八月）

「なづの木」は、「海水《ウシホ》に浸漬《ヒタ》りて所殖《タテ》る木」のことで（『古事記傳』三十七之巻、高津宮下巻）、「荻《ヲギ》・葭《アシ》などの類」

とも（古事記傳）、「海松《ウミマツ》〈ウミカラマツ、クロサンゴ〉」（橘守部『稜威言別』巻五、「なだの浦の潮になづさふうみまつを水際《みぎは》の波ぞとしはこえくる」〔天禄三年五月資子内親王家歌合、読人不知、『夫木和歌抄』巻二十五、雑部七、一一五一六〕等を引証）ともいうが、海藻とするのが通説（日本古典文學大系『古代歌謡集』ほか）。琴の音が遠くまで聞こえるのを岩礁の藻がゆるやかに揺れるさまに見なした、これも〝譬喩〟の手法と認められる。

　これらの歌謡が記紀述作の過程で作り出されたものか（いわゆる物語歌）、記紀述作に先だってそれぞれに生み出され伝承されていたものが、こちらの話柄に応じて取り込まれたものか、即断しにくい。(A)、「沖つ藻」、すなわち遠い沖の深い海底に生育する藻であっても、海流や波に乗って濱辺に寄りつくのだと知っている海辺の民の知識に基づいて詠まれたと考えることもできそうだし、あるいは、「沖つ藻」が「邊」に寄るのを、「沖」と「邊」ということばの対峙を超える奇異・奇特の現象として驚く文藻の士の感覚をひそませているようにも思えるからである。(B)、「海の濱藻」というのが海の民の口ぶりではないようにも感じられる。「濱藻」とは、濱辺に打ち上げられた海藻をさす語で、「海の濱藻の寄る時時を」には、結果と過程とが混淆する、一種のもどかしさをおぼえるからである。海をよく知るゆえの説明の過剰であろうか、あるいは、知らぬゆえの過剰であろうか。(B)について、もう一つ気になるのは、「いさなとり」という修辞（枕詞）が使われていることである。この修辞は、日本書紀の歌謡におけるただ一つの用例で、古事記歌謡には例がなく、萬葉集においても、在地の人が海をうたう、いわゆる歌謡とおぼしき作品に詠み込まれた確例を見つけることができない。この点からは、(B)について、海辺の民の伝誦を想定することには、いくぶん躊躇される面があろうか。(C)は、「琴歌として歌い伝えられたようである。枯野の巨木伝説は、後についたものであろう」（武田祐吉『記紀歌謡集全講』）とも、あるいは「枯野の原話」を紀・紀それぞれに脚色したもの（土橋寛『古代歌謡全注釈 古事記編』）とも指摘されており、古事記・日本書紀に先だって形成されたものである公算が大きい。

古い歌謡が記紀に取り込まれたものか、史書の述作に携わる人の筆によって生み出されたものか、なお問題をのこすといわなければならないが、継承・発見そのいずれの場合にもせよ、まずうたう題材として着目されたのは海の藻であったこと、そうして、海の藻が濱辺に寄るさま、海水にひたされて揺れ立つさまであった。

やまとの人々にとって、藻は、川にも自生してあるものであり、日常の暮らしの中で、むしろ、その方が目撃されやすいと思う。だが、川の藻が歌の題材として取り上げられるのは人麻呂によってであり（本稿第三節）、人麻呂以前には、川の藻は、身近のものであるがゆえに、かえって深い関心を喚起することがなかったということであろうか。

特別の機会に見る海、その海中にも(C)「なづの木」が立ち、樹木のそよぎのように海水のゆらめきにつれて揺れる、船端から岩礁をのぞきこんだ、そんな驚きの景象を、すいすいと海原を走り淡路嶋の寒泉を天皇の飲料として運んだという官船枯野の船材によって仕立てられた琴の「七里《ナナサト》（の里はずれまで）ニ響」（記）く「鏗鏘《サヤカ》」（紀）な音色の形容としたこの歌謡には、音と形のアナロジーをぴたりとつかんで対象をうたいとめる、確実な力量を読み取ることができる。

一方、(A)と(B)のうたう、濱辺に寄り来る藻については、一読したところ、(C)ほど際だった表現上の特色を指摘しにくい。だが、見はるかす広大な海の、はるか沖から、自分の立つ濱辺のこの一点を目指して寄りきたる藻の、殊勝ともいうべき流離の軌跡への深い思いがあることを見逃しては、逢いたい人に逢えない嘆きに対置され引き立てる役割を十分には果たせないことに意を留める必要がある。

採集され、或いは干し上げられた海藻からは必ずしもイメージされない、その生動の実態を歌の題材とし、表現を引き立てることが、記紀歌謡において、すでに始まっているのである。

## 三、寄り・靡く藻――人麻呂における藻――

柿本人麻呂には、寄り来る藻、靡く藻を詠み込んだ歌があり、記紀歌謡の題材を継承した面を認めることができる[3]。

水底に　生《オ》ふる玉藻の　打ち靡き　心は依りて　戀ふる比日《コノコロ》
（萬葉集巻十一、寄物陳思、2482、人麻呂歌集［略体歌］）

しきたへの　衣手離《カ》れて　玉藻なす　靡きか宿《ヌ》らむ　吾《ワ》を待ち難《カテ》に
（同巻十一、寄物陳思、2483、人麻呂歌集［非略体歌］）

記紀歌謡では、〝対照的形式〟Ⓐや〝譬喩〟Ⓑ・Ⓒであったのに対して、ここでは、「藻」を修辞の題材として用い、藻について「寄る」Ⓐ・Ⓑという鍵言葉を引き継ぎ（2482）、「揺れ（揺る）」Ⓒには「うち靡き（靡く）」（2482・2483）、「立つ」Ⓒには「生ふる（生ふ）」（2482）と、形容を引き継ぎながら言い換えている。それと同時に、「玉藻の打ち靡き」→「打ち靡き心は依りて」という、いわゆる序詞のかたち、あるいは「玉藻なす」→「靡きか宿らむ」という、いわゆる枕詞のかたちを採用している点、記紀歌謡から萬葉歌へ「圧倒的に多くなる」（『古代歌謡集』）形式の、比較的初期に位置づけうる例である。

この序詞として「藻」を提示するかたちは、長歌においても、人麻呂がしばしば採用するところであった。

石見の海　角《ツノ》の浦廻《ウラミ》を　浦無しと　人こそ見らめ、潟《カタ》無しと　人こそ見らめ、よしゑやし　浦は無くとも、
よしゑやし　潟は無くとも、鯨魚《イサナ》取り　海邊を指して　和多豆《ニキタヅ》の　荒礒の上に　香青く生ふる　玉藻沖つ藻
朝羽振る　風こそ依せめ、夕羽振る　浪こそ來縁《ヨ》せ、浪の共《ムタ》　彼縁《カヨ》り此《カ》く依る　玉藻なす　依り宿《ネ》し妹を
露霜の　置きてし來れば　此の道の　八十隈毎に　萬段《ヨロヅタビ》　顧みすれど　いや遠に　里は放《サカ》りぬ、いや高に

山も越え來ぬ。夏草の　念ひしなえ《萎》て　偲ふらむ　妹が門見む、靡け此の山
（萬葉集巻二、相聞、131、「石見相聞歌」第一長歌）

角障《ツノサ》はふ　石見の海の　言さへく　辛（韓・唐）の埼なる　いくり（岩礁）にぞ　深海松生ふる。荒礒にぞ　玉藻なす　靡き寐し兒を　深海松の　深めて思へど　さ宿し夜は　幾だもあらず　延《ハ》ふつたの　別れし來れば　肝向《キモム》かふ　心を痛み　念ひつつ　顧みすれど　大舟の　渡りの山の　黄葉《モミチバ》の　散りの乱《マガ》ひに　妹が袖　清《サヤ》にも見えず　嬬隠《ツマゴモ》る　屋上《ヤカミ》の山の　雲間より　渡らふ月の　惜しけども　隠らひ來れば、天傳ふ　入り日さしぬれ、大夫《マスラヲ》と　念へる吾れも　しきたへの　衣の袖は　通りて沾れぬ
（同135、「石見相聞歌」第二長歌）

このような修辞のかたちは、記紀歌謡にもはやく見えるものであり（古事記歌謡44、58、64、79、90、91、92、102、日本書紀歌謡8、35、57、69など）、「寄す」・「寄る」・「生ふ」・「靡く」など、序詞の部分と本旨とをつなぐ鍵言葉も用法も、人麻呂が意識して継承した面が大きい。

しかし、ここで注目されることがある。第一長歌では、「玉藻なす依り宿し妹」を置き去りにしてきた、その捨てられた妻が「夏草の念ひしなえ《萎》て偲ふらむ」とうたう展開には、「玉藻」と「夏草」[4]の対比があると考えられ、第二長歌の、「玉藻なす靡き寐し兒」に別れて上り来る道中、振り返って見ると「黄葉の散りの乱ひに妹が袖清にも見えず」とうたう展開には、「玉藻」と「黄葉」との対比が仕組まれていると考えられるのであって、「夏草」（凋落しつつあるそれ）と「黄葉」との対比として提示される「玉藻」（玉藻沖つ藻、海松）にも、さる季節の印象が込められているのではないかと思われる点である。

このことは、人麻呂「泣血哀慟歌」（巻二、挽歌、207～212）において、妻の訃報「沖つ藻の靡きし妹は黄葉の過ぎていにき（いゆくトモ）」に接して（長歌）、「秋山の黄葉を茂み迷ひぬる妹」を求めようとして果たさず（短歌第一）、「黄葉の落り去く」なかで「逢ひし日」（「沖つ藻の靡きし妹」在世の日々）を思うという、その展開につい

ても、「沖つ藻」と「黄葉」との対比があり、秋の別れの悲しみに対する「沖つ藻」にも、さる季節の印象がこめられているのではないかと推量される。

人麻呂は、藻の生態について、私どもより深い知見を有していたのではあるまいか。

吾妹子と　見つつ偲はむ。沖つ藻の　花開《サ》きたらば　我れに告げこそ。

（萬葉集巻七、雑歌、羈旅作、1248、人麻呂歌集〔略体歌〕）

「沖つ藻」の開花を人麻呂がうたっていることに注目するならば、藻に花が咲くこと、それがどんな種類の藻にどんな花が咲くのか不明とする注釈類が多いのに反して、人麻呂は、それを知っていたといわなければならない。もちろん、本稿とて、にわか勉強のそしりを免れるものではないが、海藻、とりわけ萬葉集に詠まれている「なのりそ」（保牟多和羅《ホムタワラ》、『本朝食鑑』〔巻三、菜部、水菜類「海藻」、元禄十年1697刊〕所引の一説〔或曰、保多《ママ》和良者、那乃利曽也〕、もしくはアカモク等）や「め・わかめ」などの生態について、おおよそ、

早春ごろから生長・繁茂→晩春ごろ開花・遊走子（胚芽・配偶体）放出→初夏ごろ根からちぎれて流出（ホンダワラ・アカモク等）もしくは枯渇（ワカメ）→初冬ごろ遊走子（胚芽・配偶体）発芽

といったサイクルがあることが知られている（新崎盛敏・新崎輝子『海藻のはなし』〔一九七八年七月〕、日本藻類学会編『みんなが知りたいシリーズ① 海藻の疑問50』〔二〇一六年六月〕、斎藤雄之助「ワカメの生態に関する研究—I 配偶体の発芽、生長について」〔*Bulletin of the Japanese Society of Scientific Fisheries* Vol.22, No.4, 1956〕など）。[5]

「沖つ藻」の開花を人麻呂が知っていたとすると、先にふれた「石見相聞歌」第一長歌における「玉藻」の「縁る・依る」という表現は、開花の後、その分解・流出、いわゆる〝流れ藻〟の現象を捉えたものであり、同第二反歌の「玉藻・海松」の「生ふ」・「靡く」という表現は、その成長・繁茂の様相を念頭におくものではなかったかという推測が生ずる。

そのことに関わって、「川藻」について、人麻呂が次のようにうたっていることに留意する必要がある。

飛ぶ鳥　明日香の河の　上《カミ》つ瀬に　石橋渡し〈一云、石並《イシナミ》［渡し］〉　下つ瀬に　打橋《ウチハシ》渡す。石橋に〈一云、石並に〉　生《オ》ひ靡ける　玉藻もぞ　絶ゆれば生ふる。打橋に　生ひをゐれる　川藻もぞ　干《カ》るれば生《ハ》ゆる。何しかも　吾が王《オホキミ》の　立たせば　玉藻のもころ　臥《コ》やせば　川藻の如く　靡《ナビカ》相ひし　宜《ヨロ》しき君の　朝宮を　忘れ賜ふや？　夕宮を　背《ソム》き賜ふや？（萬葉集巻二、挽歌、196、明日香皇女木瓱殯宮之時作歌［長歌］）

亡き明日香皇女が、生前、その夫君（忍坂部皇子）に親しまれた様子を「玉藻・川藻」に寄せて描く、その表現において、明日香川の石橋（石並《イシナミ》［石橋・石並とも飛び石］）・打橋のあたりに繁茂する（「生ひ靡ける」・「生ひをゐれる」）藻に生育と枯渇のサイクルがあること—、藻が生育と枯渇とを繰り返すことによって、明日香川に藻が絶えることがないことをうたい、その藻のようにいついつまでも夫君に親しまれるはずの皇女の、思いがけぬ死を悼む基調を構成している。

明日香皇女の死は、文武天皇四年（700）四月四日のこと（續日本紀巻一）。この年は、四月十日が立夏であり（内田正男編著『日本暦日原典』［一九七五年七月］、湯浅吉美編『日本暦日便覧』上［一九八八年一〇月］）、当該の挽歌の中に「夏草の念ひ萎えて」とその夫君の落胆をうたう詞句が見えることにもかんがみて、日ざしの強い夏の盛り、もしくは残暑きびしい頃であろうか。ならば、おおよそ藻の成長・繁茂、さらには分解・流出にわたる時期にも及ぼうかという時節に相当し、古い川藻が枯れた後、新しい藻が次のサイクルを準備する、そのときに、こちらでは、不帰の人となった明日香皇女を悼んで夫君が悲嘆に暮れているのであり、藻には繰り返す次のサイクルがあるのに、人の世界はそうではないという悲嘆が、明日香川で見た、川藻の生態と対照させる手法で歌い上げられている。(6)

川藻と海藻と、そこには相応の生態の違いがあろうことを勘案するとしても、海藻の、季節における様相に人麻呂は着目して、その流れ寄る「玉藻・沖つ藻」に妻との交情を重ね、「夏草」の凋落に妻との別れを託して、晩夏あたりから秋冷にかけての季節の深まりを歌の主題の根柢に据え（「石見相聞歌」第一長歌）、あるいは生い靡く「海松・玉藻」に妻との交情を重ね、「夏草」の凋落、あるいは「黄葉」に妻との別れを託して、春から初夏を中心とする繁茂と秋の黄変との対照を仕組むことで別れの主題を際立たせようとしている（第二長歌）のではあるまいか。(7)

季節によって景物の様相が異なること、それを織り込む表現の系譜は、前節に引いた日本書紀歌謡「いさなとり 海の濱藻の 寄る時時を」（68、その原形）に先蹤を求めることができよう。そうした歌謡に人麻呂の眼が注がれたことも想像するに難くないが、季節に応ずる景物の変化をもって歌の主題を形象化しようとするのは、人麻呂によって拡充された、人麻呂の最も得意とする手法の一つであった。「近江荒都」のさまを「霞たち春日か霧れる？ 夏草か繁くなりぬる？」と晩春から初夏にかけての鬱陶の眺めと雑草の繁茂のさまで描く、その異伝の表現（萬葉集巻一、雑歌、29）。あるいは、「春草の茂く生ひたる 霞たち春日の霧れる」と、春野の生動のさまをもって人事の有限を際立たせる、その本文歌。そうした手法による、さらには、もう一首、

珠藻苅る　敏馬《ミヌメ》を過ぎて　夏草の　野嶋の埼に　舟近著《チカヅ》きぬ
一本ニ云ハク、（タマモカル）　處女《ヲトメ》を過ぎて　夏草の　野嶋が埼に　いほりす吾等《ワレ》は
（萬葉集巻三、雑歌、250、「羈旅歌八首」其二）

「敏馬」から「野嶋の埼」への舟の進行を、「珠藻」から「夏草」へ、優美から荒蕪への変転をもって詠んだもので（中西進『日本詩人選2 柿本人麻呂』）、上述の趣意に関わるところが小さくない。が、この歌には「珠藻」を「苅る」ことがうたわれており、この行為には、節を改めて考えなければならない問題がある。

## 四、藻を苅るわざ——人麻呂「珠藻苅る」をめぐって——

「玉藻苅る」には、人麻呂歌の場合、季節の推移をこめる、さらに集約された関心に裏打ちされているのではないか――、本稿が提案したいもう一つの趣意は、このことである。

伊勢國ニ幸ス時ニ 京ニ留マリテ柿本朝臣人麻呂ガ作ル歌

嗚呼見《アミ》の浦に 船乗りすらむ 𡢳嬬等《ヲトメラ》の 珠裳のすそに 潮滿つらむか？

釼《クシロ》著《ツ》く 手節《タフシ》（答志）の埼に 今日もかも 大宮人の 珠藻苅るらむ？

潮さゐに 五十等兒《イラゴ》の嶋邊 榜ぐ船に 妹乘るらむか？ 荒き嶋廻《シマミ》を

（萬葉集巻一、雜歌、40〜42）

持統六年（692）三月のこと――、その三日に留守官を選任。その時、中納言大三輪高市麻呂が「農作ノ節、車駕未ダ以テ動クベカラズ」と重ねて諫言したが従わず、六日、出発。十七日・十九日に、伊賀・伊勢・志摩の國の各位を褒賞・慰撫。二十日に還御された（日本書紀巻三十）。この記載は、十七日から還御の仕度をし、二十日に都（明日香清御原宮）に到着されたと解され、(8) 伊勢での滞在は、八〜九日から十七〜八日頃であったかと思われる。この年、二月二十六日が春分、三月十三日が清明、三月二十八日が穀雨、四月十三日が立夏であり（内田正男・湯浅吉美 前掲書）、ほぼ晩春、その前半分の旅程であった。

この時季、春の大潮（春分の頃）によって海水干満の差が最大となり、大きく現われる干潟では、いわゆる潮干狩が行なわれた。古代に遡る記録を検出できないけれども、たとえば、黒川道祐撰『日次紀事』（林鵞峰 延寶四年1676序・奎山野節 貞享二年1685序）巻三、「三月初三日」には、

潮乾《シホヒ》 （以下割注）今日海潮大《ニ》乾、泉州界《ノ》〈堺〉浦、特《ニ》甚《シ》。故《ニ》諸人競《ヒ》集《リ》、拾《ヒ》二蛤蜊《ヲ》一執《フ》二小魚《ヲ》一。洛人亦《モ》赴《ク》レ之《ニ》。

と記載されており、以後、多くの誹諧歳時記の襲用するところで、三餘齋麁文著『華實年浪草』（天明三年1783九月

刊）ではその名所を「潮干《ノ》處々、攝州住吉・紀州加多・武州品川・泉州堺浦」と増補し（春之部 巻四）、鳥飼洞齋著『改正月令博物筌』（文化元年1804十二月刊）ではその名所として「江戸芝《しバ》浦」を加え、「其外、諸國汐干の處多し」と注している（三、三月部、三月日令）[9]。

先の人麻呂歌は、題詞に「京ニ留マリテ」とあるとおり、留守方の一員に選任され、三首は、行幸先のありさまを想像するもの。三月前半の作であることに意をとどめるならば、をとめらの裳のすそに満ちているであろう「潮」、今日も大宮人が苅っているであろう「珠藻」、妹《イモ》が船に乗っているであろう伊良湖の嶋辺にざわざわと満ち寄せているであろう「潮さゐ」、これらはいずれも三月上旬、大潮の海を想像するゆえの表現と考えることによって得心できる。

「珠藻」に即して言うならば、前節でふれた海藻の生長・繁茂の時季は、おおよそ旧暦の二月～四月頃に相当し[10]、三月前半は、その中間、そこそこ成長し、見る目も味わいもよい、苅りどきと、人麻呂はそう想像したものと読み取ることができるであろう[11]。

海藻を苅る、その最も早い時季を窺わせるのが、長門國隼友《はやとも》の浦に伝わる「和布《め》刈《かり》神事」である。『李部王記』（醍醐天皇第四皇子重明親王の日記［佚文］、延喜・天暦年間［10世紀前半］）に「元明天皇和銅三年、豊前《ママ》國隼友神主和布刈神事之和布奉云云」（『和布刈神社記』所引）と見え、その神事で苅り取られた和布を和銅三年（710）に朝廷に奉ったと伝えるのを初めとして、前伊豫守貞世朝臣（今川了俊）『道ゆきぶり』（應安四年［1371］、九州探題として下向の折の日記・紀行）に「しはすの晦日は、このはやともの浦のしほ、さながら干つゝ、わたつみの底もあらはになり侍る時、おきの石にわかめの侍るを一ふさ、神主かりとりて歸れば、やがて汐みちき侍るとぞ。このわかめをとりて、神供にそなへ侍る事、むかしよりいまだ絶え侍らずとなむ」と、伝聞したところを書き残している。その行事の趣意は、謡曲『和布刈』（15世紀、金春禪竹作?）に、有難や、今日隼友の神の祭、年の極《きは》めの御祭《ごさい》と言つぱ、又新たまの年の始めを、祝ふ心は君が爲、春の野に出でて摘む若菜、〳〵、生ひゆく末のほどもなく、年は暮るれど縁なる和布刈のけふの神祭、心をいたしさま〴〵に、君の恵みを祈るなり、〳〵

とあり、海底の「若菜摘み」、沖の石に芽吹いた和布を苅って祭神への供物とし、ひいては国家第一人への神の恵みを祈願するというのは、相応に古態を読み取るべく、暦が冬から春に更新される、十二月晦日に和布を苅り、元旦に神前に供えるというのは、和銅年間にさかのぼるかどうかはともかく、海藻に寄せる海辺の人々の古来のわざ、生業の起源と始発を窺わせるものと認められる(12)。

一方、盛唐陳藏器『本草拾遺』に「海藻」を解説して次下の記述が見える。

此有二二種一、馬尾藻生二淺水中一。如二短馬尾一細黑色、用レ之當三浸去二鹹味一。大葉藻生二深海中及新羅一。葉如二水藻一而大。海人以レ繩繫レ腰、没レ水取レ之。五月已後、當レ有二大魚傷一レ人、不レ可レ取也。

（『重脩政和經史證類本草』巻九〔草部中品之中〕、『本草綱目』第十九巻〔草之八〕所引）

海藻収穫の終期を「五月已後」（即ち収穫は四月まで）としており、その理由を「マサニ大魚ノ人ヲ傷ツクルコト有ルベキ」こととしており、それもそうだが、藻の生長・繁茂を経て開花・胚芽形成、さらには分解・流出に移行するという、藻自体の生態にもよることが考えられる。日本近海と中国沿岸部では海洋の状況を異にする点もあろうけれども、海藻を苅る時季として、おおよそ春の初めから晩春あるいは初夏あたりまでという認識が古くからあった、一つの傍証とすることができよう。

かくて、伊勢行幸に従駕した大宮人が苅っているであろう「珠藻」は、まさしく〝旬〟のそれだと想像し、そのやわらかな感触やゆかしい香りまでも連想させて、旅先の風雅、それに対する留守の無聊をこめる表現を、人麻呂は創り出したのではなかろうか。

このように考えると、「玉藻吉《よ》し讃岐の國は」（萬葉集巻二、挽歌、220）という、萬葉集ただ一つの枕詞の使用についても、思われることがないではない。「石中死人」が横たわる狭岑嶋では「うはぎ」（ヨメナ）が長《た》け呆《ほう》け、沖つ波が荒礒に寄せてくるばかり（221・222）。その悲しい情況が「見れども飽かぬ」・「ここだ貴き」この讃岐國で目睹されたというところに、悲哀を深める仕掛けがこもるのだとすると、讃岐の佳き「國柄」・「神柄」の顕現として「玉藻吉し」という修辞が措かれたのではないか。「野の上のうはぎ過ぎにけらずや」ということからして、「時は晩春初夏」（澤瀉久孝『萬葉集注釋』巻第二）。もちろん、海藻の成長期に相当するわけで、しなやかに香り立つ「玉藻吉し」讃岐國で、こともあろうにかくも悲惨な旅人の姿に接することになろうとは―、対照せしめて引き立てる、そのための措辞の充足の一端を、こんなかたちで「玉藻吉し」が担っているのではないかと言えば、想像が過ぎるであろうか(13)。

## 五、人麻呂以後

藻を題材とする人麻呂の歌を、その季節に留意しながら検討してきた。

さような目で、人麻呂以後の萬葉歌を検討すると、藻に季節を感じて、それをもって表現に生かそうとしたらしい、比較的顕著なものとして大伴池主「布勢ノ水海ニ遊覧スル賦ニ敬和スル」歌をあげることができる。

藤波は　咲きて散りにき。卯の花は　今ぞ盛りと　あしひきの　山にも野にも　ほととぎす　鳴きしとよめば　…　滋谿の　荒礒の埼に　沖つ波　寄せ来る玉藻（＝流れ藻）　かたよりに　かづらに作り　妹がため　手にまき持ちて　…（長歌）

白波の　寄せ来る玉藻　夜《ヨ》の間《アヒダ》も　継ぎて見に来む　清き濱邊《ビ》を（天平十九年夏四月廿六日、巻十七・3993・3994）

この年（747）は三月二十一日が立夏で、歌が作られた「四月廿六日」はその一か月余り後であり、〝流れ藻〟の見られる時季にあたる（越中の海でもその現象が見られたのであろう）。対する「藤波」が散り、「卯の花」が満開、「ほととぎす」が北国の越中でもしきりに鳴くというさまと対置されることで、布勢の水海の夏の景を精一杯に詠み込んで、家持「布勢ノ水海ニ遊覧スル賦」に敬和したもの。その「寄せ来る玉藻」には人麻呂の表現に学んだ形跡があるが、詞句の上だけではなく、〝流れ藻〟のさまを表現に生かした人麻呂の技法をよく理解したものと評価することができる(14)。

一方、季節との対応に不審があるものは、次下のごとくである。「玉藻苅る」さま（第二例以外）や「打ち靡き生ふる玉藻」をうたう（第二例）、その時季が秋や冬の、いわゆる分解・流出の時季（もしくはそれ以後）にあたっており、詞句の上のみの襲用かと疑われるからである。

…　風吹けば　白浪さわき　潮干《フ》れば　玉藻苅りつつ　神代《カムヨ》より　しかそ尊き　玉津嶋山
（山部赤人、神龜元年724冬十月五日、紀伊國玉津嶋、巻六、雑歌、917）

鯨魚《イサナ》取り　濱邊を清み　打ち靡き　生ふる玉藻に　朝なぎに　千重浪縁《ヨ》せ　夕なぎに　五百重波因《ヨ》す　…
（車持千年、神龜二年725冬十月、難波宮、巻六、雑歌、931）

…　朝なぎに　玉藻苅りつつ　暮《ユフ》なぎに　藻塩焼きつつ　海未通女《アマヲトメ》　有りとは聞けど　…
（笠金村、神龜三年726秋九月十五日、播磨國印南野、巻六、雑歌、935）

時つ風　吹くべくなりぬ。香椎潟《ガタ》　潮干の汭《ウラ》に　玉藻苅りてな
（小野老、神龜五年728冬十一月、筑紫國香椎潟、巻六、雑歌、958）

わが背子を　安我《アガ》松原ゆ　見度せば　あまをとめども　玉藻苅るみゆ
（大伴旅人傔従、天平二年730冬十一月、安我《アガ》松原（?）、巻十七、3890）

これやこの　名に負ふ鳴戸の　うづ潮に　玉藻苅るとふ　あまをとめども

（遣新羅使人、天平八年736夏六月、周防國大嶋鳴戸、巻十五、3638）

ただし、たとえば第一例について言うならば、その製作年度神龜元年（724）は十月十二日が立冬にあたり（現行暦十一月上旬）、紀州ではワカメ収穫の始まりが十二月とされた記録があること（注12参照）と考え合わせると、その齟齬は一か月足らずであって、あるいは、この折に玉津嶋のあたりでは、いちはやく「玉藻」を苅ることができる情況で、いかにもその折に即した、南海紀州なればこその表現であったのかもしれない。また、筑紫（第四例、および筑紫よりの帰路の第五例）や周防（第六例）など、もっと知見を積めば、相応の理解が導かれるのかもしれない、等等、今後深めて行くべき課題が少なくないことにも気づかされる。

最も大きい課題、すなわち人麻呂が藻についての知見を深めた、そのいわれを明らかにすることは、本稿にはできない。が、いずこかの海のほとりで、海に入りその恵みにあずかることをもって生業とする人々の体験や知恵に耳を傾け、おのが文藻に生かそうとする、そんな人で人麻呂があった公算、これだけは大きいと言うことができる。

## 注

（1）池添博彦「奈良朝木簡にみる食文化考」（帯広大谷短期大学紀要 第29号、一九九二年三月）、富塚朋子・宮田昌彦「木簡に記述された海藻」（藻類 第59巻第3号、二〇一一年一〇月、日本藻類学会）、関根真隆編『正倉院文書事項索引』（二〇〇一年三月）など参照。

（2）「海の底《ワタ》　沖つ玉藻の　名のりその花／妹と吾れと　此《ココ》にありと　莫語《ナノリソ》の花」（萬葉集巻七、雑歌、1290、旋頭歌、人麻呂歌集［非略体歌］）など、海藻の名称「なのりそ」に、二人の秘密を口外するなの意をこめる作が、萬葉集では人麻呂歌集（もう一首1279）を嚆矢として散見する。日本書紀歌謡、もしくはその原形となる歌謡に学んだものか、人麻呂歌集が参看されて書紀歌謡の附言があるのか、即断しにくいが、書紀歌謡そのものには「なのりそ」が詠み込まれていないことからすると、書紀編者は「なのりそ」についての蘊蓄をそこに注記したもので、この歌いようは人麻呂の創始にかかる可能性を考えてもよかろう。

（3） 明日香清御原宮天皇代の作として、伊勢國伊良虞嶋に流された麻續王を哀傷する歌、それに和する麻續王の歌が伝えられており、海人でもない王の「玉藻を苅る」落魄の暮らしをうたっている（萬葉集巻一、雑歌、23・24）。日本書紀では、天武四年（675）四月十八日にかけられた麻續王配流の記事によると、配流の地は因播であり（巻二十九）、また、常陸國風土記の所伝では、麻續王が居住させられたのは行方郡板來村としているなど、その人・その時の製作ではなく、後世の仮託かと疑われる面がある。海人のしわざを都人がするとうたって羈旅の落魄を表現しようとするのは、人麻呂あたりから確実に認められる手法であり（巻三、「羈旅歌八首」のうち252など）、この王をめぐる贈和をそのまま人麻呂以前に位置づけることには躊躇される。

（4） 「露霜の置きてし來れば」とあるのにかんがみれば、この「夏草」は、あんなに立ち栄えていたのに冷たい露が置くようになって、しょんぼりと凋落のきざしをみせたさまと解くのが、やはり、よいか（稲岡耕二「人麻呂の枕詞について」、『萬葉集研究』第一集、一九七二年四月）。ただし、露霜が置くという文脈がない「夏草の念ひ萎えて」については、強い日ざしで夏草がしおれるさまに落胆の思いを寄せた表現とみる通説でよいか（後述「明日香皇女殯宮挽歌」）。

（5） ホンダワラ・アカモク（「なのりそ」）が「花」をつけて遊走子（配偶体）を放出することも観察されている（横浜康継「海中漫歩 第二話「海藻の花」2/3」、海苔増殖振興会 海苔百景リレーエッセイ、二〇一一年冬）。また、塩焼きに用いられた海草アマモ（萬葉集巻一、雑歌、5、後世いわゆる「藻塩草」）について、成長期（三月頃～五月頃）→開花期（四月頃～七月頃）→分解期（七月頃～九月頃）のごときサイクルがあることが指摘されており（前掲『海藻のはなし』、三重県農水商工部水産基盤室『アマモ場再生ガイドブック』［二〇〇八年三月］）、海中に見かける植物（海藻・海草）の多くに類似のサイクルが看取されたらしいことがわかる。

（6） 明日香川の「玉藻」をうたう作が人麻呂にもう一首ある。河嶋皇子を越智野に葬った時に、その妻泊瀬部皇女と、皇女の兄忍坂部皇子に獻った歌である。河嶋皇子の死は、持統五年（691）九月九日（日本書紀巻三十）。夫君を求めて旅宿（葬地での奉仕）をする妻泊瀬部皇女の姿を「旦露《アサツユ》に玉裳は涅打《ヒツ》ち　夕霧に衣は沾れて」とうたっており、この年、九月七日が寒露、同二十二日が霜降にあたることからすると（十月八日立冬）、没後数か月の間の作かと推察される。その歌詞は「飛ぶ鳥明日香の河の　上つ瀬に生ふる玉藻は　下つ瀬に流れ觸經《フラバ》ふ」とうたい起こされ、「玉藻なす彼依り此く依り　靡相《ナビカヒ》し嬬の命」（「嬬の命」が亡き夫君か、のこされた皇女か、難問だが）へと展開する—、その冒頭に提示される「玉藻」が「上つ瀬」から「下つ瀬」へと「流れ觸經《フラバ》ふ」とは、あたかも槻の巨木の「上《ホ》つ枝《エ》の枝《エ》の末葉《ウラバ》は　中《ナカ》つ枝《エ》に落ちふらばへ　中つ枝《エ》の枝《エ》の末葉《ウラバ》は　下《シモ》つ枝《エ》に落ちふらばへ　…」（古事記歌謡101）とあるごとく、その断片が上から下へと落下（流下）するさまであり、秋も深まる頃、藻の分解期、いわゆる流れ藻を題材とすると理解され、人麻呂の観察眼の確かさを示す一例といえよう。

（7）生い靡く藻（繁茂）と黄葉（凋落）を詠む「石見相聞歌」第二長歌と「泣血哀慟歌」において、「石見相聞歌」第一長歌より対照が際立ち、手法がまさる感がある。「石見相聞歌」第二長歌（第二歌群）は第一歌群を歌い継いだものであり（伊藤博『萬葉集の歌人と作品』上）、さらに「泣血哀慟歌」はその反歌が「短歌」と記されており、人麻呂長歌の完成期、持統六年以降の作と見られ（稲岡耕二「人麻呂「反歌」「短歌」の論」、『萬葉集研究』第二集）、手法・構想の成熟を想定することができようか。

（8）『延喜式』には、伊勢國の行程を「上四日、下二日」と記載する（主計上）。この京都を基点とする記載と、持統天皇の明日香を基点とする記載を比較秤量するのはむつかしいが、おおよそ二～三日を要したと言えそうである。

（9）同種の行事が古くから各地で行なわれていたものであったらしいことは、「磯遊び」と称して三月三日に海岸に出て遊ぶ風習が「日本の南北各地にゆきわたっている」（『改訂綜合日本民俗語彙』第一巻）ことより想察できる。

（10）人麻呂作歌の年代、持統三年（689）から文武四年（700）、および人麻呂歌集に記載がある「庚辰年（天武九年）（680）について、先にふれた海藻の成長期（三月頃～五月頃）・開花期（四月頃～七月頃）・分解期（七月頃～九月頃）の、それぞれの時季の指標として三月春分、五月立夏、八月立秋を選んで、その日付を当時の暦日（儀鳳暦）によって示すと、次のごとくである（内田正男編著『日本暦日原典』、湯浅吉美編『日本暦日便覧』上による）。

| | | | | | | |
|---|---|---|---|---|---|---|
| 天武九年 | 680 | 二月十四日 | 春分 | 四月一日 | 立夏 | 七月三日　立秋 |
| 持統三年 | 689 | 二月二十四日 | 春分 | 四月十日 | 立夏 | 七月十三日立秋 |
| 持統四年 | 690 | 二月五日 | 春分 | 三月二十二日 | 立夏 | 六月二十四日立秋 |
| 持統五年 | 691 | 二月十六日 | 春分 | 四月三日 | 立夏 | 七月五日　立秋 |
| 持統六年 | 692 | 二月二十六日 | 春分 | 四月十三日 | 立夏 | 六月十六日　立秋 |
| 持統七年 | 693 | 二月九日 | 春分 | 三月廿四日 | 立夏 | 六月二十七日立秋 |
| 持統八年 | 694 | 二月十九日 | 春分 | 四月六日 | 立夏 | 七月八日　立秋 |
| 持統九年 | 695 | 二月三十日 | 春分 | 三月十七日 | 立夏 | 六月十九日　立秋 |

| | | | |
|---|---|---|---|
| 持統十年696 | 二月十一日　春分 | 三月二十七日立夏 | 六月三十日　立秋 |
| 持統十一年・文武元年697 | 二月二十三日春分 | 四月九日　立夏 | 七月十二日　立秋 |
| 文武二年698 | 二月二日　春分 | 三月十九日　立夏 | 六月二十二日立秋 |
| 文武三年699 | 二月十四日　春分 | 三月二十九日立夏 | 七月四日　立秋 |
| 文武四年700 | 二月二十四日春分 | 四月十日　立夏 | 七月十四日　立秋 |

（11）『改正月令博物筌』四（三春部［△印《しるし》ハ春三月ニわたる季《き》のものなり］、春の草木）に「苔脯《のり》△海苔ともかく○海のこけ也。いろ〳〵種類《しゆるい》あり。次に記《しる》す」と標目を立てて（以下、［］内は割り注）、「△青苔《あをのり》［乾苔ともかく。…伊勢うらより多く出るもの也］／△神化苔《しんくわたい》［△あまのりとも云。色紫にして石の上に生ずるものなり］／△於《お》期《こ》苔《のり》［海中石に上に生ず。其かたち、みだれたる糸のごとし］／△浅草苔《あさくさのり》［江戸淺艸よりいづるなり］／△加《か》太《だ》苔《のり》［紀州浦より多出る］／△櫻苔《さくらのり》［色ハ黄白、櫻の花おちてしぼみたるかたちに似たり。三月の季とも云り］／△松《まつ》苔《のり》［さくらのりより大きく、松花に似たり］／△十六嶋苔《うつぶるい》［雲州より多く出る］／△鹿角草《ひじき》［海中に生ず。形鼠の尾の如く、色くろし］／△石蓴《わかめ》［△若和布《わかめ》ともかく○南海の石について生ず。色青し］／△海雲《もづく》［海蘊《もづく》とかく。○其形、乱れたる糸のごとし。諸国より出る。岸和田幷對州《つしま》より出る分《ぶん》尤よし。○俗あやまつて、もぞくといふ］」を収載しており、海藻類を「三春」（春三か月）の季のものとしていることも参考になる。ただし、歳時記の類では、「若和布ハ春也」としながら、「め《(和布)》をか《(苅)》るハ夏也」（『誹諧御傘』、め）など、海藻を苅る作業については、その季を夏とするのが一般である。おそらく、それは藻の繁茂の極限で海人たちが苅り取る作業が本格化する時季をさすもので、早め、いわゆる〝旬〟に着目するときに春の季とされるものかと考えられる。

（12）『大日本水産會報告』第九號（明治十五年十一月）に「和布刈取の時季及培養法に係る質疑」に対する應答として、次の記事が掲載されている（いま引用にあたって句読点を補う）。

一、和布刈取の時季は國に依りて多少の速遲あり。乃ち長門、《ママ》伊勢にては二月より五月まで、肥後にては二月より四月まで、紀伊にては十二月より翌年二月まで、《ママ》出羽、《ママ》能登にては四月より六月まで、《ママ》佐渡にては十二月より四月まで《ママ》を以て好季となすと雖ども、要するに其葉適宜に成長したる後は苅取るべし。（以下略）

（在長崎縣肥前交詢社々員武内龜太郎の質疑に対する
大日本水産會漁撈科學藝委員山本由方・同繁殖科學藝委員岩嶋匡徽の應答）

旧暦十二月晦日というのは、ちなみに『道ゆきぶり』の應安四年では十二月二十三日立春の七日後、もう一つちなみに和銅三年では翌一月十一日立春の十一日前に相当し、右の長門では「二月より」という記事とほぼ符合。かの神事が海藻の生態に沿うものであることを教えてくれる。

(13) 人麻呂が海藻の生態に通じていたらしいことに関して、このほかにも、いくつか思われることがある。「沖つ藻を　隠さふ浪の　五百重《イホヘ》浪　千重《チヘ》しくしくに　戀ひ度るかも」（人麻呂歌集［略体歌］、寄物陳思、巻十一、2437）と藻を隠す浪をうたうのは（赤人918などの先蹤）、藻のさまに関心を寄せる、その対極として、藻のさまを見せてくれぬのを恨むところから生まれた着想であろう。また、人麻呂の作とは記されない天武天皇崩御後八年の九月九日御齋會に夢裏に口ずさみ賜うた御歌（持統天皇、巻二、挽歌、162）「沖つ藻も　靡《ナ》みたる波」とは、沖の海底の藻までも靡かせる浪、すなわち「神風《カムカゼ》の伊勢の國」の、まさしく「神風」によって海底までも波が藻を靡かせる様子で、「何方《イカサマ》に念ほしめせか」と天武がそこに夢の中で出御されたのをいぶかる表現をよく引き立てていること。あるいは、藤原宮造営の役民の歌（巻一、雑歌、50）において「真木さく　檜のつまでを　もののふの　八十氏河〈宇治河〉に　玉藻なす　浮かべ流せれ」とうたうあたり、川面を漂う〝流れ藻〟の一種はかなくとりとめないさまを、宮殿造営のために伐り出され筏に組まれ軽々とかいがいしく川面を流される大木のさまに見立てる、その表現の小気味よさ。これらにも、人麻呂の口ぶりが投影されていると、やはり、本稿も思う。それは、どういうことなのかは、改めて考えるしかないが。

(14) その作品に格別なオーラが感得せられるかどうか、その点において池主は家持には及ばないが、先行の詩文を会得して自己の表現に生かそうとするところは、もっと高く評価するべきかと思う（拙稿「作文《さくもん》の力―形態的側面より見る『萬葉集』の位相―」［萬葉 第二百十二号、二〇一二年六月］参照）。

# 年初の雪は吉兆か

鉄野昌弘

三年春正月一日に、因幡国庁にして饗を国郡の司等に賜ふ宴の歌一首
新しき年の始めのはつはるのけふふるゆきのいやしけよごと（20・四五一六）
右の一首、守大伴宿祢家持作る。

＊

右に掲げた『万葉集』巻末の一首は、題詞・左注によれば、天平宝字三年（七五九）の元日、因幡守であった大伴家持が、饗を国司・郡司らに賜う宴で歌ったものである。朝廷における元日朝賀の儀を「遠のみかど」で代行した後、形式的には天皇によって振る舞われる宴で披露される家持の歌は、公的な意味を持つ賀歌である。「新たしき年の初め」という歌い出しを、『続日本紀』天平十四年正月十六日の賜宴で、六位以下の官人らが琴を弾きながら歌ったという「新たしき年の初めにかくしこそ仕へ奉らめ万代までに」など(1)と共有することは、そうした儀礼性をよく表すであろう。

ただし第三句以降の構成は、この歌独自のものと言ってよい。「年の初めの」と言いながら「初春の今日」と畳みかけるのは、既に指摘のあるように、この元日が、この年の立春と重なることを表すのだろう(2)。その重なりは、その日、因幡国庁あたりに降り重なる雪と重ねられ、更にそれを序詞として表象される「吉事」の重なりへ

と重ねられる。歌の形そのものが何重にも本旨を表現する、まことによく考えられた歌と思われる。

さて、そうした雪と「吉事」との重ね合わせを可能にする論理としては、元日乃至年初に降る雪は吉兆であるということが挙げられるのが常である。「元旦の雪を吉兆とした事は昔も今も変らぬことで、それを新年の賀詞の序としたのである」（『注釈』）、「正月の大雪は豊年の瑞兆である」（新編全集）、「新年の降雪を瑞兆として詠むことは一つの伝統であった。三九二五・四二二九」（新大系）。かく言う筆者もそのような事を書いたことがある。[3]

しかし考えてみれば、雪は言うまでもなく冬のものである。二十四節気では、「小雪」が十月の中気、「大雪」が十一月の節気である。正月は春の初めの月、孟春であって、その初めに雪が降るのは、季節を逆行することにならないか。まして当該巻末歌の場合、その日は立春にも当るのであった。暦月・節月ともに春を迎えた日に降る雪を、果たして吉兆と決めてかかって良いのであろうか。もとよりこの歌が賀歌であり、その雪が吉兆として歌われていることを否定するのではない。しかしそれが、何を根拠とし、いかなる性格を持っているのかを、確かめてみたいと考えるのである。

## 一、

元日の雪を吉兆とすることは『代匠記』に既に始まっている。しかし『代匠記』は少し慎重である。

元日の雪のこと、史記天官書曰。四始者候之日《正義曰。謂正月旦歳之始、時之始、日之始、月之始。故云四始。言以四始之日候歳吉凶也》○其雨雪若寒歳悪。かくあれども、おほくは雪のふるをよきことにするなり。孝武帝大明五年正月朔日、雪降。義泰以衣受雪為佳瑞。此集第十七に葛井連諸会

　あたらしき（ママ）年のはじめにとよのとししるすとならし雪のふれるは

文選謝恵連雪賦曰、盈尺則呈瑞於豊年、袤丈則表沴於陰徳。（後略）（初稿本）

年頭に当って収穫を占う時、雪が降り、寒い年は良くないという『史記』天官書の記述をまず引用し、それを吉兆とする事例で覆すのである。

しかし「孝武帝」云々や葛井諸会の歌は今措き、謝恵連の「雪賦」（『文選』巻十三）に関して言えば、「尺に盈つれば則ち瑞を豊年に呈し」は、「丈に袤《あが》れば則ち沴《わざは》ひを陰徳に表す」と対であり、雪が必ず吉兆なのではないし、そもそもそれは年初の雪に限っていない。(4)

実際、史書や類書に徴すれば、雪を吉兆と捉える例よりは、災いとして記述するものの方が、遥かに多いのである。それは正月も例外ではない。正月の雪の記録を唐代までの史書から挙げてみよう。(5)

①赤烏四（二四一）年春正月、大雪、平地深三尺、鳥獣死者大半。（『三国志』巻四十七　呉書二）

②升平二年（三五八）正月、大雪。（『晋書』巻二十九　五行下）

③（元興）三年（四〇四）正月甲申（二十六日）、霰雪又雷。雷霰同時、皆失節之応也。（同）

④（義熙）六年（四一〇）正月丙寅（十三日）、雪又雷。（同）

⑤元嘉六年（四二九）正月丙寅（二十三日）、雷且雪。（『宋書』巻三十三　五行四）

⑥元嘉二十五年（四四八）正月、積二雪氷一寒。（同）

⑦（永定）三年（五五九）春正月己丑（朔）、青龍見二于東方一。丁酉（九日）、以二鎮南将軍広州刺史欧陽頠一即二本号開府儀同三司一。是夜大雪、及レ旦、太極殿前有二龍跡見一。（『陳書』巻二　高祖下）

⑧（大象）二年（五八〇）春正月丁亥（朔）、帝受二朝于道会苑一。…戊申（二十二日）、雨レ雪。雪止、又雨二細黄土一、移レ時乃息。（『北周書』巻七　宣帝）

⑨（北斉）天統二年（五六六）十一月、大雪。三年正月、又大雪、平地二尺。武平三年（五七二）正月、又大雪。是時馮淑妃、陸令萱内制二朝政一、陰気盛積、故天変屢見、雷雨不レ時。（『隋書』巻二十二　五行上）

⑩（開元）二十七年（七三九）春正月乙巳（十二日）、大雨レ雪。（『旧唐書』巻九　玄宗下）

⑪永泰元年（七六五）春正月癸巳朔、制曰「叶二五紀一者、建レ号以体レ元、授二四時一者、布レ和而順レ気。（中略）迺者刑政不レ修、恵化未レ洽、既尽二財力一、良多二抵犯一、静惟哀矜、実軫二于懐一。今将下大振二綱維一、益明二懲勧一、肇挙二改元之典一、弘敷中在宥之沢上。可下大二赦天下一、改二広徳三年一為中永泰元年上」。是日雪盈レ尺。

（同巻十一　代宗）

⑫（永泰）二年（七六六）春正月丁巳朔、大雪平地二尺。（同）

⑬（大暦）四年（七六九）春正月庚午朔。甲戌、大風。乙亥（六日）、大雪、平地盈レ尺。（同）

⑭貞元元年（七八五）正月丁酉朔、御二含元殿一受二朝賀一、礼畢、宣制大二赦天下一、改二元貞元一。戊戌（二日）、大風雪、寒。去秋螟蝗、冬旱、至二是雪一、寒甚、民饑凍死者踣二於路一。（同巻十二　徳宗）

⑮（同）二年（七八六）春正月壬辰朔、以二歳饑一罷二元会一、礼也。丙申（五日）、詔以二民饑一、御膳之費減半、…庚子（九日）、大雪、平地尺余。（同）

⑯（同）六年（七九〇）春正月戊辰（戊カ）朔。戊申（十一日カ）、大雪。（同巻十三　徳宗下）

⑰（同）十八年（八〇二）春正月戊午朔、大雨レ雪、罷二朝賀一。

⑱（元和）九年（八一四）春正月己酉朔。乙卯（七日）、大霧而雪。（同巻十五　憲宗下）

⑲（大和五年〔八三二〕）是冬、京師大雨レ雪。六年春正月乙未朔、以二久雪一廃二元会一。…壬子（十八日）、詔「…朕之菲徳、渉レ道未レ明、不レ能下調二序四時一、導中迎和気上。自二去冬一已来、踰レ月雨レ雪、寒風尤甚、頗傷二于和一。…」（同巻十七下　文宗下）

⑳貞元二年（七八六）正月乙未（四日）、大雨レ雪、至二于庚子一、平地数尺、雪上黄黒如レ塵。

（『新唐書』巻三十四　五行　⑮と同じ）

謝恵連の言う「丈に袤れば」に至らず、二尺（⑨⑫）三尺（①）数尺（⑳）であっても、「平地」に降ればやはり「大雪」である（『春秋』隠公九年三月庚辰条「大雨㆑雪」に左伝「平地尺為㆓大雪㆒」）。「大雪、平地尺余」（⑮）とあるのも、前年からの飢饉のために元会を廃したという記事に続いているから、災異として記録されているのだろう。雷を伴ったり（③④⑤）、後で「細黄土」が降ったり（⑧）、雪の上に黄色や黒の塵のようなものがある（⑳）などというのも、異変に違いない。⑦などは微妙である。元日に青龍が見えた後、鎮南将軍、広州刺史の欧陽頠を本号（元の官職）の開府儀同三司に即けた九日、大雪が降り、太極殿前に龍の跡が現われたという。これなどは吉兆のように見えるが、この年六月、陳の太祖は病死するのであった。その結果からすればやはり凶兆なのであろうか。

これらの多くは、元日の雪ではない。しかし中には元日に大雪が降ったとのみ述べる例（⑫）、元日の雪に朝賀を罷めた例（⑰）、前年冬から久しく雪が降り続いているので元会を廃したという例（⑲）などがあり、元日の雪も決して寿がれている例ばかりではない。

その雪の日が、立春を過ぎているか否かを調べると、大半が立春後の降雪であることがわかる（立春の日は、①1・5②1・8③1・6④12・13⑤12・13⑥1・12⑦1・11⑧1・3⑨12・20、1・4⑩12・20⑪1・7⑫12・18⑬12・20⑭12・17⑮12・28⑯1・13⑰12・25⑱1・8⑲1・8）。前年の内に立春を迎えている例が多く、立春前の降雪が明確なのは、⑦⑪⑯⑱⑲の五例のみである。立春も既に迎え、もう完全に春となっているのに雪が降ったということで、異変と考えられやすかったのではあるまいか。

そうした異変は、所謂「天人相関思想」によって、政治の不調・混乱と結び付けられている。例えば、⑲は、前年冬から都に大雪が降り続け、元日を迎えても元会を廃せざるを得ず、その後も天候が回復しなかったことを受け、正月十八日になって、皇帝文宗自ら、朕の「菲徳」（薄徳）で、四時を整え、和気を導くことができなかったためと認め、大赦と賑給を命ずる詔を出したという記事である。また⑨は、『隋書』が、北斉後主の時代を振り返り、この頃、馮淑妃（小憐）、女官陸令萱らが内廷から朝政を左右したために、陰気が盛んになって、大雪などの災害が続いたのだと記す。(6)

この『隋書』の言うようなことが、謝恵連の「沴ひを陰徳に表す」の意味するところであろう。「陰徳」とは、「地の徳。地が萬物を育てる徳。坤徳。転じて、婦人の道。婦徳。婦道。又、婦人の仕事」（『大漢和』）と説明される。あるいは「陰徳」は「陰道」に等しく、儒教で広く、君臣・父子・夫婦などで劣位にある者の礼法を言うとする説もある。(7) いずれにしろ謝恵連は、大雪を、陰にあるべき者が優越して調和を乱すことで起る災いと考えているのである。

李善注もまた、それを敷衍する。「盈尺」以下二句に対する注文は以下の通りである。

左氏伝曰、凡平地尺為二大雪一。毛萇詩伝曰、豊年之冬必有二積雪一。金匱曰、武王伐レ紂都二洛邑一未レ成、雨レ雪十余日、深丈余。漢書曰、気相傷謂二之沴沴一、臨莅不和意也。春秋潛潭巴曰、大雪甚厚後、必有二女主一、天雪連レ月、陰作レ威。宋均曰、雪為二陰臣道一也。

「春秋潛潭巴」を引いて、「大雪の後は、必ず女性が主となることがあり、天は何カ月も雪を降らせて陰気が威力を持つ」と言い、また宋均（後漢の人）が「雪は陰臣（私臣。また婦人を指すとも）の道を為す」と述べるのを引用する。

しかし無論、雪が不要なのではない。「豊年之冬必有二積雪一」は、『毛詩』小雅・谷風之什の「信南山」に対する毛伝に見える。終南山の辺りを禹が治め、成王ら子孫が開墾した昔を称える詩で、その第二章に、

上天同雲　雨雪雰雰　上天雲同《あつま》り　雪を雨《ふ》らすこと雰雰たり
益之以霢霂　既優既渥　之を益すに霢霂《ばくぼく》を以てし　既に優《ゆた》かにし既に渥《あつ》し

既霑既足　生我百穀　既に霑ひ既に足り　我が百穀を生ず

とある。その「雰雰」に対して毛伝が「雪ふる貌」とし、上記「豊年之冬」云々と記すのである。「霢霂」は「小雨を霢霂と曰ふ」（毛伝）。鄭箋に「成王の時、陰陽和し、風雨時あり。冬に積雪有り、春、之に益すに小雨を以てし、潤沢にしてすなはち饒洽たり」と述べ、孔疏は「明年将に豊かならんとすれば、今冬積雪宿沢を為すを謂ふなり。然らば則ち積雪は是れ年の前冬、而して豊年の冬には必ず積雪有りと言ふは、此の章には、穀の生ずるを言ひ、下章には其の成熟を言ふを以て、一年の生成を挙げて以て首尾の次を為す。復た歳初歳末、同年に限るに非ず」という。

つまり「豊年之冬必有積雪」とは、前年の冬に積雪があれば、水の涸れることが無く、当年が豊作になる意で、春になったら小雨が降って更に潤いを足すのが望ましいのである。謝恵連の「盈尺則呈瑞於豊年」も、当然その前年冬の雪を想定しているのであろう。

実際、冬に降雪が無いことを災いとして記す記事も史書に見える。

又冬無二宿雪一、春節未レ雨、百僚燋レ心、而繕修不レ止、誠致レ旱之徴也。（『後漢書』巻五十四　楊震伝）

（乾封）二年（六六七）春正月丁丑（十六日）、以下去冬至二于是月一無上レ雨レ雪、避二正殿一、減レ膳、親録二囚徒一。罷二乾封銭一、復行二開元通宝銭一。（『旧唐書』巻五　高宗下）

『後漢書』の例は、大尉であった楊震が、延光三年（一二四）、前年冬の地震に加えて、冬に雪、春に雨が降らないことを受け、陰陽の不調和を上疏したもの。『旧唐書』は、やはり昨年の冬から正月まで降雪が無いことをもって、皇帝が姿勢を正し、また通貨を元に戻して験を直そうとしたものである。

このように冬に降雪しない場合、春に雪が待ち望まれることもあった。前掲の⑬は、「大雪、平地盈尺」と、「雪賦」の「豊年の瑞」を思わせる記述がされている。これは『冊府元亀』に拠れば、

唐代宗（大暦）四年（七六九）正月乙亥（六日）、大雪平地盈レ尺、百寮於二宣政殿一拝舞称レ慶。前年冬少雪故也。（巻二十五　帝王部　符瑞四）

と、前年冬に雪が少なかったが故に寿がれたと明記されている。先の乾封二年の場合も、

乾封二年正月十八日、行二籍田之礼一、躬秉二耒耜一而九推焉。礼官奏二陛下一合二三推一。上曰「朕以レ身率下、自当レ過レ之。恨不レ終二於千畆一耳」。礼畢、降雪盈レ尺。（『冊府元亀』巻一一五、帝王部　籍田）

とあり、高宗が籍田の礼を行ったところ、「降雪盈尺」があったと記録されている。これも望ましい正月の雪と言えるだろう。

またこれまで触れて来なかった⑪の例は、前年に各地で戦役が続き、また蝗災によって米が収穫できず、値が暴騰したことなどから、元日に当って皇帝代宗がそれらを自らの不徳の故とし、広く恩沢を与え、大赦し、永泰に改元する旨を制に述べたところ、「是日雪盈尺」となったという記事である。これはその制に天が感じて降らせた雪と見るべきなのかもしれない。「盈尺」はやはり瑞雪を表すのであろう。

しかしこれらはあくまでも例外であって、一般的に正月の雪が瑞祥であったことを示すわけではない。また謝恵連「雪賦」の「盈尺則呈瑞於豊年」を、特に年初の降雪を瑞祥とする根拠とするのは、やはり疑問とせざるを得ないのである。

## 二、

それでは、『代匠記』が挙げる「孝武帝大明五年正月朔日」の記事はどうなのか。『代匠記』は、ともに挙げる『万葉集』巻十七、葛井諸会の歌の注にもこの記事を引き、「宋孝武帝大明五年正月朔日雪降、義泰以衣受雪為佳瑞」としている（精撰本）。この通りならば、なるほど元日の雪を「佳瑞」とした例になるに違いない。

ところが現行の『宋書』（巻二十九　符瑞下）は、次のようになっているのである。

大明五年正月戊午元日、花雪降㆓殿庭㆒。時右衛将軍謝荘下㆑殿、雪集㆑衣。還白、「上以為㆑瑞」。於㆑是公卿並作㆓花雪詩㆒。史臣按、詩云「先集為霰」。韓詩曰「霰、英也」。花葉謂㆓之英㆒。離騒云「秋菊之落英」、左思云「落英飄颻」是也。然則霰為㆓花雪㆒矣。草木花多五出、花雪独六出。

降ったのは「花雪」であり、雪を衣に集めたのも「義泰」ではなく、「右衛将軍謝荘」となっている。(8)「史臣」（『宋書』の編者沈約か）は、『毛詩』に「如㆓彼雨㆑雪、先集維霰」（小雅「頍弁」。『宋書』は「維」を「為」に作っている）とあり、『韓詩外伝』に「霰、英也」とあるのを引き（ただし現存の『韓詩外伝』には未見）、次いで花弁を「英」と呼ぶことを「離騒」（第五段）の「夕餐㆓秋菊之落英㆒」や左思「蜀都賦」（『文選』巻四）の「落英飄揺」から示して、霰を「花雪」と言ったのだと結論している。次の「草木花多五出」云々は、『芸文類聚』雪にも「韓詩外伝曰、凡草木花多五出、雪花独六出。雪花曰㆑霙、雪雲曰㆓同雲㆒」とあり、やはり『韓詩外伝』に拠ると見られる。これによれば、『韓詩外伝』は、「雪花」を「霙」としており、『宋書』の「霰」とは異なることになるが、「霙」も「雨雪雑下」（『玉篇』）すなわちミゾレ以外に「霙、霰也、通作㆑英」（『集韻』）ともされ、両字ともにアラレを表した。今の場合、「衣に集めた」のだからミゾレのように濡れたものではなく、結晶状のアラレであろう。大きく粒になり、六角形の結晶が金平糖のように成長したのを「花雪」と呼んだのではあるまいか。

いずれにしろ、これがただの雪ではなく、「花雪」であったことは、「衣に集め」た謝荘自身の「元日雪花」詩によって確実と言いうる（『詩紀』巻四十六）。

和㆓元日雪花㆒応㆑詔

従㆑候昭㆓神世㆒　息㆑燧応㆓頌道㆒　玄化尽㆓天秘㆒　凝功畢㆓地宝㆒
筌鏞流㆓七始㆒　玉帛承㆓三造㆒　委㆑霰下㆓璇蕤㆒　畳㆑雪翻㆓瓊藻㆒　（下略）

「応詔」とあるから皇帝の命により制作されたもので、「和」とあって他にも同題の詩があったと知られる。この大明五年の「花雪」に際しての作と見て間違いないだろう。謝荘（字は希逸）は『文選』巻十三に「月賦」の収載される詩人であった。

そこで、なぜ『代匠記』がこれと異なる内容を引用しているかを探ると、『太平御覧』（巻二十九、時序四　元日）に以下のようにあるのが見出される。

沈約宋書曰、旧時歳朔常設二葦茭桃梗一磔二於宮及百寺之門一以攘二悪気一。又曰孝武帝大明五年正月旦雪。江夏至義恭以レ衣承レ雪、作二六出花一進、以為レ瑞。帝大悦。

これだと「衣を以て雪を承け」たのは「江夏至（王の誤りか）義恭」で、元日に降った、ただの雪を「六出花」に作って皇帝に奉り、瑞と為したことになる。

こうした異同が発生した理由は明らかでない。ただし江夏王（劉）義恭は、孝武帝の時、太宰（三公の一つ）の地位にあったが、皇帝の厳暴なのを警戒して辞を低くし、瑞祥があるたびに献上して頌を賦し、美徳を陳詠したと伝えられる。大明元年には「三脊茅」が石頭西岸に生じたのを機に封禅を勧めて、皇帝を悦ばせたという（『宋書』巻六十一、江夏文献王義恭伝）。これらの記事と、先の「花雪」の瑞祥との混同が、何らかの理由で起ったのではないだろうか。

ともあれ『代匠記』は、この『太平御覧』の（乃至それと系統を同じくする）記事によって注したと見られる（更に「恭」を「泰」に誤っている）。これも実際には、「花雪」という特殊な雪を瑞祥としたのであって、元日の雪一般を吉兆と見ることの証とは為し難いのである。

ただし普通の雪が年頭に全く祝われなかった、ともまた言えない。『新編全集』が諸会の歌の注に挙げる次の『唐会要』（巻二十八、祥瑞上）の例は、ただの雪だったと見られる。

長寿二年正月元日、大雪。質明而晴。上謂㆓侍臣㆒曰「俗云『元日有㆑雪、則百穀豊』。未㆑知㆓此語故実㆒」。文昌左丞姚璹対曰「氾勝之農書云『雪是五穀之精。以㆓其協和㆒、則年穀大穫』。又宋孝武帝大明五年、元日降雪。以為㆓嘉瑞㆒」。上曰「朕御㆓万方㆒、心存㆓百姓㆒。如得㆓年登歳稔㆒、此即為㆑瑞。雖㆑獲㆓麟鳳㆒、亦何用焉[9]」。

武則天の長寿二年（六九三）正月元日の大雪に関する記事である。既に即位していた武則天が「俗に『元日に雪が有ると百穀が豊かに稔る』というが、故実を知らない」と言って侍臣たちに問うと、文昌左丞であった姚璹が答えて、「氾勝之の農書に『雪は五穀の精で、それと協和すればその年の穀物は大いに収穫できる』とあります」と述べ、更に件の宋孝武帝大明五年の出来事を、元日の降雪を嘉瑞とした例に挙げる。武則天は「自分はこの世の隅々まで支配しているが、心は民とともにある。豊かに稔りがあるならば、これは瑞祥である。麒麟や鳳凰を捉えたとしても、それが何になろうか」と言ったという。

「俗云『元日有雪、則百穀豊』」は、中国の民間レベルに、元日に雪があるのを吉兆とする言説があったことを示す点で注目に値する[10]。しかし姚璹が挙げる故実には、やはり疑いが残る。『氾勝之農書』は現在まで伝わっているが、『芸文類聚』雪には、

氾勝之書曰「取㆓雪汁㆒以漬㆓原蠶矢㆒。漬㆑之五六日釈。因摩㆑之、雑㆓穀種㆒。使㆓稼能早㆒。故謂㆓雪五穀之精㆒也

とあり（『北堂書鈔』雪にも同様の記述あり）、「解けた雪の汁で原蠶（一年に二度繭を作る蚕という）の糞を五、六日漬け、出来たものを摩って穀物の種に混ぜると、収量が上がる。それで雪を五穀の精というのだ」と述べている。別に年初の雪が特に良いと書いてあるわけではない。宋大明五年の記事が普通の雪でなかったのは前述の通り（唐代に既に「花雪」としない伝えがあったのか、姚璹が故意に無視したのかは不明）。

この話には後日談がある。

長寿三年三月、大雪。鳳閣侍郎蘇味道以為㆑瑞、修㆑表将㆑賀。左拾遺王求礼止㆑之曰「三月降雪、此災也。乃

誣為レ瑞。若三月雪是瑞雪、臘月雷為二瑞雷一乎」。乃止。（『唐会要』巻四十四　水災下）

翌年三月に大雪があり、鳳閣侍郎の蘇味道が瑞として上表文を作り、賀しようとした。左拾遺の王求礼がこれを止めて、「三月の降雪は災いだ。偽りの瑞になる。もし三月の雪が瑞雪なら、十二月の雷だって瑞雷になろう」と言った。それで賀は中止になったという。

この逸話は、『旧唐書』巻百一の王求礼列伝にも載り、求礼の言葉で宮中爆笑となり、語り草になったと伝える。求礼は剛正をもって知られたが、そのために官位栄誉は達しないまま卒したという。一方、蘇味道の方は、李嶠と並ぶ詩人としても知られるが、故実に詳しく、宰相にまで昇ったものの、何かを決断することが無く、曖昧にしておくのが最上と自ら言い放ったために「蘇摸稜」（「摸稜」は是非を決しないこと）と綽名されたという（『旧唐書』巻九十四、蘇味道伝）。

そうした性格からして、蘇味道は、武則天の歓心を買うために、前年に瑞とされた春の大雪を、既に晩春だというのに再び瑞としようとして王求礼に止められたものと思われる。翻って、前年の大雪が瑞とされたのも、武則天の思いつきを、姚璹が何とか根拠づけようとして、故実をこしらえたというのが真相に近いのではあるまいか。垂簾から恐怖政治を行い、息子から帝位を奪った武則天の宮廷を彷彿とさせるエピソードである。

これらから窺われることをまとめれば、この頃、俗に元日に雪があるのは豊年の予兆と言われており、大雪でも瑞祥とすることが可能であったこと（しかも長寿二年の立春は十二月二十二日に既に来ていた）、しかしそれが慣例ではなく、根拠にも乏しかったこと、また普通の雪を瑞祥とすることに関わる知識も、宮廷では（蘇味道のように故実に詳しいとされる者にすら）共有されていなかったということである。[11]

## 三、

本朝でも、正月の雪を瑞兆とする例は容易に見つからない。『日本書紀』には、季節はずれの降雪（推古三十四年六月、朱鳥元年三月）の災異記事はあっても、瑞とするものは見当たらない。天武九年十二月朔、雪のために告朔しなかったというのも災異のうちであろう。『続日本紀』でも、天平十四年正月二十三日、陸奥国黒川郡で赤雪（寒冷地で雪上に藻の一種が繁殖して赤く見えるもの）が平地に二寸降ったという瑞祥が報告されている以外には、目立った記事を見ない。

しかし詩歌では、春の雪を歌うことは珍しくない。

吾が背子に見せむと念ひし梅の花其れとも見えず雪の零れれば（8・一四二六、赤人）

明日よりは春菜採まむと標めし野に昨日も今日も雪はふりつつ（一四二七、同）

を初めとして、梅と雪とを取り合わせるのはむしろ常套に属するし、のように春に連日降雪することも歌われている。嬉しいものではないにせよ、初春の雪は、時節の情趣を醸し出す素材であることは疑いないだろう。

中国詩でも、そうした初春の雪は歌われている。

同雲遥映レ嶺、瑞雪近浮レ空。拂レ鶴伊川上、飄レ花桂苑中。
影麗重輪月、飛随団扇風。還取二長歌処一、帯レ曲舞二春風一。（陳・張正見「玄圃観二春雪一」『初学記』雪）

光映二妝楼月一、花承二歌扇風一。欲レ妬二梅将レ柳、故落二早春中一。（初唐・陳子良「詠二春雪一」同）

雪花聯二玉樹一、氷彩散二瑶池一。翔禽遥出没、積翠遠参差。（初唐・陳叔達「春首」同・春）

張正見詩の題に見える「玄圃」は、本来崑崙山頂にあるとされる神仙境であるが、ここは南朝の都建康にあった宮中の園の名で、そうした見立てに応じてか、春の雪が「瑞雪」とされている（「同雲」は前掲の『毛詩』「信南山」に拠って、雪雲を言う）。「重輪月」は、日や月に暈がかかることで、これも瑞祥である。そうしためでたい雪が、華やかな宮中で春風に舞う光景を描いている。陳子良や陳叔達の詩も、春の明るい景の中に見える雪の美しさを描く点では同じと言えよう。この類の詩は『初学記』などに、なお多く見える。

日本にも、後代の作であるが、紀長谷雄に「春雪賦」が存する（『本朝文粋』冬・雪）。これは謝恵連「雪賦」に基づいて、「盈・尺・表・瑞」を順に韻とし、「雪の春に逢へる、深きこと尺に過ぎず」で始まり、「適に遅日の楽しぶべきに在りて、還に知りぬ、豊年の瑞を致すことを」に終わる。適度に降る春の雪を、豊年を約束する瑞とする作品である。

こうした歌や詩の存在から、年初の雪を瑞として歌うことは可能だったと推測される。詩歌に取り上げられる素材は、基本的に良い物、好ましい物である。

先にも触れた通り、巻二十巻末歌に対しては、『代匠記』以来、

葛井連諸会、詔に応ふる歌一首

新たしき年のはじめに豊のとししるすとならし雪のふれるは（17・三九二五）

が先例として挙げられている。その更なる先蹤として、漢籍があったことも諸注の言う通りであろう。その場合、謝恵連「雪賦」の一句が中心にあったのは確かだろうが、春雪を歌う作として、張正見詩など『初学記』所収の作品群も支えになったものと思われる[12]。

ただし、その諸会の歌は、天平十八年（七四七）正月、太上天皇御在所（中宮西院）で行われた掃雪の後、そこでの肆宴において歌われたのであった。

天平十八年正月、白雪多く零り、地に積むこと数寸なり。ここに左大臣橘卿、大納言藤原豊成朝臣また諸王諸臣たちを率て、太上天皇の御在所［中宮の西院］に参入り、仕へ奉りて雪を掃く。ここに詔を降し、大臣参議并せて諸王らは、大殿の上に侍はしめ、諸卿大夫らは、南の細殿に侍はしめたまふ。而して即ち酒を賜

ひ肆宴したまふ。勅して曰く、汝ら諸王卿たち、聊かにこの雪を賦して、各その歌を奏せよ、とのりたまふ。左大臣以下、主だった官人たちが揃って太上天皇のために掃雪をする。そのような行事は、少なくとも先例は見出し難く、そもそもなぜ挙行されたのかに疑問が持たれる。

これが正月の何日に行われたのかは記載が無い。しかし注目されるのは、この年の元日朝賀が廃されていることで、新大系『続日本紀』注は、これと『万葉集』の掃雪の記事とを関連付けている。

元日の廃朝は『続日本紀』に二十四回記録されている（なお『日本書紀』には廃朝記事自体が見えない）が、そのうち九回を聖武朝が占める。特に天平十六年から二十一年にかけては、六年連続である。また聖武朝初期の例は、降雨のための廃朝で、翌日（天平二年）、翌々日（神亀四・五年）に延期して行われているのに対して、天平十六年は恭仁京の造作を停止したため、翌十七年は紫香楽宮が未完成だったために、五位以上の官人を集めての賜宴に止まり、十九年は天皇不予のために朝賀が行われなかった。二十年は理由不明（『新大系』は前年と同じく天皇不予かとする）、二十一年は元正太上天皇の諒闇のためである。

さて、問題の天平十八年の廃朝では、延期して開かれたとか、代替の宴があったとかは記されていない。また理由が不明で、そのこと自体も異例である（理由がわからないのは、他に天平二十年・天平勝宝五年があるのみ）。新大系の言うように、雪が理由だとすれば、『続日本紀』では他に例が無い（中国には前述のように⑰⑲の二例がある）。

他に考えられるのは、やはり聖武天皇の不予である。前年天平十七年は、惨憺たる年で、紫香楽宮で正月を迎えたものの、四月には放火が相継ぎ、四月二十七日からは地震が群発（十八年閏九月までに二十五回の地震記事あり）、四月から七月にかけては旱である。この間、大赦、最勝王経・大集経・大般若経の転読、伊勢神宮や諸国神社への奉幣などが次々に行われ、また官人や僧たちにどこを京とすべきかを問い、全員の要望通り、ついに平城京に還都することになった（五月）。そして八月、難波宮に行幸した聖武は、そこで九月半ばに発病し、一時は危篤に陥ったらしい（平城・恭仁の留守官に宮中を固く守らせ、また天智・天武の孫王たちを難波宮に集めている）。ようやく小康を得て、平城宮に戻ったのが九月二十六日である。翌年正月も、朝賀を受けられる体調でなかった可能性はあろう。掃雪と肆宴とが行われたのが元正太上天皇の御在所であったことは、その蓋然性を高める。

肆宴で紀男梶は

山のかひそことも見えずをとつ日も昨日も今日もゆきのふれれば（三九二四）

と歌っている。事実とすれば三日連続の雪で、「地に積むこと数寸」（前文）とはいえ、それで三年ぶりの朝賀が出来ないのであれば、前年の天変地異が続いている印象で、その雪を瑞祥とは見難いであろう。まして天皇不予のために廃朝となった上での連日の雪だったとすれば、そのままではむしろ凶兆と捉えられてしまうのではあるまいか。

無前提に吉兆とは言えないからこそ、大々的に掃雪や宴を催して吉兆にする。それがこの行事の本質と考えるのである。そして歌は、それを演出するのに有効であっただろう。

ふるゆきのしろ髪までに大皇につかへまつれば貴くもあるか（三九二二）

引率者の橘諸兄は、自分の白髪を雪に喩えて、永年の奉仕を感謝したし、

天の下すでにおほひてふる雪のひかりを見ればたふとくもあるか（三九二三）

紀清人はそれに和しつつ、天下に遍く降る雪の光を恩寵に譬えた（『代匠記』）。そして家持もまた、清人の歌をなぞるように、雪の光を讃えている。

大宮のうちにもとにもひかるまで零らす白雪見れどあかぬかも（三九二六）

これら肆宴で歌われた歌は、家持の「見れど飽かぬかも」、男梶の「昨日も今日も雪の降れれば」、諸兄・清人

の「〜くもあるか」、いずれも、『万葉集』中に既存の類型に拠っている。諸会の初二句も、天平十四年正月の賀歌（前掲）と同じ。一方、「雪の光」は、漢語「雪光」の翻訳語と言われ（新大系など。北周・庾信「対レ燭賦」に「本知二雪光能映一レ紙」『庾子山集』巻一）、それ以外にも、「昭昭四区明」（梁・丘遅「望レ雪」『芸文類聚』雪）「凝レ階似二月夜一」（梁・何遜「詠レ雪」同）など、漢籍に雪明かりの表現は数多い。また白髪を雪に譬えるのも、「雪髪」「雪鬢」などが漢籍に見える。(13)そして諸会の「豊のとし」は「豊稔」の、「しるす」は「瑞」の翻訳語とされ（新大系）、発想の基盤は謝恵連の「雪賦」にあるのだった。和漢の伝統的な表現を組み合わせて、新たな伝統を創り出す体である。

この掃雪と肆宴とは、おそらく行われなかった朝賀の代替の意味を持っただろう。五位以上の官人が集まっているのは、天平十六・七年の代替の宴に似る。天災や天皇不予の続いた前年を受け、三年連続の廃朝を余儀なくされた上で降る連日の雪を、瑞祥へと意味づける盛大な験直しが試みられたのである。(14)その意味では、武則天の鶴の一声（と臣下の立証とも言えない立証）で、立春後の雪まで瑞祥にしてしまった武周朝の出来事（前節）は、有り難い先例であったかもしれない。遡って、宋大明五年の「花雪」も、謝荘の「上、以て瑞と為せ」という語（『太平御覧』の伝えによれば、劉義恭の「六出花を作りて進り、以て瑞と為す」）によって瑞祥と意味づけられたのであり、その場で仕立てられた瑞祥という点では、やはり同様の先蹤となし得ただろう。(15)

沈佺期「奉下和洛陽玩レ雪応レ制」（『全唐詩』巻九十六）

周王甲子旦、漢后徳陽宮。灑二瑞天庭裏一、驚二春御苑中一。
氛氲生二浩気一、颯沓舞二回風一。宸藻光盈レ尺、賡レ歌楽二歳豊一。

は、武周長寿二年元日の作かと推測される。(16)詩題から（伝わっていないが）御製もあったと知られる。やはり詩が「雪の瑞祥化」に一役買っていた証と見られよう。宋・謝荘ほかの「元日雪花」詩もまた、同じ意義を持ったはずである。これらもあるいは伝えられて、掃雪歌群の参考になった可能性がある。

しかしこれで年初の雪が常に瑞祥になったわけではない。天平勝宝五年正月四日、治部少輔石上宅嗣邸での宴に歌われた雪は、およそ吉兆とは思われない。

## 四、

辞繁み相問はなくに梅の花雪にしをれてうつろはむかも（19・四二八二、宅嗣）

梅の花開けるが中にふふめるは恋やこもれる雪を待つとか（四二八三、茨田王）

新しき年の始めに思ふ共《どち》いむれてをればうれしくもあるか（四二八四、道祖王）

宅嗣は雪が梅の花を萎れさせてしまうのかと危惧し、茨田王は、それを取りなすように、つぼみのままの梅は雪を待っているのか、と歌う。道祖王は葛井諸会と同じく、年初の賀歌の型を用いながら、雪に触れていない。

実はこの時の立春は前年十二月二十二日に来ていて、季節は既に相当進んでいるのである（天平十八年の立春は一月七日。掃雪の宴はそれより前であろう）。そしてこの年もまた、理由不明の廃朝なのだった。孝謙天皇は、元日に五位以上を集めて肆宴しているので問題は無く、考えられるのはやはり聖武太上天皇の病である。前年十一月八日に諸兄邸に行幸しているとはいえ（19・四二六九）、前年正月三日から十二月晦日まで聖武のために殺生が禁断されていることからして、健康状態は芳しくなかったと推測される。そうした状況下、官人同士の宴では、この雪を瑞祥としては歌わなかったのだろう。

家持が、続く十一日の「大雪落積尺有二寸」に対して歌った「拙懐を述ぶる歌三首」もまた、全体として雪を吉兆としているとは言い難い。

大宮の内にも外にもめづらしくふれる大雪な踏みそねをし（四二八五）

御苑《みその》ふの竹の林に鶯はしきなきにしを雪はふりつつ（四二八六）

鶯の鳴きしかきつににほへりし梅此の雪にうつろふらむか（四二八七）

第一首に「めづらしく降れる大雪」と言い、それを踏んで汚すのを忌避する情を歌うものの、第二首には、鶯のしきりに鳴く春であったはずが、今は雪が降り続いていると、季節の逆行を歌っている。そして第三首は、先の石上宅嗣と同じく、雪が梅をうつろわせることを危惧する。「拙懐」は、決して明るい感情ではないだろう。

翌十二日にも、家持は、内裏に侍りながら、千鳥の鳴き声を聞いて歌う。

河渚《かはす》にも雪はふれれし宮の裏《うち》にちどり鳴くらしゐむところなみ（四二八八）

雪が千鳥の居場所を奪っている。宮に避難しているようでもあるが、雪は「大宮の内にも外にも」降るのだった。それはむしろ、「燕雀死」（『北堂書鈔』雪。『漢書』「天朔四年四月雨レ雪燕雀死」を引く）や「鳥獣皆死」（同。呉赤烏四年、前掲①）といった凶兆を思わせる。

これらは所謂「絶唱三首」（四二九〇～二、天平勝宝五年二月二十三、二十五日）の直前に置かれており、その心情へと続く傾きを持っているのだろう。こうして見ると、「絶唱三首」の絶望感は、この年の廃朝から連続しているようにも見えて来る。

一方、家持は天平十八年の掃雪の歌の表現を摂取してもいる。それは、その催しの「災いを転じて福にする」志向とともに受容されていると思しい。

新たしき年の初めは弥年《いや》に雪踏平《なら》し常如此《かく》にもが（19・四二二九）

天平勝宝三年正月二日、越中国守の館に集宴した時の家持の歌である。初二句は例の賀歌の型であり、雪に寄せることとともに、葛井諸会の歌に倣うのは明らかである。「いや年に」「常かくにもが」も、この良き宴が毎年繰り返されるように、という願いで、宴歌の類型そのままである。しかしその左注には、「右の一首の歌、正月二日に守の館に集宴す。ここに降る雪殊に多く、積みて四尺あり。即ち主人大伴宿祢家持この歌を作る」と記す。「丈に袤れば」には至らなくても、「平地」でそれほど降れば人や鳥獣が凍死するレベルである。それが「いや年に」「常かくにもが」などと言えるのは、無論ここが「平地」でなく「み雪降る越」(17・四〇一一)であり、それぐらいの大雪が珍しくないからである。越中に暮して五年目の家持は、そうした環境に慣れ、翌日には

落る雪を腰になづみて参り来し印も有るか年の初めに(四二三〇)

などと歌い、積雪を巌に見立て、花を飾って遊んだりもするのであった(四二三一・二)。

しかしその場を代表して「いや年に」「常かくにもが」とは歌っても、それが家持個人の願望でないのは容易に想像がつく。逆に普通では吉兆とならないような雪を吉兆とする賀歌が、越中の現実と、家持にあっただろう鬱屈とを暗示してしまう。そして「歌日誌」としては、そうした賀歌の裏面こそが表現されるべきものなのではなかろうか。

その天平勝宝三年一月二日は、立春に当っている。暦月・節月が揃って春となった日である。その点で、冒頭に掲げた巻二十巻末歌の日付もまた同じなのであった。賀歌の型も、踏まえる歌も同じ。雪の量は書いていないが、「いや重け吉事」の比喩に用いるならば、少々の雪では役に立つまい。四尺ほどではなくとも、日本海に面した因幡のこと、やはり大雪であったに相違ない。

ならば「歌日誌」の歌として、表現するところもまた四二二九歌に等しいのではなかろうか。前年七月、淳仁天皇への譲位を前に、佐伯毛人・文室智努とともに名指しで左遷を記録された家持である。因幡において明るい気分で元日を迎えたはずがない。しかし守として家持は賀歌を歌う。それが年初の雪を吉兆にする、新たな伝統に基づくことに、めでたくない状況にあって、何とか希望を見出したいと願う家持自身の心情も窺うことができるのではないか、「歌日誌」の結びにあたって、そうした家持の姿を描き出すのが、この歌の機能なのではない

か、と考えるのである。

注

（1）催馬楽に囃子言葉を添えて採録。また『琴歌譜』「片降」は、第四句以下「千歳をかねて楽しきをへめ」、同じく『古今集』「大直日の歌」「千歳をかねて楽しきを積め」。

（2）新谷秀夫「萬葉集巻十三冒頭歌の性格」『日本文芸研究』四一―二、一九八九・七、大濱眞幸「大伴家持作『三年春正月一日』の歌」『日本古典の眺望』桜楓社、一九九〇。

（3）『日本人のこころの言葉　大伴家持』創元社、二〇一三。

（4）この点、井上さやか「雪とよごと―大伴家持の巻二〇・四五一六番歌―」（『叙説』三七、二〇一〇・三）が既に注意している。

（5）「国学導航」サイトで検索、中華書局版によって記す。なお『春秋』『史記』『漢書』『後漢書』にも災異としての降雪の記録はあるが、正月と特定している例が見つからなかった。なお『春秋』公羊伝・穀梁伝に「昭公四年、春王正月、大雨ㇾ雪」とあるのは、左伝に拠って「大雨ㇾ雹」とするのが正しいと見られる。

（6）『北斉書』は、天統三年正月の大雪を二十三日と記す。武平三年正月の雪は未見。

（7）徐達ほか編『文選全釈』貴州人民出版社、一九九〇。

（8）この異同も井上注（4）論文に指摘がある。ただし井上氏は、精撰本の四五一六歌注に「宋書曰」云々を欠くのを、契沖が相違に気付いての削除と推測しているが、精撰本三九二五歌注には初稿本と同様に引用しており、契沖は異同に意識的でなかっただろう。

（9）『太平御覧』（巻八三七、穀）も同記事を引くが、「其夜質明而晴」に作るなど、若干の異同がある。また「唐書曰」とあるが、新旧『唐書』とも、この記事は見えない。

（10）日本でも、「特に俳諧で、元旦または正月三が日のうちに降る雨や雪」を「御下《おさがり》」と呼び、「降れば豊年のしるしとされ、めでたいものとされた」という（『日本国語大辞典』）。旧暦時代からこの信仰があったことは確かだが、どこまで遡れるかは明らかでない。

（11）他に『唐会要』巻十上　親迎気に、「開元二十六年。又親往㆓東郊㆒迎ㇾ気、祀㆓青帝、以㆓勾芒㆒配、歳星及三辰七

宿従祀。其壇本在二春明門外一。元宗以二配所隘狭一、始移二于滻水之東面一、而位レ望二春宮一。其壇一成、壇上及四面皆青色。勾芒壇在二東南一。歳星已下、各為二一小壇一、在二青帝壇之北一。親祀之時。有二瑞雪壇下一。侍臣及百寮拝賀称レ慶。旧唐書礼儀志」とあるのは、元日の雪を瑞雪とした例と出来そうである（『旧唐書』には見えない）。ただし瑞雪が壇下に有ったの意とすれば、元日の降雪ではない。

(12) 葛井諸会は『経国集』（巻二十）に対策文が残り、漢籍に詳しかったと見られる。

(13) ただし中唐以降の例しか管見に入らない。霜に譬える表現、例えば晋・左思「白髪賦」の「逼迫秋霜、生而皓素」（『芸文類聚』髪）や、「蜷の腸か黒き髪に、いつの間か霜の降りけむ」（5・八〇四、憶良）の応用とも見られる。

(14) 前年十月二十九日、河内国から献上された白亀が、この年三月に大瑞とされ、六位以下に一級が加えられたことも思い合わされる。

(15) 『宋書』符瑞志で、この「花雪」の記事はほぼ末尾に置かれ、臨時の瑞の扱いである。

(16) この点、奥村和美氏の教示を得た。

（付記） 本稿は、別稿「雪と雷—家持「歌日誌」の韜晦—」（『上代文学』一二〇、二〇一八・四）と相補の関係にある。併読を乞うとともに、論述の重複を了解されたい。

# あり通ひ仕へ奉らむ万代までに

## ——巻十七、境部老麻呂三香原新都讃歌——

影山尚之

## 一

天平十八年正月歌群（17・三九二二〜三九二六）を起点として末四巻いわゆる家持歌日誌の実質が開始するとみれば、先だつ巻十七冒頭三十二首はその導入もしくは序と把握されよう。伊藤博氏はこれらを後補と見なし、家持が発見・入手した歌稿に由来すると推測した。(1) 広く浸透している知見だが、いまは同氏『萬葉集釈注』から引用しておく。

冒頭歌群から三九二一までの三二首は、第一部に収めるべくして洩れた歌を、第一部と第二部との繋ぎとして補ったものと思われる。…（中略）…そこには、第一部では四首の歌しか登録されていない、家持の弟の書持の歌が、八首もある。このことから、三二首は、大伴書持の手許に蔵されたまま、その死後発見されてここに収録されるに至ったのではないかと推測される。書持が他界したのは、天平十八年の九月初旬頃。兄家持が越中国守に赴任して二か月後のことであった。家持は、その後帰京して、いつの日か、弟書持の手許の三二首を発見し、心中記念するところもあって、第二部の冒頭にこの三二首を掲げたのではないかと思われる。

村瀬憲夫氏は編纂の経緯について伊藤論を承認しつつも、「巻一～十六の編纂に漏れていたものを機械的に集めたというだけの、無意図的な歌の収集、として片付けてしまうことの出来ない面」を冒頭歌群に看取できるとし、各々が「家持の歌に対する価値観にマッチした歌」であって「精選の手を経て集録された」ものであることを説いた。(2) 同様の観点に立つ論が佐藤隆氏によっても提出されている。(3) さらに市瀬雅之氏は「二十巻がひとまとまりの歌集を形作っている」ことを重点的にとらえ、「巻一から巻十六に続いて配された巻の冒頭に位置する歌のままに」三十二首を検討して、それらに巻十六以前と巻十七以降とを有機的に接合する機能の析出を試みる。(4) 冒頭歌群について同論が「巻十六までが編まれた後に発見されたがゆえに置かれたなどという消極的な理由ではなく、二十巻全体の中に効果と意味を備えて表現されている」と強調するのは、一見すると村瀬論に歩調を合わせるごとくながら、三十二首のうちの前半が巻十六以前の大宰府を中心とする歌世界を、後半が久邇京に展開するやはり巻十六以前の歌の世界をそれぞれ想起させるしくみを担うのだという。

全二十巻をひとつの構想のもとに捉えようとする長い射程にそのまま乗り合わせることはできないものの、巻十七冒頭部に位置せしめられている様態への正視に努める市瀬論の姿勢には共感する。その方向性を探るとき、求められるのは各歌の読みの深化である。

まずは該当する三十二首の題詞と左注とを一覧する（三九〇八歌題詞「反歌」は省略）。

Ⅰ天平二年庚午冬十一月大宰帥大伴卿被任大納言兼帥如舊　上京之時傔従等別取海路入京　於是悲傷羈旅各陳所心作歌十首（17・三八九〇～三八九九）

右一首三野連石守作／右九首作者不審姓名

Ⅱ十年七月七日之夜獨仰天漢聊述懐一首（17・三九〇〇）

右一首大伴宿祢家持作

あり通ひ仕へ奉らむ万代までに

Ⅲ追和大宰之時梅花新歌六首（17・三九〇一～三九〇六）

右十二年十二月九日大伴宿祢書持作

Ⅳ讃三香原新都歌一首（17・三九〇七～三九〇八）

右天平十三年二月右馬頭境部宿祢老麻呂作也

Ⅴ詠霍公鳥歌二首（17・三九〇九～三九一〇）

右四月二日大伴宿祢書持従奈良宅贈兄家持

Ⅵ橙橘初咲霍公鳥飜嚶　對此時候詎不暢志　因作三首短歌以散欝結之緒耳

右四月三日内舎人大伴宿祢家持従久迩京報送弟書持（17・三九一一～三九一三）

Ⅶ思霍公鳥歌一首　田口朝臣馬長作（17・三九一四）

右傳云　一時交遊集宴　此日此處霍公鳥不喧　仍作件歌以陳思慕之意　但其宴所并年月未得詳審也

Ⅷ山部宿祢明人詠春鶯歌一首（17・三九一五）

右年月所處未得詳審　但随聞之時記載於茲

Ⅸ十六年四月五日獨居平城故宅作歌六首（17・三九一六～三九二一）

右六首歌者天平十六年四月五日獨居於平城故郷舊宅大伴宿祢家持作

Ⅰは年号干支に続けて季・月を題詞に記す改まった体裁を採り、Ⅱ・Ⅸは同じく題詞に年月日を明記するものの、Ⅲ・Ⅳになるとその情報が左注に託されて、Ⅴ～Ⅷにはまた異なる書式が出現する。この区々な様態はなるほど依拠資料の混在を思わせずにいない。Ⅱ・Ⅵ・Ⅸは家持作歌、Ⅲ・Ⅴは書持作歌、うちⅤは書持が家持に、Ⅵは家持が書持に贈ったものであることを伝える。これらが書持保有の歌稿に依拠したかどうかは別にして、冒頭歌群における書持の存在はたしかに小さくない。家持自身に帰属しない詠歌はⅠ・Ⅳ・Ⅶ・Ⅷだが、天平二年大伴旅人帰京に関係する歌群Ⅰは少年期の自己の体験を想起させ亡父の思い出を呼び覚ます歌々なので、「歌日誌」の劈頭を飾る資格を十分に備えている。またⅦ・Ⅷは左注が記すとおり伝聞古歌であり、橋本達雄氏『萬葉集全注巻十七』に、

この歌を記載した年月は不明だが、前の歌の日付の支配を受けると考えられるので、ほととぎすを歌う前の歌に続けて、久邇京で伝聞した歌を並べたのであろう。（三九一四歌の【考】）

左注の「聞きし時のまにまに」の「時」は馬長の作と同時であろう。（三九一五歌の【考】）

と説くのを是認するなら、Ⅴ・Ⅵの霍公鳥詠からの脈絡は通じる。岩波文庫『万葉集（四）』が「前後のホトトギス詠の中に、ここにだけ鶯の歌が配されるのは、季節の順から見ても不審」と訝るのはもっともだが、「今し来鳴かば」（三九一四）と「今は鳴くらむ」（三九一五）とが互いに反響しているとも見られ、霍公鳥から春鸎への連想が働くことがあったとするしかあるまい。

かように納得してくると、Ⅳ「讃三香原新都歌」の一組だけが位置づけを説明しにくいものとして残されてしまう。詠作者右馬頭境部宿祢老麻呂はここにしか見えない人物で家持とどのような接触があったものか知られないし、新都讃美の主題は前後の歌と鮮明な結節点を保っていない。前掲市瀬論は家持の「久邇京への強いこだわり」にここへの施入を果たした「構想力」を見ており、なるほどⅥには久邇京から家持が書持に贈る歌が並ぶため、同時代感覚として新都詠の占める座はそれなりに存在しよう。だが、この一首が家持の「こだわり」を充足する資格を備えているかどうか、表現に即して確かめてみる必要がありそうだ。

## 二

引用は塙書房CD―ROM版による。三九〇八歌題詞「反歌」は元暦校本になく、それを原態とする判断もあ

ろうが、いまは改めない。

讃三香原新都歌一首 并短歌

山背乃　久迩能美夜古波　春佐礼播　花咲乎々理　秋左礼婆　黄葉尓保比　於婆勢流　泉河乃　可美都瀬尓
宇知橋和多之　余登瀬尓波　宇枳橋和多之　安里我欲比　都加倍麻都良武　万代麻弖尓（17・三九〇七）

山背の　久邇の都は　春されば　花咲きをり　秋されば　もみち葉にほひ　帯ばせる　泉の川の　上つ
瀬に　打橋渡し　淀瀬には　浮橋渡し　あり通ひ　仕へ奉らむ　万代までに

反歌

楯並而　伊豆美乃河波乃　水緒多要受　都加倍麻都良牟　大宮所（17・三九〇八）

楯並めて泉の川の水脈絶えず仕へ奉らむ大宮所

右天平十三年二月右馬頭境部宿祢老麻呂作也

見るとおり長歌は十五句の短章、構成も次のように明瞭である。

対象（久邇京）の提示→春秋四時の自然の称賛〔対句〕→京を取りまく泉川に焦点
→上流下流随所に打橋・浮橋の景〔対句〕→この宮に永遠に奉仕することの言明

春秋の対比はこの種の讃歌に常套的で、

…たたなはる　青垣山　やまつみの　奉る御調と　春へには　花かざし持ち　秋立てば　黄葉かざせり　一に
云ふ「もみち葉かざし」…（1・三八　人麻呂）

やすみしし　わご大君の　高知らす　吉野の宮は　たたなづく　青垣隠り　川なみの　清き河内そ　春へに
は　花咲きをり　秋へには　霧立ち渡る…（6・九二三　赤人）

…うぐひすの　来鳴く春へは　巌には　山下光り　錦なす　花咲きをり　さ雄鹿の　つま呼ぶ秋は　天霧

らふ　しぐれをいたみ　さにつらふ　黄葉散りつつ…（6・一〇五三 福麻呂）

永遠性の予祝に収束する仕立てかたも「万代に　かくし知らさむ」（6・九〇七 金村）、「玉かづら　絶ゆることなく　万代に　かくしもがもと」（6・九二〇 金村）のほか、

我が紐を妹が手もちて結八川またかへり見む万代までに（7・一一一四）

吉野川いはど柏と常磐なす我は通はむ万代までに（7・一一三四）

などに確実な先例が見られる。こうした質をとらえてであろう、鴻巣『萬葉集全釈』は「一體に獨創もなく、淺い興趣の歌である」といい、『萬葉集私注』「歌は慣用の句をつらねて、形式を整へただけのものにすぎない」、『萬葉集全註釈』「形式的な讃歌で、感興に乏しい。花黄葉の叙述は殊に類型的だ」などの低評価が注釈類にほぼ一貫する。小学館日本古典文学全集『萬葉集四』「解説」に巻十七冒頭歌群を評して「家持周辺の鶏肋的作品と記すのは、当該歌をとくに意識したかと思わせるほどだ。

そうした趨勢にあって、『萬葉集総釈第九』（巻十七担当は佐佐木信綱）は次のように好意的な鑑賞を記している。

對句も簡素であり、全體が單純でありながら、新都を賀し喜ぶ情がよく表現されてをる。語彙は斬新なものではないが、打橋や浮橋を渡すといふことを、ただの客觀的の敍景にとどめず、その上を渡つて通ふと結んだのが新しくて、作者の機智をうかがはせる。

同書は反歌に対しても、

巻一にある人麿の「見れど飽かぬ吉野の河の常滑の絶ゆることなくまた還り見む」（三七）以來、いくらか變形されつつも踏襲されて來た型であるが、格調が大きくて、端正であることは、稱するに足る。集中に珍しい枕詞が、一首に、古典的で荘重な格調をあたへるに有效である。

と述べて、類型の踏襲は認めながら纏まりの良さや工夫のある点を積極的に評価した。指摘のとおり「打橋」

あり通ひ仕へ奉らむ万代までに

「浮橋」の対句は目をひくところであり、伊藤氏『釈注』も『続日本紀』から関連史料を引いたうえで「実状に応じていて注目すべきところがある」、「今の長歌は橋の表現によってその存在性を誇っている」という。記事は次の二条である。

癸巳、賀世山の東の河に橋を造る。七月より始めて今月に至りて乃ち成る。（天平十三年十月癸巳〔16日〕条）

乙酉、宮城より南の大路の西の頭と甕原宮より東との間に大橋を造らしむ。諸国の司をして、国の大小に随ひて銭十貫以下一貫以上を輸さしめて、橋を造る用度に充つ。（天平十四年八月乙酉〔13日〕条）

左右両京の中央部に狛山・鹿背山の山塊が続き、東西に泉川が蛇行して流れる久邇京の構造は、架橋の実現が存立の必須要件だった。

宮材引く泉の杣に立つ民の休む時なく恋ひ渡るかも（11・二六四五）

の「宮材」が久邇京造営のためのそれであったかどうかは不明だが、水量豊かな泉川は宮都新造にとって一面で有効に機能しつつ他面では大きな障害ともなったことだろう。橋梁完成以前の奉仕の労苦に直面した経験をこの対句が写し取っているのだとすれば「作者の機智」は称賛されてよい。「上つ瀬」に番えるに「淀瀬」を選択した点も他例を見ず、

…行き沿ふ　川の神も　大御食に　仕へ奉ると　上つ瀬に　鵜川を立ち　下つ瀬に　小網さし渡す…（1・三八　人麻呂）

飛ぶ鳥の　明日香の川の　上つ瀬に　生ふる玉藻は　下つ瀬に　流れ触らばふ　玉藻なす　か寄りかく寄りなびかひし　夫の命の　たたなづく　柔膚すらを　剣大刀　身に副へ寝ねば…（2・一九四　人麻呂）

伝統的儀礼的詞章に散見する「上つ瀬…下つ瀬」の対句を承知しながらあえて現状に即した表現の選択に踏み切った可能性が考えられる。そのようにとらえるときには、類型に埋没した凡作という評価は当たらない。

なお、当該歌を対象とした詳密な論が鈴木武晴氏にある。(5)右を遙かに超える豊富な用例を示したうえで、当該長歌の表現について多面的に検討を加え、その小結として同論は次のように述べている。

作者境部宿禰老麻呂は、柿本人麻呂歌や山部赤人歌、宮廷歌謡を収めた巻十三の歌や『古集』の歌、さらには踏歌といった先行歌の影響を受け、その表現・発想を生かして長歌三九〇七番歌を詠み成したと考えられる。表現についての考察結果に拠れば、この歌は、…（中略）…宴（肆宴）での歌と考えられるが、即興の歌ではないだろう。作者が詠作意図に即して先行歌の表現を踏まえ、表現を充分に練って創ったその歌を披露したものと見られる。

全体に行き届いた考察が展開されていることは右の引用からだけでも予測されよう。事実、大枠においても細部においても豊富な示唆を含む論ではあるが、類似表現を備えた先行歌と当該歌とをダイレクトに結んで意味を見出そうとする性急な論調にはやや抵抗が感じられる。稿末に至って鈴木論は、前掲Ｖ・Ⅵ家持・書持贈報歌群と当該歌とが「一体として享受すべきものとして巻十七冒頭部に置かれている」とし、当該長歌に「書持との永遠の別れの場となった泉川が詠まれている」点が書持を追慕する家持の関心を惹いたと推論する。三十二首の全体が書持への追慕に収斂するという理解は承認してよいとしても、微小な表現にその意義を過度に読み、当事者の心中に踏み込もうとする点には危うさを感じる。表現と歌びとの内面との間には一定の距離を想定しておくべきである。

## 三

鈴木論が取りあげていない点を少しばかり掘り下げておきたい。打橋・浮橋の対句を承けて「あり通ひ仕へ奉らむ」と久邇京への継続往来をうたう点に当該歌の個性の一端が看取できると考えるからである。「あり通ひ

あり通ひ仕へ奉らむ万代までに

（ふ）」の集中例は次のように拾える。

①翼なすあり通ひつつ見らめども人こそ知らね松は知るらむ（2・一四五　憶良）

②大君の遠の朝廷とあり通ふ島門を見れば神代し思ほゆ（3・三〇四　人麻呂）

③愛しきかも皇子の尊のあり通ひ見しし活道の道は荒れにけり（3・四七九　家持）

④やすみしし　我が大君の　神ながら　高知らせる　印南野の　大海の原の　荒たへの　藤井の浦に　鮪釣ると　海人舟騒き　塩焼くと　人そさはにある　浦を良み　うべも釣はす　浜を良み　うべも塩焼く　あり通ひ　見さくも著し　清き白浜（6・九三八　赤人）

⑤神代より吉野の宮にあり通ひ高知らせるは山川を良み（6・一〇〇六　赤人）

⑥やすみしし　我が大君の　あり通ふ　難波の宮は　いさなとり　海片付きて　玉拾ふ　浜辺を近み　朝はふる　波の音騒き　夕なぎに　梶の音聞こゆ　暁の　寝覚に聞けば　海石の　潮干のむた　浦渚には　千鳥つま呼び　葦辺には　鶴が音とよむ　見る人の　語りにすれば　聞く人の　見まく欲りする　御食向かふ　味経の宮は　見れど飽かぬかも（6・一〇六二　福麻呂）

⑦あり通ふ難波の宮は海近み海人娘子らが乗れる舟見ゆ（6・一〇六三　福麻呂）

⑧天地の　初めの時ゆ　天の川　い向かひ居りて　一年に　二度逢はぬ　妻恋に　物思ふ人　天の川　安の川原の　あり通ふ　いでの渡りに　そほ舟の　艫にも舳にも　舟装ひ　ま梶しじ貫き　はたすすき　本葉もそよに　秋風の　吹き来る夕に　天の川　白波しのぎ　落ち激つ　早瀬渡りて　若草の　妻が手まくと　大舟の　思ひ頼みて　漕ぎ来らむ　その夫の子が　あらたまの　年の緒長く　思ひ来し　恋尽くすらむ　七月の七日の夕は　我も悲しも（10・二〇八九）

⑨逢はむとは千度思へどあり通ふ人目を多み恋ひつつそ居る（12・三一〇四）

⑩そらみつ　大和の国　あをによし　奈良山越えて　山背の　管木の原　ちはやぶる　宇治の渡り岡屋の　阿後尼の原を　千年に　欠くることなく　万代に　あり通はむと　山科の　石田の社の　皇神に　幣取り向けて　我は越え行く　逢坂山を（13・三二三六）

⑪もののふの　八十伴の緒の　思ふどち　心遣らむと　馬並めて　うちくちぶりの　白波の　荒磯に寄する渋谿の　崎たもとほり　松田江の　長浜過ぎて　宇奈比川　清き瀬ごとに　鵜川立ち　か行きかく行き　見つれども　そこも飽かにと　布勢の海に　舟浮け据ゑて　沖辺漕ぎ　辺に漕ぎ見れば　渚には　あぢ群騒き島回には　木末花咲き　ここばくも　見のさやけきか　玉くしげ　二上山に　延ふつたの　行きは別れずあり通ひ　いや年のはに　思ふどち　かくし遊ばむ　今も見るごと（17・三九九一　家持）

⑫布勢の海の沖つ白波あり通ひいや年のはに見つつしのはむ（17・三九九二　家持）

⑬天ざかる　鄙に名かかす　越の中　国内ことごと　山はしも　しじにあれども　川はしも　さはに行けども皇神の　うしはきいます　新川の　その立山に　常夏に　雪降り敷きて　帯ばせる　片貝川の　清き瀬に朝夕ごとに　立つ霧の　思ひ過ぎめや　あり通ひ　いや年のはに　よそのみも　振り放け見つつ　万代の語らひぐさと　いまだ見ぬ　人にも告げむ　音のみも　名のみも聞きて　ともしぶるがね（17・四〇〇〇　家持）

⑭片貝の川の瀬清く行く水の絶ゆることなくあり通ひ見む（17・四〇〇二　家持）

⑮高御座　天の日継と　天の下　知らしめしける　皇祖の　神の尊の　恐くも　始めたまひて　貴くも　定めたまへる　み吉野の　この大宮に　あり通ひ　見したまふらし　もののふの　八十伴の緒も　己が負へる己が名負ひて　大君の　任けのまにまに　この川の　絶ゆることなく　この山の　いや継ぎ継ぎに　かくしこそ　仕へ奉らめ　いや遠長に（18・四〇九八　家持）

⑯古を思ほすらしもわご大君吉野の宮をあり通ひ見す（18・四〇九九　家持）

⑰思ふどち　ますらをのこの　木の暗　繁き思ひを　見明らめ　心遣らむと　布勢の海に　小舟つら並め　ま櫂掛け　い漕ぎ巡れば　乎敷の浦に　霞たなびき　垂姫に　藤波咲きて　浜清く　白波騒き　しくしくに恋は増されど　今日のみに　飽き足らめやも　かくしこそ　いや年のはに　春花の　繁き盛りに　秋の葉のもみたむ時に　あり通ひ　見つつしのはめ　この布勢の海を（19・四一八七　家持）

『古事記』上巻、八千矛神の歌にすでに「さ呼ばひに　あり立たし　呼ばひに　あり通はせ」が見え、小学館新編全集『古事記』頭注に「動詞に上接するアリ（有）は、引き続いてその動作を行うことを表す」と解くとおり、この語自体がそれ以上の特別な意味を帯びることはないが、右の十七例を瞥見すればその使用傾向に一定の偏りのあることが見て取れる。まず、⑧⑨⑩の作者不明歌を除くとこの語の使用者は家持（8例）・赤人（2例）・福麻呂（2例）・人麻呂（1例）・憶良（1例）に狭く限られ、それとも連動して歌内容が挽歌（①・③）、行幸供奉歌（④・⑤・⑥・⑦・⑮・⑯）および羈旅・土地讃めの歌（②・⑩・⑪・⑫・⑬・⑭）と明らかに一定方向へ偏差している。「あり通ふ」行為にある種の儀礼性・反日常性が随伴していると見ることができ、いきおい「通ふ」主体はしばしば天皇（⑥・⑦＝今上／⑮・⑯＝歴代天皇）であったり、皇子（①＝有間皇子霊魂／③＝生前の安積親王）であったり、天皇に供奉する官人（④・⑤）であったりする。②の主体は瀬戸内海を旅する過去から現在までの官人であろうし、平城京から山背を経て近江に向かう⑩の主体も官人一行と見て誤るまい。家持越中時代の例（⑪〜⑭、⑰）では自身もしくは越中国府の官吏が主体となるが、これは都における天皇―官人の関係に置換可能で、もとより国守の遊覧には儀式性が付帯する。天皇および供奉官人が通う先はいずれも行幸の最終目的地である離宮的施設であり、そこが価値ある訪問地として讃美的に叙されている。[6] 皇子の薨去によって「あり通ひ」が途絶えた「活道の道」の荒廃をうたう③はその裏返しと受けとめられる。価値のある理想的な地を対象とする点は家持の遊覧詠（⑪・⑫・⑬・⑭）においても変わらない。

「あり通ひ」に直接する行為として「見」がもっとも安定すること（①・③・④・⑫・⑬・⑭・⑮・⑯・⑰）は右にかかわって了解される。⑥にあっても「大君」の「あり通ふ」難波宮の優れた理想的環境ゆえに「見れど飽かぬ」の称賛が引き出されているのだし、その必然として反歌⑦が「海人娘子」の舟を視界に収めることになる。⑪「かくし遊ばむ今も見るごと」もまた同質の表現である。すべてを一様に扱うことはできないとしても、こうした傾向は「あり通」う主体が原則として訪問地にとっての外部者であることに由来しよう。日常起居の空間ではないからこそ風土景観の美質に心惹かれ、繰り返しの訪問を期し、そこを目に心に焼きつけようと執着するわけだ。有間皇子を追慕する①は行幸供奉歌などと対極的内容ながら、皇子が本来帰属することのない「岩代」の地の松に執着し「あり通」うているのだと見れば発想上の差はない。

「讃三香原新都歌」と題する当該歌に儀礼性は自明である。ただし、容易に気づかれるとおり、現在の皇都を讃美する歌は右掲用例中に見出されず、「仕へ奉る」行為が「あり通ひ」に直接する事例もほかにない。⑮は「大君」の「あり通ひ見したまふ」行為に応じて「もののふの八十伴の緒」が「仕へ奉らめ」と言挙げするのだが、当該歌は「あり通ふ」主体そのものが「万代」にわたって「仕へ奉らむ」と宣言するのだから、担われている文脈が違っている。永遠の奉仕をうたう例は、

降る雪の白髪までに大君に仕へ奉れば貴くもあるか（17・三九二二）

天地と相栄えむと大宮を仕へ奉れば貴く嬉しき（19・四二七三）

天地と久しきまでに万代に仕へ奉らむ黒酒白酒を（19・四二七五）

などを見るものの、それらは逆に宮への往来を契機に求めることがない。懈怠のない通いと奉仕を言明するなら、

或本従藤原京遷于寧樂宮時歌

大君の　命恐み　にきびにし　家を置き　こもりくの　泊瀬の川に　舟浮けて　我が行く川の　川隈の　八十隈落ちず　万度　かへり見しつつ　玉桙の　道行き暮らし　あをによし　奈良の都の　佐保川に　い行き至りて　我が寝たる　衣の上ゆ　朝月夜　さやかに見れば　たへのほに　夜の霜降り　岩床と　川の氷凝り寒き夜を　休むことなく　通ひつつ　作れる家に　千代までに　いませ大君よ　我も通はむ（1・七九）

に典型があり、宇治川・泉川に「いそはく」民のさまを描く「藤原宮役民歌」（1・五〇）、および前掲した、

宮材引く泉の杣に立つ民の休む時なく恋ひ渡るかも（11・二六四五）

もその類に加えてよい。建設途次にある宮都への讃美的叙述である。

橋本氏『全注巻第十七』は「「あり通ふ」「仕へ奉る」はこの種の歌の慣用句」と注したが、当該歌についてはむしろ「慣用」からの逸脱を見なければなるまい。⑤に「神代より」とうたわれるごとく、「あり通」う対象の地は理想的な景観と環境を実現してすでに静止的にあるのが一般のところ、「打橋渡し」「浮橋渡し」の活発な動きが繰り広げられるなかに「あり通ひ」を位置づける点が例外的なのである。言い換えるなら、新都にとっての内部者の資格を持ちながらそこへの往来奉仕を表明することの異例。しかしながら用語選択の誤謬を当該歌に指摘しても始まらず、皇都讃歌でありながらかようにうたうところに一首の特性を見出すべきであろう。いうまでもなくそれは久邇京という宮都の特殊性に起因する。

## 四

周知のとおり久邇京遷都は天平十二年聖武天皇関東行幸の終結とともに決行された。

戊午、不破より発ちて坂田郡横川に至りて頓まり宿る。是の日、右大臣橘宿禰諸兄、在前に発ち、山背国相楽郡恭仁郷を経略す。遷都を擬ることを以ての故なり。（『続日本紀』天平十二年十二月戊午〔6日〕条）

丙寅、…（中略）…禾津より発ちて山背国相楽郡玉井に到りて頓まり宿る。（天平十二年十二月丙寅〔14日〕条）

丁卯、皇帝在前に恭仁宮に幸したまふ。始めて京都を作る。太上天皇・皇后、在後に至りたまふ。

（天平十二年十二月丁卯〔15日〕条）

十三年春正月癸未の朔、天皇、始めて恭仁宮に御しまして朝を受けたまふ。宮の垣就らず、繞すに帷帳を以てす。是の日、五位已上を内裏に宴す。禄賜ふこと差有り。（天平十三年正月癸未〔1日〕条）

十二月六日の「経略」がそのまま事実ではないとしても、直後に天皇が久邇に到着するや俄かに皇都が宣言され、十三年正月の朝賀は明らかに急場凌ぎの設えで乗りきられている。「宮垣」の整備は造宮録正八位下秦下嶋麻呂に褒賞を与えた天平十四年八月に下り（丁丑〔5日〕条）、平城宮より移築した大極殿は天平十五年正月朝賀にかろうじて間に合ったらしい。同年末に久邇宮京の造営が停止、かわって紫香楽宮建設が決定する。

辛卯、…（中略）…初めて平城の大極殿并せて歩廊を壊ちて恭仁宮に遷し造ること四年にして、茲にその功纔かに畢りぬ。用度の費さるること勝げて計ふべからず。是に至りて更に紫香楽宮を造る。仍て恭仁宮の造作を停む。（天平十五年十二月辛卯〔26日〕条）

勅により「大養徳恭仁大宮」の号が公示されるのは天平十三年十一月戊辰〔21日〕のことなので、境部老麻呂が当該歌を構想した時点では同地は文字通り「山背の久邇の都」だった。

『続日本紀』天平十三年九月の記事に見える、

丙辰、造宮に供る為に、大養徳・河内・摂津・山背の四国に役夫五千五百人を差し発す。己未、木工頭正四位下智努王、民部卿従四位下藤原朝臣仲麻呂、散位外従五位下高岳連河内、主税頭外従五位下文忌寸黒麻呂の四人を遣して、京都の百姓の宅地を班ち給はしむ。賀世山の西の路より東を左京とし、西を右京とす。

（丙辰〔9日〕～己未〔12日〕条）

に至ってようやく都市民の宅地確保の目処が立ち、京域画定が実現する。

史書の証言と当事者に抱かれる印象とが常に一致するとは限らないけれども、天平十三年二月時点では「あり通ひ仕へ奉らむ」とうたうしかない久邇京の実態、それが決して虚辞ではなく官人らの現実的日常をとらえているという状況を右によって想像することは許されるだろう。天平十五年八月の段階で家持が、

十五年癸未秋八月十六日内舎人大伴宿祢家持讃久迩京作歌一首

今造る久邇の都は山川のさやけき見ればうべ知らすらし（6・一〇三七）

とうたい、作歌年月不詳ながら、

大伴宿祢家持贈安倍女郎歌一首

今造る久邇の都に秋の夜の長きにひとり寝るが苦しさ（8・一六三二）

と重ねて同一表現を用いるあたりも、この都の流動的なありさまをよく伝えている。

天平十四年正月・踏歌節には次の歌の奏上があった。

壬戌、天皇、大安殿に御しまして群臣を宴す。酒酣にして五節田儛を奏る。訖りて更に、少年・童女をして踏歌せしむ。…（中略）…是に、六位以下の人等、琴鼓きて歌ひて曰はく、

新年始邇　何久志社　供奉良米　万代摩提丹

〈新しき年の始めにかくしこそ仕へ奉らめ万代までに〉

といふ。（『続日本紀』天平十四年正月壬戌〔16日〕）

この下二句と三九〇七歌末尾とが重なる点をとらえ、前掲鈴木論は当該歌が巻七・一一三四歌とともに右を踏まえて詠まれたものと推定、(7) 肆宴披露を想定する根拠のひとつに挙げるのだったが、両者間に直接の影響を考慮するよりも、当時の風潮の反映、すなわち宮都の造営整備に注力する官人らに抱かれていたであろう共通認識――

期待や祈念——を窺測するのがむしろ穏当ではないか。

同じく鈴木論は三九〇八反歌初句の枕詞「楯並めて」に関して、それが『古事記』中巻神武天皇条歌謡に例のあること、『日本書紀』崇神天皇条記載の伝承とも重なる部分のあることを指摘し、当該反歌の独自性を主張する。

又、兄師木・弟師木を撃たむとせし時に、御軍、暫らく疲れき。爾くして、歌ひて曰はく、

多多那米弖　伊那佐能夜麻能　許能麻用母　伊由岐麻毛良比　多多加閇婆　和礼波夜恵奴　志麻都登理　宇上加比賀登母　伊麻須気爾許泥　（記14）

〈楯並めて　伊那佐の山の　木の間よも　い行き目守らひ　戦へば　吾はや飢ぬ　島つ鳥　鵜養が伴　今助けに来ね〉

楯を並べて「射る」意から地名「伊那佐の山」に冠すると解するのが通説である。また、崇神天皇の伝承は早く仙覚が注目して、

タテナメテイツミノ河ト云ル事、日本記第五巻、崇神天皇御宇ニ、武埴安彦、謀反逆興師、登那羅山、而軍之時、官軍屯聚、而蹢跙草木、因以號其山、云那羅山。〔蹢跙、此云布弥那名羅須〕更避那羅山、而進到輪韓河。埴安彦狭川屯之。各相挑焉。故時人改號其河曰挑河。今謂泉川訛也ト云リ。此故ニ、楯竝テイツミノ河ト云ヘルナリ。（『萬葉集註釈』）

と説いたもので、鈴木論は右の記事のあとに武埴安彦と彦国葺とが「挑河（泉河）」を挟んで弓で射《い》ることを争うくだりのあることを重視して、「作者境部宿禰老麻呂は、泉川に関するかような崇神紀の話を十分に心得ていたに相違ない」と言い、また神武記歌謡の表現を踏まえた点については、

神武記に神武天皇と伊須気余理比売の間に生まれた神八井耳の命を坂合部の連等の祖とする伝承が記されて

いることが深くかかわっていると考えられる。境部老麻呂は祖先の記事を掲げる神武記の記事を心に深く刻みつけていたに相違ない。

と述べている。

上代文献に「楯並めて」の使用は右二件以外に見えず、「泉川」に固定的に用意された枕詞を確認できない点を勘案すれば、なるほど境部老麻呂が記14歌を意識した可能性は小さくない。境部氏祖先伝承まで射程を及ぼしては過剰と言わざるをえないが、境部氏が軍事に功績を有することと[8]、記14歌が戦闘歌謡であることとの間には関係があるのかもしれない。『令集解』巻五（職員令）が馬寮に注して「馬寮兵庫等為武官。考選隷兵部」とするので、詠作者の現任官と「楯並めて」の表現とが打ち合っているとはいえる。『続日本紀』には天平十三年五月乙卯〔6日〕に、

天皇、河の南に幸したまひて、校獦を観す。

の記事があって、当該歌がたとえばこうした行事での披露を前提に構想されたと考えるなら右馬頭の詠作にそれなりの整合性が得られる。もっともこれらはすべてあやふやな臆測でしかない。

見届けておくべきは、当該歌が安定的な表現によって成り立っていないことである。宮都の帯として悠然と流れる川に対して、どのように受け止めようとも武装戦闘を思わせる語を冠するのは尋常ではない。当該歌はしかし、そういう用語を選択するほかない環境下に制作されたということである。

鈴木論にも引かれる「大宮所」を点検しよう。当該歌を除く九例を左に掲げる。

ア…春草の　しげく生ひたる　霞立ち　春日の霧れる　ももしきの　大宮所　見れば悲しも

（1・二九　人麻呂「近江荒都歌」）

イ万代に見とも飽かめやみ吉野の激つ河内の大宮所（6・九二一　金村「神亀二年吉野行幸供奉歌」）

あり通ひ仕へ奉らむ万代までに

ウ…この山の　尽きばのみこそ　この川の　絶えばのみこそ　ももしきの　大宮所　止む時もあらめ
（6・一〇〇五 赤人「天平八年吉野行幸応詔歌」）

エ…あなおもしろ　布当の原　いと貴　大宮所　うべしこそ　我が大君は　君ながら　聞かしたまひて　さすだけの　大宮ここと　定めけらしも（6・一〇五〇 福麻呂「久邇京讃歌」）

オ三香原布当の野辺を清みこそ大宮所定めけらしも（6・一〇五一 同右）

カ山高く川の瀬清し百代まで神しみ行かむ大宮所（6・一〇五二 同右）

キ…八千年に　生れつかしつつ　天の下　知らしめさむと　百代にも　変はるましじき　大宮所
（6・一〇五三 同右）

ク泉川行く瀬の水の絶えばこそ大宮所うつろひ行かめ（6・一〇五四 同右）

ケ布当山山並見れば百代にも変はるましじき大宮所（6・一〇五五 同右）

エ～ケはすべて田邊福麻呂による一連の久邇京讃歌、つまり「大宮所」全十例のうち八例までが久邇京を指して用いられている。福麻呂のこの執拗さは異常と評してもよいほどだ。アは近江大津京を、イは吉野離宮を指すが、前者はすでに荒都となって痕跡もわからないようすを嘆くもの、後者は直前する長歌に、

…上辺には　千鳥しば鳴く　下辺には　かはづつま呼ぶ　ももしきの　大宮人も　をちこちに　しじにしあれば

とあるのを承けて「み吉野の激つ河内」の広域のなかで対象を描出したものだから、いずれも眼前に明確に区画された宮ではなく、あえて周縁を曖昧にした表現と見られる。福麻呂歌にあっても「大宮」の一地点に焦点化するのでなく、そこを含む広がりをこそ永遠に尊貴な空間として称賛しようとする。恒久的な皇都、たとえば藤原京や平城京をこの語であらわす慣例がなく――そもそも藤原・平城京を対象とした歌例に恵まれないのだが――、

久邇京に対してのみ集中的に使用される現象は、やはりこの宮都の本質を象徴しているのだろう。
安定せずいまだ流動しつつある宮都という認識・評価、簡潔に仕立てられてはいるが、当該歌はそのことの適確な証言であった。

## むすび

文脈の構成要素を以上のように検証してくると、天平十三年当時の現実感覚を揃って指向していることが知られる。そのリアリティこそが当該歌を巻十七冒頭歌群に選択した根拠であった、とまで言い切ることはできないけれども、この時間帯を生きた官人たちが共感しつつ回想する質を備えた作品であることはまちがいない。(9)

在久迩京思留寧樂宅坂上大嬢大伴宿祢家持作歌一首

一重山隔れるものを月夜良み門に出で立ち妹か待つらむ（4・七六五）

右を見るだけでも家持自身が平城―久邇両京を頻繁に往還していた事情が推し量られ、家持もまた「あり通」う日常を過ごしていた。当該歌に続く二組（冒頭掲出のⅤ・Ⅵ）が久邇京にある家持と平城に留まる書持との書簡往来である点はやはり見逃せない。

玉に貫く楝を家に植ゑたらば山ほととぎす離れず来むかも（17・三九一〇　書持）

あしひきの山辺に居ればほととぎす木の間立ち潜き鳴かぬ日はなし（17・三九一一　家持）

兄弟がともに霍公鳥への心寄せを述べ合う往来でありつつ、岩波新大系『萬葉集』が「山ホトトギスに寓される兄家持に逢いたいという気持があるのだろう」と注したとおり、書持歌は兄の帰宅を望んでいるかのごとくでもある。家持歌題詞にいう「鬱結之緒」を兄弟別居の悲嘆に限定しては安直に過ぎるだろうが、それも必ず含まれてはいた。

あり通ひ仕へ奉らむ万代までに

市瀬前掲論は次のように述べている。

新都に「久邇京」を讃えはするが、愛しむ者たちの多くが、なお奈良の旧都に暮らしている。日常の生活としては、旧都への思いは断ち難く、両者を結びつける存在が求められている。

巻六が採録することのなかった天平十三年は、巻十七家持歌日誌の序に組み入れられることで、亡き弟への追慕とともに家持の内面の問題として位置づけを与えられる。市瀬論の啓発を受けて意義を模索するなら、小稿はそういう説きかたをしてみようと思う。

注

（1）伊藤博氏「万葉集末四巻歌群の原形態」（『萬葉集の構造と成立下』塙書房、昭和49年、初出は昭和45年）

（2）村瀬憲夫氏「万葉集巻十七冒頭部歌群攷」（『上代文学』46号、昭和56年4月）

（3）佐藤隆氏「巻十七冒頭部歌群と家持」（『大伴家持作品論説』おうふう、平成5年、初出は平成5年3月）

（4）市瀬雅之氏「巻十七冒頭三十二首の場合」（『万葉集編纂構想論』笠間書院、平成26年、初出は「巻十七の構想―冒頭三十二首の役割について―」の題で『美夫君志』80号、平成22年3月）

（5）鈴木武晴氏「三香の原の新都を讃むる歌」（『萬葉集研究』第二十一集、塙書房、平成9年）

（6）田邊福麻呂⑥⑦の詠作時期を天平十六年二月から十七年五月までの、難波を皇都とした期間とする見解もあったが（契沖『萬葉代匠記』）、大方の支持を得ていない。橋本達雄氏「難波作歌」（『セミナー万葉の歌人と作品 第六巻』和泉書院、平成12年）は諸説を検討したうえで天平十七年八月難波行幸時作と見る説を妥当としている。小稿はこれに従う。

（7）踏歌「新たしき」が当該歌に踏まえられているという指摘は橋本氏『全注巻第十七』にもあり、「この歌は催馬楽にも出ており、やや変形した歌が琴歌譜や古今和歌集（巻二十・一〇六九）にも見られるので、天平十四年の新作ではなかろう」と説く。

（8）境部氏（坂合部氏）は坂合部を統率する伴造氏族で、推古朝の境部臣雄摩侶（推古三十一年新羅出征の際の大将軍）、境部連薬（壬申の乱において近江軍の将）ほか外交・軍事に活躍した人物を輩出する。

（9）鉄野昌弘氏「総論　家持「歌日誌」とその方法」（『大伴家持「歌日誌」論考』塙書房、平成19年）が末四巻の本質につき「総体として、大伴家持という一人の官人の軌跡を描こうとしている」と認定し、「そこには大伴氏という名門に生まれた家持の、官人としての精神生活を表現するに相応しい歌のみが、載せられている」、「決しておのずから成ったものではなく、意思的に取捨選択し、相応しく題詞・左注を付された上で、配列されたものなのである」と言及したところが思い合わされる。

# 山部宿禰赤人の歌四首
## ——その構成と作歌意図——

花井しおり

### はじめに——本文の異同

萬葉集巻第八「春雑歌」の「山部宿禰赤人歌四首」を紀州本によってあげる。

山部宿祢赤人歌四首
足比奇乃《アシヒキノ》山桜《ヤマサクラ》 花《ハナ》日並而《ヒヲナヘテ》如是《カクシ》開有者《サケラハ》甚《イト》戀目夜裳《コヒメヤモ》
春野尓《ハルノ、ニ》須美礼《スミレ》採尓等《ツミニト》來師《コシ》吾曽《ワレソ》野乎《ノヲ》奈都可之美《ナツカシミ》一夜《ヒトヨ》宿二來《ネニケル》
吾勢子尓《ワカセコニ》令見常《ミセムト》念《オモヒシ》 之梅 花《ムメノハナ》其十方《ソレトモ》不所見《ミエス》雪乃《ユキノ》零有者《フレ、ハ》
従明日者《アスヨリハ》春菜《ワカナ》将採跡《ツマムト》標之《シメシ》野尓《ノニ》昨日毛《キノフモ》今日毛《ケフモ》雪波《ユキハ》布利管《フリツ、》

『新編全集』による訳文を次にあげる。論述の都合上、ABCDの符号をつけ、国歌大観番号を付す。なお、紀州本との訓の差の考証は、本稿が新しいものを示すわけではないので、『新編全集』による。

A あしひきの山桜花日並べてかくし咲けらばはだ恋ひめやも （8・一四二五）

Ｂ　春の野にすみれ摘みにと来し我そ野をなつかしみ一夜寝にける（同・一四二四）
Ｃ　我が背子に見せむと思ひし梅の花それとも見えず雪の降れれば（同・一四二六）
Ｄ　明日よりは春菜摘まむと標めし野に昨日も今日も雪は降りつつ（同・一四二七）

周知のように、現行のテキスト・注釈が底本とする西本願寺本と右の紀州本とでは、ＡＢの配列が異なっている。紀州本と同一の歌順は、京大本、大矢本、温故堂本、陽明本に見られたが、西本願寺本等の順をよしとし、またその順に即した構成論も立てられて、紀州本等の配列に注意されることは少なかった。しかし、廣瀨本がこの順をもっていたことによって、むしろ次点本の段階では、訳文をあげた『新編全集』が注に記すように[1]、こちらが古態であろうという見方が現れた。それをめぐっては、さまざまな可能性が考えられるが、決定しがたいというのが慎重な扱い方であろう。ここで、本文について考えてみたい。

まず、廣瀨本と巻十以前は非仙覚本系である紀州本は、ＡＢの順である。さらにそれらとは別に、類聚形式である類聚古集に、当該四首は一首ずつ別の項目のもとに採録されている。四首各歌に見える当該題詞に拠ったとみられる記載が、ＢＤでは歌の前行に「山部宿禰赤人」、Ｃでは訓の下に双行（小字）で「山部宿禰赤人四首之中」とある。それに対して、Ａにのみ歌の前行に「山部宿禰赤人四首中」（四首中は右寄せで小字）と記載されている。このことは、類聚古集が拠った本においては、題詞に続いてＡが配列されていた、すなわちＡＢの順であったことを示すものではないだろうか。これらのことから、ＡＢの配列が古態であると断定できないまでも、少なくとも仙覚本以前、ＡＢの配列をもつ本が存したと考えてよいであろう。

次に、仙覚校訂の諸本について考えてみる。まず、寛元本は神宮文庫本でＢＡの順、続く文永三年本、つまり西本願寺本もＢＡの順である。ところが、文永十年本の京大本等ではＡＢの順である。錯簡ということで片付けないとしたら、この差は底本ないしはそれとの校合本の差と考えられないだろうか。つまり、もともとＢＡ、Ａ

Ｂ双方の写本が複数存在し、まず寛元本の際にはＢＡと配列された底本ないしは校合本に従い、続いて文永三年本でもそちらに従っていたが、文永十年本では逆にＡＢの底本ないしは校合本に従った。あるいは、当初ＢＡの写本を底本としていたが、最終的にはＡＢの順に従った。このどちらにせよ仙覚の選択が意図的だったとすると、仙覚の結論はＡＢの順であったことになる。そのことは、それが元来そうであったかどうかということより確実な判断であろう。

そこで、このＡＢの順に配列されている場合、その意図はどういうところにあるのかという読みを考えてみたい。

## 一　四首構成の研究史

当該四首について、最初に構成を指摘されたのは清水克彦氏である。[2]以後、本文の配列、構成を赤人の営為とみるかということと編纂者の営為とみるかということとが相俟って多くの論が立てられている。それらについては粂川光樹氏の論に詳しいが、[3]清水氏の論が基本的理解であろう。

清水氏は、「春の野に」と、一首の冒頭に「春」を示したＢが四首の冒頭歌に相応しいとして、西本願寺本のＢＡＣＤの配列で考察された。まず、各歌の素材に注目し、Ｂの「春の野」の「すみれ摘み」とＤの「野」における「春菜摘」み、Ａの「桜花」とＣの「梅の花」とが対応する。さらにＢＤの「すみれ」と「春菜」が草であるのに対し、ＡＣの「桜花」と「梅の花」は木の花としての共通性をもつと指摘された。そのうえで、ＢＡは男の立場での春に対する賞讃の心、ＣＤは女の立場での春に対する嘆息の心が詠まれていると指摘された。この第一首と第四首、第二首と第三首との対応は渡瀬昌忠氏のいわれる「波紋型」構成である。さらに前二首と後二首との男女の唱和構成は、同氏が巻四の「柿本朝臣人麻呂歌四首」（四九六―九）に指摘されたものと同工である。[4]

伊藤博氏（『釈注』）も、Ｂの「来し我そ」という野にやって来た目的を明示する歌が先の方が自然であるとして、西本願寺本のＢＡＣＤの配列をよしとし、清水氏の構成論を踏襲された。そのうえで伊藤氏は、四首を赤人の「台本」により「野遊びの宴」において「四人の男女がそれぞれ座を占」めて誦詠したという歌の場を推定された。さらに、Ａの「山桜花」とＣの「梅の花」とは同じ春の花であるとしても時期のずれる花が詠まれる理由を、「野遊びの宴における幻想であり、ともに降る雪からの連想による見立ての花」として、「すみれ」と「雪」とがこの野遊びにおける「実景」とされる。

しかしながら、集中の「梅」と「雪」を詠む歌、たとえば、

春の野に霧立ち渡り降る雪と人の見るまで梅の花散る（5・八三九「梅花の歌三十二首并序」）

梅の花枝にか散ると見るまでに風に乱れて雪そ降り来る（8・一六四七「忌部首黒麻呂が雪の歌一首」）

及びこれらの歌が踏まえた中国詩に「梅」と「雪」との連想関係を詠む例が見えるが、集中「桜」と「雪」を取り合わせて詠まれた歌は見えないことから、その連想関係は考え難い。

一方、平舘英子氏[5]は、考察の結果、本文を紀州本ＡＢＣＤの配列が適当と結論された。平舘氏は、Ａで日本古来の伝承を負う「桜」が見えているのに対し、Ｃの異邦中国伝来の「梅」は「雪」により見えないことなど、ＡＢとＣＤの対比的な構成を説かれた。

## 二　山桜花の現在――「かくし咲けらばはだ恋ひめやも」

Ａ　あしひきの山桜花日並べてかくし咲けらばはだ恋ひめやも（一四二五）

第一首、Ａから見てゆく。Ａの「山桜花」は集中他一例。橋本達雄氏[6]が当該四首からの影響を指摘される大伴

家持と大伴池主との贈答歌群に次のように見える。

あしひきの山桜花〈夜麻左久良婆奈〉一目だに君とし見てば我恋ひめやも

（17・三九七〇「更に贈る歌一首并短歌」大伴家持）

右は、大伴池主からの贈歌の「山峡に咲ける桜」（17・三九六七）を承けることから、『全註釈』がいうように「山にあるサクラの樹の花で、ヤマザクラという種類ではない」と解かれる。

その山桜花が「日並べて」とされる。「日並而」（原文表記）は、次の仮名書例、

馬ないたく打ちてな行きそ日並べて〈気並而〉見ても我が行く志賀にあらなくに

（3・二六三「近江国より上り来る時に、刑部垂麻呂が作る歌一首」）

我が背子がやどのなでしこ日並べて〈比奈良倍弖〉雨は降れども色も変はらず

（20・四四四二　大原今城「五月九日に、兵部少輔大伴宿禰家持が宅に集飲する歌四首」）

から、「ケ並べて」、「ヒ並べて」のどちらとも訓みうる。他はA以外に次の二例。

日並べば〈日位〉人知りぬべし今日の日は千年のごともありこせぬかも（11・二三八七）

あかねさす日並べなくに〈日不レ並二〉我が恋は吉野の川の霧に立ちつつ

（6・九一六「車持朝臣千年が作る歌一首并短歌」の或本反歌）

ちなみに、『万葉集索引』は、右の二三八七歌を「ケ並ぶ」、赤人歌Aと九一六歌を「ヒ並ぶ」の項にあげる。Aをいずれに訓むとしても、作歌事情の知られる先の二例から、「日並べて」は、近江の国から京へと向かう間馬を打って旅行く日数、なでしこの咲いている時期のうちの雨が降り続く日数、といったさほど長くないある限定された期間のうちの日数をいうものと解される。「日並ぶ」は、日が「並ぶ」とされるように、今日も明日もと一日という単位で日数が積み重ねられてゆくことをいうのであろう。

そのように咲く花に対して「かく咲きたらば」と詠まれている。上代語の指示体系を感覚の世界を指示する「コ、カ」と観念の世界を指示する「ソ」の二元的対立として橋本四郎氏[7]は把握される。これによると、「かく」は「感覚を通して把握されたもの」となる。山桜花は今、眼前に見えているものと詠んでいると解される。それが「日並べてかく咲きたらば〈開有者〉」と仮定される。Aには山桜花が「日並べて咲」かないという把握と、「咲かない」即ち花に逢えないがゆえに「恋」ふということが表現されていると見做される。

このように、桜が咲いている即ち見える現在にあって、もう咲いていない即ち散った後の見えないことを予想することは、赤人の「神亀元年甲子の冬十月五日、紀伊国に幸せる時に、山部宿禰赤人が作る歌一首并せて短歌」の反歌第一首、

沖つ島荒磯の玉藻潮干満ちい隠りゆかば〈伊隠去者〉思ほえむかも　(6・九一八)

にも指摘される。右の「い隠りゆかば」は仮定形で詠まれているので、「今はまだ潮干で、海中をひたひたと揺れる玉藻がみえるのである」(『全注　巻第六』吉井巖氏)のように解される。つまり、玉藻が隠れていない即ち見える現在において、隠れるであろう満潮のときを予想していると解される。

Aおよび九一八歌は、「山桜花」「玉藻」が見える時にあって、季節の推移、潮の干満により見えなくなる時を予想し、見えないがゆえに「恋ふ」「思ふ」であろうと詠まれる。

このようにAには、現在の見えている時と、そこから予想される見えない時という二つの時が表現されているといえる。

## 三　赤人歌の特色

### 1　過去の助動詞「き」と現在の対立的表現性——巻八雑歌

続くBCDの三首には、巻八雑歌に収められる赤人歌六首中、五首に見える赤人の表現の特色が、糸井通浩氏(8)および清水克彦氏(9)により指摘されている。

両氏が掲げられた五首を、傍線等を付して次に掲げる。

B「春の野にすみれ摘みに」と来し〈来師〉我そ野をなつかしみ一夜寝にける（一四二四）

C「我が背子に見せむ」と思ひし〈念之〉梅の花それとも見えず雪の降れれば（一四二六）

D「明日よりは春菜摘まむ」と標めし〈標之〉野に昨日も今日も雪は降りつつ（一四二七）

百済野の萩の古枝に「春待つ」と居りし〈居之〉うぐひす鳴きにけむかも（8・一四三一）

「恋しけば形見にせむ」と我がやどに植ゑし〈殖之〉藤波今咲きにけり（8・一四七一）

右の五例は、上部の傍線部は過去の助動詞「き」の連体形「し」で承けて過去のことがらを表し、下部の波線部は、それに対する現在の作者の行為や自然の事象が詠まれる同じ形式を持つ。かつ傍線部中のかぎ括弧で示した内容を引用の「と」で承けている。「と」が承けるのは、第四例（一四三一）の擬人法の例を措くと、B「春の野にすみれ摘みに」、C「我が背子に見せむ」、D「明日よりは春菜摘まむ」、第五例「恋しけば形見にせむ」というように我の予期である。傍線部の予期に対する波線部は、それぞれの予期の実現またはそれに外れる出来事の出来である。形見にと植えた藤が今咲く（一四七一）のと、春を待つうぐいすが鳴く（一四三一）のは予期の実現であり、対してCDは予期を裏切って雪が降っている。Bの場合、予期とは異なる行動が偶然的に生起している。

その関係のあり方について、糸井氏(10)は時制に即して、Bを取り上げ、

一四二四は、一夜があけた後を現在として、その時点に立っての感慨を詠んでいる。野に現在なお来ている状態において、すみれを摘むために来るという行為が実現するそれ以前と「現在」とは連続していて連続し

ていないという認識がある。すみれを摘み帰ることのみを目的としていた過去とは連続しない面をもつに到っている現在─野そのもの、または野遊びそのこと自体がやって来た目的のようになっている現在、─そういう「現在」を認識することが感動の核になっている。

として、「時間の二重構造」を指摘される。(11)

清水氏(12)も、傍線部は「過去」のことであり、波線部はそれとは異なる「現在」のことであるとして、別の時間と解される。そのうえで、

赤人の作品において、過去や、未来や、仮想の場で述べられた作者の情は、常に現在の情を明確化し、強調する役目を果すのであり、けっして現在の情と交錯し、立体的で複雑な情の表現を成立せしめることはないということである。

として、現在の方に重点があるとされる。

つまり、両氏によれば、これらの赤人歌において、上部の傍線部の過去の予期と下部の波線部の現在の結果的事態は連続せず、また過去形で表現される上部と現在のこととして表現される下部とは、時制表現で明示的なように先後関係にあり、後件の生起した結果的事態に対して、前件の過去の予期は、そこへと順調に展開すると言うよりは、「現在の情を明確化し、強調する」(清水氏)条件をなしている。

## 2 「雪は降りつつ」(一四二七)における春の事象との対立

BCDに見える二つの時が時制を異にすることについては、Dの結句と同じ「雪は降りつつ」と詠まれる歌からも知られる。「雪は降りつつ」の例は当該例の他に七例(13)を見る。そのうち六例は、

うちなびく春さり来ればしかすがに〈然為蟹〉天雲霧らひ雪は降りつつ(10・一八三二 春雑歌「詠雪」)

のように「しかすがに」で前後が結ばれる。

「雪は降りつつ」は、「春」の歌においてすべて冬の事象として詠まれている。「しかすがに」と詠まれる歌において、矛盾的である春の事象と冬の事象とは併存していることを表現する。(14)

「しかすがに」を詠み込まない歌は次の例である。

　み苑生の竹の林にうぐひすはしき鳴きにしを雪は降りつつ

（19・四二八六「（正月）十一日に、大雪降り積みて、尺に二寸あり。因りて拙懐を述ぶる歌三首」）

上部「み苑生の竹の林にうぐひすはしき鳴きにし乎」の「を」は、矛盾的な論理関係を表現するものであり、『古典集成』は、「前歌（花井注　四二八五）の「大宮」を「御園生」に絞り、鶯を持ち出すことで、春の自然と冬の自然との交錯を歌っている」とする。

赤人歌D以外の「雪は降りつつ」と詠む歌は、矛盾的である春の事象と冬の事象とを詠む歌と解される。四二八六歌と「しかすがに」で結ばれる歌との差は、矛盾そのことに力点を置くか、それが併存することを眺めるかという差である。赤人歌Dの場合、清水氏(15)が赤人には「しかすがに」を用いた歌が見られないといわれるように、前件と後件は、春の事象と雪の矛盾的なあり方を示すだけではなく、それが過去と現在という二つの時に亙ることがらであることを表現することを意図したと解される。

## 3　日の連続（一四二七）

さらにDにはもう一つ、特徴的な時の表現がある。

　D　明日よりは春菜摘まむと標めし野に昨日も今日も雪は降りつつ（一四二七）

「『明日』『昨日』『今日』を重ねて用いた技巧」（『古典集成』）である。Dの「明日」に、『新編全集』が「このアスは標をした日の翌日をさす。この歌を詠んでいる日の次の日ではない」と注するように、上三句「明日よりは春菜摘まむと」で時間は一旦遡る。Dは、上三句では標をした日を基点の今日として、「明日よりは」と詠い、他方、下二句では、標をした日以後の作歌時を今日として「昨日も今日も雪は降りつつ」と例外的に詠むのである。鈴木崇大氏(16)もこの時間表現の特異性を指摘し、単純な時系列をとっていないといわれる。

Dのように「昨日」「今日」「明日」の語を一首に詠む歌は集中他に一例。

一昨日も昨日も今日も〈前日毛昨日毛今日毛〉見つれども明日〈明日〉さへ見まく欲しき君かも

（6・一〇一四）

右の歌では、「一昨日も昨日も今日も見つ」と、「一昨日」「昨日」「今日」の語が、時系列に沿って詠まれ、「も」で並列される。「一昨日」「昨日」「今日」と君を「見つ」―見ることが叶ったけれども、「今日」からさらに「明日さへ見まく欲しき君かも」とその思いが続くという。一首において時間は、一昨日、昨日、今日、明日へと同一方向に継続的に流れるものとして表現されている。

また、「明日」へとは亙らないけれども、「今日」までの三日をいう次の例においても、それは変わるところがない。

山の峡そことも見えず一昨日も昨日も今日も〈乎登都日毛昨日毛今日毛〉雪の降れれば（17・三九二四）

右の例は、先の例と同じ三日を詠み、かつ「も」で並列されることを同じくする。「一昨日」「昨日」「今日」の三日間変わることなく雪が降り続いたと詠む歌。ここでも、「一昨日」「昨日」「明日」と、時間は同一方向に継起的に流れるものである。

また、「年」を単位とした時間を詠む例、

一昨年の先つ年より今年まで〈前年之先年従至二今年一〉恋ふれどなぞも妹に逢ひ難き（4・七八三）

は、「一昨年の先つ年より今年まで」変わることなく恋うてきたと詠む歌。ここでは、「一昨年の先つ年より」と、一昨年からさらにその前年へと時間を遡る表現のように見受けられる。しかし、「一昨昨年　さきおととし」の初出例が『和英語林集成』初版（一八六七年）の（SAKI-OTODOSHI, サキヲトドシ n. Two years before last）であることからすると、「前年の先つ年より」の表現は、当時「さきおととし」という一昨年の前の年をいう語が未だ存しなかったという用語の制約に因るもので、表現としては、「さきをととし」、一昨昨年から「今年」までの時間経過をいうものと解してよい。このように、集中において時間は、過去から現在へと継起的に経過しているものと把握されていたと解される。

このように時間を遡行する表現がないということについては、『新大系』がDに、「万葉集では、『昨日も今日も』と言って、『今日も昨日も』と言った例はない」と注する、この時間把握に対応するものと考えられよう。

この把握は、Dと同じ「明日よりは」と詠まれる歌においても同様である。「明日よりは」と詠む歌は集中他に十三例。東国語表現の「明日ゆりは」の一例を加え、十四例見える。(17)「明日よりは」と詠まれる歌については渡辺護氏(18)に論がある。渡辺氏は、「明日よりは」の表現は歌群の最終部に詠まれる場合が多く、そこに位置し「余韻」の深さをもって歌群を完結せしめるといわれる。単独例と歌群例をあげる。

うつそみの人なる我や明日よりは二上山を弟と我が見む（2・一六五）

明日よりは継ぎて聞こえむほととぎす一夜のからに恋ひ渡るかも（18・四〇六九）

単独例一六五歌は、「大津皇子の屍を葛城の二上山に移し葬る時に、大伯皇女の哀傷して作らす歌」と題される歌。大津皇子を移葬した日を今日として、これまでは二上山に心を寄せることはなかったけれども、「明日よりは」二上山を亡き弟そのもののように見ると歌う。ここでは、大津皇子が移葬された日即ち歌が詠まれた今日を基点として、これまでの二上山の見方から「明日よりは」弟そのものとして見る見方へと転換し、その日々が明日から続くという。歌群末の例四〇六九歌は、「四月一日に、掾久米朝臣広縄が館に宴する歌四首」末の歌。前歌（四〇六八）の注に「二日は立夏の節に応る」と見え、「明日よりは」は、立夏の日を基点として、今日までは来鳴くことのなかったほととぎすが、「明日よりは」途切れることなく鳴き続けるであろうと詠まれている。

赤人歌も一例あるのであげておく。

明石潟潮干の道を明日よりは下笑ましけむ家近付けば（6・九四一　反歌第三首）

播磨（印南野）行幸時の長反歌「山部宿禰赤人が作る歌一首并せて短歌」の反歌で旅の歌。「家近付けば」と詠まれるように帰路の歌である。「明石潟」あたりで畿内に入るのを契機として心が逸り、「明日よりは」家への思いが募るだろうというのである。

これらの「明日よりは」と詠む歌は、赤人歌D以外はすべて歌を詠む時点を基点、つまり今日として、時間的に連続する明日から先の日々のことを歌う。これまでとは異なる心情や異なる景が、明日から続いていくというのである。とすると、赤人歌Dのように、作歌時点から一旦溯行して設定される基点があり、従って二つの異なる「今日」が詠まれる例は他にない。

また、「今よりは」と詠まれる歌は六例[19]ある（挙例略）が、そこでも時間を遡る表現は見えず、かつ「今」を基点として、転換された明日以後へと継起的に時間は把握されている。

つまり、集中例外的に、Dには「明日よりは春菜摘まむ」と願い標をした日を基点の今日とする時間と、それ以後の「昨日も今日も雪は降りつつ」と詠まれる、もう一つ、作歌時の「今日」という、二つの「今日」が読み込まれていると解される。

また「明日よりは」「今よりは」と詠まれる歌の検討からは、「明日」「今」からはそれまでとは異なる心情や季節が明日、明後日と続いてゆくことが知られた。

そのうえで、Dを考えてみる。「春菜」のように季節を冠した語について、伊藤博氏[20]は「ある季節における叙景であり抒情であることを永遠に認識せしめる特殊なことばづかい」として「歌語」と説かれる。標を結った理由は、「明日よりは」春菜を摘もうと思ってである。これまでとは異なり「明日よりは」春菜が摘むにふさわしい頃合いになるというのであろう。そしてその野は、「春菜」の生う春の野とされる。上部に過去の春の景が、下部に現在の冬の景が詠まれる。一首には同じ野における、過去の春と現在の冬という二つの時間が読み取れる。

## 四　四首の構成と赤人の意図

赤人の四首は総じて二つの時を詠む。Aは桜の咲く現在にあって、散った後の時を予想する。続くBCDの三首は、過去の助動詞「き」により表現される過去と現在とである。

そして、四首にはABとCDの二組の溯行する時間がある。Aの山桜花を眼前に見る表現、Bの春の野でのすみれ摘みの表現から春を読み取ることは自然であろう。春花の咲く景を詠むABのAは、桜の現に咲いている時間にあって、「日並べて」咲くことを仮想し、そのようにならないがゆえの、散ってからの恋しさをいう。それはかえって、今咲いている桜を称え、つまりは喜ばしい春に今あることを歌う。Bはそこから溯行して桜花を見るよりは前の、しかしすでに春となっていることは確かな日、すみれに惹かれて一夜をそこに過ごした、地霊との交感[21]とも称すべき経験を詠む。BをAの前であると判断する直接的な表現は見られないが、「野をなつかしみ」には、春が桜花へと現れ出る予感めいたことがあると考えてよいであろう。

対して、CDは「雪」の景を詠むことにおいて等しい。Cと類歌関係にある、

梅の花それとも見えず降る雪のいちしろけむな間使ひ遣らば〈一に云ふ「降る雪に間使ひ遣らばそれと知らむな」〉（10・二三四四　冬相聞「寄雪」）

は「冬相聞」に分類されている。そして、先述のようにDの「雪は降りつつ」の表現が冬の景といえることから、二首は冬に近しい景である。さらに、

春さればまづ咲くやどの梅の花ひとり見つつや春日暮らさむ（5・八一八「梅花の歌三十二首并序」山上憶良）

春なればうべも咲きたる梅の花君を思ふと夜眠も寝なくに（5・八三一　同右　板氏安麻呂）

と詠まれるように、Cの「梅」は春に先がけるものである。また、雪に覆われて見えない梅を詠むことは詩に拠るものであり、「梅」も「雪」も冬にも春にも分類される主題である。とはいえ、

霜雪もいまだ過ぎねば思はぬに春日の里に梅の花見つ（8・一四三四　春雑歌「大伴宿禰三林が梅の歌一首」）

のような「雪」から「梅」へという例も見える。「雪」については、

山の際にうぐひす鳴きてうちなびく春と思へど雪降りしきぬ（10・一八三七　春雑歌「詠雪」）

尾の上に降り置ける雪し風のむたここに散るらし春にはあれども（10・一八三八　同右）

では春には相応しからぬものとして詠まれてもいる。冬の景を詠む二首において、より冬に近いDからCへと時間は流れている。とすると、DCは冬と春の交錯する時間を冬から春へと順行的にたどっていることになり、その時間はさらにBAの順に流れてゆく。

つまり、時間はDCBAの順に流れている(22)。従って、ABCDという順の配列は、既に春のたけなわの時間から雪に蔽われた、春への萌しを隠している時間へと溯行するという構成として捉えられるのである。かつ、桜花の持続を庶幾するAの「日並べて」という表現は、Dの野を標めた日から昨日、今日と雪が続くという日の連続と符合することになる。二つの連続する数日は、雪が春の萌しを蔽っていることへの憾みの時間と春の持続が望まれても果たされない憾みの時間として対比されている。溯行するということは、この時間の流れが一回的なことなのではなく、年を継いで繰り返される循環するものであることを示唆する。失われた花は、また雪の中から

再生するであろう。それゆえに、この四首の時間把握を循環的時間とすることは首肯されてよい(23)。

時間の遡行は、井手至氏(24)がいわれる「作歌内容に基づく時節・事態の進行に即した逐時的配列法」と表裏の関係にあるものと考えられる。遡行という認識の背景にはおのずと順行という意識が存すると考えられるからである。当該歌を収める巻八は周知のごとく作歌年代順であり、井手氏の用語に従えば、「実際の作歌日時に基づく歴史的な逐時的配列法」である。四首を収める、巻八全体としては「歴史的な逐時的配列法」といえる。けれども、たとえば巻十の一部には、ほととぎすの動静や花の開花から落花といった季節の推移に基づく配列が井手氏(25)、伊藤博氏(26)により指摘されている。さらに伊藤氏はその配列は原資料にすでに見え、それを尊重したことにより、部分的にそのような配列が見えると指摘される。

赤人の自然把握について清水氏(27)は、

赤人にとって、自然は単純な意味での永続・不変の存在ではなくて、いわば「生ひ継ぎ」つつ永続し、反復、循環しつつ変わらざるものであった。すなわち、個々の景物に関しては、それの衰退、喪失が認識されているのである。

と説かれる。そこにこそ赤人の四首の作歌意図があり、それがとりわけＡＢＣＤの配列によって表現されることを述べた。その観点からは、この配列が本来であったとも言えるであろう。

**注**

（１）一四二四歌頭注に「この歌は広瀬本や紀州本などの諸本に次の一四二五の後に書かれている。これが原本の順序であったと思われる」とある。なお、Ａ（一四二五）第四句の訓は、同書第三刷からのもの。

（２）「赤人の春雑歌四首について」『万葉論集　第二』桜楓社　一九八〇年（初出一九七七年）

（３）「赤人の春野の歌」『セミナー万葉の歌人と作品　第七巻』和泉書院　二〇〇一年

（4）「柿本人麻呂における贈答歌―波紋型対応の成立」『美夫君志』第十四号　一九七〇年十二月
（5）「野山と苑―赤人」『萬葉歌の主題と意匠』第四章第一節　塙書房　一九九八年（初出一九九三年）
（6）「〝山柿〟拾穂の論」『大伴家持作品論攷』塙書房　一九八五年（初出一九七七年）
（7）「古代語の指示体系―上代を中心に―」『橋本四郎論文集 国語学編』角川書店　一九八六年（初出一九六五年）
（8）「巻八山部赤人春雑歌の性格」『万葉集を学ぶ〈第五集〉』有斐閣　一九七八年
（9）「序歌の変遷―人麻呂から赤人へ―」『萬葉雑記帳』桜楓社　一九八七年（初出一九八五年）、および「赤人作歌の和歌史的位置」『万葉論集　石見の人麻呂他』世界思想社　二〇〇五年（初出一九八九年）
（10）注（8）先掲
（11）坂本信幸氏「赤人と自然」（『国文学　解釈と教材の研究』第三三巻一号　學燈社　一九八八年一月）は、糸井氏の「時の二重構造」を支持され、当該四首に「時を違えるという方法」を指摘されている。
（12）注（9）先掲「赤人作歌の和歌史的位置」
（13）「雪は降りつつ」の例は、掲出した他に、10・一八三六、一八四八、5・八二三、8・一四四一、17・四〇七九。
（14）内田賢德氏「シカスガニ攷」『論集上代文学』第二十八冊　笠間書院　二〇〇六年
（15）注（9）先掲「赤人作歌の和歌史的位置」
（16）「山部赤人の作歌精神―『万葉集』巻八・春の歌四首を中心に―」『東京大学国文学論集』第七号　二〇一二年三月
（17）「明日よりは」の例は掲出した他に、12・三二一九、三二五五、三二九八、10・二〇三七、二〇五〇、二一九五、8・一五七一、9・一七二八、一七七八、18・四〇八五の十例。「明日ゆりや」の例は、20・四三二一。
（18）「『明日よりは』とうたう意味」『萬葉』第百四十号　一九九一年十月
（19）「今よりは」の例は、11・二四四六、12・二九五四、二九五七、4・五七六、3・四六二、15・三六五五の六例。
（20）『万葉集の表現と方法　下』第十章第四節　塙書房　一九九二年（初出　一九七六年）
（21）注（5）先掲平舘氏論
（22）注（16）先掲論文において、当該四首の配列をＢＡＣＤという西本願寺本等に拠ったうえではあるが、季節の推移との逆行を指摘されている。
（23）平舘英子氏（注5先掲）が、ＡＢの二首について、エルンスト・ユンガー『砂時計の書』（今村孝訳　講談社学

術文庫　一九九〇年　邦訳の初出は一九七八年）に拠って述べるところ。

（24）『遊文録　萬葉篇一』第一篇第一章　和泉書院　一九九三年（初出　一九八二年）

（25）注（24）先掲

（26）『萬葉集の歌群と配列　上』第一章第二節　塙書房　一九九〇年（初出　一九七八年）

（27）「不変への願い—赤人の叙景表現に就いて—」『万葉論集』桜楓社　一九七〇年（初出　一九六九年）

# 天の香具山の本意

## ――内裏名所百首を中心に――

奥村和美

### はじめに

建保三年〈一二一五〉に順徳天皇の命によって催された「内裏名所百首」には、歌題の一つに天の香具山が撰定されている。各歌人の出詠作は次のとおりである。本文は『新編国歌大観』により、便宜上、A～Lまでの記号を付して掲げる。作者名の下のアラビア数字は『新編国歌大観』番号である。

天香九山　大和国

A白妙の衣ほすてふ夏の日の空にみえけるあまのかぐ山　順徳天皇301
B吹く風に五月雨はれぬ久かたのあまのかぐ山衣かわかす　行意302
C五月雨はあまのかぐ山空とぢて雲ぞかかれる嶺のまさかき　定家303
D五月雨はあまのかぐ山おしこめて雲のいづこに在明の月　家衡304
Eさみだれのをやむ晴間の日影にも猶雲深し天のかぐ山　俊成卿女305
F夏くれば霞の衣たちかへて白妙にほす天のかぐ山　兵衛内侍306

G夏衣いつかは時をわすれ草日も夕暮のあまのかぐ山　家隆307
H見わたせばあさたつ雲の夏衣空にほしける天のかぐ山　忠定308
Iほととぎすなく一声や過ぎぬらんいまぞ明行くあまのかぐ山　知家309
Jさか木ばに夏の色とやさだめおきし緑ぞふかき天のかぐ山　範宗310
K夏のよの雲にははやく行く月のあくるほどなきあまのかぐ山　行能311
L夏のよの在明の空の月影に雲はのこらぬあまのかぐ山　康光312

天の香具山の歌題が夏に配されたのは、『新古今集』夏部巻頭に持統天皇歌（第一節後述）が据えられたことを実質的に承けるもので、右の出詠作もABFGHJの六首は明らかに持統天皇歌を踏まえる。中でGの家隆歌は、さらに『萬葉集』の大伴旅人歌（3・三三四）をも踏まえる。萬葉歌を二首利用するこのG歌について、定家がいささか疑問を抱いていたことは、「名所百首歌之時与二家隆卿一内談事」の記述にうかがわれる。

あまのかぐ山　いつかは時をわすれ草
此事堅事不覚候。必可レ承候。

『中世の文学　歌論集　一』(1)頭注は「天の香具山と忘れ草の取り合せに対する疑問か。又は「時を忘れ草」という続け方への疑問か」とするが、前者については『八雲御抄』名所部・山の「あまのかご」の項に「わすれぐさ」とあり、後者についても定家の初期の詠作に「浪風のこゑにも夏はわすれ草」（『拾遺愚草』二二四）と見えるので、どちらも当を得てはいまい。定家の疑問は、一つには、『萬葉集』の旅人歌が、本文・訓ともに諸本に異同があることに起因していよう。例えば非仙覚本系で主要なものを挙げると、類聚古集に、

萱草吾紐府香具山乃故云々里乎王心之為

わすれぐさわがひもにつけかぐやまのふりにしさとをわすれじがため

と見え、広瀬本には、

萱草吾紐二付香具山乃故去之里乎忌之為

ワスレグサワガヒモニツクカグヤマノフリニシサトヲキミ心セヨ

と見える。(2)『五代集歌枕』には、

わすれ草わがひもにつくかご山のふりにしさとをわすれじがため

と引かれる。(3)結句に大きな異同があり、家隆がどのような訓をどのような解釈に基づいて採ったのか、G歌を見るだけではただちに判断できない。そこにまず定家の不審が生じていよう。

もう一つ、定家の疑問は、田村柳壹氏が指摘したように、『萬葉集』の古歌を利用した本歌取りのしかたにも向けられていたと思われる。(4)耳慣れない萬葉歌を積極的に利用することは、当時、家隆や定家に共有されていた、名所詠の類型化を避けるための一つの方法であった。持統天皇歌を踏まえつつ、家隆がさらに旅人歌を利用するのも、その方法の一環であろう。それを承知しているにもかかわらず、定家がここで家隆の本歌取りのしかたに疑問を抱いていたとすれば、それは、旅人歌の利用によって、類型化を脱するどころか逆に天の香具山の題意を逸脱していると見なしたからではないか。つまり、『萬葉集』所載の地名（奥義抄、和歌色葉、八雲御抄）かつ「日本紀」所載の地名（和歌童蒙抄、八雲御抄）として、天の香具山という場所が負ってきた特定の景なり観念なりが、旅人歌を重ねることによっては適切に表されていないという批判を定家は持っていたのではないか。ことは、天の香具山という歌題の本意——対象の真と美の結合したもの——をどう把握するかということに関わると思われる。

定家や定家周辺の歌人達が考える、当時の天の香具山の本意はどのようなものであったのか。家隆歌との対照のもと、他十一名の出詠作の特色を検討することによって明らかにしたい。それは、言うまでもなく、平安時代末から院政期にかけての持統天皇歌受容のありようを解明することにつながるだろう。

## 一　持統天皇歌の訓

歌題撰定に深く関わると思われる持統天皇歌の訓について、まず述べておきたい。『新古今集』に採られたのはつぎのようなかたちである。

はるすぎて夏きにけらし白妙の衣ほすてふ天のかぐ山（夏・一七五「題しらず」）

周知のように第二・四句について当時多様な訓があった。第二句「夏来良之」には、ナツキニケラシの他、ナツゾキヌラシ（元、類、広右書入）の訓もあり、これは『古来風体抄』（初・再）の採るところでもある。ナツゾキニケルは『家持集』（七八）所載の訓である。第四句「衣乾有」の「乾有」には、ホステフ（広左書入）の他、ホシタル（紀、元右赭書入、広左書入、五代集歌枕）、ホシタリ（元右朱書入「或本」、古、家持集）、カハカル（元）、カハカヌ（類、広）、カハカス（古来風体抄初・再）、サラセリ（広右書入、一葉抄）などの訓が見える。ホステフのテフは、撰者による改作かとも言われたが、仙覚寛元本の細井本にホステフと見え、これも当時所伝の訓の一つであったことが小島吉雄氏によって指摘されている。[5]「内裏名所百首」では、A「ほすてふ」、F「ほす」、H「ほしける」とホス訓によるものが多いが、一方でB「かわかす」とするものもある。持統天皇歌の訓みが一定していたわけではなく、いずれかの訓によるべしというような共通認識が出詠者間に特にあったわけでもないことが知られる。ただし、十二首全て「かご山」ではなく「かぐ山」で一致するのは、歌題が「天香九山」（Ⅲ類本は「天香久山」の表記）と示されたからであろう。各歌人は多様な訓の中から、意図に応じて、更衣を詠む場合はホス系の訓を、梅雨明けを詠む場合はカワカス系の訓を選択したものと考えられる。

ホスとカワカスとサラスは意義が近いが、「ほせどかわかず」（『萬葉集』7・一一八六、『後撰集』雑・一二六七）という句があるように、ホスは日光や火や風などにあてることを言い、カワカスはホスことによって水分を蒸発させることを言う。コロモホスは衣を外に出して高く掲げるところに意味の重点があり、コロモカワカスはその結果の、衣を水分が脱けた状態にするところに意味の重点がある。サラスは、ホスと同様、外気にあてる意をもつが、日光や火のみならず水流や風雨などに激しく当てることによって漂白することを言い、素の状態に戻すニュアンスを有する。したがって、ホスかカワカスかサラスかどの訓を選ぶかで一首の表現するところが微妙に異なる。また、同じホス訓でも後接がテフかタリかタルかでまた意味が異なることにも注意しなければならない。しかし、訓の違いが当時、特に議論の対象とされていないことからすると、訓の多様さや流動性とは別のレベルで持統天皇歌に対する或る一定の解釈があったと思われ、天の香具山の本意は、当然、その持統天皇歌の解釈をも含んで形成されていたと推測される。

## 二　天の香具山の夜明け

家隆のG歌の最大の特色は、天の香具山の「夕暮」を詠むことである。『萬葉集』の、

ひさかたの天の香具山この夕霞たなびく春立つらしも（10・一八一二　春雑歌　人麻呂歌集非略体歌）

という一首は、『新勅撰集』（春・五）に入集し、小異はあるものの『家持集』（二九四）・『赤人集』（一一七）、『五代集歌枕』（二二七）にも載るが、これはG歌に踏まえられていない。また、源俊頼の歌に、

とをちには夕だちすずし久かたのあまのかぐ山雲がくれゆく（『散木奇歌集』三四四「雲隔遠望」）

とあり、これは『新古今集』（夏・二六六　第二句「夕立すらし」）に入集する。夕立の雨雲に覆われて見えなくなる天の香具山を詠む一首で、これもG歌と直接の影響関係にあるとは見られない。「日も夕暮」が「紐結ふ」を

介して初句「夏衣」に縁語的関連をもつことからすれば、

おのづからすずしくもあるか夏衣ひもゆふぐれの雨のなごりに（『新古今集』夏・二六四　清輔）(6)

を参照すると見た方がよい。

これに対して、他十一首では、D「在明の月」、H「あさたつ雲」、I「いまぞ明行く」、K「あくるほどなき」、L「在明の空」と、五首が早朝しかも明け方を詠む。天の香具山の夜明けの景を詠むことは、先行歌に、

ひさかたのあまのかぐやまいづるひもわがかたにこそひかりさすらめ（『詞花集』雑下・三七九　崇徳院）

君が代はあまのかご山いづる日のてらむかぎりはつきじとぞ思ふ

（『千載集』賀・六〇九　伊通「いはひの心をよみ侍りける」）

のように見え、どちらも「出づる日」に天皇を寓意し、その光りに天皇の威徳の輝きを表す。そのように天の香具山が天皇の象徴である太陽の出現するところと詠まれるのは、天の岩戸神話との関わりによる。指摘されているように、天の香具山は天の岩戸神話に関わる伝承の想起されるところだが、(7)両者の関わりの内実については、以降の諸注にも詳しく述べられてはいない。由阿『詞林采葉抄』が伝える甘橿明神の説話は、濡れ衣をホス或いはカワカスということから、『日本書紀』允恭天皇四年に見える味橿丘のくかたちの故事が連想されて甘橿明神に結びつけられたもので、天の岩戸神話と何ら関わらない点から考えて、より後次の伝承であろう。

天の岩戸神話では、天照大神がスサノヲの乱行を怒って天の岩窟に隠れたとき、高天原にある「天香山」所産のものが天照大神を誘い出すための様々な呪具の素材に用いられたという。『日本書紀』では「五百箇真坂樹」「真坂樹」（第七段正文）、「金」（同一書第一）、「真坂木」（同一書第三）が、『古事記』では、「真男鹿之肩」、「天之波波迦」、「五百津真賢木」、「天之日影」、「小竹葉」が用いられたとする。なお、『古語拾遺』では「銅」と「五百箇真賢木」の二つで、『先代旧事本紀』はこれらを全て網羅的に挙げる。大江匡房や藤原清輔及び重家らが学

識を背景に、

かぐ山のははかが下に占とけてかたぬく鹿は妻恋なせそ（『堀河院百首』七〇六　秋・鹿　匡房）

かぐ山のいほつまさかき末葉までときはかきはにいはひおきてき（『清輔集』三一八　祝）

かごやまのさか木をわけていづる月かけしますみのかがみとぞ見る（『重家集』七四「月御歌三十五首」）

と詠む所以である。(8) それら諸書では高天原のどこにあるとは明記されないが、このような天の香具山との関連の深さから、天の岩戸は、高天原の天の香具山にあると観念され、現実には故京大和にある天の香具山がそことみなされた。『千五百番歌合』で天の香具山を詠んだ俊成歌、

白妙にゆふかけてけりさかきばにさくらさきそふあまのかぐ山

（『千五百番歌合』二六六　百三十三番右・春　俊成）

に対する忠良の判詞に、

さくらさきそふあまのかぐ山、いはとあけけん昔おもひやられてをかしく侍り

とある。俊成歌とほぼ同時期の正治二年〈一二〇〇〉良経家十題二十番撰歌合に、

いはとあけし神よもいまの心ちしてほのかにかすむあまのかごやま（『秋篠月清集』一〇二〇「暁霞を」）

と詠まれ、少し下って、建保四年〈一二一六〉閏六月の「内裏百番歌合」にも、

春立つとけふはいはとの神代よりあくればかすむ天のかぐ山（「内裏百番歌合」八　四番右・春　経通）

のように、天の香具山を舞台に天の岩戸の故事を詠む歌も見えるようになる。これら二首は、前掲萬葉歌（一八一二）を踏まえ、天の香具山に霞のかかる立春の景を詠むとともに、そこに神代の天照大神の岩窟出現を重ねて祝意を表す。このような両者の結びつきを経て、『八雲御抄』名所部・山の「あまのかご」の項に、

あまの石戸をゝしひらき給所也　神鏡奉鋳所也

という記載を見るに至る。(9) それは、同時に、天の香具山を、天照大神を誘い出すため神々が歌い舞ったことに始まるという神楽の起源の地と捉えることでもある。

かご山やさか木の枝ににきてかけその神あそび思ひこそやれ
（文治六年〈一一九〇〉「俊成五社百首」六六　冬・神楽）

春がすみしのにころもをおりはへていくかほすらむあまのかごやま
（『秋篠月清集』一三七七　建仁三年〈一二〇三〉「俊成九十賀屛風歌」　春帖・霞）

あめにますとよをか姫のゆふかづらかけてかすめるあまのかぐ山
（『後鳥羽院御集』六〇四　承久三年〈一二二一〉以降「詠五百首和歌」春）

第一首目の初句は、「かご山」を「神あそび」の場として提示する。第二首目「しのにころもをおりはへて」は貫之歌（『貫之集』四一五・『新古今集』一九一五）を踏まえて夏神楽を表すもの。第三首目の「あめにますとよをか姫」も神楽歌（『拾遺集』五七九など）に基づく句である。天の香具山は天の岩戸のあった聖地であり、それはとりもなおさず神楽の起源の地であった。上代には、高天原から天降って大和の中心を成す聖山と考えられた天の香具山が、(10) その聖性と歴史性とを、天の岩戸神話との新たな結合によって後世、保ち続けることとなったのである。『萬葉集』の、

いにしへの事は知らぬを我見ても久しくなりぬ天の香具山（7・一〇九六「詠レ山」）

という一首をもとに、『和歌初学抄』所名・山に「大和あまのかご山　ヒサシキコトニソフ」と記された、その「久しきこと」に後世、思われていたのは、天から降ってきたという伝承や三山歌に見えるような妻争いの伝説というよりも、天の岩戸神話から派生したこのような伝承であったであろう。

なお、『和歌童蒙抄』は、右の萬葉歌を、

いにしへの人をばしらず我見ても久しく成ぬあまのかご山

というかたちで載せ、

萬七にあり。天のかご山とは、あまりにたかくて、空の香のかゞへくるによりていふと日本紀にみえたり。

という注釈を記す。「日本紀にみえたり」とはあるが、『日本書紀』などの現存の史書には確認できない伝承で、天の香具山をめぐって、注釈の場において新たな神話の形成されていた跡を見ることができる(11)。いわゆる『三流抄』が、「大和国葛城山天間原天ノ岩戸ニ閉籠リ玉フ」と天の岩戸を地上の葛城山にあるとして、天の香具山についても、

天照太神ヲ恋奉リ玉フ神達ヲ大和国天ノ賀久山ニ集玉テ…［中略］…此時、日神、岩戸ヲ出玉フ。香久山ニ影向アリ。是ニ始テ国土開テ国明ニナル。去レバ此時、天地開ケ始シ時ト云也。…［中略］…彼山ヲ天ノ香久山ト云事ハ、天照太神影向ナラセ玉フ時、異ニ香クンジ、其香世ノ末マデ久キ故ニ、天ノ香久山ト云也。天ハ、天照太神ノ義也(12)。

のように述べ、『風姿花伝』が、

申楽神代の始まりと云ぱ、天照太神、天の岩戸に籠り給し時、天下常闇に成しに、八百万の神達、天香久山に集り、大神の御心をとらんとて、神楽を奏し、細男を始め給。

と伝えていく中世日本紀の世界はここからほんの数歩である(13)。

さて、前掲良経歌「いはとあけし」や経通歌「あくればかすむ」に見えるとおり、アクは天の岩戸を「開く」ことでもあり、常闇の夜が「明く」ことでもあった。「堀河院百首」に、

しらにぎてたくさの枝にとりかさねうたへばあくる天の岩門(14)（「堀河院百首」一〇五〇　冬・神楽　顕仲）

とあるアクと同様である。ここに天の香具山の夜明けを詠むことの本来的な意義がある。天の香具山にある天の

岩戸が開いて天照大神が出現し、ようやく暗黒の夜が明けるのである。したがって、

春のたつ霞の光ほのぼのと空に明けゆくあまのかぐ山（建保三年六月「院四十五番歌合」一　一番左・春山朝　後鳥羽院）

大かたの春のひかりののどけきに霞にあくるあまのかぐやま（同右　一四　七番右・春山朝　秀能）

朝あけの霞の衣ほしそめて春たちなるるあまの香具山（建保四年「土御門院百首」一　春・立春）

の天の香具山の景は、立春や霞が詠まれるように前掲萬葉歌（一八一二）を踏まえることは言うまでもないが、時を夕ではなく夜明けに設定するのは、神代の天照大神の岩窟出現の故事が遠い記憶として保持されているからだと考えられる。特に、第一首目の作者後鳥羽院には、先述のように、天の香具山を、天の岩戸の前で歌舞が奏されたことを起源とする神楽と結びつけた歌もあった。「空に明けゆく」の「空に」というのは、単に天の香具山が高山と観念されていたからだけではなく、神話につながる天の香具山の天上性を表象するのだろう。(15)第二首目は、『新古今集』所載の後鳥羽院歌、

ほのぼのと春こそ空にきにけらし天のかぐ山霞たなびく（『新古今集』春上・二　後鳥羽院「春のはじめの歌」）

を踏まえ「霞にあくるあまのかぐやま」と詠むことで、歌合の主催者後鳥羽院への慶祝の心をこめる。第三首目の土御門院の一首は、持統天皇歌を踏まえる。天の香具山にかかる霞を衣に見立てて、そこに朝の光りとともに新しい季節の到来を捉える。持統天皇歌が春から夏への季節の交替を詠むゆえに、天の香具山に神代の或るはじまりの記憶を想起することが矛盾なく調和するのだろう。(16)

右の三首がいずれも建保三、四年の詠作であることを考慮すると、同時期の「内裏名所百首」のＩ「いまぞ明行く」、Ｋ「あくるほどなき」は、天の香具山のいままさに夜が明けようとするその時を詠む点で、天の岩戸神話への意識を露わにではないが基底にもつと思われる。さらに、Ａ歌は、アクの語をもたないが、「夏の日」に

夏の或る一日の意と夏の太陽の意をかけ、「夏の日の空にみえける」で太陽の出現をも表す。「空にみえ」るのは、衣を干す天の香具山の山容であり天照大神であるところの太陽でもある。つまり、順徳天皇のA歌は、「空に明けゆく」と詠む前掲後鳥羽院歌に即応して、天照大神を神祖として自身が連なる皇統への格別な意識のもとに詠まれたものと捉えられる。

これらの歌に対して、家隆のG歌の場合、「いつかは時をわすれ草」の句は、忘れ草がいまのこの「時」の暑さを忘れさせたのだろうかと詠んでいて、悠久の時間への没入を思わせる部分もある。が、「日も夕暮」の景では、天の岩戸神話の有する夜から朝へという時間性、及びそれが神話的に意味する暗黒から光明へという世界の初発性と基本的に合わない。かといって、すでに述べたように、天の香具山の夕景を詠む先行歌を踏まえるわけでもない。家隆がここで夕景を詠む意図は後述（第四節）するが、いまは、そのことが、当時考えられていたであろう天の香具山の題意に必ずしも添うものではないことを確認しておきたい。

## 三　天の香具山の晴景

夜明けと同様の印象を表す語として晴ルがある。行意のB歌に「五月雨はれぬ」、俊成卿女のE歌に「をやむ晴間」とあるのがそれで、康光のL歌の「雲はのこらぬ」も同様の景を詠むものとして含めてよい。持統天皇歌にホス・カワカスなどとあることからすれば天の香具山の晴景を詠むことは当然とも言えるが、これも神話的言説に由縁をもつと思われる。

神楽のおこり、日本紀云、素盞烏尊のしわざあぢきなしとて天照大神あまの石屋にいりて、いはとをとぢてかくれます時、…［中略］…戸をあけてみそなはす。こゝに天のたぢからをのかみそのとびらを引きひらきて、にひなびのみやにうつし奉る。すなはちしりくめなはを引きめぐらしていはく、なかへりましそ。あめはれて、共にあひ見るおもてみな明白也。手をのして歌舞して、あひともにいはく、あなおもしろ、あなたのし。是より有レ興ことばをおもしろしと云ふ。面白ゆゑ也。ここちよきことをばたのしといふ。手をのすゆゑ也。又あなさやけと云ふは、竹のはの声をいひし也。此鏡はじめ鋳たるはちひさくて心にかなはず。是は紀伊国の日前の神也。次に鋳たるはそのかたちうるはし。これは伊勢大神宮也。古語拾遺に見えたり。

（『奥義抄』「かはやしろ」）

「日本紀云」として引用されるが、末尾に書名が見えるように全体が『古語拾遺』に拠り、それを訓み下したものである。天照大神が出現して後の部分、オモシロ・タノシの語源を語るところは、紀記にはなく、『古語拾遺』につぎのように見える。

当二此之時一、上天初晴、衆倶相見、面皆明白。伸レ手歌舞。相与称曰、阿波礼。〔言天晴也。〕阿那於茂志呂。〔古語、事之甚切、皆称二阿那一。言衆面明白也。〕阿那多能志。〔言伸レ手而舞。今指二楽事一謂二之多能志一、此意也。〕阿那左夜憩。〔竹葉之声也。〕飫憩。〔木名也。振二其葉一之調也。〕(17)

オモシロの語源譚はよく知られた箇所で、和歌にも、

ゆふかけていはふ社の神楽にも猶朝くらのおもしろきかな（『堀河院百首』一〇四九　冬・神楽　師時）

賢木とる庭火のまへにふる雪をおもしろしとや神もみるらん（『堀河院百首』一〇五六　冬・神楽　河内）

あまのとのあけしむかしの心地しておもしろしとや神もみゆきを（『教長集』五七四　「社頭雪」）

岩戸明けておもしろしといふためしにや天のかぐやま月はいづらむ（『新三十六人撰』九三　道家）(18)

のように詠まれる。第四首目は、天の香具山に月が出る景に、天の岩戸の前での歌舞が想起されている。太陽ではなく月を詠むのは、神鏡を鋳造した神話にちなんで鏡の縁による。なお、中世日本紀において、天の香具山での神遊、天照大神の岩窟出現、オモシロの語源の三者が結びついていることは、夙に伊藤正義氏に指摘されて

いる。[19]

『古語拾遺』には、オモシロと並んでアハレの語源譚が見える。「此之時」すなわち天照大神が戸を開けて天の石窟から出て来たとき、「上天初晴」となり、神々が見交わすとみな顔面がはっきりと見え、その喜びに歌い舞いともに「阿波礼《あはれ》」と称したという。アハレを「天晴」の意とする語源解釈である。この箇所、前掲『奥義抄』では単に「あめはれて」としか記さないが、同じく『古語拾遺』を引用する勝明『古今序注』の一節に、

阿那於毛志呂　事ノ切ナルヲバ、ミナアナトイフ、モロ〱ノカホ、ミナアキラケクシロクナリタリシナリ、

コレヨリ、ヲモシロトイフ

歌楽　カラク　カクラノヲコリ、神ノコトバナリ

阿波礼　ソラノハル、ナリ

とあり、[20]『和歌色葉』にも、

爰に手力雄の神、そのとびらをひきひらきて、新殿にうつし奉るすなはちしりくべ縄を引きめぐらすに、天の下はれてともに相見るおもて皆明白也。手をのして歌舞して相共にあはれあなさやけ、あなおもしろ、あなたのしといへりけり。是より興ある事をばたのしといふ。手をのす故なり。おもしろは面白也。あはれは天明也。（『和歌色葉』「かはやしろ」）

とある。前者の「阿波礼　ソラノハル、ナリ」、後者の「あはれは天明也」が、『古語拾遺』の「阿波礼。〈言天晴也。〉」に対応する。天の石戸神話をめぐる伝承において、アハレもオモシロと同様、天照大神出現の光輝と歓喜を端的に表す重要な鍵語であった。

春といへばあはれおほかるながめかなあまのかご山あけぼのの空

（「正治二年院初度百首」一二二　春　惟明親王）

第二句「あはれ」について和歌文学大系49『正治二年院初度百首』の補注は『枕草子』冒頭の影響があるかとするが、春の曙の空に浮かぶ天の香具山を「あはれ」多いというのは、右に見たようなアハレの語源譚を踏まえるからに他ならない。「正治二年院初度百首」では他にも天の香具山の晴景を詠むものが、

久かたのあまのかご山くもるかと見ゆればはるる夕立の空（一八三七　夏　静空）(21)

と見え、「千五百番歌合」にも、

くもはるるゆきのひかりやしろたへのころもほすてふあまのかぐやま（「千五百番歌合」二〇一二　千七番左・冬　良経）

ひさかたのあまのかぐやまそらはれていづる月日やよろづよのため（「千五百番歌合」二一三一　千六十六番右・祝　家隆）

と見える。

しぐれつるこずゑははれてゆふづくひにしきほすてふあまのかぐ山（『範宗集』四一一　承久二年〈一二二〇〉御室五十首・秋・夕紅葉）

は、秋の時雨の晴れた天の香具山を詠む珍しい例である。時代は下るが、室町時代の後子松院の長歌に、神代を、

あきつばの　すがたの国と　さだめおきし　やまと島ねの　そのかみを　おもへばひさに　へだたりて　あまのかぐ山　いづる日の　とこやみなりし　ほどもなく　はれてさやけき　神代より　御裳すそ河の　すみそめて……（『新続古今集』雑下・二〇四四　後子松院「独述懐」）

と詠むことも大いに参考になる。天の香具山の晴景を詠むことが、夜明けの景を詠むことと同様、天照大神の出現によって世界が再び光明を得たという神話及びその解釈に由来することがわかる。

「内裏名所百首」のB・E・L歌に詠まれる晴景は、『古語拾遺』に見られるような神話とその解釈に通う質が

あると思われる。例えばB歌は、長く続いた五月雨が風に吹き払われて晴れわたった空を詠む。L歌は、在明の空に残る月を詠むが、月光によって雲が一掃されたかのような空を詠む。また、E歌は、五月雨の間の短い「晴れ間」を詠むが、「日影」は、『古語拾遺』にも見える、天鈿女命がたすきにした「蘿葛。〔比可気。〕」(「日影」とも記す)に縁をもつ語である。[22] 天の香具山の「猶雲深し」という暗さは、天照大神がまだ出現しない暗闇の深さに匹敵する。

一方、定家のC歌、家衡のD歌は、晴景どころか、五月雨の雲に閉ざされた天の香具山を詠む。C歌の「嶺のまさかき」は俊成歌(『新古今集』六七七 後述)をもとに天の岩戸神話を踏まえることが明らかで、[23] 雪ではなく雨雲によって闇に覆われた天の香具山を詠む。D歌は、夜明けを迎えてもなお雨雲に閉ざされて月の明かりさえ見えない天の香具山を詠む。「おしこめて」は、中に入り込んで出ようとしても出られない状態をいう。どちらも天の香具山に、天照大神が出現する以前の暗黒の世界を思い描くもので、やがて光明がさすことへの期待を、言外の、まもなく迎える梅雨明けに託していると思われる。これらは、既に見てきたように、天の香具山の明るい晴景を詠むことが通念化していた中で、それを反転させた新しい試みであろう。[24] 夏の天の香具山と言えば、本歌としてはまず持統天皇歌に限られる状況にあって、定家は類型化を避けるために、夏の初めではなく五月雨の頃の雨雲に閉ざされた天の香具山を選んだ。緑の山腹に白妙の衣が映える景とは正反対の印象を与える天の香具山である。ただし、ここでの定家の脱類型化は、和歌とも交渉を持ちつつあった天の岩戸神話をめぐる伝承を積極的に取り込み、あくまでもその範囲内で行われている。

一方、家隆のG歌は、単に設定された時刻が特異というだけでなく、天の岩戸神話自体を全く踏まえない。前掲したように、家隆は「千五百番歌合」の時点で、慶祝の意をこめて、

ひさかたのあまのかぐやまそらはれていづる月日やよろづよのため (前掲)

のように詠んでいたことを考えると、家隆が題意を捉えそこなったわけではなく、そのように詠むことがここでの家隆の意図であったと見なければなるまい。つまり、脱類型化を図る際の方向性が、定家と家隆とで大きく異なるのである。ここでは、定家がどちらかというと王朝和歌の伝統の中から新しい発想を見つけ出しているのに対し、家隆は、和歌伝統からは少し切れたところ、すなわち『萬葉集』そのものの中に独自にそれを求めていると思われる。

## 四　天の香具山の白妙

最後に兵衛内侍のF歌と範宗のJ歌に触れておきたい。二首は夜明けの景を詠むわけではなく、晴景を詠むわけでもないが、F歌は持統天皇歌を踏まえて衣を「白妙にほす」さまを詠む。J歌は「白妙」という語は見えないが、緑を「夏の色」とするのは「白妙の衣」との対照を前提にしていよう。「さか木ば」はもちろん天の岩戸神話に基づき、「さだめおきし」は神代に遡って推測するのだろう。

持統天皇歌の「白妙の衣」については、現在、大きくは干衣の実景説と卯花の比喩説とにわかれるが[25]、百人一首古注につぎのように説くことは看過できない。

此歌はかうゐの歌也。其ゆへは、あまのかぐ山はたかき山にて春の間は霞ふかくおほひかくしてそれとも見えぬが、春のすぎぬればかすみもたちしきて、なつの空にこの山さだ〳〵と明白にみゆるを白妙の衣ほすとはいふなり。ほすは衣のゑんなり。いかでか明にみゆればとてしろたへの衣とはいふそといふ人あり。春はかすみのころもにおほはれたる山、そのかすみのころもをもつていへる詞なり。さればはるすぎてと夏きにけらしといふもみな用にたちて大せつのことばなり。（『宗祇抄』[26]）

天香久山は天照太神あまの磐戸に引こもり給し時に天児屋根命を始として八百万神たち神楽などして此山の

榊をきりてさゝれし事あり。其後磐戸開て二度此界を照し給也。さればくらやみに成たるもてりかゞやきなどすると云心をこめて霞の衣をぬぎて明白に此山のみえたるを、白妙の衣といへるにや。衣は白き物なれば如此いふなるべし。(『幽斎抄』)[27]

どちらも比喩説ではあるが、「白妙の衣」のように見えるのは卯の花ではなく山容である。「白妙」というのは単に色彩を言うのではなく、春霞に覆われていた山容が夏になってはっきり見えるという、明白、分明の意とする。『宗祇抄』を承けて『幽斎抄』がそれを天の岩戸神話に結びつけるのは、後世的な附会のように思えるかもしれないが、故由のないことではない。先に見たように『古語拾遺』には、オモシロのシロを光明によって輝く「明白」の意と解し、天照大神の出現によって神々の面がシロク、――シルク(著)見えたことをもって、オモシロと言うようになったとある。『古語拾遺』を承けて、前掲のとおり勝明『古今序注』に、

阿那於毛志呂　事ノ切ナルヲバ、ミナアナトイフ、モロ〳〵ノカホ、ミナアキラケクシロクナリタリシナリ、コレヨリ、ヲモシロシトイフ

とあり、また教長『古今集註』も、

……ニハビヲタキテ、カグラヲハジメケリ。コレニヲホンカミ心トケテイハトヲホソメニアケサセヲハシマシケレバ、カミタチノカヲシロクミエケルニナンヲモシロシトイヘリケル。カクテチカラガミマイリテイハトヲバヒラキテケルノチ、ヨノナカヒルニナリニケリ。[28]

とある。シロシは、根源の光りの出現であるとともに、それによって世界が認識可能なものとして分節されたとの表現でもある。前掲の神楽を詠む教長「あまのとの」歌や河内「さかきとる」歌で、雪を「おもしろし」とするのは、白―シロシの単純な言葉続きによるばかりでなく、雪の白い輝きに世界を分明に照らし出す聖なる光りの顕現を捉えるからであろう。

持統天皇歌の「白妙の衣」の白にそのような聖なる光りの顕現を看取することは、和歌においては「千五百番歌合」に特徴的にうかがわれる。

白妙にゆふかけてけりさかきばにさくらさきそふあまのかぐ山（二六六　百三十三番右　俊成　前掲）

くもはるるゆきのひかりやしろたへの衣ほすてふあまのかぐ山（二〇一二　千七番左　良経　前掲）

てる月も君にこころをゆふかけてさかき葉しろきあまのかぐ山（二七二七　千三百六十四番左　具親）

第二首目から。良経歌の上句「くもはるるゆきのひかりや」は、雲が晴れて天の香具山に光りが差し込む景を表す点で、述べたように天照大神の出現を想起させる。その光りに照らされた雪の白い輝きだろうかと疑われているのが、「しろたへの衣」である。白いものを雪で喩えるのはきわめて常套的だが、それが色彩というよりも「ひかり」であることを重くみるべきである。第四句「衣ほすてふ」とあるように、天の香具山に衣を干す景は伝承されてきたものと詠われる。伝承の内にあったという景のその歴史性は、遡って天の香具山にまつわる神話的伝承とゆるくつながり、それを根拠としていよう。あえて付言すれば、『新古今集』が持統天皇歌を夏歌の巻頭に据えたとき、多くの訓の中からコロモホステフの訓を採ったのは、良経歌と同じく、天の香具山の、初源の神話につながる歴史性を重んじてのことだと思われる。更衣を詠むからというだけでなく、衣のくっきりとした白い輝きが、天の香具山を舞台として世界の初発を物語る神話の記憶を宿しているがゆえに、持統天皇歌は夏のはじめの歌に位置付けられなければならなかった。

第三首目の具親歌も、天の香具山を舞台に「月」「ゆふ」「さかき葉」を詠むから、神楽のおこりを踏まえる歌である。緑の「さかき葉」をあえて「しろき」と詠むのは、榊に白い「ゆふ」をかけるからでもあるが、根本的には常緑の葉が「てる月」の光りに照らされるからであろう。

第一首目の俊成歌も、「ゆふ」「さかき葉」を詠んで神楽のおこりを想起させるが、こちらは「さくら」を「白妙」の「ゆふ」に見立てて、その白さを大きく華麗に描く。実のところ、天の香具山の白い輝きにそのような神話的な記憶を捉えるのは、この直前に詠まれた俊成の次の歌を嚆矢とする。

雪ふれば峰のまさかきうづもれて月にみがけるあまのかぐ山

（『新古今集』冬・六七七　「守覚法親王、五十首歌よませ侍りけるに」）

建久九年〈一一九八〉頃催された御室五十首での作である。天の香具山の「まさかき」は「五百箇真賢木」（『古語拾遺』）とあったように、「さかき」よりもいっそう強く天の岩戸神話を喚起する。『八雲御抄』枝葉部・草「榊」に、

真さかきは天照大神天の石戸をとぢ給しときもろ〳〵の神たちとこやみにまどひていかゞせんと歌舞さまぐ〳〵いのり給し時真さかきの上つ枝にはたまをかけ中つ枝にはかゞみをかけ、下つ枝には幣をかけし也。仍あまのかぐやまにこのまさかきは有。

とするとおりである。右の俊成歌にシロシの語は見えないが、月あかりに照る雪の白さは、鏡の縁語「みがける」を用いて形容されるから、重家歌の、

かごやまのさか木をわけていづる月かけしますみのかがみとぞ見る（前掲）

を意識して、これも天照大神の出現を重ね合わせた表現であろう。つまり俊成によって見出された天の香具山の白い輝きの聖性が、これまた俊成とその周辺の歌人達により、急速に持統天皇歌の「白妙」に結びつけられていった過程をたどることができる。

俊成らの歌ほど露わではないが、F・J歌の色彩の扱い方にはそのような天の岩戸神話理解に通う質がみとめられる。F歌は、定家の、

花ざかり霞の衣ほころびて峰白妙のあまのかぐ山　（『拾遺愚草』二一五八　建仁二年〈一二〇一〉三月　春歌）

を模倣し、霞のかかっていた天の香具山に「白妙の衣」が鮮明に見えるようになったさまを表す。山を人に見立てて、山が更衣するという趣向を構えるが、その趣向を通して、春から夏への季節の推移に応じて、覆っていたものの中から白く輝くものが現れ出ることを詠むところに一首の眼目があり、そこにオモシロの語源譚にあったような暗闇から光明への転換を語る神話的な質を見ることができる。J歌は、「さか木ば」が言うまでもなく天の岩戸神話を踏まえる。常緑の「さか木ば」のいっそう濃い緑を「夏の色」とし、それとの対照において言外に「白妙の衣」が思われていよう。緑と白の鮮やかな対照は、榊と木綿を採る神楽の景にも通じて、「おもしろき」光明の中の世界である。

持統天皇歌の「白妙の衣」へのこのような捉え方に対して、家隆のG歌は「夏衣」とは詠むが、それを夜明けや晴天のもとに眺めるのでもなく、白さに着目するわけでもない。これは、「内裏名所百首」の中で際立った異なりである。家隆は、前掲「ひさかたの」の歌や、

さかき葉に雪のしらゆふはるかけてかすみもあへずあまのかぐ山
（『玉吟集』一六七八 2019「はるの歌よみ侍りけるとき[29]」）

のように詠むこともできたが、ここではもう一首、旅人歌を踏まえることによって、「かぐ山のふりにしさと」、すなわち、

ふるさとや入日の末にながむれば霞に残るあまのかぐ山
（『玉吟集』三一七九 1122 建久八年〈一一九七〉「詠二百首和歌」山）

のような「ふるさと」として天の香具山を詠もうとしたのであろう。「夕暮」は、右の「入り日」と同じくそのような故京への懐旧の念が選ばせた時刻と考えられる。「ふるさと―ふりにしさと」という捉え方にも、確かに天の香具山のもつ歴史性への関心はあるけれども、それは、述べてきたような天の岩戸神話と神話をめぐる伝承

とは別のレベルにおいて、すなわち『萬葉集』を独自に読むことによって見出された歴史性である。

家隆が持統天皇歌を踏まえつつ、さらに『萬葉集』大伴家持の一首、

従今者秋風寒将吹焉如何独長夜乎将宿

イマヨリハアキカゼサムクフキナムヲイカデカヒトリナガキヨヲネム

（3・四六二　亡妾挽歌　広瀬本の本文と訓による）(30)

を用いて、

いまよりはあきかぜたちぬしろたへのころもふきほせあまのかぐ山

（『玉吟集』二〇五六 2397「建保三年内裏にて秋歌読侍しに」）

と詠むのも同様の手法である。家隆は、家持歌を重ねることによって、天の香具山を、風に翻る衣によって秋の到来が告げられる場所として詠む。述べてきたような他の歌人達の天の香具山の詠み方と比較すれば、確かに「しろたへのころも」を取りあげてはいるが、光りにではなく寒風にさらされる衣であって、しかもその白は五行説に基づいて秋と縁語関係にある。持統天皇歌を踏まえることによって陥りやすい類型化から、意識的に脱しようとしていることが明らかである。

王朝和歌の伝統の中で形成され、特に俊成によって深められた天の香具山の本意に対し、その範囲内で脱類型化を図る定家と、それを知りつつそれとは別に『萬葉集』の独自の読みによって斬新に脱類型化を図る家隆と、――論冒頭に取り上げた、定家が家隆歌に感じとった或る違和感は、このような二人の方法の差によって必然的に生じたものであったのだろう。

注

（1）『中世の文学　歌論集　一』（三弥井書店、一九七一年二月）

（2）類聚古集、広瀬本の訓の濁点は私意。

（3）仙覚『万葉集註釈』の引く「古点」は「ワスレグサワガヒモニツクカグ山ノフリニシサトヲワスレジガタメ」で、これにほぼ同じ。なお、結句を現行諸テキストが「忘之為《ワスレムガタメ》」とするのは、澤瀉久孝氏『萬葉歌人の誕生』「古写本の誤を超えて」（平凡社、一九五六年十二月　初出一九五五年）の本文批判と解釈による。

（4）田村柳壹氏『後鳥羽院とその周辺』Ⅳ一「『定家物語』再吟味―定家の著作として読解する試み―」（笠間書院、一九九八年十一月）

（5）小島吉雄氏『増補　新古今和歌集の研究　正篇続篇』第八章「新古今和歌集中の万葉歌について」（和泉書院、一九九三年再刊、初版一九四四年五月）

（6）『清輔集』八五では、第四句「ひもゆふ立」。

（7）島津忠夫氏訳注『百人一首』の旧版（角川文庫　一九六九年十二月）、新版（同　一九九九年十一月）も同様。

（8）『古事記』の受容史から考えると、匡房歌は、『先代旧事本紀』によると考えた方がよいか。

（9）『八雲御抄』は、片桐洋一氏監修『八雲御抄　伝伏見院筆本』（和泉書院、二〇〇五年三月）による。以下同じ。

（10）井手至氏『遊文録　説話民俗篇』第一篇第三章「あもりつく天の香具山」（和泉書院、二〇〇四年五月、初出一九七四年）

（11）安田純生氏『歌枕試論』「香具山の滝」（和泉書院、一九九二年九月　初出一九九一年）では、「空の香のかゞへくるによりていふ」は「天之香来山」「天之芳来山」の漢字表記から導かれた解釈とする。

（12）片桐洋一氏『中世古今集注釈書解題㈡』資料編「古今和歌集序聞書三流抄」（赤尾照文堂、一九七三年四月）による。

（13）伊藤正義氏「中世日本紀の輪郭―太平記における卜部兼員説をめぐって―」（『文学』40巻　一九七二年十月）

（14）この一首は、『色葉和難集』巻四では結句を『あまのかごやま』とする。

（15）『和歌童蒙抄』九が、前掲匡房歌の注釈に天の岩戸神話を引用したあと、「さればかご山はそらにある也」とすることが参考になる。良経の「久かたの雲ゐに春の立ちぬれば空にぞかすむあまのかぐやま」（『正治二年院初度百首』四〇四）の例もある。慈円の「峰ははなふもとはかすみ久かたのくもゐにみゆるあまのかぐやま」（『正治二年院初度百首」六一三）、や、定家の「なにたかきあまのかぐ山けふしこそくも井にかすめはるやきぬらし」（「定家名号七十首」一）の「雲居に」も「空に」と同様、天の香具山の天上性を表象する。

(16) なお、この歌には定家の加点があり、評を「本歌の心をみるべし、姿詞およびがたし、真実真実殊勝、目もくれ候」と付す。天の香具山の、立春の夜明けの景を詠むことが、もう一つの本歌である持統天皇歌の心をよく表したものとして評価されていると見られる。

(17)『古語拾遺』は、西宮一民氏校注岩波文庫『古語拾遺』（一九八五年三月）による。なお、『先代旧事本紀』の記事は『古語拾遺』の抄出と見られる。

(18)『夫木抄』（二九二六）には、作者を大江嘉言とし、第二句「おもしろといふ」とする。集付は「現六」すなわち『現存集』巻六（佚書）で、題は「岩戸、面白」。

(19)『伊藤正義　中世文華論集　第三巻　金春禅竹の研究』Ⅲ一「円満井座伝承考」（和泉書院、二〇一六年一月　初出一九六九年）

(20) 勝明『古今序注』は、岩波新大系『古今和歌集』による。

(21) 前掲の俊頼歌「とをちには夕だちすずし久かたのあまのかぐ山雲がくれゆく」を意識した上で、逆に曇りから晴れへの鮮やかな転換を詠む歌である。

(22)「西宮歌合」の公教歌「いとどしく照りこそまされもみぢばに日影うつろふ天のかご山」（七　四番左「紅葉・寄昼」）に対する基俊判に「左の、日影うつろふ天のかご山、はもみぢにうつるひの光とおぼえて、をみのかざせるひかげによみたがへつべき心地こそし侍れ」とある。

(23) 古注（『内裏名所百首注　疎竹文庫蔵』京都大学国語国文資料叢書三十五　臨川書店、一九八二年十一月）は「昔天の戸をとぢて月日をこめたるを心思出せり。五月雨に空も岑をとぢて真榊もみえぬ義也」とする。

(24) 雅経の「白妙のころもふきほす木がらしのやがてしぐるるあまのかぐ山」（建保四年閏六月「内裏百番歌合」一三六　六八番右　冬）のように、天の香具山の「しぐれ」を詠むこともそのような新傾向の一つであろう。なお、この「白妙のころもふきほす木がらし」の着想は、後述の家隆歌（二〇五六）の影響を蒙るものである。

(25) 諸説について、小林一彦氏「天の香具山の衣―百人一首古注を窓に持統天皇歌を読む―」（『魚津シンポジウム』10号　一九九五年三月）を参照した。

(26)『宗祇抄』は、吉田幸一氏編『影印本百人一首抄〈宗祇抄〉』（笠間書院、一九六九年十一月）による。

(27)『幽斎抄』は、荒木尚氏編『百人一首注釈書叢刊3　百人一首注・百人一首（幽斎抄）』（和泉書院、一九九一年十月）による。
(28) 教長『古今集註』は、竹岡正夫氏『古今和歌集全評釈』（右文書院、一九七六年）による。
(29)『玉吟集』は、特にことわらない限り、本文及び歌番号を、久保田淳氏『藤原家隆集とその研究』（三弥井書店、一九六八年七月）による。アラビア数字は『新編国歌大観』番号。なお、初校時に和歌文学大系62『玉吟集』（明治書院、二〇一八年一月）とに異同のないことを確認した。
(30) 第三句は、『新古今集』秋下・四五七では「なりぬべし」、『家持集』一八一では「なりなんを」。

『萬葉集』は、塙書房CD—R版に拠る。他、特にことわらないかぎり、和歌は『新編国歌大観』に、歌学書は『歌学大系』に拠った。なお、本稿は、科研費基盤(C)17K02416「和歌史における後期萬葉長歌とその展開」（代表　奥村和美）の成果でもある。

# 万葉集というもの

浅見　徹

もはや老耄の身と自覚すれば、学会・研究会にも出席することなく、たとえ何かの因縁、曽遊の思い出などに惹かれて顔を出しても、先輩風を吹かせてはなるまじと、何も喋らんぞと自戒していたが、井手さんやこの研究会との縁を思い、この号が会のいわば卒業論文であるならば、内田さんの勧めに従って、駄文一篇末端に加えて頂こうと考えた次第。これは研究論文などではない。自らの卒論として総括してみたもの。七〇年安保をご存じの方は「総括」にある種のニュアンスを感じられるかもしれないが、その意味での「総括」でもよい。

「万葉集」とは何だろう。これは私だけではなく、万葉集に心引かれた人たちすべてが抱く想いであろう。そして、それぞれに答えを模索しつつ個別の対象に向かって日夜研究に励んで居られると想う。

私なりの答え。一つは万葉集は一つの書物である、ずっと昔に書かれ後世の我々にまで残された書としては文献と呼ぶ方が適切かも知れない。二つ目は万葉集は歌を記載している書だということ。いわばこれに尽きるのだが、この二つは矛盾を含むテーゼであるとしなければなるまい。このことをもう一度考えて見よう。

万葉集という名の歌集が少なくとも平安中期に存在したことは、新撰万葉集の存在、古今集序文の内容、梨壺の五人の言い伝えなどの傍証を持ち、疑う余地も無かろう。ただそこに現れる「万葉集」が如何なる実態を有していたかとなると、必ずしも明確なる証左は無い。我々の手に残る「万葉集」とほぼ全面的に同質なものかどうか、その内部徴証から推察して行く手段のみが残される。

　現代に残された「万葉集」の伝本群は、大量の内容を含むにも拘わらず、それぞれの伝本は驚くほど類似性が高い。多分これらの祖本は同じ一本であったかと思わせる姿である。廿巻にも及び、四千五百首もの歌を含む書物は、もっと多彩な類本を残していても良さそうなものである。たとえば、巻数の多寡、巻次の混乱、含まれる歌の多少や並び順の移動、作者名や注記の変動など、伝承の間に起こり得るだろうと想像される偏差が露呈されていない。従って、残された伝本類を校合することによって、その祖本の姿にほぼ迫ることが出来るのである。

　そうして得られる推定祖本「万葉集」は、何よりも先ず書物＝文献であるという特質を重視しなければなるまい。印刷術の発達していない時代、これだけの文字を記して行くのは大変な労力を要した筈。当時は書き間違いを綺麗に消去するのも困難だったから、気苦労も多かったであろう。当然のことながら、これだけの仕事を成し遂げたのは、時間的にも経済的にも余裕のある、恵まれた者であったろう。それが何の某という名を有した人物であったのか、何時頃何処で何の為にかかる大仕事を成就させたのかも不明である。ただ、日本語を書き表す為の文字、「カタカンナ」や「をんなで」は萌芽らしき物や後世の補綴かと疑われる特定の箇所以外には現れないようであるから、それらの日本特有の音標文字が使われる以前、奈良時代から平安時代のごく初期と時間は推定できる。

　ということは、当時の日本では何かを記載する、文字化すると意図した場合、そこで使える文字は漢字しか無い、いや文字と言えばそれ以外のものは思い浮かばなかったと言えよう。その漢字は中国語で使われ始め、中国語の中で発達してきたものであった。そしてその中国語と日本語は、この頃も音韻・語法・語彙、あらゆる面で他にこれ程異質な言語は無いのではないかと思われるほど異なる体系を有する言語であった。

日本列島に人が住み始めたのが何時頃か、具体的には不明と言わざるを得ない。しかしながら、日本列島の中でアメーバの類から順次自然に進化して人になってきたのでもあるまいし、列島に流れ着いた猿がやがて地上に降りて二本足歩行を始めた訳でもなかろう。既に人類となった人たちが、東を除いて北・西・南の各地から、海を渡ってこの列島に辿り着いてきたと考えるのが穏当である。だとしたら、それらの人々は既に分節的な言葉を使っていた筈だし、それぞれの広範な原住地からして、人種的にも異なり、使う言葉も基本的性格が大きく異なったものであったと考えざるを得まい。そういう人々がこの列島の中で交流し混血し共生して、日本民族・大和民族とも呼ばれる集団となり、日本語という、周囲に同系と認められる言葉を持たない独自の言語を共有するようになるまでにどれ程の時間が掛かったか、推定の根拠はない。が、少なくとも奈良時代の言語として想定される日本語は、当時の中国語（南部のとも北部のとも）とは異質の言語体系だったことは確実だろう。ある言語体系の中で育って来た文字で系統の異なる他種の言語を表記することは、非常に困難、というより基本的には不可能なことである。その文字の母なる言語に翻訳してしまう方が楽でもあり、確実性も高い。

文字は本来言葉とは無縁のものとして発生し、それなりの発展を遂げてきた。それがやがて言葉と結び付き、分節された図形と分節された音声が合体して、文字という新たな文明が起こってくる。然し、何処かで図形と音声は別物である。つまり、音声言語と文字言語とが、完全には一体化出来ないのは宿命的なのである。

言葉は（言葉以前の音声による通信手段の場合もそうだが）、必須の成立要件として発信者と受信者を予想する。それが口頭言語であれば、発信者は自らの口から音声による言葉を発する。受信者、聞き手は単独であれ複数であれ、発信者の音声が届き、かつ発信された内容を理解できる距離・空間に、同じ時間に居合わせなければならない。この「場の同一性」が当然発信の内容を規制する。つまり、周囲や受容者の状況が常に発信者に届くのであるから、発信者もこれに反応、対応を余儀なくされる。そして、発言してしまった内容は、これを取り消すと釈明したところで、事実としては消滅させることが出来ないし、言い淀む、発信をある時間中止することも不自然となってしまう。但し、眼でも確認できる場の同一性が発信・発言の内容の真実性を保証するものではない。狼が来たと叫び続けた子どもの場合のように、デマゴーグに満ちたプロパガンダのように。受信者が発言の内容をそのまま信じるとは限らない。が、場の同一性が薄れれば、発信内容への信頼感は徐々に揺らいで来るであろう。

文字で言葉が記載される場合は、発信者と受信者、書き手と読み手は場の同一性が要求されない、どころか寧ろ忌避する。幼い若紫が手習いを光源氏に覗き込まれて隠そうとする時のように。それがあるから、文字化された言葉、書記言語は、千年後に千粁離れた地で身分違いの我々でも読むことが出来るのである。ただその場合、留意しなければならないことが幾つかある。最大のものは場の同一性の保証がないということである。これは文字で記載された言葉、文献・書物の宿命である。もともと書き手は読み手が目の前に居ないとはいえ、受け取り手を予測している筈である。そこには書き手によって一方的に設定される仮想の場があり、読み手はこれを共有することを強要される。

読み手として想定する受容者が、書き手にとって熟知の特定個人である場合、手紙・信書のようなものだが、発信者としては読み手と現実には場を共有していないのだから、その仮想の場を構築して相手との意思の疎通を図らねばならない。過去に経験した共有の場・時であっても良い、未来に思い描く夢でも良い、先ずはこちらの想定した場に相手を引き込まなければならない。もし特定個人間で仮想された場であるならば、第三者には推定も不可能となりがちであろう。読み手としてもう少し抽象的な複数者を想定する場合は、現代の遠足の後の作文のようなものとなる。この作文は同行しなかった人にもその様子が分かるように、出発時の状況からそのときの気持ち、途中の景観やら感動と、順を追って詳しく説明して行くことが要求される。当然長篇の文章が要求されることが多い筈だ。これによって場の共有が図られる。聞き手が不特定多数の場合や、さらに漠とした存在である場合、積極的には場の共有の必要性を意図しない場合もあるだろうが、これは世の中一般というような場を想定するのである。文字に頼らない音声言語の場合、これらの配慮は一切無用である。発信者とほぼ同質な受容者が現実に場を共有しているのだから。

歌、歌うという言語行為は、言う、語る、告ぐなどと違って、言葉の外形である音声に高低・強弱・音数などの規制を加えた結果である。奈良時代頃の日本語の音声的特質を考慮に入れると、各音節ごとの高低で構成しうるメロディの外は（これとてアクセントが音節単位の高低アクセントであったから、かなりの制約があったろう。「夕焼け小焼けのアカトンボ」のアカトンボが問題になったように）、音数律、即ち意味的に一続きとなる音節の数に制約を加えるというリズム構成が、日本語の歌としての形を整える殆ど唯一の手段であった（ちなみに、それ故に日本語では長篇の歌を構成することが困難で、従って叙事詩も発達せず、短詩形の抒情歌中心となった）。だから確かに万葉集の歌も、後期のものともなれば綺麗に五音句七音句を基調としたリズム構成をなした形を現代まで残しており、例外となるような場合は、例外としての規則性を強く守っている。が、考えて見ればこれは不思議な現象でもある。

何故かといえば、一母音、もしくは一子音＋一母音で構成される音節構造を基とする当時の日本語は、その母音を引き延ばして発音しても、その音節が担う語の語としての意味を破壊することはない。母音の長短が示差機能を持たないのである。現代語でも「おじさん―おじいさん」くらいで、何処かの母音が長くなったからとて別語に転成するような例は無い。つまり、語る言葉としては音数律を整えていなくとも、歌う際に臨時的にリズムをかなり自在に整えられる。二重母音が無く、長母音もまず見られなかった時代には、前音節と同じ母音を投入する形で拍数を増やすことが容易だった筈だからである。また意味の区切りとなる箇所に間投的な囃子詞を投入することにも妨げは少ない。この性格は現代の日本語でも歌謡でも同じように保たれている。

だから表音仮名で五字七字で区切りとなるように記載された歌、そして五音句七音句に復元することで訓み得るとして訓文字で記された萬葉後期の歌を見ると、これらのうちの幾分かはもはや現実に音声をもって受容することを期待していない歌だったのでないかと疑われるのである。当初から文字で表現され、文字から受容されることを期して創作するという「作品」に化していたのではないかと。このような作品としての歌の場合、作り手と読み手とは、時間的・場所的な場の同一性は初めから期待されていない。

場の同一性を拒否すると言うことは、虚構の場の構築を誘うようになるだろう。歌は、口で歌われ耳で聞いていた時代、歌い手と聞き手が一体であった時代から、個人の脳裏で創作される作品となってゆく。むろんそういった作品の完成は次期平安の古今集を待たねばならないだろうし、万葉集では実質個人的創作歌の場合でも、未だ場を共有して歌われ聴かれたものだという意識が色濃く残存している場合も少なくなかろう。舒明天皇の国見歌の場合、この歌が実際に香具山で詠唱されたということは十分考えられる。この場合、香具山では何らかの儀礼が行われ、その一環としての詠唱であったろう。実際の詠唱者、また詞章の作者が舒明自身であったか側近の者であったかは問題ではない。その場に居合わせた人々はそれを舒明の言葉として受け止めた筈である。天皇自身が香具山に出向いたとすれば、舎人・采女や大臣・大連を初めとする伴緒たちが供奉していたであろう。その数数十、あるいは百以上。これらの人々の耳に届き、記憶され、後日記録されたかという状況が想像される。だが初期萬葉の歌が、そこに記されている作歌・詠歌の場が、すべて現実を反映しているとは限らない。例えば天智七年の蒲生野遊猟における額田王と皇太子との唱和が現実のものであったとしたら、事は不倫の発覚では済まされない。皇太子謀反・大逆の大事件となってしまう。れっきとして万葉集に記載されている以上、宴席の場における即興的な慰みとしての場を想定するのが唯一の解釈となろう。つまり、歌の詞章の表現する場と実態は架空のものとなる。その他極端な例を挙げれば、万葉歌の舞台となっている筑波山や玉津島は、その地を詠み込んだ歌の理解の為には、千余年の歳月で変貌甚だしいとはいえ実地に一見して置く要があるが、古今以降に現れる歌枕は検分するまでもない、なぜなら歌中にその地名を詠み込んだ当人が実際にはその地を実見していない場合が多いからである。むろん、「秋風ぞ吹く白河の関」の伝承もあって、実態は様々であるが。

柿本人麻呂が、巫から伶人に変貌して行く過程において出現した天才的歌人なのか、垣下座とか柿本猨に何処かで繋がる伶人群なのか、疑わしい点がないでもない。が、「万葉集」では、この名の下で歌の形式・内容、歌語や修飾法、文字表記の仕方まで創り上げられていっていることは間違いない。「万葉集」時代における先駆的な各種の試みを成功させた一人物、古今集時代になると偶像化されてしまう人として描かれている。なお「宮廷歌人」というのは近代に発明された呼び名で、寧ろ「伶人」とでも呼んで置いた方が良いかも知れない。

後世の古今集などと万葉集の違いは、平安期以降の撰集では単発の一首ずつが撰ばれているのに、万葉集には個人の名を冠して何首かの歌が連作として記載されていることが少なからずある点であろう。が、その連作の実態はかなり多様である。

人麻呂の作品、特に長・反歌を一体とした組歌などについては、此処では敢えて触れない。巻十六に載る長意吉麻呂のいわゆる「物名歌」と呼ばれる連作は、意吉麻呂ではない他人によって、臨場的に、あるいはその記憶によって記録されたものとしての結果であろうが、その作成、詠唱の場の情景が彷彿として浮かんでくる珍しい例である。通常連作とは扱われていないが、意吉麻呂歌とほぼ同様に作成・詠唱から万葉集への収録、そして後代への伝承までの過程が概ね推測されるのが防人歌である。吉野裕氏が言われるように、各国の政庁などで防人たちの結団式あるいは壮行会のようなものが催され、その席上で順次歌が披露されたとして、これを記録したのは国庁の役人だった筈。それは良いとして、その場、または記憶に頼った後刻の記録であっても、記録としての最初のメモ、もしくは下書きは楞紙に兎筆で墨書するような書き方をしていたであろうか。清書された物は多分そのまま難波の家持の許に届けられ、やがて万葉集に繰り入れられるようになったのだから、当然形も整えられていたであろう。しかし当初のメモはメモ帳、使い古しの紙背などと想像すれば、此処に木簡・竹簡の類が用いられた可能性も高かったのではないか。事々しく歌木簡というまでもなく、歌を木簡に記すことは普段に行われていただろう。ただそれがメモ的な物であったから後の世まで残る機会が少なかったのだと思われる。

その防人歌は、万葉集巻二十に記載されている姿を、題詞・左注については、ほぼそのままに受け取ることができる。だからといって、そこに記載されている歌が、急遽集められた農民兵が己が使い慣れている言葉で歌ったもの、それを忠実に写し取った結果だとは到底信じられない。巻十四の東歌も同様。万葉集に記載されていることが当時の世情またはその時生きていた人の状況・心情をそのまま全面的に残しているとは信じてしまわない方が良い。現「万葉集」に記載されているのはある時期に文献として文字化されて残ったもの、なのである。その好例が東国歌の記録ではないが、高安王についての記述である。巻十二・三〇九八番歌の作者という紀皇女がそもそも誰であるかも良く分からない（つまり実在した、特定され得る個人の名であるかどうか）が、そこの左注に記された「高安王左降」という記載は全く事実に反する例として挙げることが出来よう（巻十一・十二の中でこの歌にのみ作者や作歌事情に関する注が存在するのは何故か、まだ自分で考えてみたことはない）。

むろん口承の時代の歌が、人々の記憶にのみ依って伝承されて行く間に、作者やら作歌事情やら、時には歌の詞章までが変貌して行くことは当然誰でも考える。所謂初期萬葉の歌が実際に文字化され「万葉集」に組み込まれたのは、その歌が現実の場で初めて披露された時のものとは異質なのである。「万葉集」に書かれている通りの作者が、そこに描き出された通りの状況の中で歌い上げたものと素朴に信じられるものは殆ど無かろう。例えば、所謂三山歌や蒲生野遊猟歌を巡って、中大兄と大海人、額田を巻き込む三角関係を想定し、これが壬申乱の遠因だと本気で描いて見せる時代もあった。無論想像の翼は万葉集を超えて異常な空間まで広がっていたが。

古書に特定の個人名が残されると、人は、その名で呼ばれた個人がその時代に実在したものと思い込む。そしてその人物の外貌、音声、性質、すべてに思いを馳せるようになる。だがテレビが4kになろうと8kになろうと味や香りを伝えることは出来ない（だから周囲の出演者の無駄なワンパターンの叫びで埋め尽くそうとする）ように、そこで記述されたこと（それもその場限りの一方的な個人の見方）しか分からないのだ。他書の記述を多数集めてみても、それらも離れた空間、別の時間での記述に過ぎない。

巻四に笠女郎から大伴家持に贈ったという歌が二十四首纏めて載せられている。この現「万葉集」の記載をすべてそのままに受け取る人は少ない。これは巻四またはその元の書が作られる時に、さらにその元になった資料から収集され、他の箇所にも分載された結果だと考えられている。その中身も四首ずつが一組の纏まりをなし、全体として恋の馴れ初めからそれが燃え盛り終焉を迎えるまでの過程を辿っているということで（表現が現代的過ぎて好ましくないが）異論はない。だが、これが笠女郎という一女性の実経験であるとしたら、初めの一首から終焉までかなりの時間が経っていただろう。その間何回にも分けて家持に送り届けられたというには、「万葉集」の文面は我々読者を素直に納得させてはくれない。むしろ実在したかどうかも分からぬ笠女郎という名を冠した「恋物語」（という言葉が生まれそうな時期に近づいている）、「女の一生」の物語として誰ぞによって創作されたものと考える余地があるのではないだろうか。

本来「贈答歌」と銘打たれた歌はこの場合に良く似ている性格を持っているだろう。偶然拾った他人の恋文、送り手と受け手のどちらをも知らなければ、面白くも何ともない。どちらかを知っていれば、あるいは有名人でもあれば、あいつが、あの人が、と噂の種として他人に喋りたくもなろうというものだ。もし二人だけの心の奥底を明かした遣り取りであるならば、それが何故、どのようにして「万葉集」に辿り着いたのか。世間に公表しても一向に構わない「贈答歌」とは如何なる性質のものであろうか。その名で呼ばれるということは、そういう歌の形式、ジャンルが確立して来ているということだろう。つまり、それと目指して創り上げる目標としての分野なのである。贈答歌が相聞歌となり、新撰万葉集で恋歌として生まれ、古今集で和歌の最大の分野となって、現実性・臨場感を全く失うに至るのである。

世界のいずれの地でも、神に呼びかける言葉、神に捧げる言葉としては、決して用いてはならぬ語があり、組み込まなければならぬ語があるのが当然である。同様に文芸の世界でも、あるジャンルが確立して来れば、その新しい世界にはそれぞれの規制も加わる。歌が三十一文字という形式に縛られて来るということは、単なる文字数・音節数の問題だけではない。「歌・和歌」という文芸ジャンルの成立であり、同時にそのテーマも用語も制約を受ける。そして周辺のジャンルの作品にまで影響を及ぼす。万葉集にも歌語がある。仔細に捜せば「かはづ」や「たづ」だけでは無さそうだ。逆に歌の中では使おうとしない語、詠み込もうとはしない語や事物も多い。そういう規制が確立することがジャンルの成立であり、そこには日常の普通とは異なった別世界が出来上がる。万葉集は七、八世紀に生きて生活していた庶民あるいは宮廷人たちの生き様を忠実に、全面的に反映した結果とか、その場その場での生きた叫びだとかは即断しない方が良かろう。もちろん一度規制が確立したら不易となるのではなく、時とともに、あるいは強烈な個性によって流行もする。連歌が現れ、狂歌が出来、俳諧が生じ、川柳に化す。清少納言のような個性は遙か後代にならなければ流れとはならなかったような例もある。

中途半端な気もするが、ここら辺りで駄弁を終わろう。文中各種の用語を規定することも無く類似の形を含めて雑然と使用した、その融通性をも含めてご了承頂きたい。

# 執筆者紹介

**乾　善彦**（いぬい・よしひこ）
大阪市立大学大学院文学研究科博士後期課程単位修得退学。博士（文学）。関西大学教授。著書『漢字による日本語書記の史的研究』（塙書房）、『日本語書記用文体の成立基盤』（塙書房）。

**吉井　健**（よしい・けん）
大阪市立大学大学院文学研究科博士後期課程単位取得退学。論文「白妙の袖さへ濡れて朝菜摘みてむ—万葉集のテ形による副詞句—」（『萬葉集研究』三十七集、H29・11）など。

**中川ゆかり**（なかがわ・ゆかり）
大阪市立大学大学院後期博士課程修了。博士（文学）。羽衣国際大学教授。著書『上代散文　その表現の試み』（塙書房）。

**尾山　慎**（おやま・しん）
大阪市立大学大学院博士後期課程修了。博士（文学）。奈良女子大学准教授。論文「字と音訓の間」（『古代の文字文化』竹林舎、H29）。

**遠藤邦基**（えんどう・くにもと）
京都大学大学院文学研究科博士課程単位修得退学。文学博士。奈良女子大学名誉教授。著書『国語表現と音韻現象』（新典社）、『読み癖注記の国語史研究』（清文堂）、『国語表記史と解釈音韻論』（和泉書院）。

**蜂矢真郷**（はちや・まさと）
京都大学文学部卒業。同志社大学大学院文学研究科修士課程修了。博士（文学）〔大阪大学〕。大阪大学名誉教授。著書に『国語重複語の語構成論的研究』（塙書房）、『国語派生語の語構成論的研究』（同）、『古代語形容詞の研究』（清文堂出版）、『古代地名の国語学的研究』（和泉書院）など。

**內田賢德**（うちだ・まさのり）
京都大学大学院文学研究科博士課程中退。京都大学名誉教授。著書『萬葉の知—成立と以前—』（塙書房）、『上代日本語表現と訓詁』（同）。

**毛利正守**（もうり・まさもり）
皇學館大学大学院文学研究科修士課程修了。文学博士。大阪市立大学名誉教授。共著に『日本書紀』①～③（新編日本古典文学全集、小学館）、『新校注　萬葉集』（和泉書院）、『万葉事始』（和泉書院）など。

**坂本信幸**（さかもと・のぶゆき）
同志社大学大学院文学研究科修了。奈良女子大学名誉教授。高岡市万葉歴史館館長。共編著『万葉の歌人と作品』（全十二巻　和泉書院）、『万葉集電子総索引』（塙書房）。

**村田正博**（むらた・まさひろ）
筑波大学大学院博士課程文芸・言語研究科単位修得退学。博士（文学）。大阪市立大学名誉教授。共編著『翰林学士集・新撰類林抄　本文と索引』（和泉書院）、著書『萬葉の歌人とその表現』（清文堂）。

**鉄野昌弘**（てつの・まさひろ）
東京大学大学院人文科学研究科博士課程単位取得退学。博士（文学）。東京大学大学院人文社会系研究科教授。著書『大伴家持「歌日誌」論考』（塙書房）。

**影山尚之**（かげやま・ひさゆき）
関西学院大学大学院博士課程後期課程単位取得退学。博士（文学）。武庫川女子大学文学部教授。著書『萬葉和歌の表現空間』（塙書房）、『歌のおこない　萬葉集と古代の韻文』（和泉書院）。

**花井しおり**（はない・しおり）
奈良女子大学大学院人間文化研究科博士後期課程修了。博士（文学）。人間環境大学人間環境学部教授。論文「寧楽の故郷を悲しびて作る歌―田辺福麻呂の宮廷儀礼歌―」（『萬葉』第一八四号、H15・7）。著書『万葉集一日一首　美しい日本の心をよむ』（致知出版社）。

**奥村和美**（おくむら・かずみ）
京都大学大学院文学研究科博士後期課程修了。博士（文学）。奈良女子大学教授。論文「大伴家持の和歌と書儀・書簡」（『第13回若手研究者支援プログラム報告集』H30・3）、「藤原定家の『万葉集』摂取―内裏名所百首を中心に―」（『日本文学研究ジャーナル』5号、H30・3）。

**浅見　徹**（あさみ・とおる）
京都大学大学院文学研究科博士課程修了。岐阜大学名誉教授。著書『万葉集の表現と受容』（和泉書院）、『玉手箱と打出の小槌』（和泉書院）、共著『新撰万葉集』校本篇・索引篇』（私家版）。

# 『萬葉語文研究』総目次

**全13冊**

セット価　四一六〇〇円
（価格は税別）

「あぢむらこま」から「アヂムラサワキ」へ―4・四八六における訓釈をめぐって―　内田賢德

萬葉語学文学研究会記録

**第5集**（二〇〇九年）　202頁　三五〇〇円

紡織の場における求婚―「たなばたつめ」という訓をめぐって―　井手　至
丹生女王作歌二首（五五三、五五四）の諧謔性　影山尚之
天平勝宝七歳八月の肆宴歌二首―巻二十・四四五二～五三の性格―　朝比奈英夫
旅人亡妻挽歌の物語性　八木孝昌
いざ子ども　野蒜摘みに（記43）―大雀命と髪長比売の結婚―　村上桃子
『万葉集』に見える口語表現―『遊仙窟』と一致する語彙を中心に―　張　黎
正倉院文書「造仏所作物帳」七夕詩詩序注解　渡邉寛吾
歌木簡その後―あさかやま木簡出現の経緯とその後―　栄原永遠男
萬葉語学文学研究会記録

**第6集**（二〇一一年）　164頁　二八〇〇円

あさなぎ木簡―左書きの意味すること―　遠藤邦基
天平期の学制改変と漢字文化を支えた人材　犬飼　隆
宣命の対句表現「進母不知退母不知」の典故　馬場　治
『延喜式』祈年祭祝詞における稲の豊穣　梅田　徹
上代の動詞未然形―制度形成としての文法化―　小柳智一
ト節にミ語法を含む構文―助詞トによる構文補記―　竹内史郎
二合仮名と略音仮名に両用される字母を巡って　尾山　慎
「將」と「マサニ」の対応関係について　王　秀梅
萬葉語学文学研究会記録

**第7集**（二〇一一年）　192頁　三三〇〇円

萬葉学会の草創期を振り返る
井手　至先生をかこんで
「鳥翔成」考　山口佳紀
万葉集〈片仮名訓本〉の意義　田中大士
「書物」としての萬葉集古写本―新しい本文研究に向けて（「継色紙」・金沢本萬葉集を通じて）―　小川靖彦
山上憶良「貧窮問答歌」について　廣川晶輝
筑前国風土記逸文（怡土郡）にみる地名起源説話の特徴―仲哀天皇紀との比較から―　大館真晴
人麻呂長歌の分節　瀧口　翠
《書評》八木孝昌著『解析的方法による万葉歌の研究』　佐野　宏
萬葉語学文学研究会記録

**第8集**（二〇一二年）　176頁　三〇〇〇円

続　萬葉学会の草創期を振り返る
木下正俊先生をかこんで
古事記序文と本文の筆録―表記と用字に関して―　小谷博泰
秋山春山譚―『古事記』中巻末構想論―　村上桃子
琴歌譜歌謡の構成―「大歌の部」について―　神野富一
万葉集の「タヅ」―遣新羅使人歌群の「タヅ」をめぐって―　朴　喜淑
正倉院文書の「堪」と「勘」―古代下級官人 爪工家麻呂の学習―　桑原祐子
動詞句から複合動詞へ―かざまじりあふるよの―　工藤力男
萬葉語学文学研究会記録

**第9集**（二〇一三年）　208頁　三五〇〇円

討論会
古事記の文章法と表記　奥村悦三　毛利正守　山口佳紀　内田賢德
古事記の文章法と表記　乾　善彦
「ものはてにを」を欠く歌の和歌史における位置づけ　新沢典子

井手至博士追悼　萬葉語文研究　特別集
二〇一八年五月三〇日　初版第一刷発行
編　者　萬葉語学文学研究会
発行者　廣　橋　研　三
発行所　和　泉　書　院
〒543-0037　大阪市天王寺区上之宮町七―六
電話　〇六―六七七一―一四六七
振替　〇〇九七〇―八―一五〇四三
印刷・製本　亜細亜印刷

ISBN978-4-7576-0878-8　C3395